如厌魅附体之物

MAJIMONO NO GOTOKI TSUKU MONO

[日] 三津田信三 著

程宏 译

南方传媒

花城出版社

中国·广州

图书在版编目（CIP）数据

如厌魅附体之物 /（日）三津田信三著；程宏译.
广州：花城出版社，2024.9. —— ISBN 978-7-5749
-0223-7

Ⅰ. I313.45
中国国家版本馆 CIP 数据核字第 2024843SV5 号

合同版权登记号：图字 19-2022-156 号
原著名：《厭魅の如き憑くもの》，著者：三津田信三
Original Japanese title: MAJIMONO NO GOTOKI TSUKU MONO
© Shinzo Mitsuda 2006
Original Japanese paperback edition published by Kodansha Ltd.
Simplifiedl Chinese translation rights arranged with Hara-Shobo Co., Ltd.
through The English Agency (Japan) Ltd. and AMANN CO., LTD., Taipei

出 版 人：	张 懿
责任编辑：	欧阳佳子
特约编辑：	张录宁
责任校对：	衣 然
技术编辑：	林佳莹
装帧设计：	李宗男
封面插绘：	村田修

书　　名	如厌魅附体之物
	RU YANMEI FUTI ZHI WU
出版发行	花城出版社
	（广州市环市东路水荫路 11 号）
经　　销	全国新华书店
印　　刷	北京盛通印刷股份有限公司
	（北京市大兴区亦庄经济技术开发区经海三路 18 号）
开　　本	880 毫米 ×1230 毫米　32 开
印　　张	14
字　　数	330,000 字
版　　次	2024 年 9 月第 1 版　2024 年 9 月第 1 次印刷
定　　价	68.00 元

版权所有　侵权必究
如有任何印刷装订质量问题，请联系 010-57735441 调换。

◇前言 PREFACE

　　文库，原本是指收纳书物的仓库和书库，也指收纳书与记事簿，以及不常用物品的小箱子。以前者为例，京滨急行线的"金泽文库站"就是以前镰仓时代北条氏用来收藏汉书用的，"金泽文库"名字的由来便是如此。东京都的世田谷区也存在着收集着珍贵汉书的"静嘉堂文库"。后者则更多地被称为"手文库"。

　　江户时代以来，可以放入袖袂的小开本书籍逐渐流行起来，被称为"袖珍本"。明治三十六年（1903年），富山房发行了小开本的丛书，起名"袖珍名著文库"。随后，明治四十四年（1911年），讲述战国时代的猿飞佐助和雾隐才藏系列故事的讲谈社"立川文库"发行出版。讲谈是日本民间艺术，以口语化的方式讲述历史故事。而"立川文库"则是将讲谈收录成册集中出版的丛书，据统计，当时刊行量为200册左右。从那时起，文库就脱离了原本的释意，逐渐演变成了现在的类书集丛。

　　文库说法借鉴了日本出版业界的传统说法。而千本樱源自日本奈良县吉野山樱花盛开的奇景，世人皆称"一目千本樱"，形容樱花美景。千本樱文库的纳入作品皆为日系作品，题材包括推理、悬疑、幻想、青春、文化等类型，正如千本樱满山盛开的绝景。

　　现代日本，以"文库"命名刊行的丛书系列有200种以上，所谓"文库本"只不过是统称而已。日本传统的"文库本"常用的是A6尺寸的148mm×105mm，也叫"A6判"。千本樱文库的所有书籍将在"文库本"的基础上提升，达到148mm×210mm的开本标准。在追求还原的前提下，力图带给读者更清晰的阅读体验。

从20世纪70年代以来，日系推理小说逐步进入中国读者的视野。随着时代更替，涌现出了各种不同风格的作家。日系推理能够长久不衰的原因之一在于设立的各种新人奖，这些新人奖能为日本文坛输送新鲜血液，不断地发现优秀作品。但是，新人出道的条件并非只有获奖这一条途径。多样的文学新人奖具备相当完善的审查机制，即便是没能获奖的作家，也有机会出道。比如，东京创元社的"鲇川哲也奖"，有不少作家在当届没能获得大奖，只是止步候选阶段，后来却都成了人气作家。另外，不急于出道的作家也是有的。1994年，东京创元社创立了"创元推理短篇奖"，第一届的赛事中收到了123篇投稿作品，其中名为《子喰鬼缘起》的作品晋级到了最终候选阶段。同年，由光文社公募投稿作品进行出版，鲇川哲也主编的《本格推理3迷宫的杀人者们》中也收录了一篇名为《雾之馆》的作品。而这两部投稿作品都出自一人之手——三津田信三。

早在20世纪90年代，三津田信三的投稿作品就已经被刊登在出版物上，也可以被视为出道作品。但被普遍认为是其出道的标志作品，还要等上七年。2001年，讲谈社出版了三津田信三的第一本书，他的作家人生正式起步。他的出道作即为"作家三部曲"的第一作《恐怖小说作家栖息的家》，该系列被归为怪奇小说，作者的独特风格已经

前言

初见端倪。"作家系列"完结之后，三津田信三便打破常规，创作出了怪异谭式的推理小说"刀城言耶系列"。该作是以作家刀城言耶为主角，解决各种不可思议的犯罪事件的故事。作者巧妙地将乡土民俗学，本格推理写作技巧，以及惊悚恐怖氛围相乘组合，辅以二战前后的独特时代背景加以呈现，创造出了前所未有、无与伦比的文学魅力。

"刀城言耶系列"在日本是由原书房和讲谈社两家出版社出版发行，因此引进整个系列的过程也并非一帆风顺。今后，千本樱文库将陆续出版整个系列的全部作品，还请各位读者尽情感受"刀城言耶"的怪异之谜。

千本樱文库编辑部

◇三津田信三

刀城言耶系列

- ◇《如厌魅附体之物》
- ◇《如凶鸟忌讳之物》
- ◇《如首无作祟之物》
- ◇《如山魔嗤笑之物》
- ◇《如密室自闭之物》
- ◇《如水魑沉没之物》
- ◇《如生灵双身之物》
- ◇《如幽女怨恨之物》
- ◇《如碆灵供祭之物》
- ◇《如魔偶招致之物》

家系列

- ◇《祸家》
- ◇《灾园》

物理波矢多系列

- ◇《黑面之狐》
- ◇《白魔之塔》

作家系列

- ◇《忌馆·恐怖作家的居所》
- ◇《作者不详·推理小说家的读本》
- ◇《蛇棺葬》
- ◇《百蛇堂》

幽灵屋敷系列

- ◇《家中是否有可怕的事情》
- ◇《特意在忌讳之家居住》
- ◇《被邀请到不存在之家》

SA行系列

- ◇《避难所·杀人告终》
- ◇《废园杀人事件》

其他长篇

- ◇《七人捉迷藏》
- ◇《窥视之眼》

非系列

- ◇《赫眼》

厭魅の如き憑くもの

『刀城言耶』系列 01

目 录
CONTENTS

序言 001

壹
- 巫神堂 005
- 纱雾日记节选（一）023
- 取材笔记节选（一）039
- 涟三郎记述节选（一）057

贰
- 上屋的内室 079
- 纱雾日记节选（二）098
- 取材笔记节选（二）115
- 涟三郎记述节选（二）142

叁
- 僻静小屋 167
- 纱雾日记节选（三）177
- 取材笔记节选（三）189
- 涟三郎记述节选（三）198

肆
- 邑寿川 217
- 纱雾日记节选（四）227
- 取材笔记节选（四）245
- 涟三郎记述节选（四）261

伍
- 上屋的客房 287
- 纱雾日记节选（五）303
- 取材笔记节选（五）317
- 涟三郎记述节选（五）328

陆
- 撞邪小径 337
- 纱雾日记节选（六）343
- 取材笔记节选（六）354
- 涟三郎记述节选（六）372

柒
- 巫神堂 381

后记 417

谺呀治家与神栉家关系图

谺呀治家（上屋）

- 叉雾（长女）＝丈夫（入赘）
  - 早雾（长女）
  - 嵯雾（次女）＝勇（从下屋入赘）
    - 小雾（长女）
    - 纱雾（次女）
  - 国治（长子，入赘中屋当养老婿）＝绢子（三女，出嫁后离婚回到娘家）
  - 黑子（来历不明，照顾叉雾日常起居）
- 捹雾（次女）
- 胜虎（三子）

神栉家（大神屋）

- 天男（长子）＝茶夜（远亲嫁入）

神栉家（新神屋）

- 须佐男（长子）＝弥惠子（新神屋嫁入，千寿子之妹）……（与）千寿子（长女，嫁给须佐男后离婚）＝建男（茶夜的次子，从大神屋入赘）
  - 联太郎（长子）
  - 莲次郎（次子）
  - 涟三郎（三子）
  - 千代（长女）

其他人物

- 小佐野膳德（入山苦修的山伏）
- 泰然（妙远寺的住持）
- 大垣（神神栉村的庸医）
- 当麻谷（爬跛村的医生）
- 楯胁（爬跛村的驻村警察）
- 芫（出入于大神屋的职人）
- 静枝（下屋佃户的孩子，遭遇神隐）
- 刀城言耶（怪谈幻想作家东城雅哉的真名）
- 闭美山犹稔（民间民俗学者）

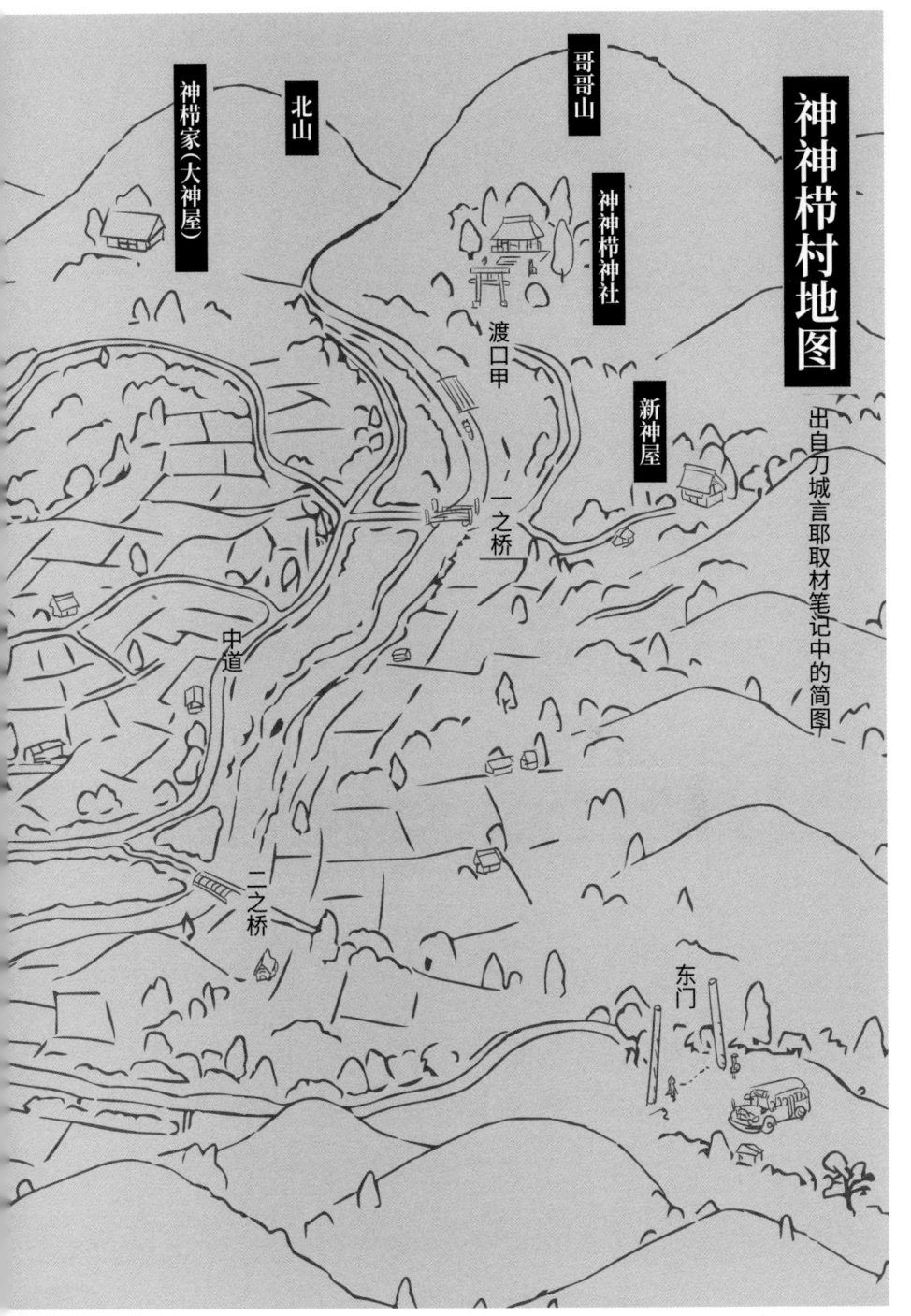

不知读者阅读本文时已经进入昭和几年,也许已经改了年号。如此说来,也许我应该用公元几年。

言归正传,读者接下来将进入的是一个极为特殊的世界,应该分不清故事发生的年代。至于我为何有意营造出这种氛围,我想读者在阅读过程中是能够逐渐领会的。此外应该也能明白,只要某地区的名称未在这次这种全国性市町村行政区划合并中消失,我就不会发表本文的用意。

作为将这与原稿无异的内容整理成小说的人,这样的用心是理所当然的,并没有让我觉得为难,但如何把那些事整理成书却让我大伤脑筋。资料倒是不少,不仅有我自己的取材笔记,还有相关人员的日记、医生的工作日志、他人事后为我写的记述等,让我煞费苦心的是该如何有效利用这些资料。

由于是我自己主动牵扯到那些事中,所以一开始是以第一人称"我"写的,但这样一来就只能记录我所见所闻的事实,无法描写许多奇诡之事,所以后来改为第三人称,而且是从全知全能的"神"的视角进行描述。这样一来,作者就能摆脱场景的限制,自由地描写任何人的内心。

但我知道即便如此也无法让读者体会到那种异常惊悚的感觉,我再怎么努力也不可能再现当事人的日记、记述中那种身临其境的氛围。

神神栉村——

时至今日，光是提及这发音独特的村名，光是看到这另类的汉字，我仍会不由自主地战栗。这恐怕只有一个原因：我听纱雾、涟三郎、千代等人亲口讲述过他们的恐怖经历，也在现场亲身经历过诡异之事。

凭物家族谽呀治家和非凭物家族神栉家这两个对立的古老家族；莫名其妙消失，只能用"神隐"来解释的孩子们；宣扬在传统仪式中去世则会变成山神的老奶奶；目睹生灵并被附身的病弱少女；谈论厌魅现世的村民们；害怕已故的姐姐重返人间的妹妹；闯入禁忌之山，有过恐怖经历的少年；被来历不明之物纠缠的巫女……

还有我所遭遇的，在匪夷所思的状况下相继离奇死亡的人，那些人被诸多令人毛骨悚然的谜团包围……

当我提笔想理清这些诡异事件，写成一个故事的时候，突然感到束手无策。

一筹莫展的我经过一段时间的苦思冥想终于想到了办法，即利用好不容易拿到的资料进行写作，同时用写小说的方式补充不足的部分。但日记、记述中既有记录不详，需要加以补充的内容，也有不便阅读的描写，所以我进行了一定程度（有些地方甚至是大幅度）的补充、修改。若因此破坏了原文的风格，这全是作者的责任，在此先表示歉意。

写下本文时，在那个村子里认识的人接连在我脑中浮现。整理原稿等于能和他们重逢，这是一件开心的事；但老实说，一想到要再次体验那一连串的怪异事件，我就会产生搁笔作罢的冲动。

如厌魅附体之物
MAJIMONO NO GOTOKI TSUKU MONO

我现在还不知道自己能不能把这个故事写完，因为没准会受到某种干扰……

昭和某年阴历三月

东城雅哉　即刀城言耶　手记

壹

巫神堂

如厌魅附体之物
MAJIMONO NO GOTOKI TSUKU MONO

　　两团朦胧的烛光飘在漆黑的佛堂中。透过帘子映照出来的烛光宛如双眸，要是有无知的村民从走廊的门缝往里窥探，肯定会把它当成厌魅可怕的双眼，被吓得浑身发抖。祈祷处所用的蜡烛刚点燃时发出的光总是如此朦胧且令人毛骨悚然。谺呀治家的巫神堂既可以称为神堂，也可以叫作祈祷处，窥探此地会遭到报应，在这神神栉村应该没人会故意干这种事……

　　黄昏时分，暮色正急匆匆地赶来，但世界仍沐浴在阳光之下。尽管如此，巫神堂却门板紧闭，似乎连这仅存的光亮也不愿放进去，以致祈祷处中漆黑一片，仿佛夜幕已然降临。然而这人为遮蔽外部光线形成的黑暗是一种黏稠的漆黑，让人感觉如同身在午夜的深山之中。不，也许单是蜷伏在这封闭空间中，就足以让此处的黑暗更甚于降临在大自然中的黑夜。此时，烛火撑开了细小的裂缝，本应用摇曳的光明照亮黑暗的烛火在这里却没能驱散黑暗，看起来倒像是黑暗的仆从。

　　随着时间的流逝，祭坛两侧烛台上的烛火渐渐升高，勉强照亮了纱雾的身姿。她在供奉于祭坛中央的案山子大人跟前，诚惶诚恐地背对着那尊山神像俯首正坐。

　　巫神堂的祭坛就像每年三月三日设在上屋客厅中央，装饰得极为

壹 巫神堂

华丽的雏坛[1]一样。它和雏坛一样分为多层,但正中央有个巨大的凹陷,案山子大人就摆在凹陷处,因此在造访佛堂的人看来,案山子大人就像是突然从一分为二的祭坛中间走出来一般。

纱雾必须肩负起一项重要职责——成为谿呀治上屋的"凭座",即供鬼神附身的容器,但她在威慑力如此强大的山神像面前却显得十分渺小、柔弱。

"……啊哗啦呜嗯嗦哇咔。"

又雾巫女坐在外孙女对面,额头抵在铺着木板的地面上,心无旁骛地吟诵着凭座仪式的经文。她的声音不如往年那样强而有力,但依然中气十足,在黑暗中久久回荡。当最后一个音节被黑暗吞没时,她缓缓抬起头,又拜了两拜,同时用尖锐的目光打量起纱雾来。那是在观察纱雾是否完成了凭座的使命。又雾注视外孙女的眼神极为锐利,也许是因为纱雾无论是作为巫女还是作为凭座,最近的状态都不如刚满九岁后的那一两年,似乎现在的她远比那个稚嫩的时期更让人放不下心。若被凭物附身的症状较轻,巫女独力祓除并非难事,但若情况严重,那凭座就是成败的关键。

又雾巫女和纱雾两人合力行祈祷、祓除凭物之事,一直大受村民好评,预言也常常应验,村民十分欣喜。这些夸赞之辞的背后其实隐藏着敬畏之心,因为村民常听说或见到上屋的案山子大人或者生灵大白天就在村子里彷徨。村民的内心非常复杂:他们一方面感谢灵验的

---

[1] 女儿节是日本民间五大节日之一,明治维新后改为公历三月三日。家中有女儿者均于当天陈饰雏人形(小偶人),供奉菱形年糕、桃花,以示祝贺并祈求女儿幸福,即所谓"雏祭",而摆放人偶的架子则叫作"雏坛"。——译者注

如厌魅附体之物
MAJIMONO NO GOTOKI TSUKU MONO

预言会帮到自己,另一方面也不敢顶撞上屋的人。

　　近一年来,纱雾担任凭座的表现时好时坏,叉雾巫女身体不适的情况也越来越频繁,双方的表现都大不如从前。特别是事事都一力承当的巫女,一旦身体不适,将会影响到方方面面。

　　叉雾巫女是一位七旬老人,但外表却比实际年龄老得多。人类会随着年龄的增长而变老,这是自然规律,然而她的相貌却不能用一句简单的"岁月催人老"来解释。她的相貌奇怪得难以形容,普通人的一生是从孩子成长为大人,然后渐渐老去,而她似乎在经历了这一过程之后仍在改变,变成别的什么东西。她的家族有着代代相传的美貌,她的美貌传给女儿嵯雾,接着传给外孙女纱雾,这让她的改变显得更加诡异。

　　当巫神堂内回荡的经文告一段落,祈祷处被寂静填满之时——

　　"打扰了……"

　　一个含糊不清,隐隐带着恐惧的声音穿透走廊的板门传来。从祭坛这边看,是从右前方的黑暗中传来。接着,响起了缓缓推开板门的声音,一个身影随之浮现在被切成四四方方的橙色世界中。

　　"我带小姐……"

　　就在那个身影行了一礼,打算继续说的时候——

　　"你这蠢货!"斥责声响彻巫神堂,声音虽然不大,却饱含怒气,"别让阳光照进来!要我说多少次你才懂?快关门!"

　　叉雾巫女头也不回地撂下这话。

　　"非、非常抱歉。"

　　新神屋的女佣梅子慌忙鞠躬致歉,额头都快磕到门槛上了。

壹　巫神堂

"小、小姐她，从等、等候室，跑、跑出来了……"

梅子还想继续解释，但她旁边的人立刻关紧了板门，那慌乱的声音也被挡在了门外。

"这个蠢货……"

浓厚的黑暗再次填满巫神堂，巫女在里面喃喃自语着。其实她在吟诵经文的时候就已经察觉到了板门外的动静，但她一直没吭声，只是挂着一副极为不快的表情。

就在这时，她感觉到等候室的门打开了。

连接从主屋延伸过来的穿廊和巫神堂入口的板门西侧处，有一个被称为等候室的房间。在她们进行准备工作期间，这个房间可供前来祈祷或被除凭物的人等候。房间设有两个出入口，分别通往穿廊和巫神堂内部。

伴随着通往巫神堂内部的板门被推开的响声，"方才非常抱歉"，从等候室里传来一个很有风度却十分强势的声音。室内一片漆黑，看不到那人的样貌，但那人毫无疑问是新神屋的神栉千寿子。巫女似乎也很清楚这点，她在一瞬间露出了无奈的表情。

"我女儿这次的情况比往常更奇怪，我们实在是没办法了。请原谅我们的无礼，帮忙看看吧。"

千寿子似乎在等候室与被除所的交界处双手贴地，毕恭毕敬地行礼。若只有女佣梅子一人倒是可以不理，但在千寿子面前就不好如此倨傲了，神栉家虽是分家，但她毕竟是少夫人。巫女大概是这么想的，终于做出了回头的动作，但身体依然向着祭坛，只有脸微微转向了右后方，展示出她高傲的自尊心。

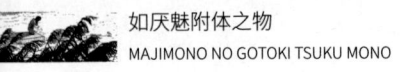

"请到这里来。"

千寿子的女儿千代被附身不是什么稀罕事。从十一二岁开始到现在十七岁,她已经进行过多次被除凭物的仪式,但由于近一年叉雾巫女的健康状况堪忧,所以被除一事便落到了神栎神社的官司[1]神栎建男肩上,他是千代的父亲。

巫女和凭座跪坐的叩拜处有供奉案山子大人的祭坛,被附身之人被称为"待祓者",待祓者和随行人员所在的被除所和叩拜处之间利用地面的高低差和帘子隔了开来。巫女似乎察觉到千寿子在帘子后坐了下来,她把脸转回祭坛方向,背对着新神屋的少夫人问道:"建男先生怎么说?"

"嗯……这次我丈夫也束手无策,他说'我无能为力'……"

千寿子支支吾吾的,语气里透着为难,似乎在责怪丈夫连亲生女儿都救不了,害她不得不来这里受屈辱。

千寿子不愿来谺呀治家,且尤其讨厌来谺呀治家的上屋,不仅仅是因为谺呀治家是凭物家族,还因为她的丈夫神栎建男和谺呀治嵯雾(也就是千寿子要仰赖的巫女的女儿,同时也是凭座的母亲)在二十多年前曾有过一段姻缘。千寿子原本嫁给了大神屋的长子,后来被迫离婚回到娘家新神屋,又招了前夫的弟弟建男为赘婿。建男和嵯雾的亲事本来是绝不可能谈成的,千寿子也只要安心地当大神屋的长媳,对这场闹剧冷眼旁观就行,可她的离婚和再婚偏偏都和这事扯上了关系。虽然已经时过境迁,但时至今日她来这里时似乎还是无法保持平

---

1 神社的最高神官。——译者注

常心。

"哦？连建男先生都无能为力啊……"叉雾巫女似乎一下子就看穿了千寿子复杂的心境，声音中夹杂着关心，但又隐隐藏着几分轻蔑，"情况很严重啊。你一定很担心吧？"

虽说她的体力已不如从前，但洞察力依然敏锐，能够准确把握他人的感情，对神栎家的人更是如此，即便是分家的人也一样难逃她的法眼。

"感觉这次的凭物似乎和以前不大一样……我自认为清楚记得女儿以前发作时的样子，可是这次的症状却是头一回见，实在不知道该怎么说……"

"除了往常那样发烧和说胡话，还有其他症状？"

"是的，症状没那么轻……所以我才感觉情况很严重。说不定是神山的……案山——"

"住口！别乱说话！小心祸从口出！"

巫女激动地将半个身子转向了被除所。千寿子似乎被那怒气冲天的样子吓了一跳，她深深地低下头说道："请、请见谅！可我女儿的情况实在奇怪，我不知道该怎么解释，总之不像寻常的凭物，我被吓坏了……请救救我女儿吧，再这么下去，她就……"

千寿子抛开了纠结于措辞的说话方式，现在的她不再是新神屋的少夫人，而是一位担心孩子安危的普通母亲。

"拜托了，拜托了……请救救……我女儿……"

千寿子对叉雾巫女的背影低下头，但又时不时抬起头向前看，明显是在顾忌供奉在祭坛上的案山子大人。即便被巫女严厉地告诫过，

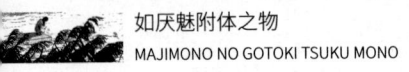

如厌魅附体之物
MAJIMONO NO GOTOKI TSUKU MONO

她还是没有放下那个念头。

虽然村民极少被案山子大人附身，但与其他凭物相比，被案山子大人附身更加可怕，更令人畏惧。这种情感更甚于单纯的恐惧。案山子大人是最让人忌惮的存在，这种忌惮远超厌魅之类的凭物。

对于土生土长的神神栉村村民而言，案山子大人的神躯早已司空见惯。每一户人家至少都会在屋里供奉一尊，有多间屋子的人家自然会供奉好几尊。像神栉家这样的历史悠久的家族则更加虔敬，会在每个主要房间中都供奉一尊。而且不光是在室内，在村子的路口、桥梁、坡道口等重要位置都能见到案山子大人，与其打照面已是村民日常生活中的一部分。

只是，供奉在巫神堂的案山子大人是特别的。话虽如此，它和村中其他案山子大人没有任何明显的区别，都是由蓑衣草和稻草编成的斗笠和蓑衣构成，而且做工极为朴素，不知情的外地人可能会将其当成普通的稻草人。自古以来，灵石、神树、依代[1]这些供神明降临的地方或寄宿的容器都保持着原始风貌，就算要加以修缮，也不会徒增不必要的装饰。

如果一定要列举不同之处，虽然村中的案山子大人无疑都会有山神寄宿，但巫神堂的案山子大人给人的感觉却是最强烈的。即便不考虑在被除所叩拜的千寿子的体格，她仰望祭坛时，巫神堂的案山子大人肯定也显得比其他所有案山子大人更大、更有压迫感，也更可怕。也许这也让她更加认定，附身自己女儿的就是眼前这尊案山子大人。

1　神灵附身的对象。——译者注

壹　巫神堂

"准备好了，让千代进来吧。"似乎是对露出慌乱之态的千寿子心生厌弃，巫女用不快的声音发出指示，让待祓者进入祓除所。"阿梅，把她带过来——"

得到叉雾巫女的准许后，千寿子马上用不安的声音吩咐女佣。然而，她没有听到往常的应答声。巫女和千寿子下意识地做出倾听状。"咝……咝……"等候室传来一阵怪异的喘息声，那似乎是梅子的声音。

"阿、阿梅？"

千寿子怯怯地询问。话音刚落，便传来咚的一声，像是有东西倒在地上。不久之后响起了吱、吱、吱的声音，仿佛有东西蹭着地面朝这边过来。

"千、千、千代？是你吗？"

千寿子担心地呼唤着女儿的名字，但她的身体却朝远离等候室的方向退去。这大概是无意识出于本能的动作吧，可见从右方的黑暗中渐渐逼近的东西有多么不寻常。想必巫女也感受到了，她特地将半边身子转过来，一言不发地微微探出身，凝视着那片黑暗。

"呀……"

"呜……"

几乎就在同一时间，千寿子硬是把冲到喉咙的惨叫咽了回去，叉雾巫女也发出了戛然而止的呻吟。

两人的眼睛已经适应了黑暗，出现在她们面前的是一副异常诡异的光景。千代整个人匍匐在地上，只有脸朝上，她左右扭动全身朝这边爬来，爬行时完全没有用到四肢。

如厌魅附体之物
MAJIMONO NO GOTOKI TSUKU MONO

"啊啊啊啊！"

在女儿即将到自己跟前时，千寿子终于迸发出惨叫。十七岁的少女不顾凌乱的衣服，一心在地上爬行的样子实在可怕，即便是她的亲生母亲也被这一幕吓到了。不过千寿子稍稍后退了一点就停下了，大概是因为她还没忘记自己是这个少女的母亲吧。梅子始终没有出现，可能在等候室被吓得动弹不得，一直在瑟瑟发抖吧。

千代看上去是笔直地朝母亲前进，但回过神来的千寿子急忙准备抱起女儿的时候，千代却频频扭动身体，显得很抗拒。她无视一筹莫展的母亲，爬到帘子前，然后伸长脖子，像弓成镰刀形的蛇一样往叩拜处窥探。

"嗯啊咯哩锵嗦哇咔，嗯咯咯噫叽吧啦喊哩咕嗖哇咔，嗯吗噫嗒嘞噫呀嗖哇咔，嗯啊啵锵哔迦呷呜吧嗒——"

与千代正面对峙的叉雾巫女立刻颂念起咒语。被除凭物的咒语听上去远比凭座仪式的经文强劲有力，或许千代那不同寻常的癫狂之态激发了她作为巫女的斗志。

然而，一串咒语念毕，千代却没有任何变化。若是以前，凭物此时已经离开她的身体，转移到凭座纱雾的身上了，但现在却一点儿动静也没有。

"嗯吧沙啦哒噜嘛喊哩咕，嗯啊咪哩陀哆哈吧呜哈嗒——"
巫女的咒语中透出一股焦急之情，这情况可不多见。

"嗯吧啦哒哈哆么噫呜，嗯啊啦哈吓咴呜——"
接着，帘子后的千代脖子越伸越长，仿佛在嘲笑不知如何是好的巫女一般。

014

"嗯沙昂嘛呀咋陀邦，嗯吧沙啦啊啦嗒嗻呜哇咔——"

不，其实千代在笑。她把脸贴在帘子上，像是要把眼睛塞进帘子的细缝里一样，笑着窥探叩拜处里的情况。

"嗯喀喀喀哔沙昂嘛呃噫哇咔，嗯咋咋沙咕哇咔——"

那既不是无声的微笑，也不是粗俗的大笑，她下垂的眼角和吊起的嘴角几乎要拧在一起，用整张脸发出阴森的笑声，令人毛骨悚然。

"嗯啊咯喊锵嗖哇咔！"

巫女猛地拔高尾音，如同把咒语狠狠砸向千代一般。千代脸上瘆人的笑容顿时消失，取而代之的是一张面无表情的少女脸庞。

"……"

叉雾巫女的肩膀放松下来，无声地舒了口气。若是以前，进行这种仪式完全不会对她造成什么负担，但现在却几乎要超出她所能承受的极限。

"呼、呼、呼……"

偏偏在这时，帘子那头又传来了笑声。千代那本已变得面无表情的脸突然扭曲了。在昏暗的烛光中，浮现在黑暗中的表情已失去了人形，那俨然是一张邪物的脸。

短短一瞬间，巫女流露出了怯色，就在她准备再次诵念咒语时——

那家伙不是普通的凭物。

一个低沉、清晰的声音在叩拜处回荡。

叉雾巫女猛地回过头，来回审视着供奉在祭坛中央的案山子大人

和自己的外孙女。明明没有进行请神仪式却听到了山神的声音，这让她大为震惊。

千寿子不知什么时候已远离了帘子，此时她再次靠了过来，死死地盯着伏在祭坛前一动不动的纱雾。她定是忍不住想确认刚才是不是纱雾开口说话了，因为刚才听到的声音虽然和千寿子印象中纱雾的声音非常相像，但是又有一种瘆人的异样感觉。

"若不是凭物，那又是什么呢？"

巫女用平静的语气询问道，她早已收回了方才一不小心流露出的不安。

也有些许长绳附在她身上。

"如此说来，长绳并非主要原因吧？"

绝非主因。

"那附在她身上的到底是什么？"

是生灵。

"生灵……那生灵从何而来，又属于何人呢？"

并非外人。

壹 巫神堂

"那是村里人？是什么人？"

纱雾……

"什么？！"

叉雾巫女不由自主地发出惊叫，与此同时，千代倒在地上发出咚的一声。不知何时她已从匍匐改为跪地，将身体趴在帘子上，但这时她却突然瘫倒在地，似乎一下子被抽光了力气。

"已经离开了吗……"

巫女回过头，将目光停留在千代身上，然后再次转向纱雾。

"为什么附在她身上？为何要附身？到底因为什么？出于何种理由？你是怎么想的？到底有何缘由？老实交代，休想隐瞒！"

一连串的问题像连珠炮一样猛地打在附在凭座身上的生灵上。

"快说，回答我。给我说，回话啊。快开口，给我说出来。怨恨、痛苦、羡慕、嫉妒，通通说出来。老实交代，休想隐瞒！"

接着，她用同样的语气试图借凭座之口逼生灵说出来，之后便一直重复。但巫女发问的速度一次快过一次，渐渐地，这一连串问题变成了绕口令，最终化为无法听懂的咒语。有时，这一过程会持续几十分钟。

然而，巫女重复到七八次的时候就已经开始喘不上气了。第十次之后，那本已听不清准确发音的、如同咒语的语句变得更加混乱。巫女自己似乎也心知肚明，她想让自己吐字更加清晰，但若太关注发

音，就会减慢说话速度，那便本末倒置了。她不得不一边维持语速，一边准确地发出咒语的音节。若巫女在附在凭座身上的生灵开口前喘气，就要从头开始。看来，接下来是拼毅力的时候。

"……老实交代，休想隐瞒！"

巫女似乎知道自己快到极限了，第二十次发问的语速一下子加快，气势也最足。不可见的话语仿佛化为实体朝凭座飞去。那是一种特殊的气，常人的肉眼是绝对看不到的。

下个瞬间，巫神堂内沉静下来，宛如深山幽谷的寂静和黑暗填满了整个空间。就在这时——

奴、家、我……

一个让人不寒而栗的声音响了起来。把女儿护在怀里的千寿子突然僵住身体，战战兢兢地看向纱雾。因为这声音和刚才那个很相似，但似乎是由一种截然不同的东西发出来的。

"'奴家我'是什么意思？'奴家我'意味着什么？'奴家我'是何意？'奴家我'这话有何意图？老实交代，休想隐瞒！"

叉雾巫女间不容发地继续发问。此时若稍有迟疑，一切就要从头开始。

涟……

"'涟'？'涟'是什么？'涟'意味着什么？'涟'是何意？

壹　巫神堂

'涟'这话有何意图？老实交代，休想隐瞒！"

涟……三……

"'涟三'……'涟三'是什么？'涟三'意味着……"

涟三……郎……

"涟三郎？"巫女疑惑地歪头蹙眉，自问般地说道，随后她立刻恍然大悟，"是指大神屋的神栖涟三郎吗？"

然而这个问题没有得到回答，所有努力一瞬间前功尽弃。此后，不管巫女再怎么追问，都没有得到一句回应。

寂静再次降临巫神堂，这时——

"我终于明白了。"帘子那头传来了千寿子的声音，但她的口吻和之前截然不同，甚至带着一股傲慢。"巫女大人您也知道，涟三郎是千代的表哥，他们从小就非常要好。大神屋的长子出了那事，次子考上大学后又很少回来，所以涟三郎虽身为三子，但就数他有望继承家业。若是如此，千代以后就要嫁去大神屋了。"虽然她被黑暗包裹，但不用想也知道她把目光投向了纱雾，"这件事可能会让那边的小姐难以接受吧？毕竟涟三郎那么温柔，对每个人都很好。不过若是把他的好意当真，反而会害了他呢。"

千寿子彻底撕掉了刚到这里时的优雅伪装，话里火药味十足。她来这里本就是为了被除附在女儿身上的凭物，结果元凶就在眼前，她会生气也是人之常情，但那怒火的矛头却另有所指。她似乎把二十多年前谺呀治家与神梻家那段不了了之的亲事和这次的事混为一谈了。换句话说，就是她把过去的事实套在了尚未发生的假设上，而且这个假设连八字都没一撇。这种行为实在愚蠢。

"我做个假设，就算涟三郎和那边那位小姐两情相悦又如何？大神屋和上屋本就有门户之别……"

不知不觉间，千寿子把话题从女儿的事转移到了自己离婚又再婚的事上，往昔的愤怒重新涌上心头，就在她趁势准备继续说下去时——

"住嘴！"

叉雾巫女严厉地打断了她。巫女的声音绝不算大，而且她依然面朝祭坛没有回头，但千寿子却紧紧地闭上了嘴。

"附在千代身上的凭物还没有被彻底被除，在把附身于凭座的凭物转移到依代上之前，它都没有离开那孩子。准确地说，在把依代交给神山的山神并让绯还川冲走之前，被除凭物的仪式都不算完成。你好歹也是神神梻村的人，连这个都不懂吗？"

"话……话是这么说没错，但附在她身上的不就是那边那个纱雾小姐的生灵吗？她本人都承认了，还需要费事去确认吗？只要让生灵回到本人身上，这事就解决了……"

"哦？新神屋的少夫人什么时候当起了巫女？"

"我、我不是那个意思……"

千寿子突然惊慌失措起来，但巫女无意再和她纠缠。

"若是其他凭物，那我也不会多管，但那是我家的，而且还是纱雾的生灵，那我就不能坐视不理了。"

壹　巫神堂

巫女自言自语般地说完这话后，从怀里取出人形依代，一边用它摩挲凭座全身，一边诵念咒语。持续几分钟后，她把依代放到祭坛上，然后从怀中抽出纸，将纸展开，把依代移到纸上，仔仔细细地包好后摆回祭坛，继续诵念经文。至此，巫神堂中的被除凭物仪式总算告一段落。

"好了，已经结束了，带那孩子回去吧。"

叉雾巫女头也不回，冷冰冰地说道，仿佛压根儿没听到千寿子刚才那番尖酸刻薄的话。

"谢……谢谢。"

千寿子好像还想再说点什么，但最终只是不自然地顿了顿，留下一句感谢。接着，她用呵斥的语气叫来一直在等候室没出来的梅子，两人一起把千代抱出屋，急匆匆地回去了。

巫神堂内只剩巫女叉雾和凭座纱雾两人。不，还有一人。在巫神堂左手边的黑暗中，也就是出入口的对面，黑子始终一动不动地守在那里。

千寿子完全没注意到黑子的存在。黑子的装束和他的名字一样，从头到脚一身漆黑，他一直在巫神堂角落的阴影中注视着她们。如果千寿子接近叉雾巫女，试图拨开帘子踏进叩拜处，那道黑色身影便会第一时间走出黑暗，加以制止。

黑子算是叉雾巫女的贴身随从，但就连谺呀治家的人都不知道他的来历。十多年前，巫女不知从哪里带回了这位少年，他当时头上就蒙着一个脏兮兮的布袋，一言不发。据巫女说，他脸上有很严重的伤，说不了话。一直以来，谺呀治家常有各种各样的人出入，再加上当时是战后的混乱时期，父母双亡甚至举目无亲的孩子有很多，而有的孩子就流浪到了这样的乡下，所以以众人猜测黑子也是其中之一。此后，那个少年就作为叉雾巫女的贴身随从在谺呀治家生活，因为巫女给了他一身黑衣，所以不知不觉间"黑子"就成了人们对他的称呼。他对山神十分虔诚，只对叉雾巫女（纱雾勉强也算）的话有反应，对家中的其他人则十分疏远。然而他看上去似乎已经完全融入了神神栎村，是一个很不可思议的人。

但现在的叉雾巫女却无视了黑子的存在。

"纱雾……"

她低声叫着外孙女的名字并在祭坛前坐了下来，态度和在千寿子面前时截然不同。

她视线茫然，焦点不定，似乎在同时看着案山子大人和纱雾。随着视线渐渐聚焦到外孙女身上，她的双眸也开始恢复灵光，随后仿佛突然回过神来一样动了动身体。她用吃惊的表情凝视着纱雾，有些慌张地将手搭在她的双肩上，念起经文，开始为外孙女解除附身状态。

"巫、女、大、人……"

纱雾一字一顿地呼唤着外祖母。在仪式过程中，任何人都要尊称叉雾为"巫女大人"，就算是家属也不例外。

"给，把它拿好。"叉雾巫女把祭坛上用怀纸包好的东西递给纱雾，表情比平时更加严肃，"记住，这次一定要去大祓除所参拜，不能去小祓除所，然后一定要看着放入绯还川的依代流走，直到完全消失不见才行。明白了吗？千万要慎重，不能怠慢。"

巫女再三叮嘱，口吻就像是在和幼童说话。

"是，巫女大人……"

纱雾顺从地回答，她的声音和往常一样柔弱。作为要继承叉雾巫女的衣钵，成为谺呀治家巫女的人，她这样子实在让人不放心。

"去吧，再磨蹭太阳就要下山了。快去快回。"

叉雾巫女催促纱雾出门的语气恢复了少许外祖母的慈祥，但她眼中却带着与声音相反的某种感情。

她用不安的眼神快速在纱雾和案山子大人间来回看了几次，就好像发现自己早已习以为常的事物在某一刻突然变成了无法理解的、截然不同的东西一般……

身为谺呀治家的巫女，叉雾心中涌起一股似曾相识的忐忑之情。

然而，即便是巫女此时也想不到，这竟是将要侵袭神神栉村的那一连串怪事的预兆。

纱雾日记节选（一）

我醒来的时候外祖母的样子有点不对劲。

醒来——是的，在完成凭座的使命，恢复意识那一瞬间，感觉实在很像从深度睡眠中醒来。涟哥说我只是中了外祖母的催眠术而已。但在进行凭座仪式时意识若有若无的刹那，有种即将入睡的蒙眬感。所以，从凭座状态变回平常的自己时，有种类似早晨起床的感觉。不过想有起床时那种神清气爽的感觉是不可能了……

话说回来，外祖母到底怎么了？她近来身体状况实在算不上好，近期唯一的一次被除仪式是在三天前，而且那人的症状比较轻。不过听说这次的待被者是千代。她已经来被除过好多次了，对外祖母来说应该轻车熟路了。难道这次附身的东西很不寻常？说起来，在我醒来之后，听外祖母说需要注意的事时，好像听到巫神堂外有千寿子阿姨的声音。平时都是梅子小姐送千代来的。

（今天阿姨也来了？）

如果阿姨真的来了，那她说不定在外祖母面前搬动过我的是非。也许这就是外祖母不对劲的原因……

涟哥说过千代的母亲千寿子阿姨年轻时曾嫁给大神屋的须佐男叔叔，但他们结婚五年都没怀上孩子，所以就被茶夜奶奶勒令离婚了。这太无情了。更残酷的是，茶夜奶奶偏偏选千寿子阿姨的妹妹弥惠子阿姨作为须佐男叔叔的再婚对象。

不过一想到多亏千寿子阿姨离婚回了娘家，须佐男叔叔才能和弥惠子阿姨再婚，然后生下涟哥，我就觉得很庆幸。只是这种想法实在很对不住千寿子阿姨。

如果事情只是这样倒也没什么问题，可茶夜奶奶又让须佐男叔叔的弟弟建男叔叔去新神屋当上门女婿。也就是说，在她的安排下，建男叔叔成了离异的千寿子阿姨的新老公，同时也是新神屋的养子。千代就是他们的女儿。

"光是这样就已经够复杂的了，可那时建男叔叔原本的亲事也出了乱子。事情变得越来越充满戏剧性了。"

涟哥说这话的时候只有九岁，但他眉头紧蹙的样子就像一个大人。我记得我当时觉得他的表情非常有趣，不知不觉间忘记了哭泣，一直呆呆地盯着那本不会出现在孩子眉间的褶皱看。

我忘了这陈年往事是从哪儿听来的了。听说当时建男叔叔和我母亲已经到了谈婚论嫁的阶段，至少他们两人都有这个想法。破坏这桩亲事的是茶夜奶奶，她为了拆散他们，迅速安排了建男叔叔的婚事，而且是让他和被茶夜奶奶勒令离婚，回到娘家的千寿子阿姨结婚。

"对我奶奶来说，这简直是一箭双雕啊。"

我当时还小，不知道一箭双雕的意思，但隐隐可以理解涟哥想表达什么。

结果就在同一年，大神屋的须佐男叔叔娶了新神屋的弥惠子阿姨；回到娘家新神屋的千寿子阿姨从大神屋招建男叔叔入赘；我母亲则选择从下屋招我父亲入赘。

"你懂了吗？也就是说千代的父亲以前喜欢过你的母亲。对千代的母亲而言，纱雾你是自己的老公喜欢过的女人的孩子，所以才对你特别不好。"

当时涟哥提这事是在向我解释为什么我没受邀参加千代八岁的庆生会。当时的我已经懵懵懂地意识到我们上屋还有中屋、下屋这三个谷呀治家分支的孩子，以及村里所有被划分为黑之家族的孩子都不会被邀请。但我和其他孩子不一样，上了小学之后依然和涟哥、千代处得很好，所以认为千代过生日肯定会叫我，心里一直很期待。

我一直不清楚涟哥当时的话是他的真实想法还是为了安慰我随口说的。但是，随着一天天长大，和千代相处的时间越来越长，我越发肯定他的话没错，因为有许多经历为这话提供了佐证。

随着年龄的增长，我渐渐明白谷呀治家和神栟家之间存在巨大的隔阂，在这隔阂面前，过去那桩亲事根本算不上什么问题。母亲和建男叔叔之所以会被拆散，就是因为这隔阂。这隔阂就像一堵看不见的高墙，墙那边是白，墙这边是黑，而墙则是相邻的两个敌对国家的边境。

可是为什么千寿子阿姨对我的态度一年比一年差？我相信这不是我的错觉……

因为有这样一段往事，所以既然千寿子阿姨陪千代来了，那外祖母和阿姨之间闹出不愉快的可能性就很高了。

（可是从外祖母的样子来看，事情好像闹得不小……）

我正瞎想的时候，突然发现自己还没从大石阶上下来，不免有些慌张。在完成凭座的使命之后总是这样。明明觉得自己已经醒了，可是会有一段时间言行举止很奇怪，就像半梦半醒一样。明明醒着，但感觉好像还在梦中彷徨。在这过程中我先是从没有意识的凭座状态进入恢复意识的清醒状态（但依然深处梦境世界），然后才回归现实。但我也搞不清楚自己是在哪一刻真正回归现实世界的……

（总之要抓紧时间，太阳已经快下山了。现在没时间瞎想。虽然极少出现这种情况，但万一被人看到，事情就无法挽回了。）

提醒完自己之后，我开始往石阶下走去。

在凭物转移到依代上之后，凭座要把依代放入绯还川，让它随波流走。如果没及时完成，好不容易从待被者身上被除的凭物就会离开依代，在那一天之内找到之前附身的人，再次附到那人身上。但是，在把依代放入河中让它流走时，凭座决不能被人看到。另外，凭座也决不能回头看身后，必须径直从巫神堂的祭坛去绯还川的被除所，把依代放入河中，它流走后就直接回巫神堂，在祭坛接受被除。若不遵守这个流程，被被除的凭物会回到凭座身上。若出现这种情况，凭座就成了一个被附身的普通人——这种状况下的凭座比被附身的普通人更危险。在这整个过程中，被除凭物的仪式尤其不能掉以轻心，一定要全神贯注，直到完成最后的被除。

我很快就知道这条不能回头看的规定比预想的更难以遵守。因为从眼睛看不到的方向传来的响声、气息会让人格外不安。只有在亲眼查看那个方向，确认没有异常之后，那种小小的恐惧才会立刻消除。可要是不能回头，不能观察，无法确认的话会怎么样呢？最初的感觉只是不安，这没什么大碍，但随着这种感觉越积越多，越积越多，它会在不知不觉间转变成巨大、真实的恐惧。没有亲身经历过的人肯定体会不到那种感觉有多么不安，多么可怕，多么孤寂，多么令人毛骨悚然。

但也不是说无论发生什么事都不能回头。其实有办法确认身后的情况，不过只有在感觉自己面临巨大危险的时候才能用。谺呀治家的巫女（也包括凭座）能够被除各类凭物。但只要露出一丁点破绽，或者身心虚弱有机可乘，就有反被凭物附身的危险，所以备有应急手段。但是那种手段极少用到。光是想象需要用到那种手段的状况，都令人背脊发寒。

（说起来外祖母叮嘱过，要去大被除所……）

在我又想到自己的目的地时，突然后知后觉地想到了另一个问题。

（千代是被什么东西附身了？）

我虽是凭座，但总是对神谕的内容和被转移到依代上的东西的真面目一无所知。虽然山神会借我的口说出神谕，凭物会通过我说出自己的来历，但我完全不记得自己说过话，因为那些话是山神或者凭物说的……

我在想这些事的时候似乎忽略了脚下的状况，在下石阶时险些一脚踏空，被吓得不轻，慌了神。万一摔下去，说不定会受重伤。还好我及时抓住身旁的草木才幸免于难，当时实在太惊险了，我保持那个姿势待了好一会儿。我实在走不惯这段石阶。

大石阶名不副实，这里的宽度才勉强够一人通行。而且铺石阶的人好像是个外行，不仅不整齐，还有很多地方歪歪斜斜的。好在石阶两侧有茂密的灌木丛，就算不慎失足也可以像现在这样抓住灌木作为支撑。但不留心脚下还是非常危险。我腿脚有些不便，特别需要注意……

沿大石阶走到底就到了建在主屋北侧的巫神堂的等候室背面，也就是西侧。前来祈祷或被除凭物的待被者在进入巫神堂前一定要在等候室等待一段时间。等候室面向穿廊，与巫神堂相邻。因为后面挨着大石阶，所以连家里人也极少去那边。另外还有小石阶，小石阶在紧挨着巫神堂北侧的僻静小屋那边，同样是在背面，不过两条石阶都是通往绯还川的。虽然这两条石阶的名字有大小之别，但宽度和长度并无区别。它们的区别在于大石阶通往大祓除所，小石阶通往小祓除所。

大祓除所除了用于祓除之外，还是通往九供山山路的必经之地；而小祓除所仅仅是用于把依代放入河里让其流走的仪式场所。也就是说，在大部分情况下，被除凭物的仪式结束之后是去小祓除所，所以

壹　巫神堂

我更常走小石阶。

但外祖母有时会特地交代要去大袚除所,比如凭物的力量特别强、确定附身之物为神明、断定是山神作祟,附身的是栖息在九供山上的一种名叫"长坊主"的凭物……此外,如果附身之物是一种来历不明、最被人避忌的、在本地被称为"厌魅"的凭物,那也要去大袚除所。

(这么说来,附在这上面的也是那种难缠的东西吗……)

到这时候我才后知后觉地把提心吊胆的目光投向了紧握在右手的怀纸。

类似的事情我已经重复过几百次了,可不知为什么,一阵战栗感沿着我的后背蔓延开。就在这时,指尖传来了不同于之前的触感,仿佛怀纸里的东西敏锐地察觉到我的恐惧,开始蠢蠢欲动了。我下意识地想放开怀纸,幸好在最后关头克制住了。如果是我刚开始当凭座的时候,会产生恐惧感和厌恶感还情有可原,但我近来极少有这种感觉,这让我既害怕又困惑。

(我这是怎么了……不仅外祖母不对劲,我也很奇怪。千代肯定也比往常更诡异……)

我把注意力集中在脚下,想尽快走完这条向右画出一个巨大圆弧的石阶。这自然是为了把注意力从右手中的怀纸上转移开。只是这里被两侧的灌木包围,平时就很昏暗,再加上现在太阳即将沉到九供山后,这里黑得就像一条通往地底的隧道。加之在走完这段右转的石阶之后又要往左转,这简直是世上最难走的一段路。所以尽管我心里很着急,但脚步却像蜗牛一样慢。

而且和普通人比起来，我走路要更困难一点，不得不多花一些时间。这条石阶明明已经走过很多次了，可我还是觉得它好像永远都走不完，这种焦躁感差点把我的眼泪从眼眶中逼出来。就在我眼看要急哭的时候，终于走下了最后一级石阶。

接下来再走一小段草木丛生的蜿蜒小路，等到眼前豁然开朗的时候，就到了绯还川的河滩。河流在眼前从左往右流淌，也就是从西南方流向北方。走出小路后，正面就是大祓除所，大祓除所的左边有一座栏杆涂成朱红色的桥，这座桥叫作"常世桥"。过了桥就是上九供山的路口。

但别说是过桥了，连河滩都没人会靠近。因为大多数村民都对这里心存忌惮，他们相信这附近有无数被祓除的凭物徘徊不去。他们明明知道所有凭物在转移到依代上之后，都会随着绯还川流走，但却仍然固执地认为凭物未被除净。但我很清楚自己没底气断言他们的想法是错的……不过村民对神山本就十分避忌，就算这里不是祓除凭物的地方，他们也绝不会靠近。

连我也只去过桥那头一次。在我九岁那年的阴历春天，距今七年多以前。

那时的记忆已经有些模糊了，但我仍记得神山上积雪的风景和立在上山路口的两根怪异柱子，柱子前供奉着两尊案山子大人。我当时还小，在我眼里案山子大人很大、很可怕。

"和你们很像啊。让人望而生畏。"

我记得外祖母当时盯着小雾姐和我，这样嘟囔过。也许外祖母的意思是，我和姐姐这对双胞胎长得很像，就像那两尊一模一样的案山子大人吧。但或许那番话另有所指？

我记得自己后来好像看到了更可怕的东西（也许是供奉在山里的案山子大人？），可是怎么也想不起具体情况。也许那东西可怕到让我下意识地排斥唤醒那段记忆吧。但我脑海某处确实有一个微弱的声音在说："最好别去想。"所以我也特意不去努力回想。可以肯定的是，我当时上了九供山，在那里看到了某种东西——

从神山回来后，我们接受了九供仪式，这是笒呀治家的女儿年满九岁时要举行的仪式。尤其当女儿是一对双胞胎的时候，这个仪式的意义就更加重大。因为仪式将决定谁当巫女谁当凭座。笒呀治家代代都会生出双胞胎女儿，我母亲也是双胞胎，听说外祖母和外曾祖母也是。所以一般来说巫女和凭座都不缺。

但也有没生出双胞胎，或者有人夭折的情况。这种情况下就要由一个女儿兼任巫女和凭座。该说是幸运吗？笒呀治家似乎每一代都有女儿。而且据说每隔几代都会出现一次外祖母这种情况：虽然有双胞胎姐妹，但却没有分担职责，而是由一人承担两个职责。事实上，外祖母的妹妹（捼雾），也就是当时的凭座去世后，有一段时间外祖母的女儿，也就是我的母亲体弱多病，实在挑不起凭座的担子。据说当时外祖母一人扛起了一切。所以现在不管村民在背地里有什么看法，他们都很敬重外祖母。不，可以说现在的笒呀治家是外祖母一个人撑起来的。

但是不能否认，那段时期的操劳招来了现在的恶果。无论是当巫女还是当凭座都是非常消耗体力的事。但我感觉近来消耗的已不仅仅是体力了，似乎除了体力，还有某种重要的东西正在流失……至于流失的到底是什么，我说不清，只是有种模糊的感觉……

（不行。现在不该想这些。）

是的。光是能顺利完成九供仪式，我就算得上幸运了。外祖母那么操劳不仅仅是因为母亲体弱多病。母亲的双胞胎姐姐，担任巫女的早雾姨母随着年龄的增长，精神越来越不正常也是一个原因。巫女的工作自然是无法胜任，据说连日常生活都受到了影响。邻村的当麻谷医生怀疑是在九供仪式中喝的药酒宇迦之魂的副作用。外祖母当然否认了这个说法。但过去的事例已经说明喝宇迦之魂的人有丧命的危险。离我最近的例子是我的姐姐，是的，就是小雾姐。

巫神堂的仪式结束后，我和姐姐被要求喝下一种奇怪的液体。那液体甜中带着一股苦味，浓稠温热，滑过喉咙的感觉很恶心。那就是宇迦之魂。喝完之后的事我几乎都不记得。不过在仪式结束后的九天里，我们应该一直在祭坛前的产屋里没有出来。产屋是用稻草搭成的，人们对分娩很忌讳，所以专门设了产屋来隔离产妇。在这期间我们每天都喝一次宇迦之魂。之所以要关在外面立着扫帚的产屋里，是因为两个人一个会成为巫女，另一个会成为凭座，这是一种新生……

然而，据说第十天早上，我们两人没有醒来。可是没有医生来诊治，我们也没被送去医院。我和姐姐只是被安排去挨着巫神堂的僻静小屋（不过是在不同的房间）里睡觉而已。不知道是不是因为这事，我恢复之后左半身麻痹，有一段时间难以走路。虽然后来治好了，但现在仍无法全速奔跑。

对于小雾姐的情况，我几乎没有印象。我恢复意识的时候，在僻静小屋的一个八叠间¹里,我知道那是姐姐用的房间。可是我没看到小雾姐。接着我爬出被窝,开始朝隔壁房间爬去,那是外祖母用的十叠间。也许是因为我觉得外祖母在隔壁吧。

不,应该不是这样。那是因为我无意识地认为姐姐就在隔壁?因为是双胞胎,所以会互相吸引?是普通姐妹所没有的感应起了作用?我希望这就是事实,但我比谁都清楚,这是最不可能的情况。

姐姐和我是双胞胎,所以长得非常像,但除了外貌,我们在其他方面截然不同。姐姐从小既聪明又成熟,而我是个比实际年龄幼稚得多的小孩子,根本靠不住。姐姐开始一本接一本研读外祖母的藏书(涵盖了严肃文学、娱乐小说、史书、宗教典籍等各种类型)时,我才刚放下绘本开始看儿童读物。姐姐在村民面前也一样早熟,她从小就有谘呀治家巫女的气质和风范,俨然一副外祖母继承人的模样。

而我则始终改不了怕生的毛病。在外祖母眼里,自然是姐姐更好。她集万千期待于一身。我想她当时应该受过外祖母式的精英教育。由于我们的差别太大,所以尽管我们是双胞胎,但我没有留下和姐姐一起和睦玩耍的回忆。因为我这畏首畏尾的性格,印象中我也没和其他孩子一起玩过。虽然姐姐也没和其他孩子一起玩过,但我们的情况截然相反。姐姐是彻头彻尾的孤高,而我无论走到哪儿都是那么孤独——要是上小学的时候,千代和涟哥没有主动向我搭话,我应该会一直孤零零的吧。

当时的我是怎么看小雾姐的呢?这个比我优秀的姐姐让我既羡慕

---

1 一叠为一张榻榻米的面积,约1.62平方米。——译者注

又自卑。另外，我既恨姐姐独占外祖母的爱，又可怜她不能像孩子一样玩耍。

我们这对姐妹简直就是两个世界的人，所以不可能单单在那时突然冒出双胞胎间的感应。这么说来，我是察觉到隔壁房间有不同寻常的气息吗？那种恐惧不仅没有把我吓退，反而把我吸引过去了吗？还是说我当时只是没有彻底清醒，所以搞不清方向？我至今仍不知道原因，总之我当时只想着要去隔壁房间。

我很快就到了推拉门前，拉开门后，映入我眼帘的是一个被窝。可是在那儿睡觉的不是姐姐。在看到那东西的瞬间，我立刻想到长坊主，吓得浑身发抖。接着我又想到了厌魅，抖得更厉害了。从我出生以来，从未有过那么强烈的恐惧。也许我在九供山上的经历也有那么可怕，但好在我不记得那段经历，所以无法比较。

听说我当时一直隔着推拉门望着隔壁房间的东西，直到外祖母发现了我。但我的记忆在看到那东西时便戛然而止。那东西脸部肿胀，整张脸都是紫色的，有很多乌黑的地方，就像怪物一样……

可那是小雾姐。我看得千真万确，露在被子外的是姐姐的脸。恐怕她全身都已经变色，而且出现了异样的肿胀。我醒来的时候虽然情况没那么可怕，但手脚末端有些异常，过了一周左右才恢复。肯定是因为我症状较轻才没出事，而姐姐情况很严重（任谁都看得出来），所以保不住性命。

第二天，外祖母说："可喜可贺。小雾成了案山子大人。"她显得非常开心。籿呀治家的每个人死后灵魂都会回归九供山。据说担任巫女和凭座的人会成为山神的一部分，而且在九供仪式中被选中的人会化为山神。据说这种情况很罕见。也就是说，小雾姐就是被选中的人。所以外祖母异常开心。顺便说一下，案山子大人是山神的化身。但需要避讳这个名字。在我印象中，那是外祖母唯一一次说出"案山子大人"这个名字。

"小雾既不是被选中的人，也没有变成山神。她是被杀害的。"

去年正月，涟哥知道我终究没办法考高中的时候说出了这话，那语气就像终于下定了决心一样。

"被杀害——为什么？是被谁杀害的？"

我以前就觉得他对凭物的信仰持否定态度，但他以前从没当着我的面说过这种话，我被吓了一大跳。

"为什么？当然是为了谷呀治家的九供仪式。至于凶手，应该是叉雾奶奶吧。"

涟哥回答时表情显得有些痛苦，大概是因为他很清楚我对外祖母的敬爱和畏惧吧。

"这……外祖母不可能对小雾姐做那种事。因为外祖母最宠爱的就是小雾姐。"

"我没说叉雾奶奶蓄意杀她。但她应该很清楚九供仪式用的奇怪液体很危险。她明知有危险还让你们喝，说她对小雾的死有不可推卸的责任没问题吧？"

"可是，外祖母也不想的……"

"嗯，我明白。因为她更关注你姐姐，而不是你。当然，我想她一点杀心都没有。问题在于她太迷信了，她深信在九供仪式中死亡的人会变成九供山的山神。叉雾奶奶虽然很疼你姐姐，但应该更在乎上屋的信仰。这和日本人战时的思想很像，那时人人都相信为国捐躯的士兵会成为英灵，战死沙场是一种荣誉。但战后，所有人都明白这是胡扯。"

"……"

"可神神栉村和谽呀治家还保留着类似的思想。不过，只要踏出村子，这种荒唐事就没人信了。你要明白，在世人眼里，小雾的死是毋庸置疑的他杀。"

"他……杀……"

"小雾的葬礼之所以草草了事，也是因为心里有愧吧。"

小雾姐的葬礼确实和别人的不一样，我当时虽然是个孩子，但也能感觉到。我知道就算灵魂会回归神山，但身体依然留在这个世界，所以需要送葬。但她的葬礼实在太简单了。

因姐姐变成山神而狂喜不已的外祖母在两天后的葬礼上没有表露出任何感情。虽然一切都由外祖母一手操办，但完全谈不上隆重。姐姐的葬礼简直就是一场秘密葬礼。我从小到大看惯了村里那流程繁杂的葬礼，在我看来，姐姐的葬礼实在过于简单。考虑到谽呀治家在村里的势力，葬礼再怎么简单也不可能办得那么简陋。那天连守灵都没有，突然就叫来了和尚，经也没念多久。因为只有家人，所以烧香祭奠的过程很短，又省掉了最后的遗体告别仪式，甚至没有组织送葬队伍在村中缓行。

特别是当时村里正在举行每年例行的迎魂仪式，迎请哥哥山的神明。对外祖母来说，那说不定是个好机会，因为正好可以在不惊动村民的情况下把姐姐下葬。

壹　巫神堂

我把自己记得的情况告诉涟哥之后——

"我说不对劲吧？我感觉叉雾奶奶这么做是因为内疚。听我奶奶说，在谺呀治家的九供仪式中化为山神的人的葬礼——不对，那好像叫归魂式，那种仪式办得非常风光。那是奶奶小时候的事，已经过去非常久了。恐怕当时没人会把那种仪式当成死于九供仪式的人，也就是死者的葬礼吧。因为所有人都相信那人变成了山神。但到了战后，依然信这种说辞的人应该不多了。我们村确实充斥着陈规陋习，但我觉得不该一直默许那种一不小心就会弄出人命的怪异仪式。像叉雾奶奶那么敏锐的人应该早就察觉了吧。所以她虽然为九供仪式的结果大为欣喜，但却急着把小雾的遗体处理掉。"

"嗯……我明白你的意思了，可是……杀人什么的……"

我实在无法接受，于是摇了摇头。他见状想要说些什么，可是在开口的前一刻似乎改变主意，把话咽了回去。沉默了一会儿之后，他用更加严肃的表情说道："纱雾，想想看吧，你当时也有可能会遇害。"

其实我当时怀疑过，关于姐姐的死，涟哥是不是知道什么不可告人的内情。我也理解在旁观者看来，姐姐当时的状况很像遭到杀害。但他说得这么肯定，应该有什么事让他确信这是他杀吧。这一年来，涟哥一有机会就和我说这事，可是我一直没有勇气提出心里的疑问。

他一直希望我考上XX市的高中，离开村子。所以在得知我连高中都不考的时候，好像挺震惊的。而且他知道这不是我的意愿，而是外祖母做的决定，所以肯定急得不行吧。

涟哥这么关心我，我当然很开心。不仅仅是升学的事，他从小就总是为我着想。考虑到我们立场不同，我再怎么感谢他也不为过。既然他断定祈祷和被除凭物是陈规陋俗，是迷信，很荒唐，那或许真是这样吧。不，我希望他是对的。可是，谽呀治家为黑，神栉家为白。虽然这两家都是村里的大地主，但我的家族世世代代都与凭物关系匪浅。他说这是迷信。显而易见的差别一直延续至今，这是无法否定的。也就是说，不管走到哪里，我们都是一黑一白，没有交集；就算碰巧出现了交集，诞生的也是灰色。这只是玷污了白色而已。就像黑是最深的颜色一样，谽呀治家的黑也同样深沉……

"千代，要是和纱雾一起玩，你也会变脏的，知道吗？"

第一次听到千寿子阿姨这么说是什么时候的事呢？

一开始，我以为千代因为在外面玩，把衣服弄脏了。所以我后来特别注意，尽量避免她弄脏。可是我渐渐明白阿姨说的脏不是肉眼可见的脏。再后来，我明白我什么都改变不了。

就算这样，我也不恨千代和阿姨，也不会藐视村民对凭物附身深信不疑的无知信仰。如果要问我会不会全盘接受涟哥的话，那么很遗憾，我不会。

因为从九岁时经历过九供仪式后一直到现在，我去九供山脚下的两个被除所，去从神山流下来的绯还川的次数多达数百次，我曾经好几次感觉到、听到、看到过来历不明的东西出没。

就像现在一样，我知道从不久前开始，就有东西在背后凝视我，一旦有机可乘，那东西就会过来附到我身上……

壹　巫神堂

取材笔记节选（一）

刀城言耶望着险峻的朱雀山脉在公交车右侧向后方奔驰，不知不觉间出了神。他想，自己之所以怎么看都看不腻，是因为那座山的某处给人一种异样的感觉，那地方似乎自古以来便流传着许多不可思议的传说。但对人类而言，山海本就如异世界一般，如此看来，会沉浸在这种感觉中是人之常情。

可是他忽然冒出了一个想法。

（也许不是看不腻，而是挪不开目光……而我在不知不觉间被山给魅惑了……）

他的双臂突然起了鸡皮疙瘩，一股寒意沿着后背蔓延开。

不管异世界有多么可怕，只要不踏入其中就不会有问题。然而，即便是远远地看着这地方，也会产生一种不寒而栗的感觉，那感觉就像是有浓稠的、来历不明的东西正从群山中朝自己袭来。

（这可不行啊……怪奇小说家居然胡思乱想把自己吓得浑身发抖……）

他自嘲着露出苦笑，强行将视线投向了车内。

说起来，之前没有一位乘客把目光投向山脉，这也让人觉得有点可怕，也许他们是这附近的居民，早就对这景象司空见惯了，但就算是这样，也显得很不自然吧？

从始发站XX市上车的人里，只有他还没下车。大部分乘客都在公交开近朱雀山脉前下了车。当初显老态的男性乘客下车时，原本的十多名乘客便只剩他一人了，想到可能要独自一人坐到终点，他心中产生了些许不安。公交车确实载着他一人开了一段时间。车窗外是一望无际的自然风光，他甚至怀疑前方是否真的存在有人居住的村庄。

不过公交开进苍龙乡之后，陆续有少量乘客上了车。在目光所及之处一个村子都没有，但能够看到有人站在山路边的公交站等候。没多久车上就坐满了十多名乘客，仿佛此前的孤独只是一场梦。只是虽然人数和之前差不多，但在XX市一起上车的乘客和此时同车的乘客给人的感觉明显不同。

前一批人虽然和言耶没多少接触，但至少会把他当成旅人看待，能感觉到那些人和言耶接触很自然，没有排斥感。要坐到邻座的人会点头打招呼，也有简单的交流，比如互相询问对方来自哪里，要去何处之类的。当然，也有人把他当成外人，用不信任的目光打量他，但这和乡下特有的洗礼仪式差不多，无论走到哪儿都会遇上，他也不是第一次经历，早已不当回事了。也就是说，对他这个外来的旅人，车上既有人表现出适度的热情，也有人漠不关心。正在探访日本各地寻找怪谈的言耶对这样的反应已经习以为常了。

可是后一批人（此时和他同车的人）从踏上公交的那一刻起，不，他们从在公交站看到言耶的那一刻起，就摆出了一种彻底无视的态度。这种态度不仅仅是漠不关心，根本就是视而不见，无视了他的存在。换个角度看，他们显然非常在意言耶。

（感觉我就像一个从大都市转学去乡下的转校生啊。）

这是他最初的感受。他认为这是乡下人特有的腼腆。他就坐在车的中部，但别说是邻座了，连前后座都没人坐。他本以为这是因为怕生，但渐渐地，他开始觉得那些人也许不是因为那么朴素的原因才对自己敬而远之，心里越来越不自在。

言耶旅行的目的是从各地的民间传说中收集怪谈，为此他要尽可能和当地人打成一片。因为不仅是他的主要目的怪谈，当地历史、民俗方面的知识也必须从当地人口中打听。那些知识有助于分析、解释收集来的传说，所以打听这方面的事是此行必不可少的一环。但他一直在避免自己过分积极地插进当地人之中，始终坚持自然而然地融入其中。所以在驶向他要去的村庄的公交里，有来自目的地附近的人和他同车可以说是个绝佳的状况，他可以趁机收集周边的情报。

不过言耶这次的目的并非收集怪谈，而是一件不能随便说的事，所以他需要注意一些。但每当有村民上车，言耶都会半习惯性地露出恰到好处的微笑，并轻轻点头致意。但没有一个人看他。他一直认为不管走到哪儿，总能遇到一两个话痨，可没多久他的笑容就僵硬了。因为那些人一致无视了他，态度相似到让人害怕，就像提前商量好了一样……

当然，那些人不可能真的提前商量好。因为刀城言耶是个来去不定的人，直到今天乘上这辆公交之前，连他自己都说不准自己会干什么。也许会再去一次朱雀神社，也许去熟人居住的岩壁庄。难道那些村民早就知道他会搭乘这辆公交吗……

（打住，打住，这想法太离谱了。不管去哪儿都不可能有人知道我是怪奇幻想作家东城雅哉。在这辆公交车上的乘客眼里，我不过是个来历不明的外人而已……）

虽然他心里明白，但那种奇怪的感觉却挥之不去。

如厌魅附体之物
MAJIMONO NO GOTOKI TSUKU MONO

　　等回过神来的时候，公交车已经开进了长长的山路，前方连公交站牌的影子都见不到。此时的他感觉非常不舒服，同时这些住在苍龙乡的乘客也让他产生了一种难以言表的淡淡的畏惧。

　　如果那只是他自己疑神疑鬼的话倒还好，可那种隐约的不安在某一个瞬间突然转变成了近在咫尺的威胁。

　　言耶不愿去看右边的山脉，但也不能一直环视车内，所以他把头转向了左边。那边只有紧挨着车窗向后奔驰的山壁，实在称不上什么景色。就在他失望地准备把头转回来的时候，对上了一道目光。阳光被山壁上茂密树木遮挡，窗玻璃随之变暗，他透过玻璃与一个正偷偷盯着自己的村民四目相对——

　　那是个货郎打扮的男人，他面朝左边的车窗，但决不是眺望外面的景色，而是通过玻璃注视着坐在另一侧的言耶。

　　言耶一愣，然后缓缓把头转向后方，结果发现坐在左后方那穿着务农工作服的男性迅速将目光移开。他急忙往正后方看去，不出所料，看到几个人正把目光移开。

　　（原来那些人在看我……）

　　言耶恍然大悟，原来那些人并不是单纯地趁他没注意的时候看他，而是在凝视他。车上的其他人全都默契地无视他，同时又把所有注意力都集中在他身上。他感觉所有人心里都有一双眼睛凝视着自己，不禁打了个寒战。

　　（是对外地人心存戒备吗？）

　　言耶试图做出合理的解释，但那些人给人的感觉实在太不正常了。他怀疑自己可能即将踏入一个无比可怕的地方，心里有些发毛。

壹　巫神堂

流传着奇闻异事的土地、人们敬而远之的地方、流出不好传闻的建筑物、各种被诅咒的物品都会唤起人内心的恐惧，但不管怎么说，当地人的言行所带来的恐惧才是最真实、最可怕的。只要想到自己置身于危险之中，随时都有可能受到实质性的威胁，就会产生极重的精神负担。而且过往的经历告诉他，这种担忧往往并非杞人忧天。

（总之我还是安分一点，不要刺激到他们吧。）

言耶做出了这样的判断。此时他正准备从大旅行箱中拿出为这趟旅途的目的整理的资料笔记。

"——是吧？话说，你听说了吗？就是钟屋葬礼那事。"

在他前面的空座再往前的座位上，两个男人交谈的只言片语忽然传进了他耳中。

（在聊葬礼……）

这个词引起了言耶的注意。准确地说，还包括前面那句"你听说了吗？"中包含的奇怪语气，他敏锐地嗅到了怪谈的气息。

"没听说啊，我只知道他们家的奶奶死了，出什么事了？"

"你知道那家的次子久司吧？就是去朱雀的铃屋当上门女婿的那个。"

言耶可以肯定，钟屋、铃屋是这一带用的屋号，也就是对一户家庭的称呼。

"哦，那孩子比他哥老实多了。"

"就是那个久司，他回来参加奶奶的葬礼了。"

"他带老婆回来了吗？"

"没有没有，你也知道爬跛村的钟屋和朱雀的铃屋有矛盾吧？不过真亏久司能装出什么都不知道的样子。"

"是啊。毕竟那事——"

接着那两人就偏离了葬礼的话题，聊起了两家矛盾的起因，言耶对那种事根本不感兴趣。他急得差点就要对那两人说："葬礼到底出了什么事？"说不定光说还不够，还要坐到二人前面那排的座位上，把头凑到两人中间。

刀城言耶自己也很清楚这是他让人头疼的毛病之一。每当听到有趣的怪谈时，他就会催对方接着往下说，全然不顾当时的情况。当然，在进行民俗采访的地方，如果被采访者已经准备好要讲述怪谈，那他也会礼貌地询问。但如果是在日常对话中突然听到别人提起怪谈，那就成问题了。

在这种情况下，言耶肯定会把一切都抛到脑后。只要他发现别人知道怪谈，就算他和那人因为某些事关系紧张，也会立刻放下矛盾，缠着对方给他说怪谈。平时的他给人一种彬彬有礼、认真严肃的印象，所以这样的反差会让对方大受震撼。了解言耶这毛病的编辑们都觉得，和他走得比较近但又没见过这种巨大反差的人，在第一次见到这种改变时的场面是最有意思的。

他本就喜欢收集怪谈，而作为怪奇小说家，收集怪谈最初是工作必不可少的一种取材活动。他这行为已经超越了好奇的范畴，一定要形容的话，可以说是一种病入膏肓的状态，所以特别让人头疼。

（家族间的矛盾随便怎样都行，快说葬礼的事啊。）

不过这次他勉强控制住自己，只是在心里催促而已。大概是因为村民带来的那种诡异氛围让他心有余悸吧。

壹　巫神堂

"不好的话就不说了，不过久司从小就很受奶奶宠爱啊。"

他的祈祷似乎得到了回应，话题终于要转回来了。

"嗯，他虽然没赶上守灵，但来得及参加葬礼。听说还住了一夜，就在放牌位龛的隔间隔壁打地铺，她奶奶的牌位刚放上去。"

"只有久司一个人吗？"

"是啊。估计他回来前就已经决定要在奶奶身旁睡一晚了吧。不过在牌位间睡觉也太吓人了吧。"

"然后呢——难……难道奶奶的鬼魂出现了？"

"没有没有，没那回事……不过他睡下之后，听到牌位间有低声说话的声音。"

"牌位间里没人吧？"

"是啊。可是却有人在小声说话。那声音明显是在交谈，但又像是自言自语。"

"知道说的是什么吗？"

"这个嘛……久司也想知道说的是什么，于是就爬出被窝，把耳朵贴在推拉门上。"

"……"

"然后他听到那个窃窃私语的声音聊的是钟屋和铃屋之间的矛盾，也就是我们刚刚聊的那些。"

"这……这是怎么回事……"

"不清楚。据久司说那声音很奇怪，既不是大人也不是小孩，既不是男的也不是女的。听清那个声音和交谈的内容之后，他突然怕了起来。就在他要钻回被窝的时候，因为太紧张，头蹭到了推拉门。他刚一弄出动静，牌位间的声音就消失了。他知道里面的东西发现了自己，这时候必须逃走才行，可就是站不起来。所以只好保持屁股贴着榻榻米，面朝牌位间方向的姿势，双手推着榻榻米后退，就像划船一样。然后——"

"然后怎么了……"

"牌位间的推拉门一点一点拉开……"

"……"

"然后在开到两寸左右的时候停住了。牌位间那边自然是一片漆黑，什么都看不见。久司的房间这边也没亮灯，但他的眼睛已经习惯了黑暗。久司说他当时生怕门猛地被完全打开，冒出一个吓人的东西来，差点被吓出毛病来。"

"然、然后呢……"

"他当时实在太害怕了，反而没办法把面向门缝的头扭开。他见门缝后没东西于是松了一口气，这时他无意间看向门缝最上方，发现那里有只眼睛正俯视着自己……"

"……"

"他吓得把视线往下移，结果门缝的最下方也有一只眼睛正仰视着自己……"

"……"

"所以他就下意识地往门缝正中间看去，结果看到一只白色的小手攀着门，正朝他伸来。"

"久、久司后来怎么样了……"

"终究是逃出来了。说是身体突然就能动了。不过……"

壹　巫神堂

"不过……什么……"

"他在逃出房间的前一刻，感觉后颈和右边脚脖子被那手摸到了……"

"欸……被摸到了吗？"

"也许应该说是被抓住了吧。这事是他在回铃屋之前，告诉我和辰男的。"

"久司肯定吓得不轻吧。"

"对了，你知道吗？啊，你肯定不知道，毕竟你这段时间一直在外面。"

"怎么了……"

"也不知道怎么回事，久司他没回铃屋。"

"没回去？他还在钟屋吗？"

"不是，他在第二天和我们说了这事之后，就回铃屋去了。是我和辰男送他走的。可是听说他没回到铃屋。"

"那他跑哪儿去了……"

"不清楚。听说铃屋那边以为他人还在钟屋没回去，于是派人来接他，这才知道他早就回去了。可他却没回到铃屋。这么说来，那就只可能是在爬跛村和朱雀之间的路上消失了……"

"这种情况就是神隐了吧？"

坐在前面的两人突然听到言耶的声音从身后传来，身体猛地一抖，简直要跳起来了。然后他们慢慢地回过头，目不转睛地盯着他的脸。

"神隐这种事一般发生在小孩子身上，而且从刚才的话来看，那实在不像是神隐——不过这里毕竟是……"

其实言耶也不记得自己是什么时候坐到前面去的。似乎在听到"牌位间传出说话声"的时候，他就已经坐在这里了。

"从门缝伸出来的手应该是名叫'细手长手'的妖怪吧。佐佐木喜善在《奥州座敷童子故事》中说细手长手是座敷童子。钟屋会不会有座敷童子的传承呢？"

看向后方的两人依然用一副呆若木鸡的表情盯着言耶的脸，没有其他反应。言耶则自顾自地认为他们正在听自己说话。

"啊，话又说回来。有眼珠出现在门缝上下两端，这点实在不像座敷童子。不过明明只有一只手，可是后颈和脚脖子都被抓到，而且有两只眼睛，这么看来那东西可能有两个，这样就和座敷童子常成对出现的传说不谋而合……"

这时，那两人中话比较少的那个似乎回过神来了。

"话、话说你是……"

"啊，失礼了。我是……"

就在言耶打算接下话头自报家门的时候——

"喂……"

另一个人急忙出声提醒，几乎是同一时间，也有声音从后方传来。接着那两人就像什么事都没发生过一样，站起身朝后方走去，整个过程看都没看言耶一眼。

"啊，打扰一下……我想占用两位一点时间，问问刚才那事的详细情况，还有钟屋座敷童子的事也——"

言耶下意识地起身，想追上那两人。然而他发现坐在公交车后半段的所有人都用刀子般的目光盯着自己,他就像附身的凭物被被除了一样,一下子就变回了平时的状态。

(不、不好……又没忍住……)

他目光游移,避免接触任何人的视线,然后微微行了一个礼坐回了位子上。

(而且偏偏是在这种情况下……)

这时,坐在前面的那些村民也直直地望向了他,那明显是看可疑人物的眼神。这感觉就像勉勉强强把他和村民隔开的一层薄膜突然被戳破了。

(我记得这是最后一趟公交,所以不能中途下车……这下尴尬了。)

想到这里,他觉得自己已经穷途末路了,只好无奈地往车外看去,就在这时,他发现朱雀山脉险峻的景象不知何时已经有了改变。

(是蛇骨山脉!)

到了这里,苍龙乡的山村之一爬跛村就不远了。

(哎呀,终于要到爬跛村了吗……)

他松了一口气,看向前方,发现公交车的前方是坡度很陡的下坡路段。车身再次猛烈地摇晃。这辆老掉牙的公交车爬坡的时候,一副上气不接下气的样子,在贴着山壁的曲折道路上时不时地抖动,现在又浑身上下发出巨大的咆哮声,向坡道下方冲去。

(这……这也……太夸张了……)

言耶觉得自己死定了。这车哪里是在向坡下行驶,根本就是在滑行。好在公交车平安无事地下到平地,接着摇摇晃晃地在山脚的乡间道路上行驶。过了一会儿,在拐过一个大弯之后,前方出现了像是村庄入口的地方。路边伫立着两尊守路神，左边那尊是石雕的，右边那尊是稻草扎的。

（哦，我还以为是个荒村呢，没想到这么大啊。）

在言耶观察整座村庄的时候，公交车已经从守路神之间开了过去，驶入了田间蜿蜒的村路。接着车子开进广场，静静地停在角落，那广场似乎是村庄的中心。

转眼间，十多名乘客全部下车，只剩他一人留在车上。

（得救了……）

最初，只剩言耶一人的公交车渐渐驶入山中时，他感到一种难以形容的不安，但这次只剩他一人时，他却反而松了一口气。然而，那种安心感没持续多久。公交站附近聚了不少村民，可奇怪的是，没有一个人上车。

（他们是在接人吗？）

他仔细一看，下车的乘客和广场上的村民确实正凑在一起说些什么。但是，那边的人聊完之后立刻齐刷刷地把视线投向了公交车上的言耶。

（欸……怎、怎、怎么回事……）

说不定在公交车上的怪异举动已经传遍全村了。就算是这样，也不至于被所有人盯着啊。不管怎么想，都是他们的态度更怪异。

（现在只能装作没看见了。）

言耶在这里人生地不熟，对方又人多势众，而且他再怎么说也是外人。再加上他心中有愧，毕竟是他打破了双方间那种类似于平衡的东西。他装作没察觉那些村民的视线，从旅行箱中取出一本书，打算专心致志地看书。

那本书他已经看过很多次了，但用来逃避那些村民令人如坐针毡的凝视正合适。那是一本民俗学书籍，标题是《朱雀与蛇骨的凭物信仰 神神栉的厌魅》是一位名叫"闭美山犹稔"的民间研究者在战前所著。副标题中的"神神栉"就是他这次要去的村庄。

东西走向的朱雀山脉，其半山腰便是苍龙乡，朱雀连绵的山峰西侧与蛇骨山脉相连，爬跛村就在蛇骨山脉东侧山脚，这里地处苍龙乡腹地。据说直到中世（1185—1603）末期，这座位于三个山谷之间的爬跛村都是苍龙乡的最西端，但后来有人往更深处开垦，神神栉村便诞生了。但这终究只是推测，因为没有文献可以提供佐证。但据说从宽永到庆安年间（1624—1651），爬跛村的谻呀治家分两家，一家留在村内，一家搬出村外，村外的分家就是神神栉村的谻呀治家，现在的上屋就是那一脉的后代。有文献记载当时他们分到了大片山林与田地，成了一大地主，仅次于神神栉村最大的地主神栉家。所以有人推测村庄的开拓是在中世末期。

分到神神栉村的谻呀治家在宽延至天明年间（1748—1788）势力逐渐增长，终于反超了资历更老的神栉家，在藩政时代当上掌管村中大小事务的庄屋，一跃成为村中最大的地主。谻呀治家在实现这次反超之前，也就是第三代家主时期，有过一次分家，分出的一家也留在村内。那时候，为了区分当时还是大地主的神栉家、第二大地主谻呀治家以及谻呀治家的分家这三大地主，用了上屋、中屋、下屋这三个屋号。到了神神栉家第七代家主，谻呀治家第四代家主的时期，两家碰巧同时分了家。尽管当时两大家族的地位已经调转，但神栉家的屋号依然保留"上屋"二字，本家叫"大上屋"，分家叫"新上屋"。而谺呀治家则依次被叫作"上屋""中屋""下屋"，屋号比神栉家低了一级。再往后神栉家本家的屋号变成了"大神屋"，分家变成了"新神屋"。单从屋号就能看出在佃户虽然认可谺呀治家是经济方面的头号地主，但一直把神栉家尊为村庄的精神领袖。

当然，无论在日本的什么地方，这样的历史都不过是单纯的乡野势力之争罢了，没什么稀奇的。问题在于这神神栉村也被叫作"神隐村""稻草人村""凭物村"。

有一种说法认为神隐村的神隐是由神神栉变音而来的，但苍龙乡西端，以该村为中心的区域自古以来就常有人失踪，这是不争的事实。至于是先有这个名字还是先有这种现象，就不得而知了，但不管怎样，这是一个名副其实的神隐村。接着说稻草人村这个名字，严格来说这名字是不对的。因为村庄的路口、桥梁、坡道等各处的斗笠蓑衣人偶绝不是稻草人。那是案山子大人，虽然"案山子"在日语中和稻草人同音，但案山子大人是每年二月和十一月进行的迎魂和送魂仪式中供奉的山神。但是，传说中最被人避忌、最可怕的怪物厌魅也是戴斗笠穿蓑衣的形象，所以这就有点麻烦了。最后说"凭物村"这个称呼，这个称呼指的是村中的大地主谺呀治家的上屋，继承其凭物信仰的中屋和下屋，以及散布在村中的所有黑之家族，换而言之，就是村里的所有凭物家族。但凭物村同时又是对整个村子的称呼，白之家族也包括在内。

凭物指的是一切会附到人类身上的来历不明的东西，在全日本或多或少都有类似的传说。由于人们不知道凭物的真面目，所以将其视为非人之物，又因为会附到人身上，所以称其为"凭物"。被它附身的人或患病，或说胡话，或做出怪异的行为，更有甚者会因此丧命。所以人类曾试图解决凭物问题。但凭物的真面目是关键，若不知道其来历，就无从解决。所以无论如何都要弄清其来历。凭物可能是各种动物、植物、矿物，或者各路神明、人类的灵魂等。

光是动物中就有狐、犬、蛇、狸、貉、猫、猴乃至蛙、蛭，还有河童之流，种类之多，简直无法用动物一词概括。单说狐就分为多尾狐、管狐（饭纲）、人狐、野狐、土瓶、狼狐等许多种类，这还没完，有些地方还有别称或不同的种类，如管狐有管狐魍，人狐有山鼬、薮鼬、小鼬、日御碕，野狐有野狐精、野狐离、野狐茸，狼狐有狼狐神等。不仅如此，有些凭物，如狼狐会被视为八幡大神使者，而土瓶在有些地方被人当作狐狸类的凭物，而在另一些地方则被视为蛇类的凭物，情况错综复杂。加之除动物之外，上至一切神灵、人类祖灵、生灵、死灵等灵体，下至座敷童子、地藏菩萨等难以分类之物，会附到人身上的一切精怪鬼神都要算入其中。此外，驱使凭物的修行者、施术者，凭物家族等也与之有关。一想到远野的御白神也有这样的血统，就让人不禁怀疑凭物的范围是不是大到没边了。尽管最初是来历不明的东西，但其囊括范围太大，成了难以体系化的东西。

言耶这次去神神栅村之前，参考前人的资料，了解过凭物的大致情况。民俗采访需要进行的准备主要是参考民俗学方面的书籍，同时翻阅有相关传说的地区的风土志和历史书，着手将日本现存的凭物资料整理成笔记。然而，在这一过程中，他深刻地认识到，将凭物的种类、名称（别名）、出现地区、传播过程、形态、特点、影响、是否受到操纵或与某家族有关等整理出明确的分类是多么不容易。

言耶已经知道神神栉村的谽呀治家是蛇神家族，那蛇神在这一带叫作"双蛇"。这是谽呀治家的上屋专属的称谓，后面分出来的中屋和下屋称之为"长持""长物""长绳"，代表的都是蛇。根据《朱雀与蛇骨的凭物信仰　神神栉的厌魅》中的内容，双蛇这个称谓与上屋每一代都会产下双胞胎女儿有关。

关于驭蛇者的内容在年代较为久远的文献中就已出现过，而被蛇附身的记录在延宝三年（1675年）黑川道祐的《远碧轩随笔分类抄》中以"土神"这个和土瓶相似的名称出现过。元禄十年（1697年）天野信景的《盐尻》中有"蛇蛊"。茅原定的《茅窗漫录》提到"四国有蛇蛊，俗称土瓶"。菅江真澄的《乞儿袋》中提到"出云，岩见国边，谓土凭"。宝永六年（1709年）贝原益轩的《大和本草》中提到"曰土瓶，有人家奉为蛇神"。宝历七年（1757年）木崎惕窗的《拾椎杂话》中提到"以蛇腹做成（中略）是长物所为"。上野忠亲的《雪窗夜话》中提到"或人曰，备前国有人，可使土瓶。此物非狐，为长如烟管之小蛇，不过七八寸[1]"，之后有详细的记载。安永七年（1778年）小栗百万的《屠龙工随笔》称之为"吸葛"，但这个名字已经弃用。在香川县的三丰郡叫"通瓶神"或"通凭神"，在爱媛县东部叫"通瓶"。德岛县和高知县多"信犬神"，但在三好郡有"蛇神"，高冈郡有"蛇""老蛇""口蛇""长蛇"。有些叫法仅仅是日语发音略有不同而已。

---

[1] 日语中一寸约为3.03cm。——译者注

壹　巫神堂

被蛇附身的民俗在日本广为流传，但"土瓶"这个叫法主要集中在西部，尤其是四国地区。在与人狐重叠的"中国地方[1]"以山阳和山阴的岩见最多。据说在出云的仁多郡，有人家把白蛇放入瓮中供奉，但女佣不小心倒进热水把蛇烫死，此后不仅家道中落，那家人也被其他人疏离。在同样位于出云的八束郡，对这样的人家有种特殊的称呼，发音类似于"通拜"之家。

《乞儿袋》提到"驭首有白环之黑蛇"。据说在岩见的浜田市，附身之蛇头上有白环；在冈山县阿哲郡，蛇头上有黄环，后者七十五条成一群排列。广岛县的双三郡，蛇的形象像鲣鱼，身形较短，中间较粗。在冈山县的真庭郡，蛇脖子处有环状纹路，长四五寸。在香川县的三丰郡，蛇的体型大小不一，有的粗如杉木筷，有的细如竹签，蛇身为淡黑色，腹部为浅黄色，脖子处有环，但颜色是金色的。另外，也有说蛇身长从一点五到两尺左右，脖子处有青、黄两色。在德岛县三好郡，蛇长五六寸，脖子处有黄色的环。

在岛根县的鹿足郡，流传被附身的人脖子会被勒住，没办法说话，无法进行被除凭物的问答，所以只能进行祈祷。完成被除后会留下带状斑点。在山口县则与犬神相似，会有数百条紧紧聚在一起。不是纠缠家族，而是附在人身上。执念比犬神更深。在玖珂郡控制蛇的人家叫作"操蛇者"，若惹恼操蛇者，器物中可能会被放入蛇。在广岛县的比婆郡一直到明治时代都有许多被蛇附身的民俗，但此后被犬神取代了。在双三郡，驱使邪魔外道的是女性，但土瓶由男性负责。

1　"中国地方"此处为日本的一种区域概念，位于本州岛西部，辖5个县，与中华人民共和国无关。——译者注

如厌魅附体之物
MAJIMONO NO GOTOKI TSUKU MONO

他们会把土瓶装进瓮里，埋到地下，并在上面建祠堂在暗地里供奉。有时会打开瓮的盖子往里倒酒。据说这样可以求得财富。只要供奉过程不出差错，就能保一生无灾无难。在香川县的三丰郡，会放在厨房的地板下、宅中的祠堂里、坟墓之外，也有人家会放在屋子里。在德岛县的三好郡，会装进小瓶用白米或米饭供养，在村子有祭典的日子会献上甜酒。

在冈山县的真庭郡有两种附身之蛇，一种是能让家庭富足昌盛的白蛇，另一种是只会作祟的土瓶。此外，在这个地区比起附身的凭物，蛇更像是作祟的神明，这里的人把古树视作神树，奉为森林之神，称之为"土瓶大人"，对其敬畏有加，但没有附身的说法。在兵库县的宍粟郡，蛇神被称为"忌神"，但在出云的"神在祭"时，人们将其视为聚在水边的龙蛇，所以蛇神并不像它的名字那样受人避忌，反倒是受人敬畏。在香川县的小豆岛，传说曾经有长持（一种长方形的衣箱）漂流到海岸上，当时村民们都争着说长持是自己的，但打开之后发现装着满满的一箱蛇，那些蛇跑进了想将长持据为己有的人家里。据说这就是土瓶的起源。

尽管了解了这些附身之蛇的知识，但言耶不至于相信世上真的有蛇是会附身的凭物。其他凭物也一样，就算他得知犬神比老鼠略大一点，会生下七十五只幼崽，也不会全部信以为真。

他曾写过幻想短篇《梦寐残照》，在写书时他收集到朱雀神社流传的两位巫女的传说，他怀疑那个传说和谽呀治家有某种关系。所以他不单单是对蛇神附身感兴趣，也很关注那个家系，据说那个家系每一代都能生下双胞胎女儿，由她们分别担任巫女和凭座，管理蛇神。

（希望以后能去实地调查其他凭物的信仰。）

不知不觉间他的注意力从闭美山的书转移到了自己整理的资料笔记上，而且思维也从蛇神附身发散到了其他凭物上。

（说起来，几年前也出过邪魔外道附身的事啊。）

他忽然想起了昭和二十八年（1953年）发生在广岛县甲奴郡的事，当时祈祷师用短刀威胁被邪魔外道附身的人，从而被除了凭物。他刚想到这里——

"这位小兄弟，您这是要去神神栉村吗？"

突然有人对他说话。这声音中没有什么特殊的感情，但来得非常突然，吓得言耶不由得打了个哆嗦，那感觉就像什么事都没干却被骂了一样。

言耶提心吊胆地抬起头，发现眼前站着一位不知什么时候上车的老人，那位老人很瘦但精神矍铄。那副乡野绅士的风范让言耶下意识地想对他微笑，但在看到他身后的一伙村民之后，未成形的笑容便僵住了。一道道锐利的目光齐刷刷地投向言耶，那绝不是欢迎的目光。

"嗯，我是想去那……"

刀城言耶没当回事，用漫不经心的语气回答并打算站起身。这时他突然瞪大眼睛，发现自己被卷进了非同小可的事态之中。

因为公交车被那些表情可怕的村民团团围住了。

涟三郎记述节选（一）

"听说千代的情况不是很好，你去看看她。"

我在走廊一遇到老妈，她就对我说了这话。

"是神经方面的老毛病吧？"

不用想也知道，千寿子姨妈打电话过来把情况说得很夸张。

"是啊，说是和以前不太一样。我那个姐姐打电话过来的时候都快哭出来了……"

姨妈一向架子很大，虽然只是一通电话，但她居然在老妈面前表现得如此担心，这样的表现勾起了我的兴趣。虽然老妈是姨妈的亲妹妹——不，正因为是亲妹妹，所以姨妈平时是绝对不会在老妈面前表现得这么担心的。我想这不仅因为姨妈天性如此，还有别的原因。或许二十多年前的往事也是原因之一，当年姨妈和我老爸有过一段五年的婚姻，他们离婚后短短一年，老妈就嫁给了老爸，姨妈心里没有芥蒂才不正常。

"和以前不一样？千代终于变成蛇怪了吗？"

"这我就不清楚了。"

我还以为老妈肯定会怒骂我"你怎么又胡说八道"，但她却表情僵硬，在昏暗的走廊中也看得一清二楚。

"只是，我姐说……是真被附身了……"

"那事太离谱了。要是真有那种事，打仗的时候只要把全日本凭物家族的人和修行者之类的召集起来让他们祈祷，让美国兵被附身不就好了？这样一来日本就赢定了。"

老妈的样子让我有些担心，但我还是说出了这讨人厌的话。

我们村有根深蒂固的凭物信仰。忘了从什么时候开始，我对这种陈规陋习极为愤慨。除了愤慨还有羞耻和厌恶之情。虽然这村子是生我养我的地方，但我无法忍受这种迷信。

"别说那种话了，你好歹去看一眼。"

爸妈理解我的想法。老爸的想法和我差不多，认为这种迷信很成问题。至于老妈，在我看来她虽然明白这是迷信，但认为这种状况无法改变，所以干脆放任不管。其实只要茶夜奶奶还在世，不管我爸妈怎么想都没用。而且我也明白，考虑到神枥家大神屋的立场，言行方面需要注意。

"你们两个在这里干什么？"

我刚想到奶奶，她就从走廊走了过来。就是她害老妈和姨妈间产生嫌隙的。话说回来，我和老妈的话被听到多少了呢……

"站在这种地方说话太没规矩了。"

"啊，婆婆……事情是这样的，我那新神屋的姐姐刚才打电话过来——"

在奶奶的催促下，老妈一边往旁边的房间走，一边说着千代的情况。我很想溜之大吉，但明白这是无谓的抵抗，于是打消这个念头，不情不愿地跟在老妈后面。

"千寿子总是这么大惊小怪。不过千代都十七岁了，她也很难办啊。"

奶奶正襟危坐在老妈拿来的坐垫上，眉间浮现出皱纹，显得很生气。我点着头赞同她的看法。

"给人可乘之机是千代不对，但上屋的蛇女更可恶。身为神枥家的人让双蛇有机可乘，千代还是太年轻，不过她毕竟是受害者啊。"

奶奶继续说道，语气中透着发自内心的憎恨。她说笶呀治家人的

如厌魅附体之物
MAJIMONO NO GOTOKI TSUKU MONO

坏话不是一天两天了，对叉雾奶奶和纱雾特别不留情面。

（我可是一次都没被附身过呀。）

我差点就出口挖苦，但硬是把话咽了回去。要是我说出那种话，奶奶就会把我三岁时发过高烧、五岁时摔倒伤到过脚、六岁时得了感冒一直治不好之类的事一一搬出来，然后把这些事全怪到凭物头上。

"涟三郎，你去探望一下。既然弥惠子说千寿子的反应那么夸张，症状应该不算轻。"

"既然这样，奶奶或者老妈去应该比我去……"

"我和弥惠子一下子腾不出时间来。反正你是重考浪人，现在有大把的时间。"

普通人家的奶奶可不会把没考上大学，刚迎来重考生活的孙子称为"重考浪人"。

"那我去了。"

我当即决定逃离这里。要是继续留在这儿，奶奶接下来肯定会说哥哥莲次郎一次就考上XX的知名大学医学部的事。但是奶奶引以为傲的哥哥去了东京之后就一次也没回过家。现在正值春假，但却没见他有回来的意思。

"啊，可是客人差不多要到了吧？"

这时候我忽然想到一件事，于是透过即将完全关上的推拉门缝问老妈。

"那是须佐男的客人。而且是熟人的熟人介绍的，应该是个来历不明的人。"

奶奶替老妈说道。反正在她眼里神梼家的人是最上等的，其他人都在我们之下,最底层的肯定是谽呀治家下屋的子孙,不过不知底细的外人应该也和他们差不多。

"不过我听说那人是个作家。"

相比之下,老妈的话里带着天真和些许尊敬。

"哼。写东西的人身份低贱,不是什么正经人。"

奶奶和叉雾奶奶不一样,她平时不看书,所以对作家的印象还停留在早些年,认为作家是不务正业的人。

我懒散地往外走,她们俩依然坐在坐垫上。我刚一走出去,让人感到有些不舒服的天空便映入了眼帘,附近的景物全都被染成了橙色。我自然而然地在从玄关去大门的途中停下脚步,环顾周围。

(晚霞很奇怪啊……)

夕阳正向右前方的九供山后落去,但西侧天空却有一种异样的颜色。特别是从九供山往北的方向,谽呀治家上屋和中屋那一带的晚霞呈现出一种怪异的紫色。

我望着那片让人有些不舒服的天空看了一会儿。

(也许只是太阳落山的方向和其他方向的天空看起来不一样吧。)

我做出这个判断,并转到门所在的方向。但我立刻感觉心里浮现出一个微小但漆黑的点。因为那瘆人的天空下方正好是绯还川流经的地方。

(如果千代是请谽呀治家的叉雾奶奶祓除凭物,那纱雾这会儿应该正在放流依代吧。)

当然,这两件事没有任何关系。仅仅因为天空被染上奇怪的颜色,就担心那下方的人,这太荒唐了。就算那地方是九供山和绯还川，就算这时候正在进行被除凭物的仪式也……

不，等一下。凭物信仰在我眼里本就是无稽之谈，往那方面胡思乱想太奇怪了吧？

"不过那不祥的颜色简直吓人……"

我赫然发现自己正朝着九供山的方向，低声说着这样的话。心中有种奇怪的躁动，我在想自己为什么担心纱雾。可是我不知道自己为什么会冒出这种想法。

我下意识地想去绯还川，但又急忙打消了这个念头。我记得，在依代被河水冲走之前，她不能被任何人看到。或者是在回到巫神堂之前？不管怎样，现在不能去见纱雾。我倒是不关心那种规矩，但她应该不愿意。而且以村里现在的情况，不管我有多确信凭物只是迷信，影响其他人的信仰都不是好主意。何况还是纱雾……

"是我想多了，都是因为看到了怪异的天空。"

我特意用开朗的语气说出这话，然后走出门朝新神屋跑去。我也不明白自己为什么要跑，肯定是想掩盖心中挥之不去的不安，所以才突然跑起来吧。

从村子北山山腰的大神屋到建于东山空地的分家距离不算近。村子位于盆地底部的平地，不过地形高低起伏很大，所以到新神屋时，我已经上气不接下气了。

"有人……在——"

还没完全推开玄关的门，我就急忙停住手，说到一半的话也咽了回去。

要是这么做，姨妈会立刻发现我。最好别走正门，走尽量隐蔽的地方去千代房间。村里每户人家都不会锁上出入口，门总是敞开着。要想瞒过主人进出神栉和谺呀治家这样的大宅子很简单。

我突然冒出了这样的想法，然而——

"哎呀呀，涟三郎少爷？"

里面传来了姨妈的声音。看来姨妈一直在玄关旁等我来。要是这时候关上门，绕去后门就太不正常了，我只好从正门进去。

"哎呀，本家的涟三郎少爷急匆匆地赶过来探望，千代也太幸福了吧。"

姨妈看着我上气不接下气的样子，怪叫般地说道。

虽然姨妈对自己的妹妹心存芥蒂，但对我这个外甥却特别亲切。与其说这是她自己的意思，不如说这代表她女儿的想法，但说实话，对我而言姨妈加千代的左右夹击太痛苦了。

逐一解释我为什么要跑过来太麻烦了，而且万一说错话还得没完没了地解释。所以我没好气地问道："情况怎么样？"

姨妈之前还挂着意味深长的笑容，结果一听到这话脸色就变了。

"唉，我本以为情况和以往一样……可是我丈夫看了之后一点也没好转。"

姨妈边说边把脸凑过来，声音也压得很低。看来她不想让用人知道这次的情况，但那些用人应该很清楚千代的神经方面的疾病才对。

"近一年来，有时候症状会比以前严重，但基本上靠我丈夫的祈祷就能治好。虽然想请谺呀治家的叉雾巫女，但她最近明显老了很多。"

说到最后，她原本带着不安的表情出现了轻蔑的神色，也就姨妈才会有这种表情。

"但这次是实在没办法了,我们只好去找叉雾巫女。涟三郎少爷,你知道千代是被什么附身的吗?"说到这儿,她突然皱起眉头,似乎心里十分厌恶,"居然是纱雾……"

"欸——"我哑口无言,但接着又不由得怒上心头,"姨妈,这话可不能乱说啊……"

"我可没乱说,这可不是我或者千代臆想的,是纱雾亲口说的。"

"……"

我再次无言以对,但那股怒火消散了,与此同时,一股莫名的寒意从心底涌起,将我笼罩。

"没事的,别担心。那个不干净的家族的蛇女怎么可能破坏得了千代和你的感情。"姨妈误解了我沉默不语的原因,说话时脸上一半是对我的微笑,剩下一半是憎恨之情,"'没有自知之明'说的就是她那样的人。身为黑之家族的人,而且还是供凭物附身的凭座,偏偏对白之家族的人,而且还是神梆本家的……"

"那千代现在情况如何?"

如果任由她说下去,她肯定会用不堪入耳的话谩骂纱雾,所以我赶紧往里走去。

"欸……对了,你是来看千代的。不好意思,你瞧我真是的。"

在到千代的房间之前,姨妈老想和我说些什么,而我则随意敷衍。看样子这次不是走个过场探望一下就能解决,我心中很是疑惑。

本来以为只要和千代聊几句,然后喝杯茶回家就好,但现在看来,有必要问清楚出了什么事。如果可以直接问纱雾那就再好不过了,但当凭座时发生的事她全都不记得。就算是她亲口说出的话,她也完全不清楚,所以问也没用。

即便千代这次情况比较严重,但在我潜意识里一直认为,这不过是她的老毛病加重了一点而已。

然而——

"千代,涟三郎少爷来了。"

姨妈边说边拉开千代房间的门,千代躺在被窝里,当我看到她的脸时,吃惊地倒吸了一口凉气。

千代脸色憔悴,无精打采,好像之前真的有东西附到她身上,而那东西才刚被驱除一样。不仅仅是这样,连我也看得出她真的被吓坏了。以前,只要我一露面,她就恢复了一半精神,心情也会好起来,可现在她只是在被窝里用害怕的眼神望着我而已。

"你怎么样了?好点了吗?"

我一边祈祷着自己的脸色不会改变,一边坐到千代枕边。

"那么涟三郎少爷,接下来就拜托你了。"

若是以往,姨妈离开的时候会露出一个让人不舒服的笑容,那种笑容会令人不由得打寒战。但今天她关门时一副备受打击的样子,可能是女儿的样子让她太心痛了吧。

"你别勉强,躺着就好。"

千代想要起来,我劝她再盖上被子。千代在今年春季升到了高三。如果纱雾继续念书,现在是高二;如果我顺利考上大学,现在就该念大一了。

我们三人特殊的关系应该是从纱雾上小学的时候开始的。我们上小学、初中必须走山路去邻村爬跂村，所以当时村里的孩子们就分成好几个小团体一起上下学。在我们村，大人事事都会分派别，各派别以神梺家的两户地主和谽呀治家的三户地主为首，加上从属于他们的佃户组成。但孩子（特别是从小学低年级到中学这个年龄段）没这种派别之分，所以尽管表面上是以那五户地主为中心组成上下学的小团体，但实际上是关系好的人自然而然地结伴而行。

最初和纱雾交上朋友的是千代。碰巧当时村里同龄的孩子不多，再加上千代虽然生在分家，但毕竟是神梺家的女儿，所以和其他孩子间有无法消除的距离。她和纱雾走到一起是必然的。

我非常理解她当时的感受。只因为我是大神屋家的儿子，佃户家的孩子就对我敬而远之。肯定是因为他们的父母叮嘱过他们，但这样一来就算一起玩也没意思。渐渐地我们就疏远了。也就是说，在孩提时代，神梺家的孩子在神神梺村中的地位和凭物家系的孩子并无不同，都是孤单的。讽刺的是，那个年龄的孩子对凭物之类的事似懂非懂，神梺家的孩子在那些孩子眼中，说不定反而更容易遭到歧视。

纱雾有个双胞胎姐姐名叫小雾，但小雾很少去学校。这对双胞胎长得一模一样，但小雾与纱雾不同，她就像一个少女，完全没有小孩子那种可爱的感觉。在村子其他小孩面前，她总是用毫无表情的面孔摆出一副高高在上的态度，那表情甚至让人有些毛骨悚然。麻烦的是，小雾远比那些被她瞧不起的孩子聪明得多。她非常早熟，有人说在很小的时候叉雾奶奶就开始教导她，而且不仅教她读书，还教了许多其他方面的东西，看来这个传闻是真的。不过，就算是上屋的女儿，只要她一个不小心，高年级的学生完全可以让她在背地里吃苦头。她的态度实在太傲慢了。

可是，她从没被人欺负过。原因之一自然是孩子们对小雾的靠山叉雾奶奶怕得不得了。不过他们对小雾可能也有同等程度的畏惧。仿佛每个孩子都特别敏锐，能察觉到小雾身上潜伏着某种邪恶的东西……

随着千代和纱雾越走越近，我也自然而然地和她熟络起来。我听到村里的孩子们在背地里嘲笑我"大神屋的涟三郎是个和女孩子一起玩的娘娘腔"。但我装作什么都不知道，没搭理他们。反正说这些话的人到和我玩的时候全都会躲得远远的。当然，奶奶、姨妈、老妈也没给我好脸色。特别是奶奶，她常常提醒我。但不管她们怎么骂、怎么施压、怎么劝，我和千代都会偷偷和纱雾一起玩。我是家里最小的儿子，没有妹妹；千代是独生女，没有哥哥或妹妹；而纱雾虽然有个双胞胎姐姐，但两人的感情绝对算不上好。很不可思议，我们这三人相处得非常好。也许是因为都从对方身上找到了自己欠缺的东西吧。再加上我总是被拿来和优秀的哥哥莲次郎比较；千代从小就在她母亲的絮絮叨叨中长大，从对谷呀治家上屋的坏话（特别是对纱雾的母亲）到对神栉本家的中伤，无所不有；而纱雾，不用说也知道肯定经历了很多不开心的事：我想这也是我们三人合得来的原因吧。

一男两女在一起玩，而且男孩最年长，所以玩的自然是女孩子的游戏。这也是村里的孩子取笑我的原因。但我不讨厌女孩子的游戏，甚至可以说是乐在其中。当然，我一直装作因为迁就纱雾才玩女孩子的游戏，但其实我玩得挺开心的。而且她们俩在觉得男孩子的游戏明显比女孩子的好玩时，也会毫不犹豫地加入其中。

如厌魅附体之物
MAJIMONO NO GOTOKI TSUKU MONO

"跳房子"就是个很好的例子。这种游戏是在地上画几个或圆或方的相邻区域，在上面写上数字"一"到"十"，然后从小的数字开始依次把石子扔进去。一开始要把石子扔进"一"的区域，接着要避开那个区域，用单脚（有些形状的区域有要用双脚踩的地方）按数字顺序逐一跳进其他区域，在返回的路上把石子捡起来。如果一切顺利，那接下来就把石子扔进"二"的区域，重复前面的过程。但是随着数字越来越大，要瞄准的区域越来越远，就容易出现石子丢偏，或者在返回的路上捡石子时双脚着地的情况，一旦出现这类情况就算挑战失败，必须继续挑战那个数字的区域，直到成功才能挑战下一个数字。

前面说的是跳房子的基本玩法，不过这是女孩子常玩的。男孩子爱玩的是这种游戏的变种，名叫"去哪里"。这游戏要先画一个大圈，在中间画一个小圈写上"天"，再把小圈周围十等分，分别在每个区域中写上"神社""二之桥""寺庙""三首树""某某家"之类的文字。然后在指定位置扔石子，石子扔到的区域写的是什么地方，就要去什么地方。但是，只是去那地方还不行，必须带一样东西回来，证明确实去过那地方才可以。当然，有些地方难度非常高，如果有人不去或者带不回证据，那就要受到惩罚，比如，至少一整天不能和大家一起玩。另外，如果能扔进"天"的区域，那就可以什么都不用做。

纱雾经常玩"去哪里"。而且区域中常会写我们三人中有人根本去不了的地方，比如"上屋的客厅""大神屋的后院"之类的。不用说，纱雾玩得最好，其次是千代，而我总是很惨。千代偶尔也会扔中她没办法去的地方，但印象中我们玩这个纱雾喜欢的游戏时，她从没反对过。到了纱雾九岁的时候，她没办法随心所欲地进行单脚跳，所以我们就不再玩跳房子了。千代曾挖空心思去想能让纱雾玩得开心的新游戏。

千代以前对纱雾很好，她远比小雾更像纱雾的姐姐。不管是纱雾在谺呀治家的九供仪式中不省人事的时候，还是恢复之后走动有些不便的时候，她都像担心家人一样担心纱雾。如果神栉家佃户的孩子想欺负纱雾，她会发火。当然，我也会。

我们三人的关系开始出现变化是在我刚上初中的时候，当时她们两个是小学高年级的学生。

"涟三郎……你在想什么？"

我正不合时宜地回忆往事时，床上传来了带着狐疑的声音。

"我说过多少次了？别直呼我的名字。"

我感觉她好像看出我在想什么，为了掩饰压抑不住的羞意，我装出一副生气的样子。我本来就很抵触别人熟络地直呼我的名字，何况还是千代。感觉让她这么叫我，以后会越来越麻烦，所以我特别抗拒。

"那我就和纱雾一样，叫你涟哥——可以吗？"她似乎看透了我的想法，用挑衅的眼神回敬我，但她马上就移开了目光，"我们总要长大的……"

我从她的表情中看到了忧郁，顿时心头一紧。但马上故作粗鲁地说道："你和纱雾之间发生了什么？"

现在回想起来，我们三人中第一个出现变化的是千代。先是千代对我的态度出现了变化。接着是我,自从纱雾上初中之后,我看她的眼神就变了。只有纱雾始终没有改变。对她而言,我永远是涟哥,千代则是像姐姐一样亲的朋友。我们三人发展成这种新关系后不久,千代开始时常出现被凭物附身的现象……

千代每次都希望我只关注她一人,同时也自然地流露出疏远纱雾的意图。虽然她没有明说这是纱雾害的,但看纱雾的眼神却和看其他凭物家系的女儿一样。另外,她还会通过言行暗示身边的人。特别是对我,她肯定想让我这么想。

所以我认为这次的事和以前没有本质的区别。至少在看到千代的脸之前,我是这么想的……当然,就算看到她那害怕的表情,那个想法也没彻底消失……

"我和她之间没发生过什么事。"千代立刻否认,似乎感觉到我仅存的一丝疑虑,"不,不对。就是她!是她……"但紧接着,她飞快地摇头,边摇头边往被窝里躲,只留半张脸在外面。

"你到底在说什么?一会儿说不是,一会儿又说是……"

"我是说,其实不是她,而是另一个……"

"是生灵吗?太荒唐了。"

一听到从我口中说出"是生灵吗"这四个字,千代立刻把脸埋得更深了,但后面那句"太荒唐了"让她猛地坐了起来。

"是真的!我真的看到了。"

她拼命叫道,眼看就要把我紧紧抱住。

"就算你——"我轻轻把千代的手从自己的手臂上拿开,然后用向小孩子解释事情的语气说,"就算你看到了所谓的生灵,并且真的发生了什么——你要明白，那不是生灵，而是纱雾本人。"

"不对……"

"什么不对？是你搞错了吧？"

"如果在同一个时间，你和她一起在另一个地方，你还会这么说吗？"

"你……你说什么？"这次轮到我下意识地抓住了千代的手臂，"什么时候？在哪儿？"

"就在大前天，也就是周四傍晚，在一之桥那里。去大神屋办事的梅子回来的时候，看到你们两个在桥头……"

要是在以前，千代说这话的语气肯定像个亲眼看到老公出轨的主妇，但现在，她的声音里只有恐惧。

"是那时候的事啊。当时我正要去妙远寺，正好遇到纱雾从桥另一头过来，所以就站在那儿聊了一会儿。"

当时是五点左右吧，新神屋的梅子被姨妈派来我家办事，当时给了我一封信，说是千代托她转交的。信上说六点在妙远寺等我。这一年来，我一直以备考为由，尽可能躲着千代。既然我决定要当重考浪人，那这个借口就还能用，但现在才四月初，用这事当借口太牵强了。所以我只好出门去见见她，结果在路上看到了纱雾的身影，于是叫住她聊了一会儿。看来那时被梅子撞见了。

"那你那时候在哪里？"

"大概……刚路过三之桥，在去妙远寺的路上吧。"

这么说来，当时我和纱雾在村子北侧，千代在南侧。

"你是说你在那里见到纱雾了吗？可是，梅子在一之桥看到我们的时间，和你见到纱雾的时间不会分毫不差吧？你和梅子能记清具体是几点几分吗？我既不清楚我在桥那里遇到纱雾的时间，也不知道我们聊了多久。客观地说，我们都只是在那天傍晚见到过纱雾而已吧？光凭这点信息就说你遇到的是纱雾的生灵也太……"

"涟三郎，你忽略了一个关键问题。"千代保持着坐姿，把被子提到胸口，说道，"你在一之桥和她分开之后，是径直去妙远寺的吧？"

"嗯，是啊。"

"你当时没去一之桥那头，而是直接沿中道走的？"

"那当然了。我为什么要过桥？要是过桥的话——"

"而她是直接往回上屋的方向走的？"

千代的问题一个接一个向我抛来，不知不觉间，我产生了不好的预感。

"是啊。她是去河对岸的佃户家帮叉雾奶奶办事的，当时正要回家。"

"那就是说，她和你分开之后是往上屋的方向去的，那她就不可能比你还早过三之桥。"

这时我也终于明白了这情况的怪异之处。

大神屋建在神神枆村北山山腰，新神屋建在东山的空地上，在这两家的中间位置附近有座哥哥山。从村子中心看，那座山在东北方。从那座山往南流的邑寿川把村子的东半部分一分为二。沿河从北往南依次架着一之桥、二之桥、三之桥。有一条从北到南的路沿河将这三座桥的西侧连起来，这条路叫中道。顺带一提，妙远寺在大神屋的西南方向。沿着中道往南走，顺着路右拐走到底有个地藏路口，再往前就是通往寺庙的石阶。

在和纱雾分别后，我沿着中道往妙远寺方向走，因为那是最近的一条路。之所以没有在出大神屋之后直接往南横穿村子，也是因为走到一之桥之后，走中道去寺庙更快。村里的路不仅高低起伏很大，而且错综复杂，夸张点说就像一座迷宫，所以横穿村子要走的路更长。先去一之桥再走中道看上去像在绕远路，其实是最近的。而纱雾在一之桥和我分别之后，是往谷呀治家所在的西边去的。也就是说，不管怎么想，她都不可能比我早到三之桥。

"等一下……如果纱雾是在遇到我之前，先在三之桥附近被你看到——"

"如果是这样，那我就必须更早出门才行。但我记得自己没有那么早往寺庙那边去，而且我……在看到她之后，没过多久就见到你了……"

"欸？你当时在吗？我到寺庙之后没见到你，在那边晃荡了好一会儿。"

"抱歉……我藏在石阶下的树后。"

"你故意躲着我吗？为什么这么做？是你叫我出来的吧？"

"因为……"千代用被子裹紧身体，像是要抵御寒冷一样，"我觉得要是我们在那里见面，我肯定不仅仅是被纱雾的生灵附身那么简单……说不定会被杀掉的……我很害怕，所以就……"

千代确实会往这方面想。纱雾是不会有那种想法的，我再清楚不过了。我不能肯定那种东西一定不存在（其实是不愿意这么想），但至少不会像千代那样主动往那方面想。就算真的存在生灵之类的东西，也没理由出现在千代面前；即便真的出现了，也完全没理由附到她身上。

听完我这番说明，千代只是摇头。

"我很清楚你是个理性主义者。而且在以前那么多次附身事件里，也许有几次是我或者母亲搞错状况，或者小题大做。但我当时看到的……确实……"

"当时发生什么事了？"

"我先走二之桥去中道，然后往三之桥那边走。在半路上，我感觉身后有奇怪的动静，可是回过头却一个人也没有，我以为那是我的错觉，可是又听到了很小的笑声……"

千代又拉了拉被子，然后打了个哆嗦，也许是想起了当时的笑声吧。

"是小孩子搞的恶作剧吧？虽然那时候多数人家的孩子都在帮家里干活，但有可能是中屋或者下屋的孩子。"

中道南北走向，是一条比较直的路，这样的路在村里很少见。不过那条路西侧也不是没有岔路，而且也有一定的起伏和蜿蜒，就连和路近乎平行的邑寿川也常被堤坝遮挡，看不到河边的情况，所以小孩要躲起来不让千代看到并不难。

"可如果是中屋或者下屋的孩子，我应该能分辨出来，毕竟我被捉弄过好几次。应该不对……"

"不对？什么不对？"

"我回头看的时候感觉那边怪怪的……那边弥漫着一种诡异的

气息……"

我本想说："光凭那种抽象的感觉能知道什么啊？"但话到嘴边又被我咽了回去。因为在看到千代表情的一瞬间，我仿佛也切身体会到了那种感觉，不仅仅是看到那景象，仿佛连空气的触觉和气味都能感受到。她用表情把那种难以言表的感觉表现得淋漓尽致。我、纱雾都是和她从小玩到大的，一看就知道这事不简单。

"不过我觉得不管怎样，太在意这事不好……"

也许千代看出自己的害怕感染了我，她继续说道："因为叉雾巫女曾告诉我，'遇到厌魅的时候，决不能让它知道自己发现了它。'"

"嗯，我也听人说过这话。"

那人就是纱雾，我是特意不说名字的。我觉得最好不要随便提她的名字，而且我也想知道千代接下来会说什么，所以不想在这时候岔开话题。

"我决定不管身后有什么都不再回头。所以稍微加快了脚步，但感觉身后的东西也跟了过来，而且离我越来越近……"

我忽然发现千代眼里含着泪，也许是旧事重提唤醒了当时的那种恐惧吧。

"在过了三之桥拐进右边的路之后，我已经开始小跑了。地藏路口就在前面不远处，那里是五条路交会的地方，很容易走错对吧？我当时慌不择路，不小心跑错了路，而且偏偏跑进了被孩子们叫作'不见不见路'的那条路……"

在九年前，有个名叫静枝的七岁女孩在那条路不见了，当时的情况只能用神隐来解释。那条路再往前走不远就是"撞邪小径"，那是邪物盘踞的地方，因为实在太阴森，所以村里没什么人去，显得很冷清。

"你回路口了吗？"

"因为那时候我正要去见你。我希望能早点见到你，希望听到你对我说'那种毛骨悚然的感觉是你的错觉'。"

如果是那时候，我应该会这么说。不，即便是现在，我也没有彻底抛开那种想法。

"所以我就提心吊胆地回去了，不过什么都没有……我还不放心，特地查看了每一条路，不过什么都没看到……我以为自己成功躲开了那个不知是什么的东西，结果在走进通往寺庙的路之后……"千代突然目光空洞，眼中不剩一丝灵气，让人不禁担心她会就这样变成痴呆，"我听到身后有声音在叫'千、代'……"

"欸……"

"有东西在叫我的名字。那声音既像在笑，又像在生气，好像还带着轻蔑，好像对我的一切都了如指掌……"

"不会吧……"

"有东西在叫'千、代'……"

她重复自己的名字时声音没有抑扬顿挫，我不禁打了个寒战，双手起了鸡皮疙瘩。

"我告诉自己不能回头，但如果不回头查看情况，我可能会发疯的。可也许一看清叫我名字的东西的真面目，就会发生比发疯更恐怖的事。两种想法在我脑中拉锯。我立刻逃进通往寺庙的路，我当时回头看了一眼——"

"……"

"什么都没有。一个人都没有。我看到的只有空荡荡的地藏路口……可我总觉得不对劲。这明明是司空见惯的景象,可我却感觉有哪里不一样……我觉得奇怪,于是往四处看了看,结果……"

"……"

"地藏菩萨的小庙对面,在几乎要碰到地面的地方,有一张脸……"

"什么?"

"那张脸往旁边伸出来,正死死地盯着我……"

"那……那是纱雾?"

千代像孩子一样点着头。她说她后来一直跑到了石阶那儿,一直躲在石阶下的大树后瑟瑟发抖。没多久我就到那里爬上了石阶。

"嗯……"我故意抱着胳膊发出沉吟,"可是,这么说来你只看了一眼,而且离得又远,当时还是傍晚。应该是哪家的孩子搞的恶作剧吧。"

我给出了一个符合常识的回答,但我自己也不确定是否该接受这种解释。

就算千代错把那张脸看成纱雾的脸,可如果说那是村里孩子的恶作剧,好像又太牵强了。不见其他人这一点也很奇怪,因为小孩子绝不会独自一人去搞恶作剧。千代好歹是新神屋的人,没人有胆子对她开那么恶劣的玩笑。而且搞恶作剧的人一般会在最后跑出来对被捉弄的人嘲笑一番,然后逃之夭夭。从某种意义上说这才是恶作剧的目的,或者说是有趣之处。我也捉弄过别人,所以很清楚。

千代似乎一下子就看出我底气不足。

"说起来，涟三郎——"她的眼睛突然恢复了神采，紧紧地盯着我，"你曾见过厌魅吧……"她说出了我最不愿提及的，最不想回忆起的过往，"那真的是厌魅，对吧？"

"……"

"所以你哥哥，联太郎才……"

"别再说了！别在我面前提……那件事……"

我忍不住吼了起来，但千代说的是事实。

我小时候曾和哥哥联太郎一起进过九供山，那是一座禁忌之山，大人告诫过绝不能去那里。我们不幸遇到了厌魅……而且我哥哥后来……

贰

上屋的内室

如厌魅附体之物
MAJIMONO NO GOTOKI TSUKU MONO

　　那天傍晚，四个人聚在曾被上上代巫女作为茶室用过一段时间的上屋内室里。把这四人称为谺呀治家吃闲饭的也不为过。

　　坐在内侧的是叉雾巫女的第三个弟弟（上面两个已经去世了）胜虎，他的年龄比叉雾巫女小一大截。他右边的是嵯雾的丈夫勇，勇是从下屋入赘进上屋的。胜虎对面是叉雾巫女的长子国治，他是从上屋入赘去中屋的赘婿。国治右边是他的妹妹，家中的三女（她曾嫁进XXX地一个历史悠久的家族，但那家发现她是凭物家族的人后，立刻提出离婚，她便回了娘家）绢子。

　　当然，这个房间里也供奉着案山子大人，胜虎和勇背对案山子大人和壁龛坐在内侧，国治和绢子坐在靠门的一侧，和他们隔着桌子相对而坐。由此便能看出这四人的身份高低。本来下屋出身的勇地位应该在生在上屋的国治之下，但从前者入赘进上屋，后者入赘进中屋那一刻起，两人的地位就反过来了。其实只有在婚丧嫁娶的时候，这四人的座次才是问题，平时只有他们自己会在意而已。顺便一提，胜虎是纱雾的舅公，勇是她的父亲，国治是舅舅，绢子是姨妈。

　　这几个人平时无所事事，这几天胜虎、国治、绢子这三人老聚在内室。而今天，连勇也被拉了进来。

　　"舅舅，昨天在杂货店的集会辛苦您了。"

　　国治刚一坐下，就开口慰劳胜虎，然而——

"嗯，是啊。我准时到了地方，结果那些家伙却迟到了。那些是你家的佃户，负责召集的也是你吧？得好好教育教育啊。"

"是舅舅您去得太早了吧？话说回来，刚才新神屋的千寿子好像来过。"国治这么问也许是为了躲避已经五十过半却没有一点威严的胜虎的指责吧，他补充道，"我到院子的时候看到千寿子和梅子两人正抱着千代从上屋回去，然后我也急忙赶过来了。"

虽然是入赘到地位较低的中屋，但国治在妻子面前一直抬不起头来。所以他一有空就来上屋，而且他的解释一听就知道是借口，完全没有意义，但从来没人拆穿他。

"千代来这里倒不是什么稀奇事，但居然连千寿子也来了。哥，千代的情况有那么糟吗？"

"是啊。凭物被除之后的情况都那么糟，被附身时的情况简直不敢想。搞不好离被关进禁闭室只有一步之遥。"

国治回答妹妹的询问时语气带着几分得意，他似乎因为只有自己看到千代的情况而扬扬自得。

"会特地过来请岳母出手，症状肯定很重吧。真可怜啊……"

勇似乎很担心千代，他是个胆小怕事的好人，所以另外三人对他只有表面上的尊重。

勇在谺呀治家的地位和须佐男在神梻家本家的地位一样，都是家主。但他虽然年近半百，为人处世却依然像个大少爷。这也和他是赘婿，家中实权掌握在叉雾巫女手上有关系。不过大神屋也是茶夜代为掌权，可须佐男就很有家主风范，由此可见，问题还是出在勇本人身上。

所以尽管勇很担心千代，他的小姨子绢子和小舅子国治却在说风凉话。

"要是千代脑子出了毛病，那新神屋也要弄个禁闭室了。"

"是啊，那就和上屋一样了。这样一来他们也得丢脸了吧。"

"谁敢议论早雾？"

胜虎说的虽然是斥责的话，但那语气却没有斥责的意味。

"虽说被关在禁闭室里，但大姐平时过得和普通人没什么两样。"

勇委婉地为大姨子早雾说话，但早雾的亲弟弟国治和亲妹妹绢子却像压根儿没听见一样，国治反而露出了更卑劣的笑容。

"可是姐夫，你来上屋时间也不短了，应该很清楚我大姐一旦发起疯来有多难对付吧？每次都要费很大力气才能把她关进禁闭室，我们这些家人实在是头疼啊。"

"哥，你入赘去了中屋，倒是解脱了。我们和她住一个屋檐下的可是被折腾惨了。"

"胡说！我不是每次都有来帮忙吗？"

"是吗？派人去叫你都找不到你人，真不知道你躲哪儿去了。"

"我……我只是偶尔碰巧不在而已。居然说我躲起来，你——"

这对兄妹刚才还一起嘲笑别人，现在却开始吵架了。胜虎没管那两人，慢慢把头转向勇。

"先不谈我外甥女早雾的事，我之前也说过，你女儿纱雾说不定哪天也会变成那样。毕竟你另外一个女儿小雾，已经变成这个了。"

胜虎诚惶诚恐地用下巴指了指供奉在自己身后的案山子大人。讽刺的是，虽然他举止不逊，但既不敢说出那个名字，也不敢直视神躯，可见他是害怕案山子大人的。

在这个房间被翻修成茶室时，供奉案山子大人的壁龛特意被设计成向南边庭院突出的一个空间。所以此时恰好能够透过侧面墙壁的窗格看到正在西沉的太阳最后的光辉。

国治似乎早早看到了那光线的变化，他停止与妹妹争吵，站起身打开电灯说道："舅舅提到的第三个名字是指纱雾死掉的姐姐吗？"

绢子接着她哥哥的话说："家里带'雾'的名字发音一模一样，太麻烦了。"

谽呀治家有个家传的规矩：要继任巫女和凭座的双胞胎女儿或者长女名字的日语发音必须是"sagiri"。谽呀治家中，名字发音是"sagiri"的有在历代巫女中出类拔萃，仍未退居二线的叉雾；叉雾的双胞胎妹妹，已故的捺雾；叉雾的女儿，因为体弱多病，早已无法承担使命的嵯雾；嵯雾的双胞胎姐姐，因在九供仪式中得罪山神，所以常被关进禁闭室的早雾；嵯雾所生的双胞胎女儿之一，现在的凭座纱雾；纱雾的双胞胎姐姐，在九供仪式中被选中成为山神的小雾。

"啊，就是那个'小小的雾'小雾。明明是姐姐，却起名小雾，也就我姐才干得出这事。"胜虎在回答外甥、外甥女的问题时依然面朝着勇，"虽然我姐说小雾变成了山神，显得很高兴，但对你来说，是突然痛失可爱的女儿吧？"

"嗯，确实……不过我在得知生下来的是双胞胎女儿的时候，就已经认命了。"

勇离开村子去念过大学，还去公司上过几年班，所以他的口音很轻。

"要我说你在从下屋入赘来上屋的事定下来的时候,就该有心理准备了。入赘到我们家就必须有这个心理准备。话说你不觉得奇怪吗?这事怎么想都不正常,对吧?"

"姐夫,舅舅说得对。因为战后的土地改革,以前那种地主和佃户的关系变淡了。当然,这种关系不会立刻消失,但这是迟早的事。再加上现在到处都在传大规模市町村合并的事,我们村也不能不当回事。当今这个时代还一直把凭物啊,家系啊,作祟啊什么的挂在嘴边就太落后了。"

"如今地主日渐式微,如果我们不得不和其他村来往,那我们这种有凭物信仰的家族就算没有大的劣势,也绝不会带来优势。虽然我们稳坐大地主的位子,长年压大神屋一头,但说不定哪天就反被他们骑在头上了。"

"当然,舅舅说的大地主不是指战前那种纯粹的土地问题,而是指我们村的权力结构。"

这舅甥两人说得天花乱坠,其实是害怕谺呀治家跟不上时代的变化,同时也担心自己这些在家里一无是处的人能不能活下去,所以才会有这样的反应。

相比之下,绢子更情绪化。

"话说回来,为什么谺呀治家会被当成凭物的头子?如果说我们家是受到蛇神的庇护才发家,那神栅家本来就是大地主,他们不应该也是凭物家族吗?为什么说得好像只有我们家是因为凭物的庇护才兴盛起来的一样,实在太过分了。什么凭物……什么不干净……还说什么会把脏东西带进门!"

贰　上屋的内室

绢子的情绪越来越激动，似乎说着说着就想起了离婚的事。

"难怪绢子会生气。"勇把脸转向小姨子出言安抚，"胜虎舅舅的话和你指出的问题我都明白，可是我们村自古以来就对凭物深信不疑，而且凭物附身的事也一直屡见不鲜，这种信仰早已在村里根深蒂固。想改变现状太难了……"接着他把视线从国治转向胜虎，说，"更何况还是由谘呀治家，而且是上屋的人来推动的话——"

"不，不仅是我们。你说是吧，国治？大神屋的三儿子也有这想法吧？"

"欸，涟三郎也……"

"是啊，姐夫。涟三郎好像想启蒙村民的思想。他们家老二莲次郎早就抛下村子去了XX地。听说考上了医学部，估计尾巴都翘到天上去了吧。那家伙从小就跟个娘们似的，太不像话了，我看比起当大神屋的儿子，他更适合来我们家当纱雾她们的姐妹。而且他从小就在XX市长大，对村子没感情。"

"嗯，对了，他身体不好，从小就常去XX的市立医院住院。没准就是因为这个才想当医生的。"

"谁知道呢。不过，正因为这样，舅舅也很少见到莲次郎吧？他大部分时间都住在XX市。他那人一向不喜欢和人打交道，就算回到村里，也是一副不把人放在眼里的态度。可偏偏对黑子那种来历不明的人感兴趣，也许是因为两个都是怪人，物以类聚吧……啊，跑题了。我想说的是，涟三郎虽然是最小的儿子，但比他二哥有前途哟。他是真心为村子着想。"

最后那句话是对勇说的。那绝非只是在夸涟三郎，这说辞很明显是为了达到自己这伙人的目的。然而勇似乎没听出那层意思。

"是啊……如果神栊家的人站出来带头,确实有希望。可是他们家的茶夜奶奶应该不会同意。不,其他家族,尤其是白之家族怎么样先不说,我岳母就不可能会同意这事吧?"

"就是因为有可能,我们现在才会聚在这里商量,不是吗?"胜虎把身体探到桌子中央,然后招手示意其他人也把头凑过去,"依我看,我那姐姐也快不行了,不觉得她最近一下子老了很多吗?"

"我看也是。近一年,我妈都没亲自出手被除凭物了。明面上的说辞是去神神栊神社就能解决,或者为了锻炼出入于我们家的修行者,其实是因为她已经力不从心了。"

"嗯,我也觉得我妈最近非常虚弱。"

"当巫女和被除凭物果然很伤身体啊。不,不仅这样,我姐还要替人代受来历不明的可怕东西,那些东西会在身体里积累。这些年她的身体越来越虚弱,而那些东西越积越多,该不会被夺舍吧?"

胜虎说完,国治和绢子点头赞同,然后三人同时转向了勇。

"我……我也觉得岳母的身体很不好,但这和刚才聊的事有什么关系……"

"我的意思是我姐退到幕后,由你来当舔呀治家的家主,执掌上屋的事务。"

胜虎仔仔细细地解释道,但勇却慌了。

"我……我吗……我……不行啊。"

"又没叫你一下子取而代之。只是叫你着手在暗中准备,等待时机。在舔呀治家内部,上屋这边交给我,中屋交给国治。至于下屋,

贰　上屋的内室

当然是阿勇你来负责了。而绢子，就从旁协助。我们用这种方法一边推进家族内部的改革，一边利用大神屋涟三郎——不，是借助他让神栉家带头展开根除凭物信仰的运动。特别是凭物信仰这方面，你们都知道这在我们村根深蒂固，无论如何都要把神栉家拉进来。"

谁都听得出来，胜虎这番话自私自利，只顾自己这伙人，但却没有一个人提出异议。只有勇在考虑自身利益之前，先想到那事不现实。

"就算涟三郎有那个想法，可执掌神栉家的是……"

"姐夫，你有所不知，其实不仅涟三郎，他说他父亲须佐男也因为我们村被人叫作'凭物村'而暗暗苦闷。"

"可是，茶夜奶奶……"

"那个老奶奶和我姐一样，身体没那么硬朗。而且我有一条妙计。"

"什么妙计……"

"让你女儿纱雾和涟三郎结婚。"

"欸，这、这——"

"当然了，不是让涟三郎入赘进谺呀治家，而是把纱雾嫁去神栉家。等到我姐退到幕后，纱雾又出嫁，家里就没有巫女和凭座了。至于上屋的继承人，可以从中屋或者下屋收养子，也可以让绢子给家里招个上门女婿，再生孩子，反正总会有办法的。重点是把和谺呀治家纠缠在一起的一切与凭物有关的因素全部割离。"

"可……可是，纱雾才刚过十六岁生日。这么小就结婚实在太——"

"都说了，这不是一朝一夕的事。单单是凭物家系的问题就要耗费很长时间。所以才叫你从现在开始布局，也就是先播下种子。估计要等涟三郎大学毕业之后才会发芽，但在那之前要整平附近的土地，给种子提供一个良好成长环境。我那个外甥女早雾太可怜了，你也不希望自己的女儿纱雾变成那样吧？"

"当……当然不希望，可是——"

"当然了，人和人不能一概而论。有人是直接在产屋的仪式中出事，也有人是在几年后才出现后遗症。那个宇迦之魂很可疑，纱雾毕竟喝过那东西，让人放不下心啊。我外甥女早雾是从快二十岁的时候开始慢慢出现异常，到二十五岁左右精神失常的。从这点来看，我觉得是后面巫女和凭座的工作把她害成那样的。"

"正好在那段时间，我二姐嵯雾身体变差，大姐早雾经常当凭座。"国治想起当时的事说道。

胜虎听后重重点着头说："是啊。要是不当凭座，我那外甥女没准就不会那样了。"

"说起来，感觉纱雾她……最近这一年状态不太对，似乎很疲惫，或者说是精神恍惚。"

绢子的语气与其说是担心，不如说是厌弃。

"啊，我也有同感。有时候她根本注意不到身边有人，直到拍她肩膀她才有反应。有时候在黑乎乎的走廊里遇到她，瞬间……"国治肯定是想说"瞬间感觉毛骨悚然"，但他似乎想到纱雾的父亲也在场，所以立刻换了个说法，"感觉纱雾和往常很不一样啊。舅舅觉得呢？"然后把话题抛给胜虎，掩饰自己的失言。

"是啊。她有时会露出奇怪的表情，感觉像变了个人一样。"

哎呀，依我看要是不想想办法，那种情况会越来越常见啊。我说阿勇——"

勇低下头，像是在沉思，胜虎不再说话，也许是不想打扰他。国治和绢子也效仿胜虎一言不发。房间中，勇低着头，另外三人时不时看向他，这样的状况持续了一段时间。

入口处的小房间传来奇怪的响声。虽然听不出是什么，但似乎四人都听到了，声音一响他们就看了看彼此。接着，四人几乎在同一时间缓缓地把目光投向通往那个房间的推拉门。

虽然这四人在抱怨家族的凭物信仰，但这绝不代表他们完全不相信凭物。从朱雀到蛇骨一带，自古以来就流传着种种灵异传说，而且在被称为"神隐村""凭物村"的神神枡村，尤其是生在谺呀治家的人，无论有多么理性，都无法彻底否定关于附身的诸多现象及其成因，更无法彻底推翻那些说法。

虽然无法给出合情合理的解释，但这里确实存在某种没有实体，但能够感知到的东西，当地人会在不知不觉间获得某种直觉，只有通过这种直觉才能感知到……

"是……是房子发出的响动吧？一定是这样……"

国治试图当作无事发生，但却没人附和。毕竟连他自己的眼睛都始终没从那个房间的门上挪开。

在谺呀治家的房子里，忽然意识到四周一片寂静时，偶尔会听到奇怪的声音。不单单是响声，也会有某种气息，有时甚至有低语声。这四人没有特殊能力，看不到具体的东西，但他们应该都遇到过不少怪事，比如看到有人拐进走廊的转角，于是跟上去，结果昏暗的走廊上一个人影也没有；听到房间里有说话声，于是打开房门，结果里面没有人，这时隔壁房间又传来了说话声；上厕所时敲门确认是否有人，里面有人答应，于是就在门外等，可是左等右等都没人出来，越想越不对劲，所以慢慢推开门，结果里面一个人也没有……

这四人或多或少都有过这样的经历，所以他们应该都知道门后有种异样的气息。

"什……什么人……"

胜虎先是发出了一个响亮的咽口水的声音，然后声音嘶哑地说道。然而门口的小房间那边没有任何反应。寂静填满了两个日式房间。

胜虎轻轻敲了敲桌子以吸引外甥的注意，用眼神示意外甥去开门。但国治只是看了看舅舅的脸，然后颤抖着摇头，表现出十二分的拒绝。让众人意外的是，绢子已经开始采取行动了。国治急忙把手按在她的双臂上，再次摇头制止。胜虎则探出身制止国治。就在舅舅和外甥默默对峙的时候，绢子迅速站起身，走到门前，把手放到门上，一下子打开了门。

"啊——"

四人异口同声地发出了与惨叫有几分相似的声音。

门后站着一个与山中怪物几乎无异的男人，看那站姿明显是在偷看内室。

"你……你在那里干……"

胜虎终于回过神来质问那人。然而——

"哎呀，原来你们都在这儿啊。"

小佐野膳德响亮的声音轻松盖过他的声音，把话题岔开来。他是

贰　上屋的内室

一位山伏，也就是入山苦修之人。

"你来做什么？有事吗？"

因为慢了一步，就错失了抗议偷听的机会。胜虎很是无奈，只好不耐烦地质问。但膳德和尚却装作没看到，自顾自地走进房间，来到桌子侧面（胜虎与国治之间），厚着脸皮坐了下来。

"没什么，只是叉雾巫女交代在进行被除凭物的仪式时，不能靠近巫神堂。"

"哦，我倒是觉得这时候应该在巫女身边多学点东西。"

胜虎抓住机会进行反击。

"问题是，我这种有法力的人如果留在巫神堂，反而可能干扰被除凭物的仪式。"

"既然你法力那么强，那我姐也可以请你相助了。"

"不不，这事没那么简单。"

"要是在这么关键的时候你不能在场，那来我们家的意义何在……"

"这个嘛，叉雾巫女这么厉害，只要能得到日常指导就受益良多了。"

"哦？在我们这些凡人看来，实地参观、实地训练、实地研修才是最有用的。"

"依我看，恐怕是纱雾巫女对当凭座的孙女不放心。我听一个认识巫女的卖艺盲人说，以前巫女的女儿当凭座的时候从来没有那种规矩。"

"嗯，这么说来，在当凭座这方面，母亲嵯雾比女儿纱雾更优秀

如厌魅附体之物
MAJIMONO NO GOTOKI TSUKU MONO

吗？这就奇怪了。我外甥女嵯雾体弱多病，担任凭座应该不尽如人意才对。难道说，能不能旁观取决于旁观者是谁？"

双方一直在暗暗较劲。谁都看得出来，他们都讨厌对方，但双方因为身份问题，不能明说。所以在碰巧见面时，总会来一场没有结果的唇枪舌剑。

过去直到战后，都没多少人知道蛇骨山脉苍龙乡的神神栉村。只有极少的一部分人知道这座村庄的存在。更准确地说，是知道神神栉村的凭物家族谺呀治家。

那一部分人指的是寺庙神社中的神职人员、山伏、行者、巫女、乞食僧、卖艺盲人等，但基本上还是指居无定所、浪迹全国的修行者。在这个圈子里，神神栉村的谺呀治家是有名的凭物家族，特别是这个家族巫女的祈祷能力和凭座的凭附能力在圈内可谓闻名遐迩。自古以来，慕名拜访谺呀治家的人便络绎不绝。小佐野膳德也是其中之一。

但是，常有品行不端、招摇撞骗的人混在里面，特别是战争刚结束的那段时间，一大批三教九流的人纷纷来混饭吃。最近这种情况渐渐少了，但偶尔还会有像小佐野膳德这样的可疑人物突然跑来。他自称"山伏膳德和尚"，看起来也像那么回事。但谺呀治家的人这么多年来见过的修行者多达数十人，他们实在信不过这个人。令人遗憾的是，叉雾巫女却轻易让这人暂住，也许她真的老了。

"话说各位，你们在这儿聊什么聊得这么热闹？"

膳德和尚装作完全没听出胜虎的挖苦，厚着脸皮赖着不走，看着另外三人问道。

贰　上屋的内室

"我们在开亲族会议，而且事还没谈完，外人是不是先回避一下？"

国治立刻提醒他离开，然而——

"哦，原来你们在谈让叉雾巫女退居二线享清福的事啊。"

看来这和尚在门口的小房间偷听到了他们密谈最关键的内容，还是他技高一筹啊。

"这是谽呀治家的家事，与阁下无关。不好意思，走好不送。"

胜虎见婉拒没用，于是用强硬的口吻送客。

"若是别家的家事，我也不会多管闲事；但如果关系到我尊敬的叉雾巫女，那我自然会感兴趣。何况各位是为巫女着想，要让她退休享清福，那当然得尽快告诉巫女，让她开心开心才行。"

看来这和尚技高了远不止一筹，这下连胜虎都无言以对了。

"请问……"令人意外的是，勇在这时开口了，"膳德和尚对我岳母的健康状况有什么看法？"

"嗯，恕我直言，巫女看上去比实际年龄老。当然了，那肯定是繁重的负担造成的，如今怕是快挑不起这副重担了。"

"果然是这样吗？"

"所以，若你们想让叉雾巫女退居幕后的话，请务必让我尽一份力。"

"喂……你有什么目的？"

胜虎声音低沉，但却带着十足的震慑力。

"目的？这问题好奇怪啊。"

"企图偷偷摸摸地打探别人家的家事，还装什么糊涂？要刺探就去疯女人的胯下刺探！"

胜虎这话让国治露出了猥琐的笑容。绢子不快地皱起了眉头，但她没有说话，似乎没有想责怪自己舅舅的意思。肯定只有勇在心中疑惑，他可能在想，听这话的意思，搞不好自己的大姨子和眼前这男人有不可告人的关系。

"嗯——好像有什么误会啊。我这人一向心软，不会不管早雾小姐那样可怜的女性……算了，误会就误会吧。那我就告辞了，得把你们的好意告诉巫女。巫神堂旁的别屋正好有厨房可以自己做饭，用来隐居再理想不过了……"

"等一下！你什么时候进过僻静小屋？难道是我姐带你——不对，那地方外人不能进。这么说来，你是偷偷溜进去的。"

"哎呀哎呀，这又不是什么秘密，在那小屋附近散散步就知道了。"

"应该有人提醒过你，不能去大石阶和小石阶附近吧？"

"在进行被除凭物的仪式时，我当然不会去那边。我只是在平时散步时偶然发现的。"

"这家伙在打探我们家的情况。"

虽然国治是低声在自己的妹妹耳边说这话，但在场的人全都听到了。不过没人接话，膳德和尚也一直坐着。怪异的气氛笼罩了房间。仿佛第一个说话的人、第一个动弹的人会受到惩罚一样。

过了一会儿，胜虎终于打破沉默。

"你的意思是说，你会帮我们？"

"嗯，我就是这个意思。虽然我不能旁观被除凭物的仪式，但比起在座的各位，还是我和叉雾巫女的关系更近。"

贰　上屋的内室

"你是说你能监视我姐的动向？"

"有些事我比你们这些家人更容易了解到，不是吗？"

"哦，在凭物和祈祷方面确实是你更了解。不过我丑话说在前头，如果你打算让我姐隐居，然后由你担任衻呀治家的巫师——"

"哈哈哈哈！"

膳德和尚高声大笑，把其他人吓得不禁打了个哆嗦。不仅是胆小的勇，另外三人也是一副受惊的模样。

"你们之前不是说得挺好的吗？说什么在今后的时代，凭物家族无一是处。"

"……"

"我的足迹遍布整个日本，被人称为'凭物之地'的地方也去过多次。即便是和那些地方比起来，这里也很不寻常。在这个村子，衻呀治家的上屋、中屋、下屋这三户以及村里其他被视为凭物家系的人家被称为黑之家族，而神梻家的两户和其他人家称为白之家族，这种黑白泾渭分明的情况不算特别少见。虽说有凭物信仰，但这样的人家为数不少，而且还是地主，所以日常生活应该不会受到什么影响。但有的村里只有一两户是凭物家系，那日子可就不好过了。"

"那种家庭的孩子是怎么找对象的？"

绢子忍不住插嘴问道，她似乎想到了自己的处境。

"有的和附近凭物家族的人结婚，有的最后脱离家族搬去了其他地方。不过，那类村子中，有一部分村子没人会被除凭物，我这样的人在那里是不可多得的人才。不过在神神梻村这样的地方高人辈出，而叉雾巫女又是其中的翘楚，再怎么样也轮不到我来继承她的衣钵。"

"你太谦虚了。"

胜虎的话里半是嘲笑，半是惊讶。

"莫非和你前面说的这里'很不寻常'有关？"

勇马上接着发问，看来他很在意这句话。

"谽呀治家的上屋不是普通的凭物家系，这点你们应该也清楚吧？但我认为这里的东西超出了你们，不，是超出了村民的想象。"

"那是什么东西？"

"我不清楚。"对于国治这个问题，膳德和尚坦然摇头，"但我认为这个村庄被哥哥山、九供山，还有邑寿川、绯还川所包围的地形应该有某种意义，而且还有神隐和厌魅的传说。虽然不清楚这些是不是都和谽呀治家有关，但依我看，这不仅仅是家系的问题，而是神神栉这个地方被缠附上了。"见其他人沉默不语，膳德和尚再次发出笑声说道，"也许我只是个冒牌山伏，但对这方面的事，我的鼻子很灵的哟。"

"所以你到底想要什么？"

胜虎再次提起了这个现实的问题，仿佛在说事到如今还讨论这个地方是否遭到诅咒已经没有意义。

"嗯，我的要求很低。我希望家主能让我在这里叨扰一段时间，直到谽呀治家和神栉家的亲事办妥。另外希望在事成之后，能得到合理的谢礼。"

"也就是说，等事情结束之后，你就拿着想要的东西离开这里吗？"

贰　上屋的内室

"那当然。毕竟不能长期打扰你们。"

也就是说,他至少要在谽呀治家住四五年,然后拿着一大笔钱去别的地方继续招摇撞骗。

"我明白了,行。"

胜虎一做出答复,此前一直惶惶不安的国治和绢子也下定决心似的同时点头。只有勇还没跟上其他人,不过没人在意他的态度。

"而且,就算这桩亲事谈不拢也不怕,我还有撒手锏。"

接着胜虎又意味深长地低声说了一句。膳德和尚闻言,也神秘兮兮地说:"说起来,我也有东西似乎能成为撒手锏,不过我还没想好要怎么用。"

从那自信的笑容来看,他显然不是为了和胜虎较劲而故意虚张声势。

"那我们就把各自的撒手锏留到关键时刻再用吧。来,既然决定合作,那就举杯庆祝吧。可惜没有酒啊。就用我在巫神堂找到的特殊饮料的粉末吧。"

膳德和尚慢慢地从怀里拿出一个布袋,明目张胆地向其他人展示自己偷出来的东西。

"这该不会是九供仪式上喝的那个……"

"不对不对,不是那东西。这东西和酒差不多,喝了之后会兴奋,没什么好担心的。我已经试过了,收起那副不安的表情吧。"

胜虎似乎还没打消心中的疑虑,他迟疑了片刻,然后让绢子拿来了茶壶和茶杯。

"泡这东西的方法和泡药粉一样。"

膳德和尚从头到尾示范了一遍，告诉其他人这样泡是最好喝的。然而，尽管喝的东西已经泡好，但却没人伸出手。

"哈哈哈，你们的戒心太重了。"膳德和尚故意大笑着嘲笑其他人，然后拿起茶杯一饮而尽，"嗯——不错！喝吧，别客气！"

先是国治伸出了手，绢子见了也端起茶杯。胜虎则催勇先喝，自己最后把杯子拿到嘴边。不过胜虎是第一个提出续杯的。

在众人都被那奇怪的饮料俘虏，对它赞不绝口的时候，膳德和尚提出："那么，就请你们再从头到尾和我解释一遍神栉家的人员构成，以及他们和谽呀治家的关系，特别是每个人的人际关系，还有两家在村里的势力分布。"

为了满足膳德和尚的要求，内室里再次开始密谈。没有任何一个人注意到，此刻。XX正竖着耳朵听他们的密谋……

纱雾日记节选（二）

大被除所在的河滩上，从九供山奔流而来的绯还川在这里拐了一个大弯。其主体是类似须弥坛的底座，由四根方形柱子支撑起屋檐微微往上翘起的悬山式屋顶，有种木结构特有的厚重感。位于中央的神祠也很大，完全可以称之为小型神堂。这原本是村里的九供山神殿，会这么气派也正常。

我在祭坛下面拜了拜，然后左手扶着栏杆登上阶梯，停在了神祠前。接着伸手打开格子门，走到里面，把包着依代的怀纸放上祭坛。最后双手合十，诵念起专门的经文。

贰　上屋的内室

通常在这个时候，我都会开始感觉到一种喧嚣感，那并非属于现实世界的声音。当然，那种喧嚣感来自大祓除所四周，而非内部。我不知道为什么明明没有声音，却会有这种感觉。那种将我包围的动静是一种无声的嘈杂，我找不到比喧嚣更合适的词来形容。

但是，在结束仪式走出神祠的时候，即便环顾四周也不会有任何发现。最重要的是，不能让对方知道我在寻找它们，否则会助长它们实体化，事情将变得非常麻烦。可能我一走出祓除所，那些东西就附到我身上了。所以必须尽可能避开危险。按我们这里的说法，在这时候感觉到的东西如同空气，不去想那些东西、举止如常是最好的做法。就像我们在日常生活中不会特意去想空气的事一样。

诵念完经文后，我毕恭毕敬地将祭坛上的怀纸高高捧起。这时，手中的感觉明显和之前不同。之前那纸重得不正常，就像粘着什么东西一样，有种难以言喻的触感，但现在那种触感已经消失殆尽。我能真切地感受到前后的变化。

（外祖母说过要去大祓除所，看来在小祓除所肯定无法净化得这么彻底。）

再次见识到大祓除所的强大力量，我朝祭坛拜了拜，然后离开神祠，走下阶梯，最后朝整个祓除所拜了拜。做完这一切后，在准备沿着河滩去小祓除所的时候，我无意间看向左边的常世桥，就在那一瞬间——

（啊，必须上神山才行……）

我没来由地冒出了这个想法。我不知道为什么要上山，但却很想上山，觉得应该上山，这种感觉很强烈。

我从小到大一直觉得那地方很可怕，可现在却想去那里。我被神山蛊惑，做出了反常的举动。虽然脑海某处想着自己必须去小袚除所，可身体却开始自然而然地转向桥。九岁时体验过的恐怖回忆即将复苏。但从九供山方向吹来一阵令人神清气爽的风，瞬间将恐惧吹散。绯还川的水流声如同清心的音乐。在大袚除所中感受到的周围那种令人毛骨悚然的气息一下子烟消云散，一种让人心安的氛围将我笼罩，我仿佛置身于世外桃源，虽然精神恍惚，但心情舒畅，可内心最深处似乎有一个微弱的声音拼命提醒我："不能去。"这时我已经有一只脚即将踏到桥上，我感觉自己的内心和身体出现了分歧……

"神山会唤人前往——"

外祖母的声音在我昏昏沉沉的大脑中回荡。紧接着，不知从哪儿传来了响声。我回过神来，看到自己抬起的右脚即将踏上常世桥。我急忙往后退了几步。要是踏上了桥，我肯定会继续往前走，一直走到神山入口，走到那个供奉着两尊案山子大人，九岁时曾见过一次的恐怖地方……

（到那儿之后，我会怎么样呢？）

是登上神山吗？可是上山做什么——想到这里，我再次认识到上山不是出于自己的意志。

"神山会唤人前往——"

所以才不能随便来这附近，就算是笏呀治家的巫女和凭座也一样。也许正因为巫女和凭座不同于普通人，所以才更容易被召唤。

（必须打起十二分精神才行……）

我在心里斥责自己的反常与胡思乱想。打起精神之后，我对刚才

贰　上屋的内室

的响声产生了好奇。

回到大被除所一看，发现神祠的门半开着。可是，我应该已经把双开的格子门关好了。

（是风吹开的吗……）

刚才的响声很像神祠的门重重开合的声音。而且风有可能吹开关着的门吗？何况那好像是门反复开合好几次的声音……

我一下反应过来，这不是人类该考虑的问题。我立刻仔细关好神祠的格子门，接着深深地行了一个礼，离开了大被除所。

然后我在河滩上沿着绯还川走向小被除所。

听外祖母说，绯还川过去写作"贽还川"。后来发音改变，汉字也随之改变。在日语中，原名里的"贽"指的是祭品。所以这条河是将献给九供山的祭品归还（冲走）的河。神山原本的名字应该是"供牺山"。"供牺"同样意为祭品。绯还川的"绯"字也有红线的意思，这么看来，这名字还挺恰当的。因为从祭品身上流出来的血会沿着河面弯弯曲曲地流向下游，就像红线或者红色的蛇一样。

而村民们则是更单纯地将这条河称为"怕川"。因为他们将谺呀治家的上屋和中屋后面的区域，也就是从九供山到绯还川下游的区域被称为"怕所"，简直避之唯恐不及，所以河被称作"怕川"也很正常。

我回过神来，发现太阳已经落到九供山后了。虽然夜幕还没降临，但和在大被除所诵念经文时相比，天色已经暗了很多。而且天空的颜色好像很诡异。我记得走到河滩之前，天上的晚霞应该还是橙色的，可现在那晚霞却混进了浓郁的紫色，卷成了非常可怕的旋涡状。

感觉里面好像会降下疯狂沉闷的轰鸣鼓声。

（我今天果然不对劲。）

先是在走出大祓除所的时候听见神山的召唤，之后本想打起精神，可是不知不觉间又看向了别处。至少在近几年没出现过这种情况。以前，我会心无旁骛地径直前往小祓除所，在抵达目的地之前既不会看河流，也不会望天空。一路上，我的眼里应该只有河滩前方的小祓除所。

我之所以不看别处，除了想尽快达成自己被交付的任务之外，还有另一个理由：在这种地方东张西望是非常危险的一件事。一开始，我并不了解事情的严重性，在第一次为依代祓除凭物的仪式结束时，从巫神堂走到大祓除所那一路上所绷紧的神经多多少少还是松懈了下来。一旦有所松弛，即便外祖母再三叮嘱，我都会开始关注周围的情况，视线会忍不住看向四周。不过我没回头，唯独这一点我没有违反。但除了正后方，惶惶不安的视线总是不停飘向左边的河面、右边的草木、上边的天空、下边的河滩。

因为我实在太害怕了……

只要不管不顾地径直朝小祓除所走去，尽快完成仪式，我就能尽早回家。虽然心里很清楚这点，但却怎么也做不到。径直走到祓除所，接着进行祓除仪式，最后把依代放进河里让它流走——我花了一年多的时间才做到整个过程无视周遭的一切，不做任何多余的事，简直难以置信。在那一年多里，我曾多次目睹过仅凭人类的语言无法形容的东西。我无法将目光从那类东西身上移开的事就更不用说了，毕竟我还是个孩子。

飘浮在黄昏时分的天空中,弯弯曲曲又长又黑的绳状物;在河滩的石缝中窥伺我,目光如同野兽,布满无数血丝的眼珠;慢悠悠地从葱郁茂盛的灌木丛中伸出来,又一下子缩回去的巨大鸟脚;边浮上蜿蜒的河面边如招手般摆动的手臂;无数从天而降散发着如人类皮肤被灼烧般的恶臭,和鱼鳞一模一样的东西;几个长着长头发,会用头发缠住脚踝的婴儿伸出小手;在河里游泳的速度和我走路速度保持一致,长着四肢,像鳗鱼一样的生物;不停嘟囔"交出来,交出来,交出来",潜伏在灌木丛中,经常改变身体大小的四条腿的东西;在前方边蠕动边寻找机会,只要我露出破绽就会扑向我的脸、胸、手、脚的水润肿胀、颜色暗红、形状不定的东西;从神山的树木间悄无声息地冒出来,形同巨型卒塔婆[1]的板状长条形灰色物体;飘浮在极低处,形同一团浓绿色的云,会滴下抹茶色汁液的东西;会发出"咕唉"的奇怪声音,脖子往上是白发老奶奶,身体像鸡却没有脚,在河滩上四处爬动的生物;顺着河水漂来的由山伏、和尚、卖艺盲人组成的腐烂尸群……

"那是妖怪制造的假象,并非真实存在的东西。只要不主动认可其存在就没问题。但是,那东西的真面目有时比妖怪更可怕。所以绝不能东张西望。"

只要我把见到的东西告诉外祖母,她最后一定会骂我,所以不久之后我无论看到什么都不会说出来。但我一直不敢忘记外祖母的忠告。

"真面目更可怕……"

---

[1] 树立在死者坟墓上的木质碑柱。——译者注

可我却会不受控制地东张西望，也许是因为我在不知不觉中被妖怪制造的假象给迷惑了吧。

（要是继续胡思乱想，我就会变回当时的自己。）

心中的忧虑让我停下脚步整理并不凌乱的巫女服，好让自己重新打起精神。凭座和巫女一样身穿白衣红裤，不过在离开巫神堂的时候我披上了千早服。老实说，对我而言，谺呀治家的巫女和凭座都是沉重的担子，但这身衣服我倒是挺喜欢的。

（抓紧时间吧，要是再磨蹭，天就真的黑了。）

我尽全力加快了脚步，这时我已经在河滩上走了差不多一半的路。因为我担心太阳一落山，在这一带彷徨的东西也会变多。就算我不东张西望，那些夜里的东西也会主动骚扰。我当然不会搭理，但数量一多就让人心烦意乱。继续无视也很耗费精力和体力。要是在精疲力竭的时候遇到难缠的东西就糟了。虽说这里也算是进行被除凭物仪式的场所，但却不是什么圣域，反而是被村民惧怕的魔域……

从河的下游刮起一阵强风，吹在千早服和裤子上，害我走路的速度愈来愈慢。突然刮起的狂风肆虐着，像在故意阻拦我前进。

我艰难地前进，好不容易来到小被除所前。这里没有大被除所那种屋顶、柱子和台子。神祠建在河滩，大概只有大被除所的十分之一大，必须弯下腰才能打开格子门。不过每次看到这个被除所，我都会冒出一个不合时宜的想法：它很可爱。大被除所会让我产生安心和敬畏的感觉。而这里看上去小小的，所以才会让我产生这种感觉吧。不过心怀不敬肯定是要遭报应的，我也曾反省过。不过现实是，只要站在小被除所前，我就会放松下来。

（不行。现在不能松懈。）

我再次告诫自己，接着重复刚才的步骤进行仪式。我摒弃一切杂念，脑中只有经文，心里只有被除仪式。虽然已经去过大被除所，但这里的事也很重要。

等全部的仪式结束之后，我拿起怀纸走上被除所右边的台子。这台子从河滩稍稍伸向河面，夸张点说，和码头差不多。虽然几步就能走到头，但这台子很重要，在这里可以让依代顺利被河水冲走。

"回到你原来的地方。"我一边说一边把怀纸放到河面，"切勿生气，也勿回头；切勿哀叹，也勿回头；切勿奢靡，也勿回头——依我所言，回到你原来的地方。"

我继续念着放流依代的话语并松开手。

怀纸迅速顺流而下，但没流多久就开始打转，不再往下流。

（偏偏在这时候……）

放流依代的仪式最理想的情况是依代流向下游，完全消失在视野中。依代当场沉到河里的情况就不是很好了，这代表凭物虽然已经脱离待被者，但却没回它原来的地方。最糟糕的情况是依代留在河面上，既没流走，也没下沉。这意味着被除凭物的仪式本身不见得是无懈可击的。可能凭物只是装出扛不住巫女质问，被说服的样子，实际上并没有被封进依代。

"嗯啊啰哩锵嗦哇咔，嗯啰喀噫叽吧啦喊哩咕嗦哇咔，嗯嘛噫嗒嘞噫呀嗖哇咔，嗯啊啵锵哗迦呷嗡哈嗒——"

我坐到台子上，立刻开始诵念咒语。虽然我平常是当凭座，但外祖母也一直要求我进行巫女的修炼。这是为了防备不知何时遇到意外，不得不独自应对的情况。

"嗯吧沙啦哒噜嘛喊哩咕，嗯啊咪哩哆嘟哈吧呜哈嗒——"

随着咒语的继续，怀纸打转的速度也越来越快，是我的错觉吗？为什么就是不随着河水流走呢？我在心中斥责动不动就胆怯的自己，然后把注意力集中在了咒语上。

"嗯咔咔咔哔沙嘛欸噫喙哇咔——"

到底诵念了多久呢？我忽然抬起头，发现怀纸的白色身影已经从微暗的河面上消失了。我似乎在专心诵念的时候无意识地低下了头。

（是流走了，还是沉到河里了……）

不管怎样，已经避免了最糟糕的事态。我刚松了一口气就发现四周全黑下来了。虽然还没彻底陷入黑暗，但留给我的时间显然已经不多了。不过我却没有预想中那么焦急，可能是因为大功告成的安心感吧。

我再向小祓除所拜了拜，然后朝大祓除所走去。原本只要从小石阶回巫神堂就行，但今天情况特殊，我觉得应该再去大祓除所参拜一番。这么做并无不妥，如果转移到依代上的东西不一般，更应该把祓除仪式做得周全一些。前提是负责这事的人状态正常……

是的，这天我老是走神，我当时应该尽快离开"怕川"，离开这"怕所"才对……

在举行九供仪式的那一年，我在去神山的路上看到绯还川上这两处祓除所时，还以为它们是守护祓除所之间这段河滩的，也就是所谓的"圣域"。没多久我就深刻地认识到自己错了。时至今日，我有时还会一不留神产生同样的错觉，比如现在。在各种奇妙气氛的包围

贰　上屋的内室

下，在好不容易完成依代的放流松了一口气的时候，我彻底恢复到了平时的状态。之前那么多次提醒自己打起精神都没起到作用……

但是，只有在回到巫神堂，拜过祭坛之后才算真正结束，这时候才能放下心。

一开始，我以为是自己的错觉。可麻烦的是，在这里产生的所有感觉既像我的错觉，又像真的有东西在搞鬼。但是，不管是哪种情况，我都不能搭理，没必要在意那些。可是这时的我做不到不在意。因为那个东西的视线就像是贴在我背上一样，令我有如芒刺在背……

是我之前抵达大祓除所时感觉到的气息吗？后来我已经竭尽全力不去想了，可为什么……

（不要在意，一在意就完蛋了……）

我努力忍住下意识想要摇头的冲动。绝对不可以让那东西知道我已经注意到它了。

（不，肯定是我的错觉……）

我想用这个想法欺骗自己。

（不管怎样都不能搭理对方。要表现得自然一点，装作什么都不知道……）

想到这里，我终于控制住即将加快的脚步，保持之前的速度往前走。可是我心里却想离那东西远远的，因为毫无防备地背对着那个不知名的恐惧之物，这种想法越来越难以压制。我故意放慢脚步，以压制那股冲动。

（反正我没办法跑……）

一方面，一个与自虐无异的想法突然冒了出来，我差点狂笑起来。另一方面,我为自己会冒出这种想法感到吃惊。显而易见,我没办法跑,所以只能行走。我身后的东西会不会压根儿就不担心被我发现?

我开始搞不懂自己的想法,我只知道身后那东西让我产生了发自内心的恐惧。

(我只要盯着大祓除所,只要想着待会儿要念的经文就好了。)

于是我把注意力集中在前方不远处的神祠上。但我依然留心脚下,以免自己被河滩的石头绊倒。就在我即将慢慢远离身后讨厌的气息时——

背后传来了声音。一开始我不知道是什么响声,但我很快就知道了。那是在河滩上步行的脚步声……而且是朝我这边来的……是"沙、沙、沙"的脚步声……

我的脸上瞬间没了血色,脚步不自觉地试图加快,我拼命控制着速度。之前说过很多次,最好的办法是不让对方知道我已经发现它。只要不去管,很可能过一会儿那些东西就会离开。而且河滩很不好走,我腿脚又不便,就算加快脚步又能快多少呢?我极度烦躁不安。如果要加快脚步,就必须以最快的速度和身后那东西拉开距离,比它更快冲进大祓除所。可我连那东西是什么都不知道,实在没勇气去赌。现在唯一的办法就是装作什么都不知道。

我装作什么都不知道一直往前走,但所有的注意力都集中在身后。不知不觉间把大祓除所的事彻底抛到了九霄云外。虽然前进的方向没变,但现在,我的注意力全在身后的动静上,仔细倾听着那个脚步声。

沙、沙、嘎、沙、沙、嘎……

这时，我发现一件奇怪的事。正常走路的时候脚步声会保持一定的节奏，但这脚步声的节奏有点不同。也许是因为这脚步声的主人绝非正常的东西吧……

一开始我认为是因为那东西以之字形路线在河滩上前进。不知道它为什么这样走，恐怕没有原因。如果一定要说，可能是因为好玩，或者在戏弄我。不管怎样，肯定不是什么正经的理由。

（好恶心……）

明显杂乱的脚步声比来历不明的东西更让我害怕。光是听到那怪异的节奏，我就有种如同大脑被抓挠的不快感。我一方面觉得那没有意义，另一方面又感觉其中隐藏着无比可怕的真相。

沙沙、嘎、沙沙、嘎、沙沙、嘎……

在发现脚步声再次出现变化的那一瞬间，我险些停下了脚步。

（这……这……该不会……）

我明白脚步声为什么那么杂乱了……

可是那意味着什么……一想到这里我就不寒而栗。为什么要在我身后做那种事……光是想想我就感到一阵恶寒，因为那杂乱的脚步声是拖着一只脚走路发出来的。

有东西在模仿我走路的样子。

准确地说，是在模仿以前的我。现在的我走路时已经不会像那样拖着脚了。如果我不跑，不了解我的人应该看不出我的脚有毛病。可是后面的东西却……

（深不见底的恶意……）

我脑中浮现出这样一句话。这根本就是在嘲笑我，我感受到了纯粹的邪恶。我能感觉到那东西以藐视我、威胁我、吓唬我、玩弄我为乐。我仿佛能看见背后有一团漆黑一片的恶意。可以说，那是我迄今为止遇到的东西里最恶劣的一个。

（没关系。我……我才不怕……）

其实我快哭了。身体眼看就要颤抖起来。我告诉自己这时候必须挺过去。哪怕表现出一丁点迹象，都会有不堪设想的后果。只要始终装作不知道，装作什么都没发现，很快就会没事的。

沙沙、沙、沙沙、沙……

脚步声突然变了，听上去那东西似乎改回了普通的走路方式。就在我以为那东西已经玩腻的时候——

沙沙沙、沙沙沙……

脚步声的节奏变快了，就像在宣告戏耍猎物的游戏已经结束一样。

（别过来……）

不知不觉间，我也加快了脚步，泪水顺着脸颊往下流，身体微微地颤抖着。就在我差点哭出声的时候，那拖着脚走路的声音又响了起来。这是在向我示威吗？是在嘲笑我狼狈逃跑吗？

（别小看我！）

我差点就忍不住回头大叫起来，幸好反应及时才没做出傻事。我吓出了一身冷汗。

（也许那东西就是想激我做出不理智的事……）

然而，停下脚步后，我发现了一件更吓人的事：拖着脚走路的声音其实是我自己发出来的。我一停下脚步，身后的脚步声也随之消失了。我平时走路没有任何异常，但加快脚步时会自然而然地拖着脚，那是我的脚步声……

（原来我一直没注意到自己不知不觉加快了脚步……透过河滩的回音，在内心的恐惧下令我产生了幻听……）

我刚一停下就明白了。

（我居然被自己的脚步声吓到……）

我浑身的力气顿时流失，差点就当场蹲下来。我不由得笑出了声。就在这时，身后传来越来越近的脚步声。

（什么……）

那不是幻听，也不是我的脚步声。我真的听到了，那是正在向我靠近的东西发出的响声。

（必……必须快逃……）

我心急万分，但脚却使不上力。脚掌紧紧贴着河滩，就像生了根一样。身后的脚步声正在向我迫近。必须尽快动起来，至少要走起来，否则会被那东西抓到。要是被抓到，不管那东西是什么，我都会发疯的。就像早雾姨妈那样……

姨妈被关在禁闭室里的身影刚从脑中闪过，我的右脚突然向前迈了出去，接着我便不管三七二十一地往前走。

（我身后真的有东西吗？）

人类真是奇怪，我依然怕得发抖，可心里却产生了怀疑。

我虽然做不到像涟哥那样理性，但也不会认为一切怪事都是凭物之类的东西搞的鬼。我知道有时候是人的心理在作怪。

今天的我很不对劲，这一点毫无疑问。所以，也许真的是幻听，而且也不能断言那一定不是我脚步声的回音。不管是什么，如果再加上"怕所"的影响呢？

但身后传来的脚步声实在太真实了，我实在没办法无视。

（要确认一下吗？）

有一个办法可以确认，那就是回头，但不是转向正后方，而是转向左肩往后看。转向正后方是绝对的禁忌。这个办法只有在危险迫近的紧急情况下才可以用。这原本是用于探知对方真面目的咒法之一。

据说在和不知来历的邪物对峙时，若怎么也弄不清其真面目，因此无法被除时，可以背对邪物转向左肩往后看。这样一来就能弄清邪物的真面目。但是，万万不能转向右肩往后看，否则会立刻被附身。

即便正在进行被除仪式，也可以用这个方法。不过若身后真的有东西，不管愿不愿意都会看到其真面目……

（可倘若是错觉或者幻听，如果不确认的话……）

我在无休无止的脚步声中下定了决心。可我不知道自己会看到什么，所以需要有相当的觉悟。

沙、沙、沙……沙、沙、沙……

我边走边根据声音调整位置，让后方的脚步声位于我的左后方。等感觉位置合适的时候，就维持那个状态往前走。虽然就这样走了一段时间，但回头的机会只能自己创造，于是我鼓足劲不管不顾地迅速扭头。

（……）

什么都没有。就在我看清身后既没有非人之物，也没人的时候，脚步声也消失了。

贰　上屋的内室

（太好了，果然是我疑神疑鬼。）

但是不能因为这样就放心，不能松懈。我继续朝大被除所走去，没有停下脚步。风再次从下游吹来，这次正好是从后面推着我。刚才的风阻拦我前进，但这次是推着我顺风而行。多亏了这阵风，我就快到大被除所了。终于回到这儿来了，我放下心来。

"纱……雾……"

身后传来呼唤声。我当场呆立，全身都冒出了鸡皮疙瘩。刚才已经确认过身后什么都没有，可是现在却有一个声音呼唤我的名字。

沙、沙、沙……沙、沙、沙……

脚步声又响了起来。

沙沙沙、沙沙沙、沙沙沙……

那声音才刚响起就变得十分急促，转眼间就拉近了距离。我的整个后背都能感觉到迫近的骇人气息，这已经不能用幻听来解释了。

沙沙沙、沙沙沙、沙沙沙、吱吱……

脚步声在我正后方停了下来。河滩的石头发出的响声消失之后，这里一片寂静，如同深山幽谷的中心。实在无法想象，谺呀治家的上屋就在我左上方不远处。感觉以我为中心的方圆几十公里内一个人也没有。不，不仅没有人，其他东西也没有。这片区域中只有我和我身后的东西……

被追到这个地步之后，反而不会害怕了，也可以说怕也没用了。我再次冒出了确认那东西真面目的想法。现在距离这么近，就算那东西是透明的怪物也肯定能看见。我十分确信。

（嗯啊啰哩锵嗦哇咔……）

如厌魅附体之物
MAJIMONO NO GOTOKI TSUKU MONO

我专心致志地默念咒语。在感觉咒语的力量充满全身之后,转向左肩向后看去。

什么都没有……虽说四周已经完全暗了下来,但也不应该看不到站在我身后不远处的东西。

(奇怪……怎么回事……)

我想不明白。突然对扭头的姿势感到害怕,于是把头转回前方,就在这时——

"纱雾……"

有东西在身后对我低语。惨叫声已经冲到了嗓子眼,但又被我下意识地憋了回去。也许是因为我依然害怕被那东西注意到吧。或者是觉得一旦叫出声,会一发不可收拾,我将不再是我自己。这时,我感觉左肩被什么东西碰到……

"呀——"

我下意识地发出了惨叫。身体瞬间僵住,因为有东西正在摸我的左肩。

(这……这是……什么……)

那东西湿漉漉的。一个冰冷、恶心的触感隔着白衣慢慢地传到我肩上。我僵硬的身体开始微微颤抖。我该怎么办?感觉身后的东西把湿漉漉的手放在了我的肩上。光是想象那一幕,我就吓得连根手指都动不了。左肩越来越重。邪恶的气息慢慢渗入我的体内,可怕的感觉将我笼罩。

(外祖母!救我、救我、救我、救我……)

我在心里不停地求救,连念咒都被抛到脑后。可是,这样的求救当然没有效果，没人会来救我。我到底这样呆站了多久？没有晕过去简直是奇迹。

不过我发现这段时间什么事都没发生。一开始我以为那东西在观察我的反应，但后来越想越奇怪。我总不能一直站着不动，现在只能先确认左肩上有什么。

四周已是一片漆黑。但我还是闭上眼睛，然后缓缓把右手抬到左肩处。没多久就碰到了一个湿漉漉的不明物体。指尖猛地一哆嗦，迅速从肩膀上抽离。然后我又调动全部意志力，再次把手伸向左肩，触碰那个湿漉漉的东西。这次我强忍着厌恶抓住了那东西，把它从肩膀上拿下来。突然，那东西在我指间蠢动。我差点要把它扔出去，但勉强忍住了。

我慢慢地把手伸向眼前，同时缓缓睁开双眼——在短短一瞬的停顿之后，从我口中迸发出的惨叫声在"怕所"回荡。

我看到的东西是被我放流到绯还川的依代……

取材笔记节选（二）

"冒昧问一下，这位先生去那个村子有什么事呢？"

公交车上的老人态度很绅士，但目光和语气却有种不容对方不回答的气场。

"啊……我……我……"

刀城言耶被老人的气场震慑住，一时不知道该说什么，他急忙在旅行箱中翻找，然后拿出一封信交给了老人。他当即做出判断：那封

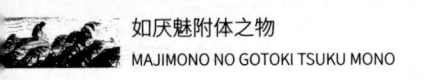

信应该比自己的胡乱说明有用得多。

"这是什么？嗯，我看看——"

老人惊讶地接过言耶的信封，抽出里面的信，慢条斯理地戴上老花镜看了起来。接下来只有纸张摩擦的微弱响声在车里回荡。

"哎呀，刚才不知道您是大神屋的客人，多有得罪。"

老人一看出自己手上的信是给大神屋的介绍信，就立刻转变了态度。他转向后面，对自己身后的村民滔滔不绝地说道："喂，你们这些家伙是打算坐到什么时候？快下车！叫围过来的人都散了。对了，去把司机叫来。什么？没到发车时间？都最后一班车了，还管什么发车时间？反正接下来也不会再有人要去神神栎村了。别啰唆了，快把司机叫来。"

这突如其来的话把言耶吓了一跳。虽然老人言辞粗鲁傲慢，但并不会让言耶感到不快。那些村民好像也很尊敬这位老人，老人怎么说他们就怎么做，没有任何顶撞的举动，像是在用自己的行动安抚他。也许是因为他们完全搞不清状况，而老人的态度却出现了一百八十度的转变，所以一下子不知所措吧。

"请问——发生什么事了……"

言耶同样一头雾水。不仅那些村民对他的反应很瘆人，老人在看介绍信之前的态度也很不寻常。

"没有没有，没事。很少有外人来我们这种穷乡僻壤，大家只是觉得稀奇而已。"

"原……原来只是这样啊……"

言耶很想问为什么觉得稀奇就要把公交车围住，但又不想破坏这得来不易的友好氛围，所以就没节外生枝。

"嗯。看样子我现在再怎么解释，你也很难相信啊。"

老人说话时若有所思地盯着言耶膝盖上的《朱雀与蛇骨的凭物信仰　神神栉的厌魅》。

"介绍信上也提到希望能在调查这个地区的民间传说，特别是凭物方面的事时予以方便。看来你是作家吧？"

老人边说边重新把言耶从头到脚仔仔细细地打量了一番。估计既觉得他穿的牛仔裤很稀奇，又觉得这副打扮很可疑吧。

在当时的日本，舶来衣物无法通过正规渠道进口，只能买到二手牛仔裤。而且这种裤子劣质品居多，又不合日本人的体形，所以很扎眼。

这么少见的牛仔裤穿在言耶身上却无比自然，所以老人肯定会感到特别奇怪。只是不知是因为没兴趣谈论别人的服装，还是因为觉得对人品头论足有失礼貌，他虽然明显对牛仔裤颇为好奇，但什么也没说。那副模样实在好笑，言耶忍着笑说道："是的。我叫刀城言耶，正在走访各地，顺便为小说取材。"

"原来如此。我姓当麻谷，是这个村子的医生。"

老人边说边举起右手提着的出诊包给言耶看，然后顺势坐到了言耶旁边的位子上。这一举动倒是令言耶颇为意外。看来这位老人并非专门上车来了解外人底细的。

"你现在要去神神栉村出诊吗？"

"嗯，差不多吧……他们村有位姓大垣的医生，不过是位庸医。"当麻谷似乎话里有话，但他随即指着书说道，"其实我也对这方面很感兴趣，写下了不少朱雀到蛇骨一带的传说。我还见过那本书的作者闭美山犹稔，那是多久以前的事来着……大概二十三年前吧。"

"欸，真的吗？莫非是在闭美山老师来这里取材的时候？"

"嗯，他来过好几次，我们大概是在书写到后半段的时候认识的。"

"也就是说您协助过老师喽？"

说完，言耶急忙打开书，看起了前言和后记。果然在后记的最后部分写着当麻谷的名字和致谢的话。

"算不上什么协助，只是微不足道的小事。他感兴趣的是凭物信仰，而我了解的不过是民间传说。"

"但这二者是有交集的。"

"那倒是。我也是这么想的，所以把自己收集的所有传说都拿给他看。不过，值得他感谢的应该是其他事吧。"

"比如帮闭美山老师和神神栉村的人牵线？"

"嗯，不愧是作家，不得不说您很敏锐啊。"

当麻谷露出了佩服的笑容，但可怕的是，他的眼中却没有一丝笑意。看来他还没有彻底放下对言耶的戒心。

"这么说来，刀城先生也对凭物感兴趣吗？"

言耶闻言，如实告知了当麻谷自己正在写的小说类型。不但介绍了以朱雀神社两位巫女的传说为题材的短篇作品，还特别针对在小说中如何描写真实的习俗做了一番详尽的解释。

"嗯，我明白了。我虽然很少看那类型的小说，但我知道刀城先生你不是抱着随便写写的心态在写书。"

贰 上屋的内室

"当然,如果我根据在这里收集到的资料写作,肯定不会用真实地名,而且这地方……"

"嗯,我明白。这地方在闭美山的书里出现过,而且在其他民俗学方面的书籍里即便记载得不如他那么详细,但也提及过神神栉村。如今想瞒也瞒不住。但不能因为这样就随便写。在和闭美山谈过之后,我认为他值得信任。我就冒昧直言吧,听了刚才的话,我对您也放心了一些。"

"啊,感谢您的信任。"

"这地方虽然是穷乡僻壤,但一直有不三不四,或者说是奇奇怪怪的人往这儿跑。那些人大部分和宗教有关,但也有招摇撞骗的,给我们带来了不少麻烦。有时甚至会有罪犯逃到这儿来。明明这里的地形就像个死胡同似的,那些人居然还自己往里钻。我觉得这里有邪恶的东西会吸引那些乱七八糟的人……啊,别误会,刀城先生您和他们不一样。"

当麻谷似乎看出了言耶不自在的举动,急忙摇头补充了一句。

"所以你们才特别提防想进村的外地人吗?"

"虽说爬跛村不是神神栉村的关卡,我们村的人也绝不是要监视什么……"说到这里,当麻谷似乎犹豫了一下,接着压低声音,像透露秘密一样说道,"但其实有好几个村民说在神神栉村里见到过奇怪的东西。"

"哦!"

言耶一听到那话就把身子探了过去,他看当麻谷的表情明显变得不一样了。医生露出了略感惊讶的表情。

"这是三天前的事……不过说是见到，但也不是真正见到什么东西，所以很多细节都说不清楚。"他先提了个醒，然后继续说道，"那个村里的路两侧隆起，形成天然的土墙，看起来就像是故意在地上挖出道路来一样。就连田地都在隆起的土地上，非常有特点。而且道路狭窄蜿蜒，很多弯弯绕绕，视野很不好。所以村里人走路的时候经常主动发声，互相提醒。我们村的人去那里也会有入乡随俗，免得和别人撞到一起。"

"挺有意思的。不过对于住在那里的人来说，这样很不便吧？"

言耶煞有介事地附和着，但他的语气里明显带着对怪谈的期盼。

"这样的地形确实有诸多不便。就在三天前，也就是周四的傍晚，有个从我们村子过去的人感觉到路前有动静，于是问了一声，但前面一直没有回应。那人觉得奇怪，于是便加快脚步过去查看，结果一个人也没有。那人顿时觉得毛骨悚然。如果只是这样，还可以说是错觉，可是后来又有几个人说遇到了同样的事。还有人说看到了一个身影，可是却说不出那个身影的具体穿着……"

"也就是说可能有可疑的外人跑去那里了吧？"

言耶这时露出了略微失望的表情。他本以为能听到怪谈，结果事与愿违。当麻谷当然不会看不懂那反应，十分惊讶地看着他。不过还是回答了他的问题。

"事实上，最近几天公交车上没出现过陌生人。如果真是外人，那就是走山路进村了。可是，战后连修行者都会坐公交，几乎没人会特地翻山越岭来这里。"

"如果真是翻山越岭来的，那就太奇怪了，这就是可疑人物了吧？"

言耶好不容易调整精神，应了一句。

"或许，从一开始就没人跑进村子……"

当麻谷意味深长地说出了这样一句话。

"欸……你的意思是村里人吗？"

"我们村的人说那是厌魅。"

"厌……厌……厌魅！"

厌魅是苍龙乡一带的说法，基本是指来历不明的、最可怕的怪物。难怪言耶会突然叫出声。

"神神栉村里供奉着戴斗笠披蓑衣的案山子大人，刀城先生您已经知道这事了吧？"

"是的。这里每年二月八日会举行请魂仪式，迎请哥哥山的山神。我想供奉案山子大人是为了让山神寄宿到所有的案山子大人上面，或者让山神可以去到村子的任何地方。"

"你这两个猜想都没错，但其实还有一个不为人知的用途……"

不知道为什么，当麻谷的声音让言耶不寒而栗。

"传说厌魅也是戴斗笠披蓑衣。之所以会这么做，是为了让人在不幸遇到厌魅的时候，还以为只是看到供奉在路边的案山子大人，可以在什么都不知道的情况下安然通过，所设计出来的一种防御措施。"

"还真是用心良苦啊……"

虽然像骗小孩的拙劣把戏，但换个角度想，这说明当地人想不出比这更好的办法。言耶再次认识到厌魅是何其可怕。接着，他立刻想到了一个相关的问题。

"说起来，谽呀治家供奉的案山子大人是九供山的山神。这么一来，不是应该把所有散布在村子里的案山子大人都视为哥哥山的山神吗？"

"嗯，问题在于，平时所有人都只用'山神''案山子大人'这样的称呼。也就是说，这二者之间没有明确的界限。而且村里一部分老人认为栖息在九供山的一种叫作'长坊主'的东西，其实就是所谓的厌魅。传说那种厌魅的外形和案山子大人很像，所以对于谽呀治家的案山子大人，存在一种很可怕的解释。"

"原来如此……感觉这事背后大有文章，或者说是一个不能触碰的领域啊。"

"村里人认为被山神附身的时候，症状较轻的是哥哥山的山神，症状较重的是九供山的山神。"

"这完全是在往对自己有利的方向解释。当……当我没说……"

言耶不小心说出了心里话，有些手足无措。

"话说回来，您相信这些事吗？"

当麻谷看着他，这表情简直就是在说，刚才把关键问题给忘了。

"这个嘛……如果相信可以让您说的事变有趣，那我就相信。"

"哦，我懂了。"

言耶感觉医生的语气中带着钦佩，但看向自己的眼神中却带着怀疑，他怀疑是自己想太多了。

"这事也许只是村民的错觉，但也不能排除外人闯入的可能性，所以现在大家都在关注公交车，看有没有生面孔来这里。我觉得应该尽量找机会和陌生人说话才是。"

当麻谷对言耶的担心浑然不知,把话题扯了回去。言耶很想说:"可惜村里会这么想的只有医生一个人,其他村民的态度很成问题。"但他念头一转,又觉得应该先聊重要的事。

"你和闭美山老师也是这样认识的吗?"

"不是,是他主动来找我的。我当时很忙的,没空关心村里来了什么人。不过现在大家看病都去市立医院,来找我看病的都是老头老太太。我儿子也不想继承诊所,跑去XXXX的综合医院上班了。唉,这就是时代的潮流吧。"当麻谷露出一副已经看开的表情,随即把话题转了回来,"他说他看到了当时我发表在一本医学杂志专栏上的文章,所以来采访我。那篇文章和医学没有任何关系,是我出于兴趣写的和民间传说有关的内容。他不是医生,居然能找到那篇文章,我当时非常惊讶。"

"老师可能觉得能从您那儿打听到和凭物有关的传说吧。"

"那个时候,他的调查已经进行到差不多一半了。好像在神神栉村那边也很顺利,甚至可以出入谽呀治家的上屋。喂,你就不能快点吗?"

当麻谷突然大吼起来,言耶反射性地往窗户方向退去。但在发现当麻谷是冲着姗姗来迟的公交车司机大吼之后,言耶不禁苦笑起来。

"快开车。你再怎么等也不会有别的乘客了。"

当麻谷没注意到言耶的反应,依然对司机恶语相向。他平时肯定也是这样吧。那个司机边频频点头致歉,边解释要调整时间什么的,似乎早就习惯了。不过当麻谷抱怨完之后马上把头转回言耶这边,根

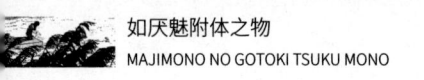

本不搭理司机。

"这里说话不方便,我们坐到最后一排去吧?"

他说完之后不等言耶回答,直接走向了最后一排。

(是不想让司机听到吗?)

如果去后面是为了不被听到,那医生除了怪谈,可能还会说些村里的秘闻。了解当地的历史和民俗等多方面的信息很重要,有助于深入解读收集到的怪谈,何况这次是冲着凭物信仰来的,所以了解背景、收集周边的情报更是重中之重。

言耶急忙跟着老人往后走。

"这里的座位更宽敞,很不错。刀城先生,靠窗坐比较好吧?别坐那边,来这边。坐在左侧只能看到单调的山壁。"

言耶依言坐到公交车最后排,前进方向的右侧之后,当麻谷把他的旅行箱和自己的出诊包放到另一侧的窗边,接着坐到了言耶邻座。这人把一切安排得很周到。

这时公交车抖动着车身发车了,仿佛之前是在等两人落座一般。言耶看向窗外,发现外面那些村民的目光全集中在自己身上,但和之前不同的是,现在的目光中充满了好奇。他急忙点头致意,有几人见状也向他回礼。

"既然您看过那本书,那应该知道,当时神栖家的次子和谽呀治家的次女已经到了谈婚论嫁的阶段。"

当麻谷若无其事地继续之前的话题。

"是有这样一段记载。我记得没提到详细情况,只写了'白之家族与黑之家族结亲实在难以置信'。感觉作者很兴奋,而且希望他们能修成正果。"

"当时神梻建男二十四岁,谽呀治嵯雾十九岁。"当麻谷一一详细介绍两家的主要人物,"不过虽然是谈婚论嫁,但这门亲事不是由两家中的一家提出来的。真相是上一任妙远寺住持看不下去,决定从中帮两人一把。"

"这么说来,建男先生和嵯雾小姐曾经是恋人关系……"

"你年纪轻轻,观察力倒是很敏锐啊。那两人当然知道自己的恋情是不被允许的。就算想在村外私会也很不容易,建男姑且不提,嵯雾能出门的机会很少。所以他们只能偷偷在村里见面。你一定想不到,他们幽会的地方是寺庙。寺庙一直是孩子们玩耍的地方之一,孩子们默认只有在寺庙里玩的时候不分黑白家族。这是上一任住持努力的结果。那位住持一直对村里的凭物信仰很苦恼,也许他觉得那两人的恋情是个好机会吧。他想让分别代表黑白家族的两家结亲,让村子摒弃陈规陋习。"

"以住持的身份,很方便对黑白双方提意见,由他出面非常合适啊。"

"是啊。但这门亲事还面临一个障碍:当时有人提出招谽呀治家下屋的阿勇当上门女婿,和嵯雾结婚。那建男和嵯雾的亲事本就困难重重,另一门亲事横插进来之后,更是难上加难。然而可怜的阿勇在身强力壮的年纪,我记得是二十五岁,却患上了腮腺炎。而且大垣那个庸医在初诊的时候误诊为普通感冒,耽误了病情。阿勇险些没命。这一来二去的,入赘的事就搁置了,上一任住持觉得这是千载难逢的机会,于是出面与两家交涉。"

"打断一下,我有个疑问。要是普通家族和凭物家族结亲,普通家族也会被当成凭物家族吧?如果两家结亲,不管神栉家在村里的势力有多大,都会因此被染黑,被当成衿呀治家的同类,永远无法翻身吧……"

"正常来说是这样。如果建男娶了嵯雾,大神屋就成了凭物家族。同时,他们的亲戚新神屋也会被视作同类。如果新神屋不想被当成凭物家族,那就只能和大神屋彻底划清界限。即使建男是以上门女婿的身份和嵯雾结婚,结果也一样。只要建男的父母没和他断绝亲子关系,就算他入赘进去,大神屋照样会被当成凭物家族。和凭物家族结亲时常会遇到这样的问题。"

"是啊。那么……"

当麻谷抬起一只手示意兴致勃勃的言耶等一等,然后说道:"书上应该也有提到,神神栉村大致分为两大势力,如果要细分,可以分成五股。两大势力自然是神栉家和衿呀治家,而五股势力从大到小依次是衿呀治家的上屋、神栉家的大神屋、衿呀治家的中屋、神栉家的新神屋、衿呀治家的下屋。重点在于,衿呀治家的佃户不一定有凭物信仰,神栉家的佃户未必是白之家族,黑白家族在整个村里是完全混杂在一起的。"

"我好像明白了……也就是说这里地主和佃户的关系和普通农村没有区别,对吧?"

"没错。不过你在来的路上应该看出来了,这一带的村子同时具备山村和农村的特点。大概是受村子地理以及地形的影响,村民赖以为生的活计五花八门。在这样的背景下,互帮互助在村民的生活中就显得尤为重要。特别是在农村，不管什么事都离不开劳动力。插秧、割稻、除草之类的活需要大量人力。而且借贷也是一种绕不开的关系。就拿农耕工具来说，在以前没有一户人家能有全套工具。那是一个人人都离不开借贷的世界。借贷对象不仅仅是物品，劳动力也包括在内。这样的农村之所以能够顺利运转，是因为地主和佃户的关系发挥了作用。"

"即便是在凭物信仰盛行的地区，在涉及生计问题的时候，也要暂时放下白黑的问题，进行互帮互助。也就是说，要把村子的生活放在第一位，互相帮助解决生计问题，对吧？"

"哦，不愧是事先做过功课的，你的理解很到位。在神栅村也一样，在生计问题上没有门户之见，会形成地主和佃户的通力合作的关系。主要在婚丧嫁娶之类的红白事方面，出身问题才会凸显。不过最常发生冲突的，反而是在日常生活中一些鸡毛蒜皮又无关紧要的小事上。"

"可是，如果神栅家变成黑之家族，最终还是会被排挤出白之家族吧？毕竟这也不会影响到村子的生计问题。"

"如果神栅家是普通人家，那应该会是你说的结果。在有的地方，有凭物信仰的人家会处处碰壁。不过那种地方多半是这样的人家本身就很少。换句话说，就算排挤掉两三户也不会有任何影响，因为一开始就没把那些人家算进劳动力里。但神神栅村黑白家族混杂，而且还建立起了地主和佃户的关系，事情就变得麻烦起来了。何况大神屋还是村里的第二大势力，所以这种情况要另当别论。排挤他们家确实不会影响到互帮互助的关系，但地主和佃户的关系是建立在婚丧嫁

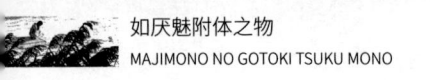

娶以及日常生活的诸多来往上的。就算他们成了凭物家族，也不可能排挤他们。要是真的这么做的话，村子马上就撑不下去了。"

"原来是这样，我明白了。闭美山老师也明白两人的亲事会起到什么效果，所以才有心帮他们吧？"

"是啊。我们有点偏离正题了。总之就是这样。他说他生在关西深山里的村子，据他说有个百巳家代代都是大地主，他们信仰的凭物是一种强大的蛇神，后来出了很多问题，所以他没办法冷眼旁观。"

"哦，原来是这样。书里倒是完全没提过那事。"

"把家乡的事写成书可能不好办吧。不过我听他说，他们村在举办葬礼的时候有一种风俗叫'送葬百仪礼'，那种仪式和我这一带的葬礼非常相似。也许他产生了某种亲切感吧。"

"那门亲事最后还是没谈成吗？"

言耶提出了他最关心的问题，当麻谷露出伤感的表情说道：

"嗯——神柩家的态度极其冷淡，这是意料之中的事。出面的毕竟是上一任住持，好歹有说话的机会，如果换成别人，估计早被赶出去了。而谺呀治家那边反倒有意，但条件是建男必须入赘。谺呀治家是母系家族，按照惯例，长女要给家里招上门女婿。但嵯雾的姐姐早雾当时已经有点不正常了。所以之前才会考虑让妹妹嵯雾招下屋的阿勇给家里当上门女婿。"

"假如建男先生脱离大神屋，去当上门女婿，那不管事实如何，他和神柩家的一切关系都会自动断绝吧？"

"不仅仅是这样，从入赘的那一晚起，就要割舍从小到大熟悉的一切。对于村子里土生土长的人来说，不管多喜欢女方，这都是个难以抉择的问题。这个决断之艰难肯定超出了我们的想象。"

"所以那两人就分手了……"

"就在那时候,大神屋的须佐男,也就是建男的哥哥、家中的长子,以无后为由,和从新神屋娶来的妻子千寿子离婚了。当时须佐男二十七岁,千寿子二十三岁。离婚不是须佐男的意思,是他母亲茶夜的主意。如此一来,和哥哥兄弟情深的建男就很难下决心脱离这个家了。听说就在建男进退两难的时候,茶夜开始策划让须佐男娶新神屋的弥惠子,也就是千寿子二十岁的妹妹,同时强行让建男和离婚后回新神屋的千寿子结婚,去当上门女婿。而谽呀治家那边也重提了招阿勇入赘的事,我也搞不清这些事的先后。说来也奇怪,那三对在第二年相继成了夫妻。"

"住持和闭美山老师肯定很失望吧?"

"嗯,虽然我什么也没做,但也很失望。弥惠子在结婚的第二年生下了长子联太郎,后一年又生下了次子莲次郎,次子出生的两年后生下了三儿子涟三郎。千寿子生下千代是在再婚五年后,也就是涟三郎出生的第二年。"

"千寿子小姐和弥惠子小姐这对姐妹的结婚和生育形成了鲜明的对比啊。"

"弥惠子渐渐疏远了姐姐,千寿子则对妹妹,应该说对大神屋的感情很复杂。这也和她们的性格有关。"

"这是人之常情。"

"被卷进——准确地说是主动介入这场风波的闭美山同时得罪了神栉家和谽呀治家。所以后来我和上一任住持有了不少协助他的机会。哦，这一带的景色真是绝了。"

当麻谷突然指着窗外说道。言耶见状看了过去，深谷对面奇形怪状的岩石群连成一片的景象跃入他的眼帘。

"哦！真是难得一见啊！"

他不禁感叹道。创作怪奇幻想小说的言耶特别喜欢欣赏这类堪称奇景的风光。虽说他走访各地主要是为了探访当地的灵异民间传说，但邂逅奇妙风光的希冀也从未断过。

"这就是所谓的激发创作欲吗？"

当麻谷似乎一眼就看出了言耶那个嗜好，用半认真半开玩笑的语气问道。

"是啊。虽然美景无法直接成为写作材料，不过可能会唤起我的某种灵感。只是，恐怕要辜负你特意让我坐窗边的好意了，我现在对您的话……"

"哈哈，你对这个话题更感兴趣？哎呀，怪我怪我，我本来想让你欣赏风景的，结果一不留神说个没完了，让你见笑了。"

"哪里哪里。话说回来，那两家从来没有任何交集吗？"

"是啊。不过，战争虽然让日本人失去了很多，但也带来了民主观念，就连这偏远的乡下，封建体制也有了瓦解的迹象。封建体制下的阶级制度和凭物家族的问题有非常多相似之处呢。"

"你是指过去被称为'秽多''非人'的贱民阶级吗？"

"是的。你不觉得部落歧视引发的诸多问题直接套用到凭物家族上也说得通吗？在通过太政官布告发布解放令之后，秽多和非人应该被视为平民，不受任何歧视，可实际上，他们依然被视为'非人之人'。这里还牵扯着明治政府的近代化政策,即利用他们那些工资低廉的劳动力,发展日本的资本主义经济。此后日本各地掀起了部落改善运动,大正十一年(1922年)水平社创立,部落解放运动越来越活跃。当然,部落歧视并未在战后彻底消失,但已经有了显而易见的改善。"

"你是说凭物信仰也需要这样的运动吗?"

"地方上依然残留着陈规旧俗是不争的事实,而且乡村的转变不是一朝一夕的事。但是,年轻人之间似乎已经萌发了新的意识,他们对陈规旧俗产生了怀疑,或者说以村子为耻。"

接下来,当麻谷给言耶说了很多事:大神屋的三儿子涟三郎正在考虑启蒙村民。涟三郎、新神屋的千代两人和夯呀治家上屋的纱雾从小就很要好,但这三人现在可能陷入了三角关系。也许是因为大神屋的须佐男对二十三年前弟弟的事耿耿于怀,他比较理解涟三郎,但只要茶夜还活着,事情就难有进展。

"大神屋的家主和三儿子一条心,看来这事还是有希望吧?"

"依我看,既然涟三郎对纱雾有意思,如果他能娶到纱雾,对启蒙运动应该会有很大帮助。可是新神屋的千寿子好像从去年这时候开始,就处心积虑地想把女儿千代许配给涟三郎。如果涟三郎不愿意的话,应该不会有问题……"

"话是这么说,但如果其他人意见一致,那就由不得涟三郎本人了吧?"

"是啊。这事不能大意。"

"不过,涟三郎和纱雾的亲事,最大的障碍还是神栉家的茶夜老夫人和谽呀治家的叉雾老夫人吧。可以肯定,前者根本不同意这门亲事,而后者只有涟三郎入赘才肯同意。"

"可是如果入赘的话,这门亲事就没意义了。男方是白,女方是黑,从各方面看都是女方的影响力更大,男方入赘最终只是被染黑。"

"这么看来,这门亲事就更难有结果了……话说,涟三郎的两个哥哥是什么态度?他们赞同父亲和弟弟的想法吗?"

听到这个问题,当麻谷再次露出伤感的表情。

"他们家的二儿子莲次郎是个聪明的孩子,但从小身体就不好,相貌和性格也像女孩。爬跛村的人一直在背地里说:'他应该生在谽呀治家上屋,当那对双胞胎的姐妹。'而且因为他常去XX市的医院住院,所以小时候几乎都住在XX地的房子里。这导致他对村子漠不关心,甚至可以说是讨厌村子。他自从去XX的大学念书之后,就没回过村子。听说他在大学刻意隐瞒自己的出身,涟三郎去年春假去玩的时候,他还叮嘱涟三郎绝对不能说村子的事。说是万一找工作的时候出身被人知道,那就别想被录用了,他现在才大二就担心得不得了。"

"虽说神神栉村被称为凭物村,但只要知道他是神栉家的人,应该不会有问题才对……"

"是啊。不过他胆小怕事,一旦钻了牛角尖,就很难钻出来。"

"也就是说莲次郎是指望不上了吧?那他们家大儿子呢?"

当麻谷伤感的表情变成了一种难以形容的为难表情。

"涟三郎确实有过一个大哥,老大名叫联太郎,以前两人感情很好,可是……"

贰　上屋的内室

"欸，他去世了吗？"

"也许可以说是成了神棭村另外一个别名的牺牲者吧……"

言耶的眼中再次射出了妖异的光芒。

"难……难道……是遭遇了神隐……"

医生惊讶地看着莫名兴奋的言耶，露出了翻找记忆般的表情。

"已经过去十二年了啊……听说联太郎九岁的时候和弟弟涟三郎一起上过九供山……此后便下落不明……"

"欸！上……上了那座禁忌之山？那……那涟三郎是怎么说的？他没说哥哥出了什么事吗？"

言耶表现得越来越兴奋。当麻谷看着他，似乎感到更加不可思议了。

"那孩子当时才六岁。他当时拼命解释自己遇到了什么事，但大人听得云里雾里的……大神屋请叉雾巫女祈祷过，但得到的神谕却是'被山神附身了'。这样一来进山搜寻也没用。不过当时身体还算硬朗的神棭天男老先生，也就是联太郎和涟三郎的祖父进山去找过，但一无所获……"

"闭美山的书里很少提到神隐，但有提到谺呀治家的凭物不仅有蛇神附身，还具有生灵附身的特征，这种特殊性和村里的神隐传说不无关系……是这样吗？"

言耶想起了一件重要的事，于是询问当麻谷。虽然自己喜欢的怪谈就在眼前，但他极力让自己保持冷静。

"谺呀治家的第一代家主死于延宝五年（1677年），第二代死于享保十年（1725年），第三代死于宽延二年（1749年），第四代死于天明五年（1785年），这几人全部死在巳年。这难道只是巧合吗？我觉得这可能是这一带蛇神信仰的源头。神栉家留存的记录提到在第三代到第四代这段时间，谺呀治家的双胞胎女儿遭遇神隐，失踪了九天。其中一个在九供山的山脚下被人发现，当时她正呆呆地站着。另外一个则始终没找到。被找到的那个从那之后就经常被附身，而且附到她身上的就是失踪的那个。这附身风波还没平息，又陆续发生了村民被附身的事。"

"谺呀治家被当成凭物家族就是因为那件事吧？"

"我觉得不仅仅是因为那事，但那肯定是原因之一。"

"一开始就牵扯到神隐的话，的确有点麻烦呢。"言耶自言自语般地嘟囔道。因为他这次的取材不仅仅是调查凭物，如果可能的话，还想查出凭物家族的成因。他接着又说道："毕竟就是因为不知道为什么会失踪所以才叫神隐，要想调查神隐几乎是不可能的……"

"我倒是认为会这么想也正常。毕竟如果要从神隐中探寻凭物家族的成因，那信息的真实性就要打个问号了。"

"说得也对，没法往下查了啊。看来这个方向行不通。"

"而且留有文献的不是谺呀治家，而是神栉家，你说这件事会不会另有隐情？"

言耶觉得许多事都值得深思，不过他认为应该先了解别的神隐事件。

"能说说其他神隐事件的来龙去脉吗？除了以前的事，我还想了解一下最近发生的神隐。"

言耶提出了这样的要求。他认为或许可以从别的神隐事件里找到解开谽呀治家家系问题的线索。之所以特地提到最近发生的神隐，是因为他想顺便满足自己听怪谈的兴趣。

医生并不知道他的小心思，再次露出为难的表情说道："我也喜欢收集民间传说，有时候单纯是乐在其中。凭物有许多差别。在神隐事件中，结局往往是悲惨的，也就是孩子再也没有回来，所以我实在不喜欢这类传说……"

"看你的表情和语气，不仅过去发生过神隐，最近也发生过吧？"见当麻谷不愿提这事，言耶抱着些许负罪感（毕竟他还保持着平常心，没有陷入狂热状态）探出身继续追问，"可以告诉我吗？"

这时，医生似乎也发现他对怪谈表现出了非比寻常的兴趣。

"联太郎之后的神隐发生在九年前。"医生带着苦笑开始讲述，似乎有些困扰，"谽呀治家下屋的某一户佃户家的孩子遭遇了神隐。那孩子名叫静枝，是个七岁的女孩。他们村南侧有个地藏路口，那是一个五岔路口。那地方很僻静，妙远寺就建在离路口不远的地方。那个五岔路口和我前面说的路一样，道路两侧有自然形成的土墙，视野很不好。那里的地形本来就是那样，所以那片土地一开始就不太适合耕种。我想这是神神栎村具有山村特点的原因之一。"

当麻谷差点顺势讲起村庄生计的话题，不过他似乎觉得不应该一直揪着这个问题，稍稍摇了摇头后继续说道："事情发生在某一天的傍晚。一群孩子在寺庙里玩耍结束后，在那个地藏路口解散，分别走另外四条岔路各回各家。我们以背对通往寺庙那条路的方向来看，左边的路是静枝和她姐姐以及姐姐的朋友走的那条，正对面的路通往邑寿川边的中道。右边的两条路都通往下游，离寺庙近的那条路上有地

如厌魅附体之物
MAJIMONO NO GOTOKI TSUKU MONO

藏菩萨的神祠，另外一条路上有案山子大人，而且都离路口不远。顺便提一下，地藏那条路通往下游的渡口，再往前走一小段路就出了他们村的地界。案山子大人那条路通往一个叫桥无的地方，那里的河面非常窄。顾名思义，那里没有桥，但只要走一块木板就能过河。"

医生稍微停了一下，像是特意留时间给言耶梳理路口的地形。然后接着说道："然而，在孩子们分开之后，静枝的姐姐和朋友在回家的路上走了一会儿，突然发现跟在后面的静枝不见了。她马上回到路口喊其他孩子，他们便都回到了路口。那些孩子都说静枝没走他们那条路。每条路上至少有两个孩子，所以应该不会有人撒谎。静枝也不可能赶到姐姐前面去，因为小孩子没办法爬上土墙，从旁边绕过去。他们怀疑静枝跑回寺庙了。这时，现在的泰然住持，也就是上一任住持的儿子来了。于是那些孩子就问泰然，结果泰然说他离开寺庙后就径直下石阶来到路口，路上没有见到任何人。好几个孩子都看到静枝跟着姐姐和姐姐的朋友走进了那条有问题的路，静枝在玩的时候曾跟姐姐吵了一架，所以只是静静地跟在两个人的后头。据姐姐说，她一开始曾听到妹妹发出的动静，后来突然没了动静，她反射性地回过头，结果发现静枝不见了。和姐姐一起回家的朋友在走进那条路的时候回头看过一眼，当时静枝还在，所以姐姐没有说谎。也就是说，静枝在短短几十秒的时间里不见了。从那以后孩子们就把静枝不见的那条路叫作不见不见路。"

"之后就再也没找到那孩子了吧？"

"很遗憾，确实没找到。只要几分钟就能把那一带找个遍，而且除了孩子们，泰然也在场。虽然他是个浪荡和尚，老和大垣那个庸医一起喝酒，比上一任住持差远了，但对小孩一向很好。还有，他对这一带的历史和民俗还算了解，你有机会可以去拜访一下。听说泰然当即和孩子们一起找人，但怎么也找不到，他还为此消沉了一段时间。"

"如果是在推理小说里，这算是光天化日之下人间蒸发的神秘事件了。"

"虽说我是穷乡僻壤的医生，但自认为是有理性精神的，可是……"

"不过，根据你说的情况来看，那个名叫静枝的女孩完全有可能躲在路旁的地藏菩萨的神祠里，或者案山子大人的蓑衣里……她毕竟是个孩子，要躲起来很容易。不清楚她为什么要这么做，搞不好只是没玩够……"

"嗯，外地人确实会想到这种可能性，不过这是绝对不可能的。"当麻谷边摇头边斩钉截铁地否定，"不用我说你也知道他们村充斥着陈规旧俗，换个角度说，他们的信仰很虔诚。小孩子就更虔诚了。躲进地藏神祠这种事，他们想都不敢想。而且神祠四周全是格子门，就算躲进去也藏不住，在外面很容易被发现。而案山子大人就更不可能了。案山子大人在他们村的地位非常特殊，不仅受人供奉、信仰，同时又像刚才说厌魅的时候提到的一样，被人畏惧。那种特殊的敬畏之情从小就深深地扎根在他们村每个人的心底。所以不管在什么情况下，他们都不可能对案山子大人不敬。"

"原来如此。"

"我能想到的就只有外来的人贩子盯上了静枝，用某种方法把她弄晕，因为神祠没法藏人，所以就把她藏到了案山子大人那边，可是……"

"可是这种假设会带来新的谜团，那就是人贩子跑哪儿去了？"

"你说得对。现在你知道他们村被叫作'神隐村'不是没有原因的了吧？在这一带发生的神隐事件很难找到一个合理的解释。正如你刚才所说，就是因为不知道为什么会失踪，所以才叫神隐……"

"我明白了。妖怪一词也一样，人们面对那类无法理解的现象时常会用'这是某某妖怪搞的鬼'来解释，对吧？虽然这种解释有点可怕，但搞不清原因的状况才是最可怕的。所以人们会想尽办法做出解释，即便是超自然的解释也比没有解释要好。我自己也很喜欢怪谈故事。可是对于神隐那种有人消失的情况，越是深入了解，求知欲与好奇心就越旺盛……"

其实这是刀城言耶让人头疼的第二个毛病。喜欢怪谈的人一般只想享受怪谈本身的乐趣，不会试图去解释怪谈中的灵异现象，这样会破坏气氛。言耶基本也是这样，但他偶尔会为了逃避怪谈带来的恐惧（虽然他坚称是出于求知欲与好奇心）而去剖析成因。不过有时候会在剖析成因的过程中发现怪谈不可能有合理的解释，结果反而让怪谈变得更加可信，把事情搞得更加复杂。

第一个毛病是痴迷于怪谈，第二个毛病是有时会去剖析怪谈的成因，第三个毛病是未必能够找出合理的解释（虽然把这称为毛病有点说不过去）。这三个毛病曾让他在不知不觉间被卷入无比离奇事件之中，有时甚至会面临危险。

"刀城先生你还写推理小说吗？如果是这样的话，没准你就是这类谜团的克星。请务必……"

当麻谷似乎突然想到了这个问题，他迫切地希望能解开谜团。言耶见状急忙说道："我可没那本事……何况我写的不是本格推理，而是变格推理，所以对于揭开真相之类的事，我实在是无能为力。而且连我自己都不清楚我现在涉足的到底是怪谈幻想的空间，还是推理小说的世界，或是空想科学的领域……"

"哎，这样啊……"

当麻谷显得很惊讶，他似乎不怎么明白言耶的意思。

（而且最重要的是，就算我基于逻辑去分析怪谈，也未必能得出完全合理的解释。）

此前的经验让言耶得出了这样的结论，他差点就要开口解释，但最后决定不说。因为他深刻地认识到大部分世人都无意识地相信一切事物都有明确的分类，比如现实或非现实、合理或不合理、白或黑……

"唉，真可惜啊。"看样子医生还不愿放弃，不过似乎认为应该继续聊神隐的话题，他继续说道，"那之后的神隐，应该是在七年前……失踪的是神栉家新神屋的佃户家的八岁男孩。当时的情况我不是很了解，听说情况特别蹊跷。"说到这里，他脸上的畏惧之色比说静枝的事时更浓，似乎是想起了当时的事。"男孩是在哥哥山的迎魂仪式的前一天失踪的。偏偏是在这一天，真是太不巧了。那段时间村里人都忙着准备第二天的仪式，那一天是最忙的时候。听说晚上才发现人不见了，当然了，村里人都帮忙去找，但那时候人手应该没有平时那么多。而且又是在迎魂仪式的前一天，所以就有人说孩子不是遭

如厌魅附体之物
MAJIMONO NO GOTOKI TSUKU MONO

遇神隐，而是被案山子大人带走了，这事很快传到了我们爬跛村。"

"意思是说那孩子成了山神的祭品？"

为了让注意力回到谈话上，言耶刻意皱起了眉头。

"嗯。我想大家都是这么想的，不过没人把话说得那么露骨……毕竟山神也有可怕的一面。"

"你刚才说的蹊跷是指和神明有关吗？"

"不是。那男孩遭遇神隐一段时间之后，他弟弟说：'我见到了哥哥。'"

"欸……什么？到……到底……是在……哪儿见到的……"

"说是在山里，但那孩子不知道是在什么地方……准确地说是在神社附近玩的时候，不知不觉就误入了那个地方。那孩子走了一段之后，看到一间大房子，他哥哥就在房子里。他的原话是'哥哥说他住在山里的大房子里，过得自由自在'。还有更蹊跷的事，那孩子把哥哥给他的礼物拿给大人看，那礼物是一种点心，当时的村里根本没有那种点心。"

"和'迷家'的传说很像啊。传说在山里迷路的人发现了一座门是黑色的气派大宅。庭院里开着红白的花朵，有鸡在嬉戏，还有牛棚和马厩，可是却没见到人。那人小心翼翼地进到房子里，看到火炉上面挂着水壶，里面的水正在沸腾。可是依旧不见半个人影，四下安静得不得了。"

"我也听过，还说如果用从那房子里拿出来的木碗量米，不管量多少碗米柜都不会空，是那个民间传说吧？有的版本说有个不贪心的女人什么都没拿，后来山上漂下来一个木碗，那碗顺着河漂到了女人家。有人听说了那座房子的事，于是进山去找，一无所获。"

"嗯。你不觉得那对兄弟的事和这个传说很像吗？"

"是很像。但更大的问题在后面。在那之后弟弟又见过哥哥几次，可是一直搞不清楚那房子到底在什么地方。因为每次都是在神社附近玩的时候见到哥哥，所以有人提出去哥哥山搜山，但那毕竟是小孩子说的话，所以不可能那么兴师动众……"

"毕竟那座山是圣域啊。"

"然而，在那年哥哥山的送魂仪式的前一天，弟弟也失踪了……"

"欸！不……不……不是吧！"

"村里人都说弟弟肯定是被哥哥叫走了。哥哥在迎魂仪式的前一天失踪，弟弟则是在送魂仪式的前一天消失，这是不是意味着什么……"

"那……那搜山呢？最后那对兄弟全都……"

当麻谷听到第一个问题时微微摇了摇头，听到后一个问题时重重点了点头。言耶见状，整个人靠在座位上，往下滑了一段，如同瘫倒一般。他情不自禁地大叹了一口气。

这时言耶才注意到公交车上除了他们，还有第三个人的声音。他循声向前望去……

"那个……医生，马上就到神神栉村了……"

原来是司机正客气地朝这边说话。

"这还用你说吗？看窗外就知道了！我又不是第一次来！"

然而，当麻谷一听就劈头盖脸地吼了回去。司机露出一副可怜巴巴的模样。

（终于到了啊……）

言耶沉浸在感慨中，眼睛望着前方。立在神神栉村入口两侧的案山子大人那无比瘆人的形象冷不丁跃入了他的眼帘。

那一瞬间，刚涌起的感慨顿时烟消云散，深不见底的恐惧在他心中扩散开来，他觉得自己或许应该直接打道回府。因为他感觉那戴斗笠披蓑衣，形似稻草人的两尊守路神身上附着某种来历不明的东西。

此时的刀城言耶脑海中浮现出了案山子大人在夕阳下的神神栉村中彷徨的诡异身影，那色彩浓烈得让人不快，那景象是那么清晰、那么真实。

涟三郎记述节选（二）

我从小到大曾有过两次发自心底的战栗，那两次都是因为遇到了可怕得要命的事。我不确定在十八年的时光中有两次那样的经历到底算多还是少，不过对我而言，我觉得已经够多了。

当然，如果是战争时期居住在遭受过空袭的地方的孩子，即便和我年龄相仿，也肯定在某个可怕的瞬间产生过自己必死无疑的念头，而且这样的经历岂止是两次，说不定用两只手都数不过来。相较而言，我的经历或许算不了什么。但空袭是一种直面威胁的、现实的恐惧，而我的经历则是一种身陷迷雾的、非现实的惊悚。那是一种煎熬，仿佛自己即将被带往从未有人去过的世界，又像陷入无法醒来的噩梦，只能被迫看着慢镜头中即将发疯的自己。那件事让我深刻地认识到，一无所知地死去比直面死亡的恐惧幸福无数倍。

贰　上屋的内室

那记忆让我无比畏忌，让我打心底厌恶……

第一次是在距今十二年前的春天，当时战争已经结束有一段时间了。

我的童年是在战争中度过的，幸运的是，在成长过程中我并未体会到战争的残酷。如果我生在普通家庭，居住在城市中，也许情况就大不相同了，但我是神神栉村神栉家大神屋一脉的三儿子，从未感受到有什么不便。虽然村里有人应征入伍，死在了战场上，但我从未担心村子是否会受到空袭，也没为食物犯过愁。爬跛村倒是接收过转移的小学生，但应该没人会到神栉村这边来。不过我当时太小了，肯定有很多事搞不清楚……

可笑的是，在得知战争结束时，我却隐隐有种解脱感。多数成年男性（特别是上年纪的人）都垂头丧气的，但女性则明显松了一口气。我感觉最高兴的是孩子。他们肯定在心里欢呼："这下可以尽情地玩了。"虽然村里大部分孩子都要帮家里干活，能玩的时间并不多，但最兴奋的显然就是他们。

也不知道是不是受到那种解脱感的影响，大哥联太郎特别热衷于探险，结果没过多久就说出了令人难以置信的话。

"喂，涟三郎，现在全村都被我们探险过了吧？我们只剩哥哥山和九供山没去过了。"

"可……可是，哥哥……哥哥山是神明居住的山吧？万一我们进山的事被人知道，那可不是闹着玩的。我们是大神屋的小孩，受到的惩罚肯定会很重吧？"

"你说得对。所以我们不去哥哥山，去九供山。"

如厌魅附体之物
MAJIMONO NO GOTOKI TSUKU MONO

新神屋的历任家主都是神神枥神社的神主，这个神社供奉的是哥哥山，住在山上的山神会保佑村中田地丰收，山中硕果累累。而九供山则被视为村中所有灾厄的源头，人们对这座山十分避忌，别说是进山了，连看都不愿意看。就连谽呀治家的人也不会靠近那边，只有巫女和凭座例外。最重要的是，那座山上有……

"万……万一遇到长坊主该怎么办……"

我从小就听人说九供山上住着那种怪物。如果要问这一带最令人害怕、最令人忌讳的存在，第一个出现的答案毋庸置疑是厌魅，但是村子里的老人家有很多人都认为"长坊主"其实就是厌魅的真面目。我不清楚这种说法是真是假，也不清楚是否有根据，只知道九供山上有非常可怕的东西。

"只要带上神社的护身符就不怕那东西了。"

我认为这问题不是一句轻描淡写的"那东西"那么简单，但大哥一旦把话说出口，就不会听别人的忠告。而且对当时的我来说，大哥是最特别的一个人，我根本就不会有反对他的念头。

当时大哥联太郎九岁，二哥莲次郎八岁，而我这个老三六岁。印象中那时我和上屋的纱雾还不怎么熟，也不太和新神屋的千代一起玩，整天就跟在联太郎后面到处跑。我当时非常仰慕事事都比我强的大哥。莲次郎当时住在XX市的房子里，准确地说，他小学时代至少三分之二的时间都住在那边。因为他经常要去XX市立综合医院住院，所以就定居在那边，书也在那边念。

不过莲次郎会偶尔回大神屋住一阵子。只有那段时间，他会和我们一起去爬跛村的小学念书。每当二哥回来住的时候，大哥都特别照

貳　上屋的内室

顾他。平时大哥和我几乎都在野外玩，但二哥在的时候，我们主要在室内玩。可是莲次郎却经常拒绝大哥的邀请。他喜欢自己一个人玩。大哥似乎觉得二哥很可怜，总是顺着二哥的意思。

联太郎和莲次郎长得很像，也许是因为我这两个哥哥只差一岁吧。从小就有人说他们"像女孩子一样可爱"，在龄呀治家的小雾和纱雾长大之后，有段时间村里人常拿这对兄弟和那对姐妹做比较。现在想想，那对姐妹当时才四岁左右，所以这种对比好像完全没意义。神栉家和龄呀治家在方方面面都是对立关系，或者说村里人有意塑造出这种关系，估计村里人不过是把孩子当成了两家新的竞争点罢了。但是，不管长得多可爱，一方毕竟是男的。而且我大哥性格外向，二哥性格内向，性格上的反差随着年龄的增长越来越明显。我觉得之所以二哥长大之后会那么厌恶凭物信仰，和他小时候天天被人中伤不无关系。不用说也知道，他很不喜欢上屋那对双胞胎……

但当时的我什么都不懂，只是羡慕二哥。和老跟在大哥身后的我不同，二哥虽然只是偶尔回来，但和大哥的感情却比我这个老三和大哥的感情深。现在想来，这不过是我的臆断，但当时的我确实是这么想的，所以我才会更黏大哥。

因为我对大哥有种复杂的感情，所以不管他的提议有多荒唐，我都不会坚决反对。

"可……可是，要是被龄呀治家的人看到……万……万一被叉雾奶奶看到，肯……肯定会很惨的。你和我都会被她诅咒……我们家可能会被可怕的凭物缠上。"

我当时极力表示过反对，就算是大哥提出的计划，我也不敢上那九供山。

"上午去就没什么可担心的了。"可是大哥却一点都不怕,"毕竟待被者去上屋请求被除凭物的时间再早也不会超过中午。而且叉雾奶奶会尽量把祈祷和被除仪式安排在傍晚,所以上午这段时间,谽呀治家的巫女和凭座是不会去'怕所'的。上屋的其他人根本就不会靠近那地方,村里的其他人也一样。"

当然没人敢去。"怕所"这个名字可不是白来的——我很想这么劝大哥,但当时的我怎么也开不了口。当时的我只会在心里期待,探险那天自己正好碰巧发个烧什么的。我压根儿就没动过拒绝的念头,所以只能仰赖不可抗力。

然而,那个星期天,也就是大哥决定去九供山的日子,我醒来的时候和平常没什么两样。虽然是春天,可那天是个阴天,阴沉的云层覆盖了整片天空,大哥在前一天骗老妈说:"我们明天要去妙远寺的后山玩。"但那天气让这个借口显得有些站不住脚。我以为这次探险就算不取消也会延期,心中窃喜。可惜事与愿违,在吃完早饭后,我还是把饭团、水壶、雨衣装进包里,和大哥一起出门了。

"简直是天公作美,这样的天气,就算是星期天也没什么人会大早上出门。"尽管下坡去村里的路上一个人也没有,但大哥还是压低了声音,"去那里最大的问题是在进入那三棵松树旁边的路上时,不要被其他人看到,否则肯定会被带回去。不过今天这天气应该不用担心。"

我在心里感叹大哥居然考虑得如此周全,但在下坡时一望向前方,位于村子西边的九供山便映入眼帘,那种钦佩感顿时烟消云散了。

（大哥明明这么小心谨慎，可为什么偏偏要进那座可怕的山呢……）

我当时无法理解大哥的言行。现在回想起来，我才明白大哥最大的追求是刺激，他之所以考虑得那么周全就是为了体验全新的刺激。但当时的我是不可能会知道的。而且在那时，我心中萌生出了一丝不安，那种不安感瞬间膨胀成了巨大的恐惧。

"神山会唤人前往……"

村里特别是上了年纪的人，常把这话挂在嘴边。听说神山指的是哥哥山和九供山。当然，如果是前者的话，就是受到山神的召唤，不过即便是受到神明的召唤，也会发生不好的事。会附身的凭物主要是动物，后来人类的生灵和死灵也被列入其中，也许是因为其数量多得数不胜数，所以各类神明也包含在内。甚至有人说神明作祟才是最可怕的。不过大多数神明作祟只要去相关的神社参拜就能解决。然而，如果受到后一座山，也就是九供山的召唤，那就无从得知作祟之物是什么，所以村里人连看都不愿意看九供山……

（难道大哥受到了那座山的召唤……）

想到这里，我看向了快步走在前头的大哥，那背影让我的双臂起了鸡皮疙瘩。可我却什么也做不了。尽管心里很是不安，但当时的我唯一能做的就是紧紧跟在大哥身后。

谺呀治家的上屋建在村子西面鼓起的土丘上，那土丘就像一个瘤，房子几乎背对着九供山。上屋北侧有个略低一些的瘤形土丘，那是中屋的所在。在两个瘤形土丘的中间，长着三棵特别阴森的松树，因为曾经有人在这里上吊，所以村里人管这些树叫"三首树"，这"三首"指的不是三棵松树，而是有三个人在这里上吊。

那是一百多年前的事，当时村里刚好来了一位卖艺盲人。某一天，有人看到那个盲人吊在最左边的那棵松树上。人们想不通那盲人为什么要自杀，更不可思议的是一个盲人居然能做到上吊自杀，而且死状和正常人没什么两样。不过那卖艺盲人毕竟是外地人，所以只是草草办了场法事而已。一年后的同一时间，下屋佃户家的老婆婆吊在了中间那棵松树上。但她的家人和村里人都想不出她为什么会自杀。有人说"她是被卖艺盲人带走的"，但最后还是把这事定性为单纯的自杀。又过了一年，还是在同样的时间，这次是给中屋照看孩子的佃户家的女孩在右边那棵松树上上吊。虽然神神栉神社的神主第一时间进行了祓除仪式，但从那时起那三棵松树就被人叫作三首树，大家相信只要有一个人在那里上吊，接下来两年就会各出现一个牺牲者。听说明治和大正年间各有过一次这样的事例。

不知道是不是因为常听那些传言，我每次路过这三棵树的时候，都会对歪歪扭扭的松树产生一种厌恶感。松树本来就长得歪七扭八，但那三棵树歪扭的外形让人感觉特别不舒服，就像三个上吊的人痛苦地扭动身体。如果一直盯着扭曲的松树，会莫名地觉得它们即将发出临终的呻吟。

那地方虽然让人避之唯恐不及，但却在通往绯还川的必经之路的路口处，感觉冥冥之中自有天意。离那里越近，我心里的厌恶感就越强。但如果要绕开这地方，那就必须从上屋所在的瘤形土丘南边或者中屋所在的瘤形土丘北边绕一大圈，而且还必须穿过几乎没有道路的

148

贰　上屋的内室

森林。印象中我们没讨论过走上屋的大石阶和小石阶,也许连大哥也不知道那边有路。至少我不知道那两条路。

"很好,一个人也没有……涟三郎,趁现在快走!"

大哥在三首树前快速看了看四周,然后对我说了一句,接着就从左边跑进了蜿蜒的羊肠小道,那条荒芜的小路宛如只有野兽才会通过。

"大……大哥……等等我……"

我当时只顾着担心会跟不上大哥,甚至没心思去为自己即将踏上通往"怕所"的道路而犹豫,所以急匆匆地跟了上去。

那条路杂草丛生,连小孩子都看得出平时根本没人打理。那里没有岔路,出了那条路就是绯还川,接着在河滩上会经过两个被除所,但我对走这段路的过程几乎没有记忆。只记得自己怕得不得了,所以紧紧抓着大哥。大哥即便被我缠着也不受影响,灵活地用小刀砍下树枝,给我做了根拐杖。他还把神社的护身符系在拐杖一端,做成了护身武器。等我回过神来的时候,我们已经到了常世桥。

现在想来,真亏我当时敢过那座桥。当然,很大一部分原因是有大哥在,但小孩子不懂事,什么都不怕也是原因之一吧。

过了桥之后,道路先是往左拐了一个大弯,然后像蛇爬行的轨迹一样弯曲向前,但基本是往一个方向延伸。略显红褐的土路上到处都是河滩上那种大大小小的石子。那景象给我一种似曾相识的感觉,仔细一想,这和铺在我家神社参道[1]上的小卵石很像。不过神社的石子

1　参道:神社、寺院等场所修建的供人参拜、观光的路。——译者注

是白色的，这里则是灰色的，而且我发现越往前走，石子就越黑。道路两侧的草木弯曲，有时会遮蔽天空，感觉就像走在天然形成的隧道里。在枝叶不多的地方可以看到依旧阴沉的天空中阴云压得特别低，所以直逼头顶的压迫感伴随了我一路。

在拐了不知道多少个弯之后，终于走完了这段如爬行的蛇般蜿蜒的道路，在往右拐过一个很急的弯之后，九供山的入口突兀地出现了。

"那是……什么……"

大哥怯怯地说道。肯定连他本人都没意识到自己发出了声音。他是在看到眼前的景象，也就是出现在前方的东西时，下意识地做出了反应。当时我半个身子躲在大哥身后，把左手那根系着护身符的拐杖举到前方，试图保护自己和他。

在我们两人前方是一条平缓向上延伸的坡道。在那条坡正好一半的位置两侧，耸立着又粗又高的木柱。那两根柱子和鸟居两侧的柱子一样，但却见不到横木这类横向结构，只有两根柱子突兀地伸向天空。不过那两根柱子向内倾斜，和鸟居特有的设计一样。那两根奇怪的柱子前各供奉着一尊面向我们这边的案山子大人。

那两尊案山子大人和我们见过的所有案山子大人没什么两样。只是经过岁月的洗礼，腐朽得比其他案山子大人更严重，似乎只要用手轻轻一摸就会化为粉末。那样子实在太陈旧了，感觉就算作为普通的稻草人也发挥不了任何作用。

然而……

它们有种莫名的气场，给人一种不容忽视的感觉。明明离我还有一段距离，可我却能感觉到它们似乎紧贴着我。用稻草和蓑衣草做

贰　上屋的内室

出来的东西应该是没有实体的……可是好像有什么人在里面……不对……不是人……而是某种非人的东西躲在里面，一旦有人想从那两根柱子中间过去……

"走……走吧。"

大哥居然表现得还算镇定。我紧紧地贴着他的后背，在往上走的同时，视线急匆匆地在左右两边游走。我在观察那两尊案山子大人。我已经打定主意，一旦发现它们出现一丁点变化，我就拉着大哥的手逃走，无论大哥说什么我都不管，一定要先跑回桥那头。

顺利通过之后，我心中的大石落了地，还暗暗庆幸那两尊案山子大人放我们两个孩子平安无事地通过。现在想来，这并不是一件值得庆幸的事。

然而那安心的感觉转瞬间就蒙上了阴影。因为在从诡异的柱子之间通过，进入神山的那一刻，四周的氛围出现了明显的变化。在走过常世桥之后，我以为自己已经进了山，可我此刻才明白，过了那两根柱子之后才算真正踏入了九供山。"怕所"那一带确实有种异样的氛围，但那氛围还可以用阴森、可怕之类的词来形容。可是在神山中，在那两根柱子后面，却是一个只能用"无"来形容的世界。天上依然有低垂密布、让人窒息的云；四周草木繁茂，让人以为当时是盛夏；眼前有一条向左蜿蜒的山路。但这一切却像戏剧的布景。从这个角度来看，那些就是"无"。

（感觉所有的一切都死了一样……）

在忽然冒出这个想法的一瞬间，我猛然想到一件事，顿时打了个寒战。此前一直在耳边的鸟鸣、风声、枝叶摩挲的声音全都消失了。之前虽然天上阴云密布，但阳光能透过云层照到地面。不知道怎么回事，我感觉那阳光就像消失了一般。可是环境的亮度却和先前一样……

（这里果然不是活人该来的地方。）

我终于下定决心要抓住大哥的手，把他硬拉回去。就在这时，所有的一切都突然动了起来。我感受到了阳光，与此同时云层开始缓慢地流动，似乎还有鸟鸣声传来，草木也在风中摇晃，传出了沙沙声。

但我不相信这一切。从死一般的静到虚假的动只用了短短的一瞬间。这一过程就像太久没有活人进入的神山突然见到活人，一时没反应过来该如何应对，然后急忙加以掩饰……这疯狂的变化让人非常不舒服。

然而大哥似乎丝毫没有察觉。

"虽然感觉有点不舒服，但好像没什么事啊。"

他自言自语般地嘟囔了一句之后，就开始沿着山路往上走了。那句话可能只是在逞强，但我很清楚大哥对周围环境的剧烈变化没有我这么敏感。

"大哥……"

我仅仅是没底气地叫了一声，最后还是跟在停下来等我的大哥身后往前走。我明白我没办法让大哥理解我的感受。如果眼前有实实在在的危险，那大哥有可能会听我的话；可如果我说神山想要骗我们，他是不可能相信的。

大哥走在前面，我跟在后面。狭隘的山路两侧长着苍郁茂盛的草木，那些草木比我们两人高得多。突然刮起的湿润暖风吹得草木蠢动，沙沙作响。左右两边被挡得死死的。不过前方的视线也好不到哪里去，因为原本弯度不大的道路变成了曲折的坡道，没走几步就会遇到急转弯，根本看不到前面是什么情况。不仅如此，随着坡度越来越陡，一开始还很平坦的路面渐渐出现了研钵形的凹坑，越来越难走。再加上地面上依然铺满了黑色石子，所以一不小心就会滑倒。实在是一条充满考验的山路。

不过我和大哥登山很顺利。我们以前从没进过这座山，而且从来没有白之家族的人来过这里，这种兴奋感支持着我在莫大的恐惧中默默地前进。不知走了多久，在一次左转之后，眼前豁然开朗。但这豁然开朗仅限于前方，左右两侧依然被草木遮挡，也就是说，接下来是一条笔直向上的路。而且让人吃惊的是，这条新出现的路是石阶路。

"什么人会在这里修石阶呢……"

大哥的问题直击要害，但我们两人抬头看石阶时，不禁倒吸了一口凉气。笔直的石阶尽头那个像是顶点的地方有一个神祠。

"那里就是这座山的中心吗？"

大哥的语气中半是好奇，半是失望。石阶两侧和我们之前走的路一样，被苍郁繁茂的草木覆盖，而神祠和石阶一样宽，看样子后面没有路可以继续往上爬了。估计大哥一想到那里是神山最深处就感到兴奋，但又因为知道没办法去山顶而感到失望。

我们两人开始谨慎地踩着那如矫正失败的牙齿一样的石阶往上爬。石头表面许多地方长着苔藓，石阶不仅很滑，而且是倾斜的，所以虽然山路变成了石阶，但路却一样难走。

随着我们越来越近，神祠的大小也渐渐明朗。这座神祠比大袚除所的神祠更小、更雅致，但仔细看会发现格子门和普通的门差不多大，给人的感觉就像一个小小的神堂。双开的格子门前有个像是简易祭坛的台子，但却见不到烛台、香炉之类的东西。台子前面的那一级不是石阶而是木板，所以那里可能是用来参拜的位置。虽然整个神堂都散发着腐朽的气息，但上方的树木像屋顶一样遮盖着神堂，就像在保护神堂免遭日晒和风吹雨打一样。

大哥和我站上那段木板之后，隔着祭坛观察格子后面微暗的空间。一开始看得不是很清楚，但没过多久就开始有奇怪的东西映入眼帘。那些全是我们日常生活中司空见惯的东西。在脱离日常的情景中出现了一个个稀松平常的生活用品……这景象就像在深山中见到海洋生物一样怪异，有种难以言喻的、淡淡的惊悚感。

但那些东西很快就被我抛到了脑后。因为我注意到在那些奇怪的东西后面，神堂的深处供奉着一尊案山子大人。

在看到暗处的案山子大人时，不知为何，我感觉它似乎下一刻就会动起来，顿时被吓得脸色惨白。我一开始并不知道自己为什么会有这种感觉。但……我很快就明白了原因。因为有东西藏在案山子大人的斗笠和蓑衣里面。

我立刻从木板那台阶上跳开，然后又下了两三级石阶。我生怕大哥会去打开格子门。

但大哥很快就对神堂内部失去了兴趣，开始观察四周。我问大哥他在找什么，他说："我想看看有没有路可以绕到神堂后面去。"

他那语气仿佛在说这是理所当然的事。

"后面……大哥，我们已经把神山探索遍了吧？你看，神堂里供奉着一尊特别的案山子大人，而且这里算是山顶了吧？"

"不，我觉得后面应该还有路。刚才在石阶下方往上看的时候，我隐隐看到这个神堂上面的树后还有石阶。"

"我可是什么都没看到啊……"

"你没看到也正常，毕竟我比你高。虽然距离太远，我也不确定有没有看错，但神堂后面肯定还有台阶。"

大哥瞟了神堂一眼之后，又积极地查看起了四周。

我非常想阻止大哥的行为。因为我害怕这样做，会惊动里面的案山子大人——不对，应该是惊动案山子大人里面的东西。可我始终想不出可以制止大哥的话，只是呆呆地站在原地。

大哥把四周查看一遍之后，又回到了神堂正面。然后隔着格子门频繁地往里看。堂内供奉着案山子大人，再怎么说里面也不可能会藏着小路之类的通道。但大哥认为正因为大家普遍这么想，所以反而会把通道藏在里面。

但大哥再次把目光投向了四周，可能是因为没有发现吧。

"对了，是这块木板！"

他刚叫出这句话，就往石阶下方走了几步，然后把手放到了他刚才站的木板上。

一开始木板纹丝不动，但没过多久，中间那块木板被整个掀了起来。木板下面是和之前一样的石阶，但只有这里开了个洞。那个漆黑的洞开在石阶的正中央。

"这个洞就是通道吧？"

一开始，大哥也提心吊胆地窥探洞里的情况，但没过多久他就从口袋里取出火柴盒,然后点上火开始调查暗处。看样子他肯定有进洞的心思。我心想这次一定要阻止他,可不知不觉间我也在好奇心的驱使下,爬到了洞口的边缘。

"你看,里面有间石室。"

火柴的光亮很微弱,但可以看出正如大哥所说,洞下面不是泥土,而是石砌的长方体空间。且不论里面有多深,以这个空间的宽度,如果一个成年男性站在那里,就没多少剩余空间了。而且还有一股恶臭从里面飘出来。就算大哥探险心切,也不会马上下去。但他还是点燃了好几根火柴,一直观察着石室。

"为什么会有这样一间石室?"

我直接说出了心里的疑问,说话时一直担心大哥会跑进洞里。

"你知道'即身成佛'吗?和尚会主动进入洞穴里,什么东西都不吃,甚至把空气都隔绝在外面,直白点说就是把自己饿死在里面。当然了,和尚是为了拯救世人,自愿这么做的。不过也有和尚之外的人即身成佛。比如在遭遇饥荒的村子里,人们会让某个人即身成佛为村子消灾。在这种情况下,人们有时候会无视牺牲者的意愿,强行把人关进去……看到这间石室我就会想到这事。"

大哥的话太吓人了。他的意思是说曾经有人在这个洞穴里即身成佛吧?这就是神堂中有生活用品的原因吗?我正要追问,这时大哥把点燃的火柴扔进了洞中,然后目不转睛地盯着在黑暗中燃烧的火焰。过了一会儿,他带着微笑看着我的脸,用满意的语气,嘟囔般地缓缓说道:"看样子没问题。"

我还没来得及询问情况,大哥就把双脚伸进洞口并扭转身体,用

贰　上屋的内室

双手撑着自己，背着身开始从石阶中央张开的血盆大口往下降落，进入黑暗之中。

"大哥，别下去……快停下……"

我下意识地发出了悲怆的喊声，但大哥却无比冷静。

"你也看到了吧？洞里面什么都没有。扔下去的火柴会燃烧，说明里面有氧气。那边的墙上肯定有通往神堂背后的出口。你等我一下。"

说完这话，大哥就松开了攀着洞口的两只手，然后下面传来"咚"的一声闷响，这应该是落地的声音。接着是一阵踩在石板上往里走的脚步声，不久之后，传来了攀爬另一侧墙壁的动静。

然而，此后大哥就没了声音。如果他爬上了另一侧的墙壁，那应该会出现在神堂背后，可是一直没有他出现的迹象。我好几次把头伸进洞里叫他，可他一声都没回。就好像他在穿越黑暗的石室途中，忽然消失了……对，就像遭遇神隐一般……

"大哥！联太郎大哥！大哥……"

我已经快要哭出来了。当我就要开始号啕大哭的前一秒，大哥的声音从神堂后面传了过来。

大哥说他进入洞口，爬上尽头的墙壁之后，出现在眼前的不是出口，而是斜着向上延伸的狭窄隧道。过了隧道之后有一个洞口，穿过洞口之后，就像大哥原先猜测的那样，佛堂后面还有一条继续往上延伸的石阶。

"涟三郎，你学我刚才那样从洞口跳下去。我用双手攀住在边缘的时候，发现那里还没有平时跳上跳下的高度高，里面的墙上，石头和石头间有好几处缝隙，就连我也可以轻易地爬上去……"大哥解释道。

我当时之所以能够毫不犹豫地跳到洞里，是因为一心想去大哥身边。现在回想起来，我当时应该哭着说自己办不到，把大哥给叫回来。可是我当时实在没有心思想那么多，一心只想尽快见到他。

我的双脚慢慢进入洞中。脚刚伸进去就有种凉飕飕的触感，鸡皮疙瘩从脚底一直蔓延到了大腿。接着我转了个身，把腰部以下全伸进了洞里，这时我感觉下半身被冷气包裹，差点尿了出来。如果是在平时，我应该不敢继续往下了。可我当时只想着要去见大哥，于是跳进了洞里。

落地时的冲击和大哥说的一样，并不强烈。但我一想到自己在洞穴里，就有种难以形容的厌恶感。里面充斥着一股馊臭味，而且空间也潮湿沉闷，更让人无法忍受的是弥漫在这里的不祥气息。这个空间实在令人害怕，我可以断言，如果在这地方待一个晚上，肯定会发疯的。

我往洞穴深处前进，爬上尽头的墙壁，钻进横洞，然后爬上了滑梯一样的斜面。花的时间是大哥的三倍以上。

"你没事吧？很简单对不对？"

大哥在洞穴的出口把我拉了上去。在看到他的那一瞬间，我松了一大口气，差点哭了出来，不过我硬是忍住了。

我回头看去，石阶从神堂后面的板墙延伸出来，在第八级的正中间开了个洞。这边的洞没有木板遮挡，不用想也知道这边并不需要。视线继续往上，能看到石阶向上延伸的风景。那石阶的长度大概是来

贰　上屋的内室

路的一半，大哥之前勉强看到的应该是最上面的那一级吧。

可是石阶尽头到底有什么呢……

大哥和我看着彼此，默默地轻轻点头，然后开始沿着石阶往上爬。当时的我在强烈的好奇心的驱使下。当然，心里依然会害怕，但又觉得自己离神山的秘密很近，有种令人难以置信的兴奋感。

大哥再次走到前头，我跟在他身后，在爬了几级石阶之后，我听到从后面传来了奇怪的声音。那是一种吱吱嘎嘎，听起来像是开门时的摩擦声。如果要举例的话，就像是腐朽的神堂中，长年紧闭的格子门刚被从内侧打开的声音……

（这太离谱了……）

我心想不可能会有那种事，但一股恶寒却沿着后背蔓延开来。我本想告诉大哥，但转念一想又觉得与其停下脚步，不如尽快爬完石阶。我想尽可能远离神堂。

"啊，又是山路。"

不久之后，先我一步爬完石阶的大哥发出了兴奋的声音。我一口气跑上了剩下的石阶，但那时大哥已经走进了向左延伸的山路。我本想立刻跟上去，但忽然停住了。紧接着，一种莫名的诱惑袭来，我禁不住诱惑缓缓回头看向石阶。

有东西从我和大哥出来的洞里探出头，凝视着这边。

我浑身汗毛耸立，鸡皮疙瘩从头顶蔓延到脚尖，前所未有的恶寒在后背爬来爬去。

（那……那……那……那东西……是什么……）

我只看了一眼。一看到那东西，我就知道人类不该和它扯上关系，于是便迅速移开了目光。但那一眼已经够可怕的了。如果盯着那东西看，我肯定会当场发疯。

我急忙追上了大哥，但他一直默不作声地走着，好像压根儿没注意到我晚了一步。我在犹豫该不该把这事告诉大哥，但又不知道怎么解释才好。主要是如果要从那个横洞里以那种方式探出头来，就必须保持趴着的姿势，并且把脖子用力地往上伸长。不管怎么想，那种动作都不是人类能做出来的……

"呼……和我们到石阶前的山路一样嘛。"

听到大哥的话，我看向前方，原来山路向右拐了一个很急的弯。"接下来肯定又是弯弯绕绕的道路吧。"我边回答边跟在大哥后面，结果错失了说刚才那东西的机会。不过我打算在从山顶下来的时候，强烈要求大哥另找一条路。如果沿来路回去，万一那东西还在那个洞穴处……

（别胡思乱想。）

我忍不住在心中叫道。故意不去想下山时找不到其他路的可能性。只想着有大哥在肯定没问题，不管有多大的困难，大哥都一定会想出办法解决的。

山路四周的情况没什么变化，只是两个弯道间的距离在逐渐缩短。这说明我们离山顶越来越近了。想到这里，我感到有些兴奋，因为我和大哥两人是白之家族最先登上九供山山顶的人。说不定连黑之家族的人，不，肯定连谿呀治家的人中也没几个爬到过这么高的地方。大哥和我的冒险是伟大的……

这时，我忽然陷入了一种奇怪的感觉之中。起初我以为是弯道

贰　上屋的内室

间的距离缩短引起的违和感,但并不是这样。我在担心某种东西,于是便停下来思索自己到底在担心什么,这时,下方传来了响声。那是"沙、沙、嘎啦嘎啦、沙、沙、嘎啦嘎啦"的声音……

我知道是那东西追上来了。它爬出那个洞,沿石阶而上,顺着弯弯曲曲的山路朝我们这边过来……

"大……大哥……"

我拼命忍住尖叫的冲动,只发出耳语般的声音,一口气冲到打算在下一个转角转弯的大哥身边。

"嗯,就快到了。花的时间比预想的要多啊,到了上面后我们先吃便当,然后……"

"来……来了……来了……那东西……大哥……那东西要来了……"

我断断续续地说着,就像发烧的病人在说胡话一样。

大哥愣了一下,不过很快就一脸冷静地叫我别着急,慢慢解释。但我担心在解释的时候,那东西会越爬越近……我急得都快发疯了,不停地重复着:"那东西要来了,那东西要来了。"好在大哥非常耐心地安抚我,我终于成功说出了自己在石阶上看到那东西的事。

在我描述的过程中,大哥一句话都没说,就连我全部讲完之后,他也依然没有吭声。我担心大哥不相信我,就在陷入绝望的时候,我发现是自己想错了。大哥一直竖着耳朵全神贯注地倾听。很快我也竖起了耳朵。结果听到我们刚走过的那段路,传来了"沙、沙、沙、嘎啦嘎啦"的响声。那无疑就是有东西踩着黑色石子往上爬的脚步声。在我解释情况的时候,那东西与我们拉近了距离。

"涟三郎，你……你那根系着护身符的拐杖呢？"

听到这话我才想起，在进入神堂的洞口时，我不小心把它落在石阶上了。

"你拿着这个，躲到那里去。"

大哥把自己的护身符给了我，然后让我先去前面的弯道后蹲下来躲好。

"听我说，我一说'跑'，你就一路跑到山顶去。我会在你身后跑，没什么好担心的。一定要记住……"

大哥边说边走到山路的拐角处，往下看我们刚走过的坡道。他想看清楚我之前看到的东西是什么。

我见状，正要上前拉住大哥的手，对他说不能看，趁现在一起逃。可我还没付诸行动就僵在了原地，因为我听出沿山路而来的脚步声和我们只隔了一个弯道。

大哥突然发出了奇怪的声音。那肯定是声音，但却完全不像是从人类的喉咙发出来的。我马上望向大哥的方向，脑海中响起无声的惨叫，那让我浑身战栗的惨叫久久没有消失……

大哥瞪大双眼凝视着出现在山路下方的东西，那鼓鼓的眼珠子都快掉出眼眶了。他的目光已经不再正常，眼中带着邪异与癫狂的色彩，就像看到了人类的理性完全无法接受的可怕之物，又像为了理解自己看到的东西，精神即将挣脱常识的桎梏。

大哥屹立不动，而我早就双腿一软，瘫坐在了地上。这段时间，脚步声依然在向我们靠近，最后在大哥面前停了下来。如果俯视的话，我、大哥和那个东西应该能连成一个等边三角形。我和那东西之间只隔着葱郁茂盛的草木。

那个等边三角形崩坏了。大哥忽然消失在了下方的山路里。我反射性地想站起身追上去。然而，身体却采取了截然相反的行动。我立刻转过身背对那边，在原地蹲了下去。因为我迅速察觉到大哥消失之后，那个东西正在窥探我这边……

大哥见到了什么？他出了什么事？而我又会怎么样？我越想越怕，差点被吓得发狂。后来我视线模糊，双腿麻痹，脑袋开始隐隐作痛，好像随时都有可能失去意识。在那之前，我似乎看到绿色的雾沿着山路，贴着地朝我这边蔓延而来，不过我不确定这记忆是否可靠。等我清醒过来的时候爷爷就在身边，不过那之后的事我几乎没有印象。等再次醒来的时候，我已经在大神屋的宅子里了。

后来听别人说，我在九供山被发现的时候，距离和大哥一起出去探险已经过去了四天。那天我和大哥到傍晚还没回家，村里的青年团在妙远寺的后山找了一整晚，但没找到我们。几天后，有人说那天看到我和大哥去了西边。原来我们还是被村里人看到了。老妈知道大哥爱探险，她虽然不敢相信，但知道的村子西边会让大哥感兴趣的只有九供山这一个地方。不过，即便是青年团也不敢随便踏入"怕所"，而且谘呀治家坚持不让人进入九供山。最终，村里的白黑家族分为两派在三首树前对峙，一场大混战一触即发。只有那种情况下，白黑之分才会凌驾于地主与佃户的关系之上。最终神栉家的爷爷，也就是大哥和我当时健在的祖父，在和叉雾奶奶讨论之后，决定由他们两人进山。但他们花了整整两天才讨论出这个结果。

大哥不见了，只留下了他的包。我和大哥两人的饭团消失得无影

如厌魅附体之物
MAJIMONO NO GOTOKI TSUKU MONO

无踪,但我不记得我们吃过,水壶里的水也所剩无几,所以大家都认为是我用掉的。因此我虽然是在四天后才被人找到,但身体不算太虚弱,不过精神方面就完全是另一回事了……

"联太郎大哥被那东西带走了……"

起初没人相信我的话。最重要的原因是爷爷说过,"在任何地方都没见到那样的石阶和神堂"。

爷爷说弯弯曲曲的山路半途,确实有一段笔直向上的路,但那是一段狭窄的兽道,没有分叉,也没有石阶。在走完那段略有些倾斜的兽道之后,又是弯弯曲曲的山路,这点倒是和我们走的路一样,但最关键的石阶和神堂却消失得无影无踪。不过只有我一个人认为石阶和神堂是消失了,爷爷则认为原本就不存在。而且爷爷在那段兽道上发现了被我落下的那根拐杖。所以大家认为那纯粹是我的幻觉,或者是神山创造的幻影……至于绿色的雾,不用说也知道,爷爷肯定没见到。

但大哥的消失是不争的事实。爷爷当时想过搜遍整座九供山,但叉雾奶奶坚决不同意。不过就算她松口,估计村里也没几个人会参加搜山。那段时间,村里人都在传我见到的是长坊主,而大哥因为遇到厌魅,所以遭遇了神隐。

我康复之后问爷爷:"你去九供山的山顶找过大哥吗?山顶上有什么?"

向来沉稳的爷爷在当时微微颤抖了一下,那是我唯一一次见到爷爷那样,而且他没有回答我的问题。我又问了一次,结果爷爷垂下了头,说:"你还是不知道为好。"我执拗地再次询问,爷爷只是低声说着："像鸟居一样的小小的……奇怪的柱子……"然后就闭上了嘴。之后他便是一副心不在焉的模样，一句话也不说了。那是我唯一一次问爷爷那件事。

从那以后，爷爷开始出现痴呆的症状。后来胡言乱语和到处游荡的情况越来越严重，半年后他突然去世了。我不知道爷爷的去世是不是和他在九供山山顶看到的东西有关，但我觉得如果他没有上那座山，应该可以活得久一点。

就结果而言，那次探险导致大哥失踪、爷爷提早离世，而我……我……

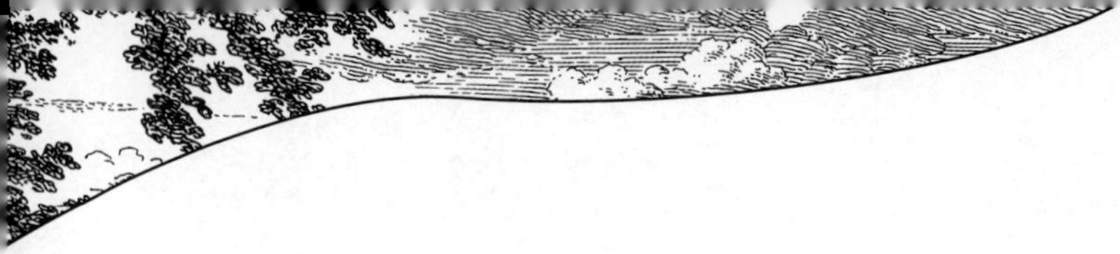

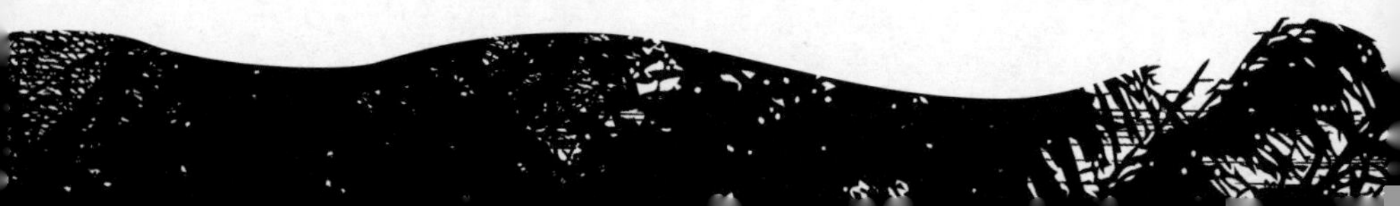

叁

僻静小屋

在为神栉家新神屋的千代被除凭物的第二天早上，叉雾巫女卧床不起。其实在四天前，她曾为苓呀治家下屋佃户家的媳妇进行过被除凭物的仪式，仪式从黄昏一直持续到太阳落山，她作为巫女已经很久没进行过这仪式了。她以前被除过数百次凭物，四天前的凭物和以前那些相比根本算不了什么，可让人意外的是，巫女看上去似乎消耗了不少的体力和精力。她还没完全恢复，又和附在千代身上的生灵进行了一次对峙，所以就病倒了。

叉雾巫女躺在巫神堂隔壁的僻静小屋正中间的房间里。打开叩拜处右侧的门，就有一条笔直的走廊通往这里。走进走廊后，左边的第一间是供奉山神的十畳间，这个房间之后的八畳间是巫女的房间，最里面那个四畳半的是黑子的房间。沿着走廊走到底，左边是个土间，厨房、简易浴室和后门都在那里。土间呈"厂"字形，从四畳半房间的北侧延伸到八畳间的西侧，把两个房间围住，厕所在西侧的角落。

在小雾还小的时候，巫女就和她一起住进这僻静小屋生活了。当时最前面的十畳间是巫女的房间，中间的八畳间是小雾的房间。最里面的四畳半那间是空置的。这别屋不能随便进，就连小雾的母亲嵯雾和父亲勇，也不能在未得到巫女允许的情况下进入。在十多年前巫女捡回黑子，并让他住进四畳半的房间之后，小屋与世隔绝的情况就更明显了，因为一切杂务都交给了他负责。不管在谁看来，这样的三人生活都很奇怪。

　　九供仪式结束，小雾成了山神之后，十叠间中新设了供奉案山子大人的祭坛，新设的祭坛与巫神堂的祭坛背靠背，而巫女则搬去了八叠间。此后，每当纱雾迈上成长的阶梯，家里送东西给她的时候，都一定会另备一份同样或者数量更多的东西敬奉进十叠间。那个房间成了圣域。

　　"黑子，你在吗？黑子……"

　　叉雾巫女羸弱的声音在十叠间和八叠间连成的空间中回荡，两个房间之间的门是开着的。让平时紧闭的门开着是巫女的吩咐，这是为了方便她在卧床的时候祭拜祭坛。前面的十叠间是属于山神的空间，那是专门为小雾打造的房间，里面设有庄严的祭坛，有种独特的极尽奢华的氛围。相比之下，其他房间显得太过朴素。所以她的声音在两个房间中传开时，听上去有些凄凉。

　　里面那间的门很快就被拉开，黑子正襟危坐地出现在那里。

　　"啊，是黑子吧……你先去纱雾那里，告诉她不用担心我，让她自己把早上的例行事务做了。然后叫家里人——让纱雾叫家里人去请当麻谷医生来出诊，午后去叫也行。记住了，别找大垣那个庸医，要请爬跛村的当麻谷医生……"

　　听到巫女的叮嘱，黑子轻轻点了点头。

　　"哦，还有，要提防那个名叫小佐野膳德的山伏，不能信任那人。胜虎虽然是我弟弟，但他靠不住，我那个女婿阿勇就更不能指望了。我女儿嵯雾一向体弱多病……她上个星期后面几天一直卧床不起，对吧？真让人操心啊。哦，对了，关于我那个孙女纱雾……"

接着，巫女招手示意黑子靠向枕边，低声吩咐着什么。在僻静小屋说话不可能会被谺呀治家的人听到，她之所以会做出这样的举动，可能是因为纱雾昨天的状况让她一直放不下心，或者她一直处于精神恍惚的状态，以至于没意识到这举动有多可笑。

黑子什么都说不了，但肢体语言很丰富。至少他和巫女、纱雾沟通不会有任何障碍。另外，他还会写字，所以在实在无法沟通的情况下，可以通过文字补充说明。巫女和他的关系如同阴阳师和式神[1]的关系。不可思议的是，就连不会直接传进巫女耳中的流言蜚语，黑子也有办法了解到，不管是村里的事还是家中的事都一样。另外，黑子和纱雾的关系虽然不如和巫女之间紧密，但也能算作纱雾的式神。所以又雾巫女吩咐黑子先去纱雾那边，确认早上的例行事务不能懈怠。

纱雾是昨晚——准确地说，是太阳早已落山，夜幕已经降临之后才回到巫神堂的。在纱雾到家之前，又雾巫女一直在担心迟迟未归的孙女，但她却完全没有去接纱雾的想法。因为在被除凭物的仪式中，必须由凭座独自将依代放入绯还川让它流走。

当时巫女一直在巫神堂的叩拜处等待。纱雾回到那里时显得十分憔悴。考虑到在绯还川河滩上的经历，会那么憔悴也很正常，但她对当时的事只字不提。巫女知道当时一定发生了一些事，但她也什么都没问。她们两人只是按照仪式流程，诵念了被除凭物仪式最后的经文而已。

如果今天早上又雾巫女像往常一样起床，应该会在做完早上的事

1　式神是阴阳师所用的灵体，其力量与操纵的阴阳师有关。——译者注

叁　僻静小屋

之后，询问纱雾在放流依代时发生了什么事。若是这样，接下来的一连串让村民坠入恐惧深渊的怪事，或许就能避免了。然而，这个机会已经错过了。对于XX来说，这是幸运的……

黑子离开后不久，纱雾打开穿廊的门，进入了巫神堂。她先是在被除所向祭坛行了一礼，接着把手伸向帘子。这时，她忽然把脸转向通往僻静小屋的门，也许是因为产生了去探望在里面卧床不起的外祖母的念头。但她还是掀开帘子进入叩拜处，开始进行准备工作，可能是因为她转念一想，认为要是真去探望的话，只会惹怒外祖母而已，这反而不利于康复。

对叉雾巫女而言，准确地说是对历代巫女而言，山神的信仰是排在第一位的事，其他所有事都要排在后面。当然，每一代巫女都积极地让供奉案山子大人的谻呀治家延续下去，以及为了延续谻呀治家而培养优秀的巫女和凭座继承自己的衣钵。所以她们都很重视夯实经济基础，这是整个家族的支柱。因此，谻呀治家的上屋一直稳坐村里最大地主的宝座，并且就算把神栉家两户的佃户加起来，也不如谻呀治家三户的佃户多。这一切都是经过精密计算的。这一点在战后进行土地改革之后也没变。因为只要地主和佃户的关系没有消失，村里的势力分布就会依托于这种关系。不过，哪怕叉雾巫女失去了一切，估计她对山神的信仰也不会消失。即便谻呀治家走上穷途末路，只剩她一人，她肯定还会在每天早晨和傍晚祭拜祭坛；就算没了巫神堂，也会在九供山上祭拜。

纱雾也很清楚这一点，所以她才没去探望外祖母，而是优先进行例行事务。

不久之后，一切准备妥当，纱雾开始诵念祭文。这次和平时不一样，没有巫女带头，一开始纱雾心里有点没底，不过她渐渐进入了状态，也许是因为这是每天早上的例行事务吧。没过多久纱雾的身体就开始前后左右地小幅摇晃，似乎进入了恍惚状态。只要这半梦半醒的状态再持续一会儿，她便能彻底地进入忘我的境界。对担任凭座的人而言，这是不可或缺的特质。

就在这时，一个人影走进了巫神堂。那人打开等候室的门，轻手轻脚地溜进了祓除所。看样子那人先前从穿廊躲进了等候室，一直悄无声息地观察巫神堂里的情况。纱雾完全没注意到悄悄潜入的人影，对方似乎也知道这一点，毫不迟疑地来到她身后，胆大包天地隔着帘子窥视叩拜处。

那个人影就是人称"膳德和尚"，自称是"山伏"的小佐野膳德。他一动不动地观察着纱雾，似乎在确认纱雾是不是真的没有发现自己。在确定纱雾确实没发现自己之后，他立刻用色眯眯的眼神在纱雾身上来回端详。如果是在正常状态下，恐怕纱雾早就感到一阵恶寒，回过头去了。但此时她正专注地进行例行事务，不可能会注意到。

可是，膳德和尚虽然用下流的目光肆无忌惮地蹂躏着纱雾，但却没有钻过帘子进入叩拜处，而是飞快地朝通往僻静小屋的门那边走去。

看来他是因为没见到叉雾巫女，所以想去看看情况。考虑到膳德昨天在内室里和胜虎等人的密谋，他潜入等候室肯定是为了探查巫女的情况。而他意外发现早上的例行事务是由纱雾独自进行的，于是

叁 僻静小屋

想到巫女可能有什么状况。这人在动歪脑筋的时候,脑子转得实在是快。

膳德和尚离开巫神堂去了僻静小屋,不久之后他窃笑着回来。恐怕是因为他通过走廊上的纸门缝隙,看到了八畳间里卧床不起的叉雾巫女。在亲眼确认巫女确实身体虚弱之后,他满心欢喜地挂着得意的笑容,轻手轻脚地穿过被除所,在走到一半的时候忽然停住了。此时祭坛的案山子大人、纱雾和他正好位于同一条直线上。

不过他只静止了一瞬间,然后便又继续蹑手蹑脚地快速走到帘子旁边,这次他毫不迟疑地掀起帘子,胆大包天地闯进了叩拜处,脸上堆满了下流的笑容。

可纱雾却始终没有察觉,她双手合十,低垂着头,闭着双眼,心目旁骛地继续诵念祭文。

起初膳德和尚只是小心翼翼地从旁边观察她,但认准猎物已经进入恍惚状态之后,就立刻大胆地解起了她裤子上的腰带。在解除了第一道障碍之后,慢慢地把塞在裤子里的白衣往两边拉开,被遮挡的胸口渐渐露了出来。

"哼哼……"

见到纱雾白皙的皮肤之后,山伏抿着嘴发出了下流的笑声。烛火妖异的光芒映照着他的双眼,其中净是淫秽邪恶的光芒。

他的动作很娴熟,应该是个惯犯。估计只要有自己感兴趣的女性找他帮忙,他就会在祈祷或者被除凭物的过程中施加催眠术或让其服药,在对方失去反抗能力之后行不轨之事。在他看来,眼前的少女肯定是个理想的猎物。因为既不需要大费周章施加催眠术,也不用费心思让她服药……

在纱雾稚嫩的胸部露出一半时,膳德和尚把手伸向了她下身的裤子。不过他再熟练也没用,毕竟对方是正坐的姿势,在这种情况下很难成功脱掉。放在裤子上的右手自然而然地加重了力道,但依然无法如愿。他终于粗暴地用左手抱起了她的身体。

然而,这动作太大了,很难不弄醒纱雾。

"嗯……欸……什……什么?"

虽然纱雾还没搞清楚状况,但她已经下意识地开始扭动起身体,试图挣脱膳德和尚的手。

"这是每日的例行事务啊。很重要的对吧?你别说话,再把眼睛闭上,放松身体……"

可这个冒牌山伏却厚颜无耻得离谱。他说着连小孩子都不会信的话,从后面抱住纱雾不让她动,根本没有放手的意思。

"欸……欸、欸、欸……这是什么情况?"

这时,纱雾终于注意到自己的白衣领口已经被拉开,裤子也被褪到了腰骨处,她似乎完全恢复了意识。

"我只是……想教你一些……巫女的新技术——只是这样罢了。"

膳德和尚已经完全进入兴奋状态,他喘着粗气断断续续地信口胡诌。看来他是打算拿宗教行为当借口,对稚嫩的少女施暴。

"不要!住手!放开我!"

纱雾拼命挣扎,但却起到了反效果。膳德和尚抱着她往后方倒了下去。她越是挣扎,白衣就敞得越开,裤子也渐渐滑向大腿。膳德和尚死死地盯着从红色裤子下露出来的雪白大腿,立刻翻身和纱雾调转

叁　僻静小屋

了位置，猛扑了上去。

"不要啊！外祖母……"

"巫女大人睡得很熟。她在僻静小屋中间的房间里，这点声音是传不到那边的。你刚才的祝词也听不太清楚呢。哎呀，更重要的是，要是因为这种事把卧病在床的巫女大人吵醒，那她岂不是很可怜？"膳德和尚一边大放厥词，一边用左手按住纱雾的双手，用右手揉搓她的胸部，"顺便告诉你，黑子这会儿在厨房干活，别指望他能来救你。"膳德和尚似乎想用这话让纱雾放弃希望。说完之后他露出了淫笑："你母亲嵯雾女士也是个不容错过的美人，可惜她已经嫁为人妻，不好下手。你那个姨妈早雾女士就好对付多了，可惜是个疯女人，我是越来越提不起兴趣了。既然还有一个人和她们一样美貌，那当然要选年轻的，你说是不是啊？当然了，你们的美貌都来自巫女大人，但她已经人老珠黄了，而且我也不敢下手。哼、哼哼哼……"

他用下流的音调，压低声音说完这话之后，发出了恶心的笑声。

膳德在笑的时候也没闲着，他的右手就像一个有自主意识的生物一样，执拗地在纱雾的胸口左右摸索蠕动。纱雾虽然拼命地想要转过身去，但是被这么一个大男人骑着，两只手又被固定在头顶上，几乎可以说是动弹不得，简直就像是被钉在砧板上的鱼一样。不久之后，骑在纱雾腰上的膳德和尚身体往下挪去，他的右手紧接着从纱雾的胸口往下探到腹部，然后开始向下半身探去。

"住手啊！"

在这危急时刻，纱雾体内迸发出一股蛮力，山伏的身体猛地一晃，歪向了一边。就连这样一个惯犯也有点急了，他恶狠狠地骂了声:"可恶。"但马上又骑回纱雾的腰上。

"我看到了!我看到你在河……"

仅仅半句话就让纱雾突然停止了抵抗。

"欸……你当时在河滩上?那时候……你在那里?"

"这个嘛,我不会告诉你我在哪儿,但我可以告诉你我看到了什么。"

"你……你……你看到了什么……"

"哦,你想知道我看到了什么?也不是不行,反正这里只有我们两个人。不过,那么扫兴的事晚点再说怎么样?只要你乖乖听我的,你想知道什么都行……"

这时候,膳德和尚想一口气把生米煮成熟饭,而纱雾则再次使出全力,试图逃出噩梦。也许是因为两人碰巧同时往一个方向使力,他们狠狠地撞到了祭坛上。

巫神堂的祭坛上总是摆满了村民敬奉的各种东西。那些东西都是日常工作中使用的工具,最显眼的当数锄头、铲子、镰刀,甚至还有猎枪。其中一把镰刀被两人的撞击一震,从祭坛上滑了下去,碰巧往膳德和尚的脖子落去。

"呜哇!怎么搞的……"

也不知对他而言这是幸运还是不幸,镰刀的刀刃没有刺进他的后颈,只是稍稍陷入皮肤,就被刀柄带着掉到了地上。

不过疼痛和流出的鲜血让膳德和尚慌了神,这足以让纱雾逃出他的魔掌了。他反射性地用右手捂着后颈,急忙躲开,在这一瞬间,纱雾如脱兔般冲向通往穿廊的门。冒牌山伏还没弄清发生了什么事,纱雾就跑出了巫神堂。

"该死,偏偏在这时候……"膳德和尚捡起镰刀,愤恨地看着它,"算了。反正来日方长。那个小姑娘肯定不会告诉别人,毕竟她有把柄在我手上。"

他一边低声自言自语,一边满意地露出了让人厌恶的笑容。

"这说不定是个难得的好机会,趁老太婆卧床的时候稍微探查一下僻静小屋吧。"

小佐野膳德本着任何时候都不忘揩油的心态,打算再去一趟别屋。

这时,等候室的门被人拉开,有一抹身影闪进了巫神堂……

纱雾日记节选(三)

回过神来的时候,我正瘫坐在自己房间,呆呆地看着门上的桔梗画。我不知道自己已经待了多久,甚至一时想不起来自己为什么会在这里发呆。可是……

(我刚才差点被那个山伏侵犯了……)

一想起刚才的那一幕,我就微微地颤抖起来,感觉有某种东西从心底涌起,同时发出了呜咽声。

那人刚来谺呀治家拜访外祖母的时候,我以为他是个风趣直爽的叔叔,印象不错。他没把我当成小孩子,而是把我当成一位能独当一面的巫女,对我的态度恭敬又不失风趣,经常逗我笑,让我很开心。他不仅健谈,还善于倾听,所以很容易就和我们家的人在表面上打成一片，唯独胜虎舅公似乎和他并不投缘，两人的关系势同水火。另外，外祖母明显刻意和他保持着距离。我觉得既然外祖母肯让他暂住，那就说明不讨厌他，不过肯定也不信任他。我们家一直有可疑的宗教人士来访，估计外祖母觉得他和那些人是一路的吧。

自从我发现他会趁我不注意的时候盯着我看，对他的印象就变了。当然，那有可能是我在无心看向别处的时候，他碰巧看向了我这边，但这种情况一再发生的话，就另当别论了。而且他的眼神不是普通地观看，用偷看来形容更合适——不，更准确地说，应该是窥视才对。看到那种眼神之后，我终于知道什么叫"舔舐般的视线"。

注意到他的眼神之后，我开始留意他，发现那种视线的目标并非我一个人，我母亲和绢子姨妈也是他的目标。他看那些女佣的目光更加明目张胆，不仅如此，连最近一段时间没被关进禁闭室的早雾姨妈也……

可是，我做梦也没想到自己居然会在家里遇到这种事……而且还是在巫神堂的祭坛前……

（真不敢相信……）

那个男人知道外祖母卧病在床，所以猜到早上的例行事务将由我独自进行？他知道我们家的人极少进巫神堂？他把一切都算计好了，所以才会那么……

（啊，对了，他提过河边的事……）

我在绯还川放流依代的时候，他一直在看吗？

如果是这样的话，那在为千代被除凭物的时候，他肯定就已经在巫神堂和僻静小屋附近徘徊，并观察里面的情况。在看到千寿子阿姨

叁　僻静小屋

和千代回去,我从大石阶走向河滩的时候,他就走小石阶下去。

(可是,他到底看到了什么……)

一想到这里,我突然打了个寒战:一是因为我想起了当时的状况,二是因为那个男人看到了发生在我身上的怪事的真相。

(那到底是什么呢?)

我产生了一种巨大的恐惧感,同时又有一种无法压抑的好奇心。这两种情绪折磨着我,让我不知道该怎么办才好。就在这时……

"纱雾……你没事吧?"

走廊外,一阵急促的脚步声越来越近,母亲紧张的声音传了进来。

"欸……"

我还没来得及回答,走廊那侧的门就打开了,母亲愣愣地站在那里,她的脸色比卧病在床时还要苍白。

"怎么了?纱雾小姐没事吧?"

接下来的这个声音好像是当麻谷医生的,但我不知道他为什么这么问。这时母亲好像回过神来了。

"啊,医生……请稍等。"

她向走廊上的医生行了一礼,然后迅速进房间整理起我的白衣红裤。直到这时我才注意到,自己还是一副衣衫凌乱的样子,就算是在母亲面前也觉得很丢人。

"实在不好意思,让两位在走廊上等……"

在为我整理好仪表之后,母亲回到走廊,把外面的人请进了房间。当麻谷医生果然在,另外还有一个我不认识的男人。

刚见到那个男人时,我以为他只有二十出头,但是从他落落大方的谈吐和举止来看，说不定快三十岁了。他身上有种城里人的潇洒，知性的风采让我一眼就觉得他是个好青年。他穿的裤子很奇怪，像是某种工作服，虽然不脏，可也不好看，虽然这个说法和潇洒自相矛盾，但给我的感觉就是这样。他身上没有饰物，似乎是个不在意着装的人，但那条奇怪的裤子却显得很帅气。他给人的感觉非常奇怪，我最后的结论是：他是个让人捉摸不透的人。我一时半会儿搞不清对他的印象到底是好还是坏。

"你没事吧？有没有撞到或者割伤？"

在我没礼貌地审视初次见面的青年时，坐在旁边的当麻谷医生用沉稳的语气向我问道。

"没……没事……我……没有……受伤。"

"嗯，那就好。对了，这位是大神屋的客人刀城言耶老师，是位了不起的作家。"

"别……别这么说……'老师'这个称呼，我不敢当啊。而且我也不是什么了不起的人，只是靠笔吃饭而已。"刀城先生为难地看着我，"要说了不起，还得是这位当麻谷医生。听说他要来为贵府的叉雾老夫人诊察，所以我就厚着脸皮请他让我随行了……"

"嗯。昨天我和刀城老师同乘一辆公交。我当时是来为新神屋的千代诊察的，不知怎么老师就跟来了。"

"医……医生……话不能这么说啊。一开始是您邀请我同行的……"

"算了算了，都是过去的事了，还较什么真啊。"当麻谷医生轻描淡写地避开了刀城先生的抗议，"后来我和碰巧来探望千代的涟三郎，一起带这位老师从新神屋去大神屋，结果我也在那边住了下来——"

刀城先生对这话似乎也有异议，不过他这次选择了沉默。

"今天早上，诊所那边传话给我，说叉雾老夫人让我出诊，所以我就立刻过来了。"

"那外祖母她……"

"哦，不用担心。不过老夫人毕竟上了年纪，祈祷方面最好不要太操劳。总之现在要静养一段时间。话说回来，你怎么样？"

"啊……我……"

我正迟疑该如何回答时，突然意识到其他人好像已经知道巫神堂的事了。

（可是，别人怎么会知道呢？）

既然当麻谷医生要去给外祖母看病，那也只有可能是他要去隐居小屋的时候经过被除所，然后在那里遇到了小佐野膳德……可就算是这样，那个男人也不会主动说出自己的卑劣行径。

（那他们为什么会知道？）

刚刚还滔滔不绝的当麻谷医生突然不说话了，不知所措地皱起了眉头。母亲似乎想对我说什么，但她两眼泪汪汪的，始终没有开口。刀城先生好像觉得自己不该出现在这里，显得很不自在，但又似乎对什么事情非常在意。最后是他打破了房间里尴尬的气氛。

"那什么……由我这个外人来插嘴实在不好意思。请问你今天早上也和往常一样，进行了例行事务吗？"

"是的……不对，外祖母她——巫女大人她今天早上身体不适，所以我是一个人……"

"那是从什么时候开始，到什么时候结束的呢？"

"这个……我起床的时候是六点，洗漱完之后去巫神堂，做完准备工作之后就开始，所以……是六点十五分左右吧。"

"那结束的时间是？"

我不由得闭上嘴，低下了头。那本就是件难以启齿的事，何况还是对刚认识的刀城先生说……光是想想我就脸颊发烫，真想找个地洞钻进去。这时，他问道："是不是那个人称膳德和尚的山伏中途进去，妨碍了你？"

那口吻不是试探，更像是关心。

"你……你怎么……知道……"

接下来，当麻谷医生和我母亲也劝我把之后发生的事，一五一十地说出来，我断断续续地说起了当时的事。全部交代完毕之后，刀城先生再次小心翼翼地问道："在你离开巫神堂之前，有人进去过吗？"

"没……没人来过。啊，可是……那个男人进来的时候我也没有发现，所以说不定有人趁我不注意……"

"没关系，我们换一个问题。那么，你离开巫神堂回到这个房间的路上，有没有遇到什么人？"

"我想……应该没有吧！只不过……"

话虽然说得斩钉截铁，但是却突然有一种不安的感觉，因为我的记忆并没有清楚到可以一口咬定没看到任何人的地步。

"记不清了吗？没关系，这也正常。至少在你的印象中没有遇见任何人，对吧？"

刀城先生似乎敏锐地察觉了我的犹豫，说道。他的表情仿佛在说没必要想太多，于是我点了点头。

"这么说来，那到底是怎么一回事呢？"

见当麻谷医生一脸疑惑地询问刀城先生，我向他们三人提出了疑问。

"到底出什么事了？"

母亲当即回答没出什么事。但另外两位男性看了看彼此后，同时点头，然后都示意对方开口。最后是刀城先生被迫扛起了这个不受欢迎的责任。

"其实，那个膳德和尚死在了巫神堂里。"

"啊……"

"祭坛的右边吊着一个村民敬奉的老旧水井滑轮，他被人用滑轮上的绳子吊死了。"

"这、这、这……"

"而且他死时戴着斗笠，披着蓑衣，那斗笠和蓑衣都是祭坛上的案山子大人的。"

"……"

"还有，当时你的姨妈早雾小姐在现场。"

"怎么可能！早雾姨妈她……"

那个男人的死讯令我意外，被吊死的死法令我惊诧，如同案山子大人的死状令我毛骨悚然，但这一切都远没有早雾姨妈当时在现场的消息带给我的冲击大。

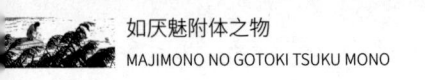

如厌魅附体之物
MAJIMONO NO GOTOKI TSUKU MONO

"你在从巫神堂来这个房间的路上,有没有和你姨妈擦肩而过?"

"没有。"

"早雾果然是一直躲在等候室里,在这孩子离开巫神堂之后,进入祓除所的吧?"

我不明白当麻谷医生在说什么,于是开口询问,接着刀城先生就做出了下面这番说明:

今天早上,女佣阿辰从玄关前开始打扫卫生,打扫到巫神堂附近的时候,似乎看到我从巫神堂里面出来,沿着穿廊去了主屋。不巧的是,阿辰不知道具体时间,因为她没有手表。但我也一样,既不清楚自己进行例行事务花了多长时间,也不知道离开巫神堂的时候是几点。如果是往常的话,进行例行事务要花三十到四十分钟,但我不知道今天早上是从什么时候开始受到干扰的,也不清楚那场噩梦般的经历持续了多久,很难说出一个准确的时间。回到房间之后我也没看过时钟,在母亲他们到来之前一直在发呆,所以完全搞不清到底过了多久。

不过女佣阿吉也说她在同一时间段见过我。她在穿过以东西向横贯主屋的直角走廊,正要到达最里面的客房前时,看到我返回了南边的别屋。靠里的客房是主屋西侧的三个相邻的房间,前面有一条南北走向的走廊。我的房间在南侧的别屋,巫神堂位于北边,那条走廊就是我往返于这两处的通道。阿吉看着我离开之后,进入了正中间的客房,她听到房间里的挂钟敲响了七点的钟声。不过她说那个钟每天都会走慢五分钟左右,所以她每天早上都要把时间调准。顺便说一下,膳德和尚住在最左边的客房里。

叁　僻静小屋

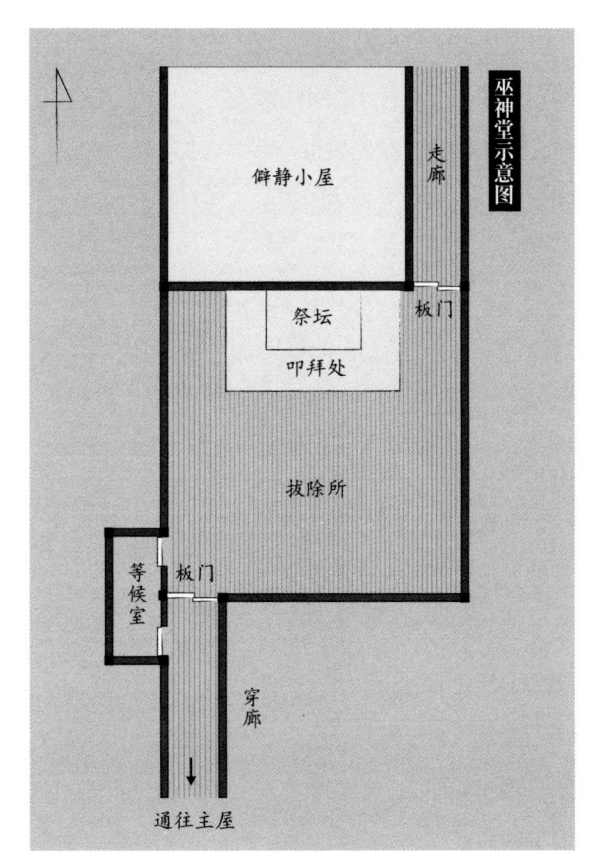

巫神堂示意图

基于上述事实，刀城先生推测的时间顺序是：早上的例行事务从六点十五分开始，例行事务花了二十五到三十分钟，搏斗（他用的是这个词）持续了十到十五分钟，也就是说我离开巫神堂的时间大约是在七点过后，所以才会从巫神堂经过穿廊进入主屋的时候被阿辰看见，然后在进入主屋，经过最里面三间客房，再回到南侧别屋的时候

185

被阿吉看见。

"这个时间顺序……有什么用吗?"

老实说,我不知道刀城先生为什么那么关心时间顺序。可是他认为这时候有必要弄清,事发现场附近的人在什么时间做了什么事,于是继续说明情况。

阿辰说在见到我之后,没过多久就听到了叫声,她感觉大概隔了十分钟。那声音是从巫神堂内部传出来的。刚好她在主屋的缘廊看到阿吉,便把这件事告诉她,阿吉马上就去通知了我父亲。我父亲和国治舅舅两人都去过穿廊,但没有进入巫神堂。就在那时,在大神屋过了一夜的当麻谷医生打电话过来,问能不能上午就来出诊,在说明了情况之后,他们决定等医生过来再说。

"医生和我到达这里的时间是七点四十分左右。从大神屋到这里最快也要花二十分钟吧?"

不知道刀城先生是否清楚,我父亲和舅舅之所以没有第一时间进入巫神堂,自然和他们胆小的性格有关,不过我觉得他们肯定是因为没有看见早雾姨妈和那个男人的踪影,所以不敢贸然进去吧。通过那个男人的话,我大概也知道他对不正常的早雾姨妈做过什么。可是其他大人早就有所察觉但却置之不理,恐怕只有我母亲是一无所知的。

"进入巫神堂后,我看到叩拜处的帘子后面,吊着一个奇怪的东西。就是那个叫作膳德先……的人。"

看得出刀城先生很抵触用"先生"来称呼那个男人,大概是顾及我的感受吧。

"早雾小姐,也就是你的姨妈就站在那一边……摇着那个人,就像在摇钟摆玩。"

"看样子那叫声是早雾发出来的。大概是膳德和尚被吊起来之后,她在那儿玩尸体,玩得激动起来,就不由自主地叫出了声。我给她诊治的时候她已经平静多了……"

"该不会是早雾姨妈把……那……那个男人给……"

我来回看着当麻谷医生和刀城先生,但他们微微摇了摇头告诉我,目前还不清楚情况。

接着,刀城先生又说:"从阿辰小姐见到你回主屋,到她听到你早雾姨妈的叫声这段时间里,穿廊一直在她的视野中,可她没见到你早雾姨妈进巫神堂。另外,你在巫神堂的这段时间,她也没进去。因为如果她在那时候进去,那么山伏应该会注意到。如此看来,应该是你前脚走,她后脚从穿廊之外的地方进入了巫神堂。"

"也就是说她之前在等候室……你是这个意思吗?"

"嗯。顺便说一下僻静小屋那边的情况,据说黑子当时在厨房准备早饭,他说那段时间没人从后门进去。除此之外,胜虎先生也说他一大早就在从后门通往北边的庭院里散步了。"

"欸,舅公他……在那地方?"

看来当麻谷医生和刀城先生也认为那不是普通的散步,怀疑他是去查探今早突然卧床不起的外祖母的情况。当麻谷医生虽然是邻村的人,但搞不好比我们村的大垣医生还了解神神栎村甚至谺呀治和神栎两家的情况。

"据胜虎先生的说法,他可以隔着两层格子的窗户看到黑子先生的举动,并没有发现任何不对劲的地方,后门也没人进出。另外,走廊的防雨门板一直关着，不可能有人从那里进去。而且今天早上，你母亲在主屋见过你早雾姨妈，所以可以排除她昨晚提前进僻静小屋的可能性。这样一来，唯一的可能性就是她进入等候室的时候，阿辰还没到能看见穿廊的位置。"

可能是早雾姨妈看到那个男人进了巫神堂，所以才跟了进去。但她又担心被巫女大人撞见（我想姨妈应该无法理解外祖母生病的事），所以就先躲进了等候室。

（可是，如果是这样的话，姨妈就一直看着我被那个男人……）

我的脸唰一下没了血色。母亲似乎看出了端倪，她轻轻把手放到了我的肩膀上。

"如果是这样，那么那个男人被吊上去的时候，巫神堂里只有你早雾姨妈，而在僻静小屋那边的则是叉雾老夫人和黑子先生。但问题是，卧病在床的叉雾老夫人能做什么？至于黑子先生，如果他看到你有危险，那倒是有可能做出那种事。可是他一直在厨房准备早饭，突然跑去巫神堂那边就有点不合理了。所以剩下的可能性就是……"

"可、可是……就算是早雾阿姨干的，她也是为了救我……"

我本想说那是正当防卫，可是这理由太牵强了。她为什么要等我离开巫神堂之后才动手呢？万一我一直没机会逃走，那姨妈会怎么做？而且如果是用锐器行凶还可以说是一时冲动，可是特意把人吊起来……

（动机是嫉妒？）

我脑中浮现出了这样一个想法，但说不出口。不，说不定医生和作家早就想到了这个可能性。

"我姨妈会怎么样？"

我忍不住问道，但刀城先生却用夹杂着为难和苦恼的表情说："其实……还有另一种可能性……"

"是什么？"

"那就是你在离开巫神堂之前，已经把那个男人吊起来了——这样也说得通。"

他语气沉稳，说话时一直盯着我的眼睛。

取材笔记节选（三）

刀城言耶从星期天，也就是昨天傍晚到今天早上的这十多个小时里，过得实在充实，在重新认识到这一点时，连他自己都非常吃惊。

先是搭乘的公交车在进入苍龙乡地界之后，受到了同车村民瘆人的无声欢迎；抵达爬跛村后，突然成了令人毛骨悚然的视线的焦点，而且公交车还被人团团围住；结识了当麻谷医生后，马上有了一大堆收获，得知了出没于神神栉村的厌魅的事、神栉家与谷呀治家曾经的婚嫁风波还有神隐事件；在抵达神神栉村的时候，应邀和医生一起去了神栉家的新神屋，不仅听到了千代被生灵附身的经历，还了解到涟三郎的可怕回忆（联太郎的神隐）；接着和当麻谷、涟三郎一起去大神屋，在拜会茶夜和须佐男时，茶夜听说刀城家过去是华族之后，态度出现了一百八十度的转变，和刀城聊了不少事；在进客房准备休息的时候，当麻谷和涟三郎不请自来，结果一直聊到了早上（医生倒是中途睡着了）；早上直接去了谷呀治家的上屋，结果进了巫神堂，此

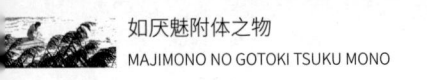

行本来是要见叉雾老夫人,但现在人还没见到,就和一具吊着的尸体——名叫膳德和尚的山伏大眼瞪小眼了。

但是,此时的言耶虽然视线停留在眼前诡异的尸体上,但脑中却是纱雾的身影……

(有个说法叫红颜薄命……)

在看到她的第一眼,言耶立刻想到了这个词。现在回想起来,他为自己这个作家居然只能想到那样的陈词滥调而感到羞愧。不过反过来说,现实中居然有人完全符合这个词,倒是件让人吃惊的事。

(其实她绝对算不上薄命……)

看样子纱雾因为自己也有嫌疑,受到了巨大的冲击。她虽然立刻否认,但却显得有些不安,也许是因为她的记忆太模糊了吧。

回到巫神堂后,当麻谷说:"或许不只是因为险些受到那个冒牌山伏侵犯,也可能是和九供仪式的后遗症也有关系。"

"仪式上会服用一种名叫'宇迦之魂'的可疑之物,是吧?"

"我曾经问过叉雾老夫人,她说那种液体是用蛇颜草配上其他材料煎出来的。"

"'蛇含草'?就是那个有名的落语里提到的那种?"

"不是不是,虽然日语发音都一样,但你说的是把蛇放在嘴里的'含',我说的是表示蛇脸的'颜'。"

"哦,原来是这样啊。"

"不过那里面不仅有蛇颜草,还加了各种草根树皮。叉雾老夫人是这方面的高人,不仅仅是煎药,酒之类的也会酿。"

"也就是说,除了她,没人知道准确的成分吗……"

"可以肯定的是宇迦之魂这东西并不安全,因为纱雾那孩子的姨妈精神失常,姐姐去世,而她自己也留下了后遗症。"

"在仪式过后,您为纱雾小姐诊治过吗?"

"她母亲趁叉雾老夫人不在的时候叫我去看过。不过,老实说,我也搞不清状况。从症状来看,和脑梗死很像。"

"你是说九岁的孩子出现了脑梗死的症状吗?"

"嗯。半身麻痹、走路困难,还有病好之后腿脚依然不利索,这些症状都和脑梗死很像。她有时会发呆一小段时间,或者记忆模糊,这让我很费解,不过应该都是仪式的后遗症。虽然她走路方面已经好了很多,但还是让人放不下心,而且经常要别人主动和她说话的时候,她才会反应过来自己身边有人……"

就在当麻谷正要继续说明情况的时候,爬跛村的驻村警察楒胁出现了。听说神神枊村的驻村警察请了一个月假去疗养,这段时间楒胁要负责两个村庄,直到同事回岗为止。也就是说,在县警局派的侦查组到达之前,他现在必须替去疗养的同事保护现场,并了解案情。

然而,楒胁不仅认识当麻谷,而且在他面前似乎根本抬不起头来,所以就默许他进叩拜处了。也许因为言耶不仅是平民,还是外地人,所以他的架子非常大,和对医生的态度形成了鲜明的对比。不过在被当麻谷呵斥之后,楒胁态度大变,对言耶很有礼貌。

"自杀……的可能性存在吗?"

楒胁听完当麻谷的一通说明后,如此询问正在检查地上尸体的医生。顺带一提,在发现被吊着的膳德和尚之后,言耶和当麻谷一起把尸体放到了地上。因为虽然人看上去已经断气了,但必须把所有的抢救措施都试一遍才行。

"你是说这人因侵犯未成年少女未遂而产生厌世情绪，所以就以这副模样上吊自杀吗？你这蠢货！而且如果他是自杀的话，现场应该会留下垫脚的东西。"

医生对同村人说话的时候嘴巴还是那么毒，不过这话很有道理。

"可是，如果不是自杀的话，那就是那个名叫早雾的女人干的了，但那个女人凭一己之力有办法把这男人吊起来吗？"

被骂得狗血淋头的楯胁又提出了这样一个疑问，他似乎对工作很上心。

"嗯。死者后脑有个包。如果是先重击头部令其失去行动能力，然后再拖到滑轮下面，那样的话，女性也完全有能力做到。然后再利用滑轮把人吊起来……"当麻谷一边调查绑在叩拜处右边柱子上的绳子，一边说道，"绳子就绑在钉在这根柱子上的挂钩上，这应该是用来插蜡烛的吧。看这里，可以看出是拉扯之后缠绕上去的，而且重复拉扯缠绕了很多次。如果是这样分多次把人吊起来的话，说不定连老人都能做到。"

"如果是这样的话，那个脑子有点问题但身体健康的嫌疑人，把被害人弄成这种状态应该没有任何问题吧？"

此时，嫌疑最大的早雾在经过医生的诊察之后，已经被关进了禁闭室。听说她没怎么闹腾，一直很老实。

"但是，为什么要大费周章做这种事呢？如果要杀被害人，当时地上就有一把划伤了这男人后颈的镰刀，这事纱雾小姐也提到过。祭坛上那些锄头、铲子等能用来行凶的工具也很显眼。可是……"

言耶指出了最反常的地方，但楯胁认为这是不值一提的问题。

"可是，这正好可以证明凶手异于常人。两位发现被害人的时候，嫌疑人不也在摇晃吊着的尸体吗？"

"那么，这也可以证明凶手异于常人吗？"

当麻谷所指的是被塞进膳德和尚口中的梳子。那是一个木制的半圆形梳子，看上去像是插在圆形发髻上的那种。言耶和医生把他放下来的时候，已经从他口中看到了梳子的一部分。当然，打一开始就没人认为这梳子是被害人自己衔在口中的。

"是啊，是啊。把梳子塞进男人的嘴里，给他戴上斗笠，披上蓑衣，再把人吊起来，这绝对不是普通人能干出来的事。"

楯胁极力强调这个结论，一副正合我意的样子。

"嗯……如果这一切是那位少女做的就很不合理了。"

当麻谷低语道。言耶也想赞同，但纱雾有动机、有机会是不争的事实。而且完全可以说她是为了报复企图强奸自己的膳德和尚，所以才把他打扮成案山子大人的样子并吊起来。虽然搞不懂梳子是怎么回事。想到这里，言耶决定提出自己之前一直很在意的问题。

"医生，关于头上那个包，有没有可能是纱雾小姐抵抗的时候，也就是镰刀落到被害人的后颈之前，撞到祭坛某处造成的？"

"目前不能排除这个可能性。虽然没有流血，但是似乎有内出血，也就是说，根据现状来看，那个包可能是擂槌重击所致，也可能是撞到祭坛的突出处所致，成因有很多种可能性。"

"欸，请等一下。这么说来，那个名叫纱雾的少女也有嫌疑……"

楯胁紧张地来回看着当麻谷和言耶。

"我不是说了吗？根据现状无法得出结论。你有没有长耳朵啊？"

医生训斥完警察之后，又将略带责怪的眼神投向加重了纱雾嫌疑的言耶。

言耶被看得尴尬起来，于是避开了当麻谷的视线，但又不愿去看尸体，所以就漫不经心地看向祭坛周围。这时……

"啊，这不是怀表吗？"

他无意中发现祭坛那边暗处的地上，有个又圆又扁的东西。

"啊，别碰！请让警察来查看。"楯胁用戴着白手套的手小心翼翼地把东西捡了起来，那果然是块怀表，"时间停在七点七分四十九秒处。对一个冒牌山伏来说，这样的怀表很贵重啊……"

警察歪着头，显得很疑惑，而当麻谷和言耶则不约而同地叫了起来。

"七点七分四十九秒！"

"这么说来，纱雾小姐就不是凶手了。"

"因为有人看到她在七点五分往南边的别屋去了。"

两人露出安心的笑容看了看彼此，但言耶的脸上立刻出现了阴霾。

"那什么……别怪我多心啊，制造假象的可能性也……"

"你是说那孩子拨快了怀表的时间，然后再故意把表弄坏吗？她有可能考虑得这么周全吗？最重要的一点，她是否知道这男人戴着怀表……喂，还不快去问问这家人这块怀表的事！"

最后那句话显然是当麻谷在拿楯胁撒气，但可以肯定言耶的想法让他很生气。

"这位先生，我也认为你客观看待问题的态度值得肯定，可是……"

言耶听到医生和初次见面时一样，称自己为"这位先生"，顿时一阵胆寒。要是站到这位医生的对立面，那从各方面来说都是糟糕透顶的一件事。

接下来的一段时间，尴尬的气氛笼罩了巫神堂。当麻谷一脸不快，一言不发，言耶在心中祈祷警察快点回来。

"我问完了。"

不久之后，楯胁回到巫神堂，并开始报告怀表的事。

"听说这块怀表是胜虎先生在昨天晚上送给被害人的。胜虎先生之前一直收着这块表没舍得用，直到前天才拿出来，昨晚把它给了被害人……"

"胜虎把怀表送给这男人……嗯……没道理啊……算了，不管这事。用你的脑子想想吧，这怀表昨晚才成为这男人的东西，那孩子不可能会知道，对吧？"

当麻谷语气粗鲁，和对村民说话时很像。

"这话也有道理……可是，如果凶手在吊起被害人时，怀表掉了出来。而那时怀表还没坏，这时凶手立刻想到利用怀表制造假象，于是先把被害人扮成案山子大人并吊起来，把一切都做好之后，再把怀表的时间拨快……"

"这位先生，你怎么还在想着这种事……"

"抱歉抱歉，我不是故意找碴。其实在楯胁警官回来之前，我想了很多，纱雾小姐应该不会那样做。这话我应该早点说的，我这人性格有点怪，必须把所以疑点一一搞清楚才会甘心……"

"嗯、嗯……你知道那孩子不是凶手就好……话说，你为什么会排除她的嫌疑？"

医生不愿意相信纱雾是凶手，但又很想知道她的嫌疑是如何排除的。

"首先，是七点七分四十九秒这个时间。如果是她制造了这个假象，也就是制造不在场证明，那么这个时间是不是太奇怪了点？"

"原来如此，听你这么一说我才注意到。如果我要制造假象的话，至少会拨快十几分钟吧。"

"其次，她必须要在七点七分四十九秒到来之前，在巫神堂外被别人看到，而且应该要用某种办法让目击者记住当时的时间。"

"这样啊……有道理。"

"可是，她完全没有这么做。无论是阿辰在穿廊看到她，还是阿吉在主屋的走廊看到她都是偶然的。她甚至都不知道自己被那两人看到了。当然，这也可以想成是纱雾早就知道阿辰在庭院里，却故意装作没注意到的样子。可阿吉是在客房前看着纱雾走去别屋的，纱雾背对着目击者，应该不知道阿吉的存在。也就是说，比较合理的解释是，她只是正常地——更可能是在茫然无措的状态下，从巫神堂走到自己位于别屋的房间。从这情况来看，要在行走的过程中，估算客房的挂钟敲响七点钟声的时机非常困难，而且可以说她完全没把注意力放在最重要的目击者身上，这点在制造不在场证据的手法上来说……"

"如此说来，是不是可以认为七点七分四十九秒是行凶的实际时间？"

楯胁对言耶问道,看样子他似乎不太敢问当麻谷。

"我想纱雾小姐的姨妈应该不会做这种手脚,而且发现尸体时,她就在现场,所以这么做也没意义。假设真凶另有其人,可目前没人需要用到这个时间为自己提供不在场证明,再加上案发现场在推理小说里属于密室的一种状况,所以制造不在场证明是没有意义的。虽然这只是我个人的看法,先不谈当时的细节,我认为可能是在凶手把那个男人吊起来的时候,怀表掉了出来,结果摔坏了。"

"哎呀,真有你的。"当麻谷几乎要为他拍手叫好了,"你不仅可以写怪谈小说,写推理小说肯定也是一把好手。嗯嗯,而且还是叫什么来着?啊……那个那个,是叫本格推理吧?"

被一个自称几乎不看推理小说的人如此称赞,言耶差点苦笑出来,不过能让医生心情好转比什么都强。

"总而言之,留在现场的早雾果然是凶手吧?"

楯胁在关系完全修复的两人身旁嘟囔了一句。

"我也认为这是最合理的解释,可是……"

"您觉得另有隐情?"

当麻谷听出了言耶的言下之意,用饶有兴趣的眼神看着他。

"如果说是纱雾小姐的姨妈把死者扮成案山子大人,并吊起来……考虑到她精神方面有问题,总觉得这一切做得太完美了。"

"也就是说,就算她随便弄一弄或者做到一半就放弃也不奇怪,是吗?"

"嗯。如果她是偏执狂的话,会做完这一切倒也可以理解……"

"嗯,我懂你的意思。可如果是这样的话,刀城先生你说这到底

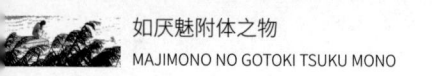

是谁干的呢……"

听到这个问题，言耶开始在叩拜处来回走动，显得很困惑。然后他在祭坛前停住脚步，用一种难以形容的表情抬头看着滑轮。

"我知道接下来的话听上去很荒谬……但有一个场景浮现在我的脑海中：这个膳德和尚突然步履蹒跚地走向祭坛，把梳子塞进自己嘴里，穿上案山子大人的衣服，然后做好上吊的准备，自己把头伸进绳套里，最后站在祭坛右侧的边缘，从那里把自己吊死。当然了，他本人并没有上吊自杀的念头，可是……"

涟三郎记述节选（三）

在村里的孩子们眼中，那是春假最后一个星期一的早上。那天上午整个神神栎村都在传暂住在谷呀治家上屋的冒牌山伏小佐野膳德吊死在巫神堂的消息。估计这事到下午就会在爬跛村传开，到天黑之后肯定能传遍整个朱雀地区。

这个传言出现了多种版本，有人说他死于非命但原因不明，也有人说他被精神病人残杀。如果可以追溯这消息传播的途径，应该能了解到新闻变成流言的过程，这肯定很有意思。那些流言提到的死因各不相同，但有一个共同点，都一定会附带一个迷信的解释，要么说是案山子大人降下的惩罚，要么说是遇到了厌魅。苍龙乡乃至朱雀地区在这一带长大的人，面对迷信时不是露出苦笑，而是抱着宁可信其有，不可信其无的心态，心惊胆战。

山伏吊死了，死的时候是案山子大人的打扮……

叁　僻静小屋

连我在听到这话时，都会在第一时间联想到"作祟""附身"之类的词。

傍晚时，刀城言耶终于回到了大神屋，这时我从他那里听到了事情的详细情况。

昨晚，当麻谷在新神屋向我介绍过他，我当时怀疑他是来寻找怪谈小说的写作题材的、自私自利的都市人，对他有一点戒心。但在深入了解这个人之后，他朴实的性格吸引了我。说句题外话，我感觉他身上那件名叫"牛仔裤"的奇怪裤子也很有意思。等我回过神来才发现，自己和他说了很多关于凭物信仰的事。

只是在聊那些事的时候，如果话题中有怪谈的影子，他就会两眼放光，态度骤变，然后死皮赖脸地追问到底。这巨大的变化令我吃惊，不过我并不厌恶。倒是当麻谷在发现他的怪癖之后，故意一本正经地说着严肃的话题，然后露出一点怪谈的蛛丝马迹，以看他的反应为乐。当麻谷都一把年纪了，还反复搞这种恶作剧，真不知道该怎么说他才好。

在聊凭物信仰的话题时，他不仅对表面现象感兴趣，对于我的烦恼——怎样才能启蒙我们村的人，也会认真地和我探讨，这点让我很佩服。当时我不由得冒出了一个想法：如果现在大哥还在的话，他是不是也会这样和我相处呢？结果我和他几乎聊了一整晚。我印象中连和二哥聊天时，都没聊过那么久……

刀城回来之后马上去了大厅，奶奶和老爸，当然还有我都过去了。奶奶对我的出现没多大反应，老爸也没说什么。也许是他们认为这事毕竟可能和纱雾有关，所以应该让我了解实际情况，而不是听信

如厌魅附体之物
MAJIMONO NO GOTOKI TSUKU MONO

含糊不清的传言。老爸和奶奶不同，他从不反对我和纱雾做朋友。老妈不敢当面违逆奶奶，所以老爸的理解更显可贵。

我们从刀城口中了解到事件的详情，受到了不小的冲击。早上来告知山伏被吊死一事的人就没断过，所以我们自认为对案发现场的怪异状况，有一定程度的了解。但听着听着就发现，很多人描述的细节都不相同，所以注意到其中有相当大的臆测成分。而且在确认那些臆测的内容有当地特有的迷信色彩时，我们（特别是我）就没太把那些话当回事了。但在听刀城讲述的过程中，我认识到村里人的话绝不只是迷信。

在微暗的巫神堂里，一个疯女人开心地摇着头戴斗笠，身披蓑衣，脖子被吊着的山伏的尸体……

光是想象那一幕，背后就冒出了一股难以形容的寒意。我想奶奶和老爸应该也一样。我们三人中最快恢复过来的是茶夜奶奶，姜还是老的辣啊。

"我就知道迟早会出这种事。早该把那个疯女人关进禁闭室了，疯子就是疯子，就算是自家人，也不能放任她在家里自由行动……您说呢，老师？"

在他说明完情况之后，奶奶已经得出了自己的结论。

"其……其实现在还不能确定早雾小姐，也就是纱雾小姐的姨妈是凶手。接下来还有许多事需要调查。还有，我昨晚也说过，'老师'这个称呼我实在不敢当……"

刀城委婉地表示奶奶的看法有些武断。

"哎呀，老师您的想法肯定没错。是我太无知，对老师您太失礼了。可是我们毕竟不如老师您，什么怀表的时间啊，巫神堂的密室啊，都太难懂了。人就是那个疯女人杀的，肯定错不了。这话咱们在这儿说说就行了，别往外传啊。"

奶奶敷衍地道了个歉，然后继续坚持自己的看法，而且说话时一口一个"老师"。

"哎，是啊。要说嫌疑的话，目前确实无法断言早雾小姐是清白的……"

言耶答道，他似乎想尽可能客观地看待这个问题。至于"老师"这个称呼，他或许已经放弃抵抗了。

茶夜奶奶对刀城并非一开始就这么友好的。就像她在我要去探望千代之前说的，一开始的确是将他视为"来路不明、以写作为生的低贱之人"。但在得知刀城家曾经是德川家的亲藩大名，明治二年（1869年）行政官发出的布告将刀城家列入华族阶级，封为公爵之后，她的态度才出现了一百八十度的转变。这些事全都写在刀城给老爸的介绍信里，但刀城自己却显得非常吃惊，好像什么都不知道一样。介绍信还给当麻谷看过，可他自己却完全不清楚里面写了什么。不知道他是非常信任写介绍信的人，还是觉得只要介绍信能发挥作用就行，根本不关心里面的内容……

老爸说，华族分为两类，一类是因为出身，另一类是因为对国家有功而被列为华族。因为出身被列为华族的是过去的皇族、公卿、诸侯，还有僧侣、神官、忠臣之类的家族；对国家有功的华族中有的是做出贡献的政治家、官员、学者、实业家等，有的是立下军功的军人等。当时的爵位从高到低分为公爵、侯爵、伯爵、子爵、男爵五等，可见刀城家曾经是个多么显赫的家族。

言耶的父亲叫牙升，听说他从年轻时起就一直厌恶特权阶级，而他又是长子，一旦成为一家之主就必须继承公爵爵位。为了反抗这一现状，他就以近乎离家出走的状态，去给一个名叫大江田铎真的私家侦探当学徒，据说还因此跟刀城家断绝了关系。在得知他就是当今大名鼎鼎的侦探冬城牙城的时候，我大为震惊。把名字从刀城牙升改成冬城牙城，应该是顾虑到已经和自己断绝关系的刀城家吧。

然而，他的儿子言耶却不愿继承父亲的侦探事务所，一边浪迹各地，一边写作。这对父子真是奇怪，虽说走的路不同，但却是同一类人。

在奶奶看来，再有名的侦探也不过是区区侦探而已，流浪作家和泡在祫呀治家的可疑宗教人士没什么两样。但出身于前公爵的家族这一点，就足以完全消除那些负面印象了。所以她在看到他礼貌正派的态度时给出了极高的评价："不愧是前公爵家族的公子，果然有风度。"我很理解她为什么会突然管刀城叫"老师"。不过奶奶还不了解刀城那个怪癖，我也有点好奇，她见到那副模样的刀城时会有什么反应。看来我没资格指责当麻谷。

"不管怎么说，纱雾没事比什么都强。"

奶奶说够之后起身离开，这时老爸来了这么一句，似乎松了一口气。刀城听后表情复杂。

"祫呀治家的人都知道，或者说是默许膳德和尚对她姨妈干那种事……可是想不到连她都差点遭到毒手……"

"仔细想想，纱雾的姨妈早雾小姐其实是个可怜人啊。"

202

叁　僻静小屋

"不知道所有人都对此视而不见，是因为她从没那么开心过，还算是因为谁都不把她当回事……"

听到老爸那伤感的话，刀城下意识地说出了尖锐到令人吃惊的话。不过不用多想也知道，他的话可谓是一针见血。

"那早雾阿姨最后被警察带走了吗？"

我问出了关键的问题。刀城看着我轻轻点头说："虽然我否定了茶夜老夫人的看法，但按目前的情况，她是嫌疑最大的人，所以……"

老爸闻言也点了点头说道："我觉得正如爬跛村的驻村警察所说，把梳子塞进嘴里，给山伏戴上斗笠、披上蓑衣这些事，只有疯子才干得出来。但刀城老师毕竟到过现场，说现场处理得太完美，不像疯子干的，也很有道理……"

"虽说纱雾小姐的姨妈早雾小姐嫌疑最大，可如果她的动机——这种情况下也许该说是行凶的导火索，总之如果她是因为膳德和尚企图侵犯自己的外甥女才杀人，那应该是在情急之下动的手。既然是这样，那她再怎么疯也应该采取更直接一些的行为才合理。不，正因为她异于常人，所以反而更加冲动，最大的可能性应该是用最方便拿到的凶器，比如镰刀之类的……"

"原来如此，确实是这样。老师您说得对，就连我们这些普通人也会在冲动之下失去理智，抓起手边东西当凶器。这类事不算罕见。"

"是啊。话说回来，不好意思，我再啰唆一句，'老师'这个称呼还是……"

之后我们继续讨论这件事，但除了早雾之外，实在想不出还有谁可能犯下这起罪行……也就是既有动机，又有机会，而且还要刻意把现场布置成那样的企图的人，结果话题不知不觉就转移到了舍呀治家上面。

"听说他们家的本家在爬跛村……"

"我和当麻谷医生不一样，对这一带的事不是特别清楚，连我们村过去的事了解得都不多，不过舍呀治家上屋的本家确实曾经在邻村。"

"'曾经'的意思是，现在已经不在了？"

"是的。本家很早之前就没落了。分家倒是还留在爬跛村，不过那个分家全家都搬去XX市了。从挺久之前开始，他们家里只剩看家的人在。毕竟分家的家主是县议员。"

"欸，那凭物家系的问题……"

"影响还是有的，但远没有我们村的舍呀治家这么严重。而且他们毕竟搬去了XX市，所以也没什么人提附身、被除之类的事。从这个角度看，可以说现在的上屋才是舍呀治家的本家。这方面的详细情况去问当麻谷医生比较好。医生他还在警察那边吗？"

"是啊，我也是第一发现人，所以接受了很长时间的调查。医生因为职业关系，可能正在协助警方。"

"那他今天可能不会回这里了吧。现在离天黑还有一段时间，如果您想问那方面的事，可以去找妙远寺的住持。虽然大家背地里都说他是个贪杯的和尚，但他远比我了解以前的事。"

于是就由我带刀城去寺庙。

走出家门之后，我选了上个星期四千代写信叫我出来时，去妙远寺的那条路。到了村里之后，我们先往东，在邑寿川上的一之桥前沿

叁　僻静小屋

中道往南走。我把那事告诉刀城之后……

"要经过千代小姐声称见到纱雾小姐生灵的那个地藏路口啊。那地方离九年前下屋佃户家那个名叫静枝的七岁女孩,遭遇神隐的路也很近,那条路俗称不见不见路。"

"嗯。不过不管走哪条路,只要是去妙远寺就一定要经过那附近。"

"不过能直接查看现场是个宝贵的经历,真是非常感谢你呢。"

昨晚聊天的时候,即使面对年纪比他小的我,刀城也一直说敬语,现在似乎亲切了一些。

接下来,在他的要求下,我继续昨晚的话题,聊起了凭物引发的风波以及神隐方面的事。但那些事几乎都是传言,并非我亲眼所见,所以不知道能派上多大的用场。至少我觉得他没有出现过那种两眼放光的状态。

不久之后,一之桥出现在了视野中。往南拐进中道之前,我们去桥上站了一会儿,在那里看着哥哥山,聊了每天春秋季节举行的迎魂和送魂仪式。他似乎已经有了一定程度的了解,但新神屋的建男叔是神神栉神社的神主,所以我或许可以提供一些他不知道的信息。

刀城对仪式的内容和其中的意义表现出了兴趣,但最吸引他的似乎是邑寿川,他的视线频繁在上下游间来回扫视。在我们走进中道之后他表现得更明显了,或许是因为邑寿川的地理位置十分特殊,河床的位置比自己所走的路还要高,所以隐隐有些不安。明明就流经我们的身边,却几乎看不到水面。明明是条天然河流,却像人工水渠一般。

"神神栉村的地形很有趣,这条河也是。这种被山围起来的盆地内部的地形一般是平坦的,但这里高低起伏变化很大,所以即使在盆地内行走,也很难一览全村。甚至在有的地方,即使只隔着一条路,也会看不见有谁在那里。"在中道走了一会儿之后,我说起了自己的感想。

"之所以把这个村叫作神隐村,之所以把遇到厌魅之类的脏东西称作'撞邪',大概也是这种特殊的地形导致的吧。"

他的分析非常值得深思。对于土生土长的人而言,这是司空见惯的景象,但听他这么说之后我才恍然大悟。

"也就是说,我们村的环境营造出的氛围也是原因之一?"

"当然了,主要还是因为实际发生了那些事,但环境对人造成的影响是肉眼不可见的,所以常常被人忽略。假设一个人身后有同村人快步走过,一般来说,这种情况没什么好大惊小怪的,但如果发生在这里,那就会有种撞邪的感觉。另外,仅仅是稍微绕个路,离开了别人的视野,也会让人担心是不是遭遇了神隐。大概就是这么一回事吧。我刚到这个村子的时候,看到供奉在村中的案山子大人觉得很可怕。而且这样的环境又是村民自己创造的,所以才会产生让人毛骨悚然的传说。不过我觉得当麻谷医生说得对,案山子大人算是一种自卫策略。如果没有案山子大人的话,这个村子的地形会给人一种阴森恐怖的感觉,让人不敢独自出门……"

"话说刀城先生,你对我刚才说的事……怎么看?"其实我从昨晚开始就一直很想知道他对这类现象的看法,现在正好有机会提,"作为怪谈作家,你是怎么想的?是确有其事,还是像你刚才说的那样,纯粹是由周围的环境造成的错觉?或者是有的人因为精神方面的疾病而产生了幻觉？还是说那些全是谎言？"

听到我的问题，刀城露出了无比为难的表情。

"嗯……看样子因为我老写怪谈幻想类的作品，所以你认为我相信那类事……"

"其实你不信？"

"倒也不是不信……"

"欸……那到底是信还是不信？你这话说得也太敷衍了……"

"不是啊，我没敷衍你。我的意思是，不可思议的现象就是因为无法解释所以才是谜，才会让人恐惧，让人惊悚，是吧？要我明确地说信还是不信，这实在没有意义。"

"这……也是啊……"

"基本上，我把那类现象当成故事来听，只要有趣就是好故事。是否有趣排在第一位，真实性是次要的。大体上，如果我听了之后立刻感到'可怕'，就说明我多少会相信怪谈的背景；如果我觉得'很假'，那就说明非常不可信。我觉得重点在于每个怪谈都要单独判断，不能一概而论。不过不用我说你也知道，就算做出了判断，真假也无从得知。"说到这里，刀城露出了苦笑，似乎想起了什么事，"对了，我曾经看过一篇堪称胡言乱语的书评，可把我笑坏了。那书评把我和一位新人作家的作品拿来比较，说我笔下的怪谈世界之所以比那位新人更有现实感，是因为作者自身相信那类现象。要这么说的话，那就得深入探讨创作到底是什么了，这问题可不是一两句话能说清楚的。顺便说一下，那个所谓的新人作家其实是一位资深作家，只不过那位前辈换了个新笔名而已。后来我知道这事之后，那篇书评就显得更滑稽了。"

"我好像懂你的意思了……只不过我感觉你是不信那类事的人。"

"谽呀治家有凭物信仰，属于黑之家族；神枡家没有凭物信仰，属于白之家族——像这样黑白分明的情况其实在世间很少见。"

"嗯……"

"飞驒地区流传着一种名叫牛蒡种的生灵传说。"

刀城突然讲起了传说。不过我相信他肯定不会无缘无故提这事，所以默默地听着。

"这种生灵与其他生灵的不同之处在于，它和管狐、犬神等四足凭物一样，会在家族中传承。谽呀治家的家系虽然是蛇神，但其中又包含生灵，这令我非常好奇，所以我也在想，也许这牛蒡种可以提供一些参考。不好意思，有点跑题了。据说这个家系的人如果见到沉甸甸的稻穗说'今年会有大丰收啊'，那稻子就会枯死；如果在庆贺婴儿生日的时候夸'这孩子真可爱'，那孩子不久之后便会夭折；如果在养蚕场里说'长得真好啊'，蚕就会死绝……"

"太……太惊人了……"

"这类夸赞的话里往往隐藏着连说话者都没察觉到的嫉妒或怨恨。虽然牛蒡种的主人没察觉自己内心深处的罪恶，但牛蒡种却能敏锐地发现，并毁灭让主人产生这种情绪的东西。据说这个家系的人去参加喜事或者探望病人时会吃闭门羹。"

"这样啊。不仅是参加喜事，在探望病人的时候也会出事，万一说了一句'气色变好了啊'，那病情可能马上就要恶化了。"

"不过这种隐藏在赞扬背后的嫉妒心每个人都有，不光是那个家系的人。可是人们却给那一部分人扣上'黑'的帽子，并自称为'白'，说得好像自己完全没有那种负面情绪一样……如果自称为'白'的人真没有那种负面情绪，那他们还是人吗？根本就是怪物吧？毕竟人无完人。从这个角度看，牛蒡种这种凭物突显出了人类的心理矛盾，很值得深入探讨。但是，由此产生的歧视是凭物信仰最大的问题。"

"刀城先生你说的内容，就是我想在村里推广的思想，我希望村里人都能明白这些——但我想说的是……"

"嗯，我想我明白。在凭物信仰这方面，优越感和歧视固然都是问题，但更大的问题在于不可思议的现象是真实存在的，比如一些匪夷所思的症状，只有用被脏东西附身才说得通，此外还有见到生灵以及村里发生的神隐事件。到底应该如何看待那些现象——你是这个意思吧？"

"我明白这不是非黑即白的问题，但那些现象对生活产生了实际影响是不争的事实。"

"作为一个人，如果从一开始就放弃思考，接受怪力乱神的说法就太可悲了。但如果认定不存在超出人类认知范围的东西，那就太自大了。"

"到最后还是要从白和黑中做出选择吧？既然横竖都要选，那还是从理性的角度出发……"

"如果我问你一头大象能不能在几十个人的眼皮子底下消失，你会怎么回答？"

他又问了一个奇怪的问题，不过我还是认真地思考答案。

"虽然我做不到，但手段高明的魔术师也许有办法。"

"嗯，我也会这样回答。如果我们拿这个问题去问手段高明的魔术师，得到的答案肯定是'能做到'。但是魔术师肯定要亲自布置舞台才行。"

"这是为了预先设置魔术机关？"

"魔术师要让那几十个人全部从同一个方向看向舞台。在大象背后拉一块黑色幕布。在没有观众观看的那三面摆上巨大的屏风。我只是举些例子，总之魔术师肯定会做足准备。问题在于，如果魔术师成功让大象消失，那观众往往会忘掉舞台的细节，只记得大象消失的现象，在向他人吹嘘的时候通常会略过细节，刻意强调现象。人们在传播不可思议的事时，这种倾向是非常明显的。"

"以前那些妖怪、幽灵引发的风波也是这么来的吧？"

"无论发生了多么不可思议的现象，只要能够完全还原事发时的现场，并且有人能客观地进行观察、分析、推论，那么想出几种合理的解释不是什么难事。但原原本本地还原现场是不可能的。单单一个天气就没办法做到，因为没有哪两天的日照、风向等因素是完全相同的。而且还原现场最让人头疼的问题是，不清楚哪些因素会对那种现象造成影响。在大部分情况下，人们没能掌握关键信息，所以才觉得事情'很不可思议，不可能发生'，自然就产生了畏惧。"

"我也觉得千代的生灵风波是她的错觉。后来出现的附身状态肯定是因为她的神经方面疾病加重了一点。可是那个遭遇神隐的孩子，是在一个没有任何地方可去的场所凭空消失的，这又怎么解释呢？还是你认为因为无法完全重建现场，所以无从判断吗？"

这时我无意识地在脑中想着大哥的事。或许是因为大哥下落不明的状况也不是完全不可能，但爷爷进九供山的时候没有见到神堂和石阶的事却非常不可思议。

"不，人类拥有想象力，无法解释的地方可以用想象来补充。关于人消失的过程，合理的解释多得很。"

"欸……可我觉得那是最难的问题……"

"最难的问题是人消失的原因。当然了，有时候只要弄清人消失的过程，那消失的原因就会随之浮出水面，但事情未必会那么顺利。"

"那么，如果只想要消失的过程，你可以给出很多解释？"

"估计只有名侦探才能想得那么全面，不过我还是能想到一两种合理的解释的。"

"既……既然这样，那刚才说的静枝的神隐要怎么解释呢？"

刀城指着前方，像是在劝兴致勃勃的我别心急。

"你看，已经到三之桥了。再往前走就到地藏路口了吧？都到这儿了，我们就先来次现场勘查再说吧，虽然没办法完全还原现场。"

我聊得很起劲，完全没注意到我们已经沿着中道路过二之桥，到了三之桥这里。虽然这条道没有岔路，但要是连自己走到哪儿都不知道，那带路还有什么意义？我在心里反省了一下。

"原来如此，这个五岔路口很奇怪啊。"

我们在中道的南端右拐，走了一小段路之后，刀城嘟囔着说了这么一句。

我们的左边有两条岔道，右边和右前方各有一条。右边的路就是静枝遭遇神隐的那条，俗称不见不见路；右前方的路通往去妙远寺的石阶。左边的两条路中，离我们近的那条通往一个河面极窄的地方，那地方叫"桥无"，一进那条路就能看到被供奉的案山子大人。另一条路一直延伸到村子地界之外，下游的渡口就在路边。进这条路走一小段就是地藏菩萨的小庙，也就是千代声称见到纱雾生灵的地方。

刀城在这五条路之间来来回回走了一会儿，我们刚刚来的那条路他也没放过。不久之后，我见他露出了满意的笑容，站在五岔路的中心，于是问道："关于静枝消失的原因，你有什么发现？"

也许我的语气中既有对刀城言耶的期待，也带着一种不相信他能在这么短的时间内有所发现的揶揄，但他不为所动。

"其实我昨晚就想到了一种解释，现在亲眼看过了现场，我可以肯定，那种解释说得通。"他边说边依次把五条路再看了一遍，"一共有五条路，一条是静枝、她的姐姐、她姐姐的朋友走的不见不见路，左边的两条路和通往中道的路是其他小孩回家的路，还有一条是通往寺庙的路，泰然住持当时是走这条路来的。根据当麻谷医生的说法，从这个岔路口到不见不见路的前几米路段是静枝消失的地方。那么，唯一的可能性就是，静枝在走进不见不见路之后，又折返了。"

"欸？她是主动折返的？"

"当时周围除了她们没别人。也就是说，静枝主动折返的可能性很高。"

"可是，就算她回到了路口，也无处可去吧？"

"她的朋友回家的路上至少有两个人，几乎不可能不被看到，所以只有一条路可去，那就是通往寺庙的路。"

"可是，住持是从那条路过来的。"

"嗯。但住持是在其他孩子发现静枝消失，开始四处找人之后才出现的。静枝可以在住持到来之前进那条路。"

"刀城先生，你有所不知，这条路是先经过通往寺庙的石阶，然后再向西延伸。从时间上考虑，当时住持应该正在从石阶上往下走，就算静枝先进了那条路，也肯定会被住持看到。如果她上了石阶，那就会和住持打个照面。"

"那如果她还没走到石阶下就藏起来了呢？"

"藏起来？往哪儿藏？没地方可藏吧？"

"有。就是千代小姐藏的地方，石阶下面高耸的树木后。"

"欸，那些树……"

"我之所以在昨晚才想到这个解释，是因为当麻谷医生说这事的时候没提到那些树木。听了千代小姐的事之后，我发现至少有一种说法可以用来解释神隐之谜。"

"静枝在住持走过之后，其他人来找之前跑上了石阶吗……可是，她为什么要那么做？"

我忍不住问道。刀城听后露出了苦笑。

"所以我才说，仅仅找出合理的解释来说明现象不算太难，可是要查清动机却非常困难。"

"抱歉，我懂了。"

"把大象变没的事也一样，如果有人对魔术一无所知，甚至完全无法理解那类娱乐活动。最多也只能对那人解释清魔术是如何把大象变没的，如果想让那人明白为什么非得把大象变没不可，那简直比登天还难。"

"又是一个让人似懂非懂的比喻啊。"

"嗯,是啊。真是不好意思。先申明,以下内容纯属想象。静枝可能是在报复姐姐。听说她们在快回家的时候吵了一架。而且姐姐和她的朋友走在前头,想尽快回家。静枝一个人在她们后面走。在这种情况下,如果她突然想躲起来吓吓姐姐,也很正常。所以她就悄悄往回走,可是又不能去其他朋友回家的路,所以就进了去寺庙的路,结果看到住持在石阶上,于是急忙躲到树后,等住持过去之后,再爬上石阶走进寺里……至于她接下来的去向,那就是另一个问题了。"

"也许她进了寺庙的后山,在里面迷路了。"

"我刚才说过,最棘手的问题是,我们没办法完全还原现场,甚至不知道当时的现场是什么情况,还原根本无从谈起。其实还有一个问题和它一样棘手,甚至更棘手。"刀城顿了顿,然后一边环视五岔路一边说道,"无论现场还原得多完美,都不可能完全了解到当事人在事发时的言行举止。人类这种生物会在意想不到的时候采取出人意料的行动,对吧?如果静枝仅仅是萌生了报复姐姐的念头,那完全是可以理解的,但说不定她真实的心态远远超出了我们的想象。不仅仅是静枝,这个问题有可能出现在当时在场的每一个人身上。其实是走另外三条路的孩子中的某一组,对静枝做了某些事——这种可能性并非不存在,只是被我们轻易撇开而已。不过,根据现有信息来看,我们没理由往那个方向想……"

"可以仅仅找出合理的解释来说明现象,原来是这个意思啊……"

刀城点了点头,他似乎察觉到我的语气中带着些许失望。

"这么做确实没办法从根本上解决问题,但至少比放弃人类应有的一切思考，把事情归因于神隐来得好。我刚才也说过，有些事不是非黑即白的，但不能因此放弃人类应有的思考。"

"……"

"而且虽然我找出的解释只是根据道听途说的内容编出来的，但并非绝无可能。比如，在静枝躲到树后之前的过程都和我的假设一样，从石阶下来的住持发现了她，在了解了她的情况之后，产生了同情心，决定帮她，于是让她去寺里。住持自己则骗其他孩子，说在来的路上没见到静枝，并装模作样地找人，等觉得姐姐受到了足够的惩罚之后，便回到寺里把静枝带回来，结果发现她遭遇不测。比如可能是从石阶上摔下来。住持害怕别人把这事怪到自己头上，于是把她的尸体埋到后山，神隐这事就这么弄假成真了……"

"这……这……这不会是真的吧……"

"不是不是，你别多想啊。我不是说了吗？这不过是我编的。"

"哦，这样啊……"

"我真是的，居然对我们即将要见的人做出这么离谱的想象……我想表达的是，不管遇到多么匪夷所思的现象，都不应该轻易放弃寻找解释。不过真相会根据不同的解释而改变成不同的样貌，所以太执着于这一点上也不太好，因为这终究只是人类的傲慢。啊，绕了半天，又绕回了不能非黑即白的话题上了……"

到头来说了一大堆却一点用都没有，不过我觉得这种不轻易站在某一边的态度，也能算是刀城言耶的魅力。

不巧的是，那个在刀城的想象中干出了惊天大事的人出门了。说不定他早早就跑去大垣那个庸医那里喝酒了。我们请寺里的人转告

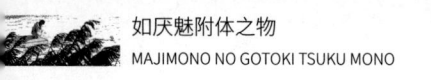

他，明天上午会再来拜访，然后返回了大神屋。

在从妙远寺回去的路上，我的心情非常复杂。刀城的态度始终模棱两可，但如果一定要分个白黑的话，我感觉他更偏向理性。一方面，他这种态度引起了我的共鸣，也让我觉得他一定能帮到我、纱雾和千代。另一方面，我又觉得整个神神栉村似乎都被笼罩在一种，无法单纯地用理性思维来解释的混沌不明、令人心生畏惧的诡谲气氛里，这种感觉一直萦绕在我心底。如果能将其视为迷信抛诸脑后自然好，可我总觉得事情没有那么简单。

我怀疑刀城也被这样的感觉萦绕着。也许就是因为这样，所以他才会觉得山伏吊死在巫神堂的事，就像有邪恶的意志在推动一样。说不定他认为他对事件的想象只是自己的错觉，但又无法把想象的内容抛诸脑后，既对这种矛盾的感觉感到困惑，又想找出其中的意义。

也许他现在正在白黑之间摇摆不定吧。

走在黄昏降临的神神栉村中，感觉有种垂暮之气渗进了自己的内心。我遇到了名为刀城言耶的太阳，但现在有种遮蔽太阳的东西正要将我们两人吞噬……这种令人生厌的感觉一直无法驱散。

肆

邑寿川

如厌魅附体之物
MAJIMONO NO GOTOKI TSUKU MONO

  夕阳的余晖在邑寿川的河面留下了一声缓慢的叹息，接着夜幕迅速降临神神梻村。在这由明转暗的短暂时间里，这个村庄露出了它的真面目。它悄然抛开阳光下的伪装，露出了真容的冰山一角。

  只不过这真容只有在夜幕降临于世前的一刹那才能窥见。一旦黑暗降临，村庄便又会将其真正的姿态隐藏在黑暗里了。但只要还残留一丝光亮，它就绝对不会现出真面目。这骇人的一刻只会出现在黄昏结束的那一瞬间，在曙光照亮朝雾笼罩的村庄之时绝不会出现这般景象。由暗转明之时没有异常，只有在由明转暗时的一刹那，村庄才会现出真面目，发出瘆人的嗤笑声。

  不过，不管人类多么注意，都无法见到其真容。因为无论是太阳已经西下还是在黄昏时分，人总是会在不知不觉间错过那一刹那，等回过神来的时候发现天已经黑了。人类毕竟不可能搞清明与暗的分界线。而且，一切邪物都是从那个间隙钻入人类世界的，所以人眼是无论如何都无法看到那缺口。

  村庄渐渐被夜幕笼罩，各处陆续亮起了灯火。但这仅仅是房屋的窗口变亮而已，村庄本身依然渐渐被黑暗吞噬。星星点点的路灯忽明忽暗，仿佛在抵抗黑暗的侵袭，但仅凭这稀稀拉拉的电线杆上的微弱光亮，是无法与笼罩在苍龙乡的黑暗相抗衡的。反而，路灯那差点沉入黑暗之中的光亮，把降临于村庄的黑暗衬托得更加明显。

其中被包围在更深沉的黑暗之处，当数谺呀治家上屋和中屋后方的"怕所"一带，以及发源于哥哥山，流经山脚下的神神栉神社的邑寿川上下游一带。不可思议的是，这两个南北走向的带状区域分别位于村庄东西两侧。乍看之下，前者的黑暗有种凶煞之感，而后者的黑暗则给人静谧的感觉，其实这二者可以轻易互换，或者交叠，但这个村庄中知道这事的人已为数不多。

这里每年春秋会举行哥哥山的迎魂和送魂仪式，据说原本也会在九供山举行。准确地说，并不是在两座山举行同样的仪式，而是由两座山各自分担。春天从哥哥山迎请纯净的山神之魂，在秋天把代受了村庄灾厄的山神之魂送去九供山。山神会在那里被除污秽，并且在冬天保佑村庄四周的大山，到了春天又回到哥哥山，再被迎请到村里——根据谺呀治家上屋和妙远寺中遗留的文献记载，仪式最初是这样的。

如今，哥哥山被尊为神圣之山，而九供山则成了令人生畏的禁忌之山，而且山的周边还被人视为"魔域"。恐怕这和谺呀治家凭物家系的问题有关，但没有任何可靠的佐证。

目前是在每年的二月八日举行迎魂仪式。神神栉神社的神主神栉建男会登上哥哥山半山腰的后殿，在那里进行迎请山神的仪式。这时山神附身于收藏在梧桐箱里的神偶上，建男把这个梧桐箱拿回神社之后，在神社和信众代表们举行既定的仪式。仪式结束后再拿着梧桐箱，下山前往邑寿川上游的小渡口。

接下来是送船的仪式。先在上游的渡口打开木箱，请神偶中的山神之魂移驾到那里的案山子大人身上。这一步结束之后，建男带着梧桐箱登上停在渡口的小船，开始沿河而下。很快就会来到一之桥，在这里重复开箱请山神之魂移驾的仪式。之后在二之桥、三之桥等重要地点重复同样的仪式，一直到即将出村庄地界的渡口，在那里进行最后的仪式。

也就是说，从哥哥山迎请下来的山神，会先沿着邑寿川逐一转移到案山子大人之上。因此，两个渡口和三座桥的案山子大人一定会在每年迎魂仪式的前一天换成新的。这五尊案山子要把山神之魂传给村里的其他案山子大人，肩负如此重责，自然不能怠慢。

送魂仪式是在十一月八日举行。这个仪式的流程和迎魂仪式截然相反，不过在举行仪式前，全村人都要去祭拜村里的案山子大人。这既是膜拜山神，感谢一年来的庇护，也是祈求山神来年会回到邑寿川沿岸的五尊案山子大人身上。等这个步骤完成之后，神栉建男会毕恭毕敬地拿着装有新神偶的梧桐箱，从邑寿川下游的渡口登上小船。这时他会打开木箱，请案山子大人身上的山神移驾到神偶中。接着逆流而上，不过这时候就少不了船夫同行了。接下来建男会在三座桥和上游的渡口重复同样的仪式，然后拿着梧桐箱前往神社，和信众代表举行既定的仪式。

在仪式过程中会从梧桐箱中取出神偶，用另一个神偶将其盖住一半。新神偶用来容纳并封印山神大人替村庄承受的所有灾厄。也就是说，仪式具有双重意义，既是为山神之魂回神山做准备，也是为山神被除此前代受的灾厄。

这一步骤结束之后，建男会前往哥哥山的后殿，进行恭送附身于最初那个神偶上的山神大人返回神山的仪式。接下来拿着容纳灾厄的

220

另一个神偶返回渡口，让它随邑寿川流走。利用河流把灾厄放流到村外原本是绯还川负责的，但现在连九供山和绯还川共同负责的送魂仪式都塞给了哥哥山和邑寿川，由此可见整个仪式流程被强行改动过。

绯还川放流被祓除的凭物，邑寿川放流村中的一切灾厄，虽然这两条河作用一致，但村民对它们的感受却截然不同。假设邑寿川的神圣是因为放逐灾厄，那么这点之于绯还川也说得通。相反地，如果村民们认为不管河水再怎么流逝，还是会有一部分凭物滞留在绯还川上不肯离开，那么同样的情况也适用于邑寿川。然而没有任何人指出这个矛盾，所有人都对此视而不见。说不定根本没人注意到这个问题。不过，如果天黑时独自在邑寿川边伫立一小段时间，也许想法就会有所改变。因为只要在黑暗中盯着河面看，就会没来由地怀疑眼前这条河就是"怕川"。

是的，太阳下山之后，整个神神栉村就会化为一个魔域，只要在村庄地界内，无论是圣域还是"怕所"都一样……

村民在很早之前就在潜意识里认清了这一点。所以在黄昏将近的时候，他们会尽快结束工作回家。每个人都会在太阳完全落下之前回到家中，夜里也极少外出，在有事外出的时候，通常和附近同组的人结伴而行。村里以上屋、中屋、下屋、大神屋、新神屋为大组长，大组长之下有自己佃户组成的几个小组，日常活动几乎以组为中心进行。虽然现在已经基本迈入了电气化时代，但村庄这种习俗几乎没变。

只不过，这习俗似乎和涟三郎、千代这一代年轻人无缘。不，估计这并非当今年轻一代独有的现象。近来时不时能看到有的家伙疏远

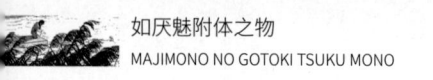

该尊敬的事物，轻视该敬畏的事物。

也许是因为小佐野膳德今早离奇吊死的事已经在村里传开了，太阳才刚要下山，村里就很难见到有人走动。想赶在太阳完全落山前经由中道回大神屋的两人——神枑涟三郎和刀城言耶，说不定是在户外逗留到最晚的人。

弥漫着不祥氛围的黄昏已经过去，夜幕降临村庄一小段时间之后，邑寿川上游的渡口响起了一个声音。

"一个人影也没见着啊。我可是准时过来的。"

那是胜虎的声音，恐怕他从年轻时到现在，从没一个人在天黑之后的外面走动过。

"可是，对方不是让舅舅您一个人来吗？我跟来是不是不太好？"

果然是有人陪他来。他身后的一之桥传来了国治的声音，国治的声音很小，似乎很担心被周围的人听到。

"蠢货！不是叫你别出来吗？"

也许是因为来到了有光亮的渡口，所以放下了心，胜虎突然摆出了一副高高在上的态度。

"我知道，可是这附近一个人都没有……"

"膳德和尚刚出了那种事，谁还敢一个人在大晚上跑到这里来？"

"舅舅，现在哪儿是什么大晚上啊，太阳才刚下山没多久。不过确实感觉阴森森的。这条河以前也是这样的吗？"

不久之后国治从暗处走了出来，但还是一副紧张兮兮的样子。

"天一黑，我们村的每个地方都变得很瘆人，不管是去神社还是去巫神堂都一个样。"

胜虎刚到渡口就把手电筒关了，但现在又把手电筒开了起来，也许他身旁电线杆上的微弱光亮不足以驱散他的不安。

"说到膳德和尚，他应该是我大姐杀的吧？"

"除了早雾，还能有谁？纱雾——她们的名字发音一模一样，太麻烦了——我说的是阿勇的女儿纱雾，如果她在山伏试图施暴的时候立刻反抗，那应该不至于把人吊起来。早雾再怎么疯毕竟还是女人。正常女人如果看到曾经对自己甜言蜜语的男人，试图侵犯自己年轻的外甥女，肯定会火冒三丈吧，更何况她还是个疯女人。她肯定是出于某种想法才把山伏打扮成那样的。说不定是想给山伏神罚。"

"如果是我大姐就算了，可那家伙偏偏选纱雾出手……而且还是在和我们谈完那事之后……"

"我打一开始就不相信他。"

"欸？不是舅舅您让他参与的吗？"

"蠢货！那么大声干什么？我当时是形势所迫。而且他是暂住在上屋的宗教人士，进出巫神堂比我们方便，肯定知道很多我们不知道的事。不过能看清那家伙的真面目是好事。要是继续和他联手，说不定会在关键时刻被他在背后捅一刀。"

"就是就是。不过舅舅，您不觉得很不对劲吗？"

国治说话时环顾四周，但看得出他指的绝不是现在的环境。

"什么不对劲？"

"就是那家伙刚和我们联手就死了，而且还是那种死法。"

"那肯定是偶然吧。"

"嗯……可是昨天不是对我姐夫说过那些话吗？后来我们的话被

那家伙听到，于是和他联手。我是说，那计划已经泄露出去了，刚泄露出去就出了那事……"

"我不是说了吗？那纯属偶然。关键是，如果那个男人的死是因为和我们联手，那我们岂不是早就以那种方式死掉了？"

"……"

"怎……怎么？你也想和村里人一样，说那是案……案山子大人作祟吗？你……你该不会真信那种荒唐事吧？"

"村里人说的作祟是指那家伙胆大包天，企图对谺呀治家上屋的巫女下手，可我们知道事情没那么简单。"

"纱雾和涟三郎的婚事吗……"

"是要以此为突破口，破除凭物信仰——换句话说，就是要否定谺呀治家山神的存在……"

"这……"

两人对望了一眼，然后同时把目光投向了供奉在渡口墙上的案山子大人。

虽然因为伫立在不时闪烁的路灯下方，两人的脸上一直蒙着阴影，但他们脸上浮现的惊惧之色绝不是因为光线。

"对……对、对了，怎么没看到送魂仪式用的那艘小船？"

胜虎硬生生地把脸扭开，背向案山子大人，看样子他是看了看渡口周围，随口说出了自己的疑问。

"啊，真……真的不见了。估计是村里的孩子搞的恶作剧吧。"

国治也学舅舅把视线从案山子大人身上移开，但这个话题就此没了下文。两人就这么盯着河面，无声的黑暗横亘在他们之间。

此时，之前一直被忽略的流水声忽然传进了耳中。吹动神社森林的风声也传了过来。不明野兽的叫声在远处回荡。不久之后，似乎听到了不知从哪里传来的、不似人声的低语声。

这种情况往往是人自己吓自己。此时的两人正是如此。

"话……话……话说回来，人怎么还不来？"

胜虎终于说话了，听上去他像是被冻得直哆嗦。

"是……是啊——我说舅舅，您到底……要见什么人啊？"

国治用充满好奇的语气问道，或许是因为想到还没问过最重要的问题——面谈者的名字，刚刚萌生的恐惧感被好奇心冲淡了不少。

"你就等着瞧吧，肯定会吓你一跳的。"

胜虎的紧张似乎也有所缓和，他又恢复了高高在上的态度。

"是对方主动找您的吧？"

"是啊。我在来的路上不是告诉过你了吗？我在房间里发现了一封信。"

"这么说来，正常情况下那人不会给您写信……而且还能随意出入您的房间……"

"在我们村，家家户户都可以随意出入吧？特别是我们家这种大宅子，很难被人注意到的。"

"这样啊……不过那人有那么出人意料吗？"

"有……你根本想不到是谁。"

"嗯……会是谁呢……舅舅，您都带我来了，告诉我也没关系吧？"

胜虎似乎嫌依然不死心的国治太烦，他开始在渡口周围闲逛，不过没往没有光亮的暗处跑。

"带你过来果然是个错误的决定。都已经七点十六分了。约好的时间是七点，说不定对方对你有所提防，不想露面。我看那个储物小屋挺可疑的，说不定对方就在里面观察我们。"

"可是，当时是您叫我一起来的……"

国治小声发着牢骚，不过抱怨归抱怨，他很快就去了神神栉神社的石阶下方查看四周，接着仔仔细细地检查了半路上的储物小屋，再从那里经过渡口，走到一之桥，把那附近都确认了一遍才回来。

"一个人都没见着啊。我还以防万一检查了小屋，里面也没人。"

"我不是说了吗？就是因为有你在，那人才不肯露面！"

明明是胜虎自己说储物小屋很可疑，还把气撒在外甥身上。

"是是是，那我回去行了吧。"

然而，一听到这话，胜虎立刻闭上了嘴，也许是因为害怕一个人留在这么黑的地方吧。当然，国治也算准了这一点。

"对了，我找个地方躲起来好了。这样一来，舅舅您也可以放心，对吧？"

"算了，你还是回去吧。"

胜虎艰难地答道，仿佛做出了极其重大的决断一样。这话似乎让国治很吃惊，他一时说不出话来。

"我估计，只有确信你已经回去之后，那人才肯露面。要是让这个难得的机会跑掉的话，那就太可惜了。之后的事就交给我吧。"

国治的表情仿佛在说："一开始自己一个人来不就行了？事到如今还说什么交给我吧……"不过他还是老老实实地点头答应。

"那我回上屋等你，回来之后要把事情全部告诉我啊。"

国治一边观察四周，一边往一之桥走去，过了桥之后朝舅舅的方向把手电筒熄灭又打开做最后的告别，然后朝上屋的方向走去。

"哎呀呀。早知道这样，我就自己一个人来了。"

胜虎嘴上这么说，但眼睛却一直依依不舍地搜寻外甥早已消失在夜色中的身影。

然而，他还没注意到，有一个影子在他后面越拉越长……

一个悄无声息的影子已经悄然靠近……

"哇啊！"

不久之后，胜虎注意到站在自己身后的XX，发出了惨叫。胆小如鼠的他已经尽全力把叫声压到最低了。也许是因为他被吓得太厉害，所以不敢放声惨叫……

"太……太……太吓人了……我……我差点被你吓死。你是躲在供奉案山子大人的板壁后面吗？小心遭报应。呼……真是的……"

被吓僵的脸上一下子露出了放心的表情。

然而，那表情很快就被惊愕和卷土重来的恐惧所填满，他怎么也想不到会发生那种事。

因为——

纱雾日记节选（四）

星期二的早上，路过三之桥的村民发现胜虎舅公漂在邑寿川上。他们一开始并不知道那是舅公，因为漂在河面上的人，后脑戴着斗

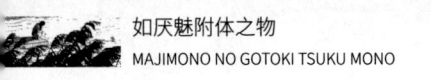

笠，背上披着蓑衣。

舅公死时是案山子大人的打扮……

当麻谷医生判断死因是溺死。供奉在邑寿川上游渡口的案山子大人不见了，而且停在渡口用于送魂仪式的小船在下游被发现。根据目前这些信息，推测舅公是在上游的渡口穿戴斗笠和蓑衣（或者是被人打扮成那样），然后上了小船，顺流而下到了三之桥（或者是被人放上小船，然后丢进河里）。额头上有疑似撞击的伤痕，但一时无法判断那是被人打伤的，还是撞到河底的石头造成的。不知道为什么，舅公的嘴里插了一双筷子，筷子一头插到了喉咙深处，嘴巴无法闭上，那副模样就像要把一双筷子同时吞下肚一样……

膳德和尚一身案山子大人的打扮，口中衔着梳子在巫神堂吊死——

舅公一身案山子大人的打扮，口中插着筷子在邑寿川淹死——

村里很快就掀起了轩然大波。今早开始，去找外祖母或神栉神社的建男叔叔的村民从未间断过。他们是请求两人进行祈祷和祓除的，不少村民两边都去过，可见他们有多紧张。谺呀治家与神栉家、九供山与哥哥山、巫神堂与神神栉神社、叉雾巫女与建男宫司、黑与白——考虑到两边的对立关系，为同一件事请求两边帮忙可以说是极端异常的情况。

我不知道建男叔叔会怎么处理，但外祖母现在身体欠佳，无法进行祈祷。所以母亲向村民解释了情况，但他们似乎不太能接受，个个都说这次的事无论如何都需要叉雾巫女帮忙，最后还有人说让母亲或者我替外祖母进行仪式。这种情况父亲一点忙都帮不上。我担心这样下去母亲的身体也会吃不消，这时来了一大群警察，很快就把村民驱散了。然而，我刚松了一口气，警察又开始了侦讯。明明我昨天才因为膳德和尚吊死的事接受过调查……

这次的刑侦调查不仅针对家人，就连在底下干活的人也一一受到传唤，被问了不少问题。膳德和尚与舅公的关系；谁和这两人关系比较好；昨天傍晚是否见过舅公，如果有见过，具体时间是几点。警方在这三个问题上简直是纠缠不休。而我，除了被询问那些问题之外，还被要求再次讲述差点被山伏侵犯时的状况。我尽量把自己记得的事都准确地告诉了警察，但对我来说，反复提那事实在太痛苦了。

警察似乎没查出膳德和尚和我舅公之间是否有特殊关系，也没找出两人之间的关联。至于和那两人关系比较好的人，我舅公和中屋的国治舅舅以及我们家的绢子姨妈关系不错，而那个男人也就和早雾姨妈关系好一点，他们之间实在是找不出共同点。

据说最后见到舅公的人是阿辰。她在天色已经暗下来的时候，在玄关看到舅公准备出门，心里觉得奇怪但没说什么。她不清楚当时的准确时间，但根据她在那前后所做的事来判断，当时可能不到六点半。除了她，其他人都是在天色变暗之前，在家里见到舅公，所以警察后来就去调查是否有村民在外面（从上屋到邑寿川上游渡口的路上）见过舅公。之所以假设舅公去了渡口，自然是因为他那身案山子大人的打扮。然而昨天黄昏时没人外出走动，警察没找到见过舅公的人。

那个男人和胜虎舅公相继死亡，而且死状怪异，所以那天我从一早就陷入了巨大的混乱之中——不，说不定我离精神错乱只有一步之遥。因为那两人的死亡有令人毛骨悚然的共同点，而我又在第一个死者小佐野膳德死前不久，和他有过接触。当然，我和舅公的死没有任何关系，但我却总有种挥之不去的很厌恶的感觉，自己好像通过那个男人，和舅公的死产生了某种关联。

所以今天早上，在第二次被警察叫去问话之前，我冒出了去巫神堂的念头，或许拜一拜山神会让自己平静一点。在我从别屋去主屋的时候，看到父亲他们进了客房，好像还看到了国治舅舅和绢子姨妈，但看得不真切。家里人去客房倒不是什么稀奇事，但他们的举动很可疑，感觉一直在小心翼翼地观察四周，好像生怕被别人看到。

我到主屋走廊之后，立刻放慢速度，不让自己发出脚步声，就这样走过两间客房。经过父亲他们所在的第三间客房前时，我特别谨慎，之后进了那间客房右边的房间。那房间是外祖母以前住的地方，紧挨着通往巫神堂的穿廊。外祖母和小雾姐住进僻静小屋之前，一直用那个房间，平时极少有人去。

我做事一向是先想清楚再采取行动，可当时的我并不清楚自己想干什么。一直走到那个房间，把耳朵贴在与隔壁相邻的墙壁上时，我才赫然发现自己竟然想要偷听。我不是找借口，当我明白自己想做什么之后慌了神，正要离开的时候，听到隔壁的低语声，结果定在了原地……

"……河……地方，七点……去了，但……没人……"

我不该选那个房间的，声音太模糊了，听不清楚。因为隔壁是客房，所以不是用传统隔扇，而是砌了一堵墙，隔音效果更好一些。但事到如今，我不敢换去左边的客房，能做的只有贴着墙仔细听。

结果听到的只有只言片语，听不懂那三人（甚至不能确定他们都是谁）在说什么。不过光从他们急着找才刚被警察盘问一番，好不容易才结束审问的父亲谈事情来看，不免让人联想到，这三人中可能有人知道舅公昨晚外出的事。这么想来，刚才我看到的应该就是国治舅舅和绢子姨妈两人。我不清楚父亲为什么会和他们混在一起，但他完全有可能是偶然被牵扯进去的。

可是，就算这样我也不能做什么。我只能回到别屋的房间里，无所事事地待着……直到下午比较晚的时候，涟哥和刀城先生一起来找我。

"出大事了啊。纱雾，你没事吧？"

涟哥先对我表示了关心，刀城先生也投来了慰问的眼神，然后说了一些中规中矩的话进行吊唁。看样子那两人是穿过庭院来别屋的，家里人都不知道他们的来访。

仔细想想，我、涟哥、千代三人在去他们两人其中一个的房间时，常瞒着那人的家人，直接溜进去。不过就算涟哥和千代被我家的人看到也没什么，但要是我在大神屋被茶夜奶奶撞见，或者在新神屋被千寿子阿姨看到，那情况就不一样了。有时候她们会说："差点就不知不觉地被附身了，好可怕啊。""你是溜进来偷东西的吗？"过分的时候连句话都不说，直接揪着我的耳朵，把我轰出去。

我突然回忆起往事来了。要是在以前，我一想起那些事就如坐针毡，但现在这些反而成了我们三人宝贵的回忆。不知是因为我们三人的关系在不知不觉间产生了变化，还是因为这几天我身边发生的事太过可怕，相比之下，那些回忆反倒让我觉得很温暖……

"你怎么了？真的没事吗？"

看来我在专程来访的两人面前发呆了。涟哥一脸担心地探头看着我的脸。

"这也正常，毕竟……接连发生了可怕的事。"

刀城先生也在担心我，所以我对他们笑了笑，表示自己没事。但一想到刀城先生欲言又止的话，我的笑容顿时消失了。也许他本来想说的是——

"毕竟在她身边接连发生了可怕的事。"

我不知道自己为什么会这么想。虽然那个男人被吊起来之前确实试图侵犯我，但最后和他在一起的人是早雾姨妈；胜虎舅公确实是我的家人，但他的家人又不是只有我一个。

虽然我怀疑在绯还川的经历会不会是这些可怕之事的前兆，但刀城先生应该不知道才对。

可我却可以肯定他本来是想那么说。

"也许你不想再提胜虎先生的事……"涟哥看着我时，表情已经超出了担心的范畴，甚至显得有些痛苦。而刀城先生经过一番观察之后，似乎认为没问题，于是他问道："可以稍微聊一聊吗？"

"好……好的……"

"啊，不……不是……我知道我一个外人不该问太多……"

刀城先生突然显得很狼狈，可能是误以为我犹犹豫豫的态度是在责怪他。

"是我叫刀城先生一起来的，我觉得站在完全客观的角度看待这次的事比较好。当麻谷医生也对刀城先生赞誉有加，而且我觉得他能够帮到你……"

我很清楚涟哥和当麻谷医生非常信任刀城先生,而且我也觉得他身上有种吸引人的东西,所以即便那两人死得很古怪,我也愿意和他聊。但涟哥最后那句话……

(我果然被怀疑了……刀城先生未说出口的话肯定指向我……)

不过我并没有说出自己的不安,只是再次告诉刀城先生,我愿意回答他的问题。

他露出了放心的表情,并郑重地向我道谢,然后详细地说起了他们了解到的情况。

"据当麻谷医生说,胜虎先生的死亡时间是在昨晚七点到九点之间。他头的前部有明显的撞击痕迹,那痕迹可能是平坦的石头之类的物体造成的,但现场没有发现类似的东西,所以无法确认具体情况。就算在河里找到了那块石头,也难以判断那石头是被人当成凶器用过之后扔下河,还是本来就在河里……尸体在河里泡了一晚,估计验尸的难度很大。不过好像已经确认死因是溺死了。"

他说的情况我都知道,但重新听他说了一遍之后,我的心情很沉重。我听得很仔细,生怕漏掉什么内容。听完之后就轮到我说了,他们似乎没从我的话里发现值得吃惊的新线索。父亲那件事让我很疑惑,但最后我还是没说出来,包括在绯还川的经历……

"那警察是怎么看的?"

为了掩饰没有说出全部情况的心虚,我在最后反问了一句。

"老实说,我看他们就像没头苍蝇,一点头绪都没有。"

我总是觉得刀城先生已经发现我有所隐瞒,只是装作不知道,也许是我多心了吧。

"这次的案子里,最让警察为难的大概是早雾阿姨有可能不是杀死山伏的凶手。"

涟哥说道,他刚才一直默默听着我和刀城先生的对话。

"欸……这么说来,那个男人和舅公……"

"嗯,是被同一个人杀害的。换句话说,这是连环杀人案……"

"不,以目前的情况,还不能下定论,我想警察也很头疼。而且你早雾姨妈承认是她把膳德和尚吊起来的。"

"姨……姨妈承认是她干的……"

"刀城先生,可她不是正常人,所以她的供述……"

"嗯,不能全信。而且她说过'那个男人受到了案山子大人的惩罚。我作为谽呀治家的巫女,帮了案山子大人的忙',所以她有可能不自觉地成了事后从犯。"

听到刀城先生这话,我确信了自己怀疑的事,突然打了个哆嗦。他似乎迅速看出了我的异常,说道:"纱雾小姐,你别多想,如果仅凭这一点就认定你是主犯,就太武断了。"

"可是……把人吊起来是最费劲的一步,如果这是早雾阿姨干的……只要纱雾提前做出指示,然后离开巫神堂……那这个不在场证明不就没意义了吗?"

涟哥犹犹豫豫地说出了我担心的问题。

"虽然不能断言纱雾小姐不是凶手,但如果她是凶手的话,站在她的角度想,就有点说不通了。"

"为什么这么说?我听不明白。"

"因为不管再怎么哄骗你早雾姨妈,都无法保证她在把人吊起来的时候，能够原原本本照做。如果说膳德和尚在被吊起来前就已经死了，把人吊起来只是为了制造假象，那还说得过去。可事实并非如此，他的死因是吊死。如果在把他吊起来的时候没能把他吊死，等他醒来之后肯定不会善罢甘休。说不定会拿杀人未遂的事要挟你——不，我看他肯定会要挟你。换句话说，就算你早雾姨妈真的帮凶手把人吊起来，那她动手的时候，凶手必须留在现场保证事情万无一失才行。"

"那我是不是没有嫌疑……"

"嗯……也不是没有……啊，对……对不起……先让你放下心，又说这话，真的很抱歉，不过以警方的角度看，你的处境似乎更不利了。但是，如果这事如涟三郎所说，是一起连环杀人案，那应该不会用那么含糊不清的方式杀死第一个被害人，所以你的嫌疑自然可以排除。"

"欸……难……难道警察怀疑舅公也是我……"

"没……没有，别误会。刚才那是我个人的……嗯……不是，我没有怀疑你……只是，那个……"

"这人必须把所有的可能性全部考虑一遍才甘心。你别放在心上。"

听涟哥的语气，他似乎既为刀城先生怀疑我而生气，又对他十分信任。

（也就是说，涟哥不怀疑我？他纯粹是担心我，所以才请刀城先生过来协助？）

再想下去会陷入疑神疑鬼的泥潭，于是我问道："舅公离开家后应该是去了上游的渡口吧？"

我知道警察是这么认为的，但还是开口确认了一下想到的事。我想逼自己把注意力集中在案件上。

"我认为他可能是被人约出去的。胜虎先生不是那种会在天黑之后独自出门的人，何况巫神堂刚出过人命。警察调查发现渡口附近有被扫帚扫过的痕迹。扫帚就在渡口边的储物小屋里，谁都能拿出来。也就是说，不管具体发生过什么，现场应该就是渡口。最大的问题是，到底是什么人用什么理由把他约出来的。"

"可是，考虑到刚出过山伏吊死的事，有什么理由能让那个胆小的胜虎伯伯在晚上去渡口呢……而且那里没有可以藏人的地方。要是躲在储物小屋里，估计会第一时间引起怀疑。"

"嗯。我也去渡口看过，感觉没什么人会在天黑后去那里。不过如果要躲藏的话，倒是可以藏在案山子大人的蓑衣里，等胜虎先生背过身去的时候冲出来，他应该反应不过来吧？"

听了刀城先生的话，涟哥和我不由得对望了一眼。刀城先生见状突然歪着头露出疑惑的表情，似乎怀疑自己说了不该说的话。

"不，我觉得这是绝对不可能的。"涟哥十分肯定地对依然一头雾水的刀城先生说道，"只要是我们村土生土长的人，无论是白还是黑，对案山子大人的敬畏都是不可动摇的。这不是什么信仰，而是从小就根植在心里的情感。所以不管约胜虎伯伯出来的人是谁，他都绝对不会那么做，或者说是没那个胆子。最多就是躲在案山子大人的后面，也就是供奉案山子大人的板墙后面。而且即便只是板墙后面，大部分人都会担心遭报应，绝对不会心安理得地躲在那里。"

"说起来，当麻谷医生也和我说过同样的事，可我给忘了。如果凶手没地方躲，那谜团就更多了，为什么要选渡口，又是怎么把胜虎先生约出去的？只能认为犯罪现场在其他地方，尸体是后来被搬过去的。可是这种假设也会产生新的谜团，那就是凶手为什么要特意转移尸体？毕竟他是溺死的，转移尸体特别麻烦。"

"先不说什么连环杀人，我觉得连胜虎伯伯是不是被人杀害的都有疑问。"

"嗯。而且从目前的情况来看，膳德和尚和胜虎先生之间没有联系。换句话说，看不出凶手的动机。这两人毕竟是在同一个屋檐下生活，肯定有交集，但除此之外就找不到别的关系了……"

刀城先生在回答涟哥的时候，眼睛却看着我，这是为什么呢？一想到这里我就脸颊发烫，不由得把头扭开。其实这样的态度反而容易招来怀疑。

"还有，如果说是连环杀人，那这情况也太奇怪了……"

不过好在刀城先生没有在意，继续回答涟哥的问题。

"吊死和溺死吗？这两种死法，更像是自杀，而不是他杀……莫……莫非那两人都是自己寻死——不，这不可能。把自己打扮成案山子大人的样子，还把梳子、筷子塞进嘴里……这种行为太诡异了，这和村里人说的遇到厌魅没什么两样。不管怎么说，刀城先生你不会相信那种话吧？"

"嗯……虽说不能非黑即白地看待问题，但这种现实事件还是应该从理性的角度去看待。"刀城先生这时的眼神既像在眺望远方，又像在看不可见的东西，"有件事我一直想不明白。在刚知道胜虎先生

如厌魅附体之物
MAJIMONO NO GOTOKI TSUKU MONO

的嘴里插着筷子的时候，我以为这是为了确保他会溺死才这么做的。凶手可能是认为，把他打昏不能保证他一定会被淹死。这么一来我突然想到，山伏嘴里的梳子会不会是用来防止他咬断舌头的？可是，这个假设到这里成立的话，那事情就更让人看不懂了。如果那么做是为了确保死者会被吊死或者淹死，那么目的应该是制造自杀的假象吧，可是尸体的装扮实在不合常理。但如果说这是普通的他杀，那凶手为什么要大费周章，一定要把人吊死、淹死呢？我真的完全想不通。"

"凶手会不会是想借村民说的鬼怪作祟之事混淆视听，所以故意装神弄鬼？"

"如果只是村子内部的问题，那么做或许行得通。但如果有人离奇死亡，警察肯定会介入。就算凶手是黑之家族的人，应该也清楚警察不会信那套迷信的说辞。"

"也是啊，即便是信仰狂热的叉雾奶奶也不会有那么异想天开的想法……"涟哥似乎想到不该在我面前说这话，急忙改口道，"可……可是，那两人总不能是自杀吧……"

"所有的事情都是他们自己干的，但却并非出于他们本人的意志——你觉得这样的假设如何？"

"难道是被控制了？这不可能，再厉害的催眠师也不可能逼人自杀吧。刀城先生，到底是怎么回事……你来解开那两人的死亡之谜吧，就像解开静枝的神隐之谜一样。"

我听不懂这话是什么意思，于是问了事情的原委，涟哥自豪地告诉我，刀城先生成功解开了静枝的神隐之谜，也就是九年前下屋佃户家的孩子，在地藏路口的不见不见路失踪的事。

"别乱说啊,那只不过是一种可能性而已……"

刀城先生急忙否认,但涟哥不管三七二十一地把他的假设告诉了我。

最让我吃惊的不是假设出来的解释,而是这样的一种思维方式。也许就是这份吃惊让我决定把绯还川的事说出来,问问刀城先生和那两人的死有没有关系……

"其实,我有事想找人商量。"

打开话匣子之后,我把那天的事全说了出来。想不到涟哥用眼神和刀城先生交流了一番之后,说出了一件非常惊人的事:千代曾被我的生灵附身过。这么说来,当时那个依代里封印的是——

(是我的生灵……)

靠刀城先生的理性思维分析情况的想法,顿时飞到了九霄云外。

"那肯定是千代的错觉。而且纱雾当时在一之桥和我分开之后,是往上屋方向走的……"

"如果真是生灵的话,那就和本人的所在无关了……"

"我不是说了吗?这世上根本就不存在什么生灵!你说是吧?刀城先生……"

涟哥带着怒意寻求刀城先生的认同,但令人意外的是,刀城先生一脸难色。

"你们知道朱雀神社有两位巫女的传说吗?"

我反射性地点头,涟哥则嘟囔着说他不是很清楚,不过还是点了点头。

"那也是生灵或者分身——总之就是一种被称作'Doppelganger'

如厌魅附体之物
MAJIMONO NO GOTOKI TSUKU MONO

的现象，在古今中外的文献里都有记载。在日本，芥川龙之介被分身困扰的事很有名。芥川在他的笔记里提到只野真葛在江户时代所著的《奥州波奈志》里记载了一个名叫'影之病'的传说。"

"影之病？那是一种病吗……"

"有一个名叫北勇治的人，有一天他从外面回家，进自己房间的时候，看到有个陌生男人坐在自己桌前。他疑惑地仔细观察，发现那人的发型、衣着都和自己一模一样。当然了，他从没见过自己的背影，但不管怎么看，那人都是自己。于是他走上前想看看那人的长相，结果那人背对着他离开桌子，从推拉门的缝隙逃走了。勇治急忙追上去，但打开门之后一个人也没看到。他告诉母亲出了怪事，但不知怎么回事，她母亲只是眉头紧蹙，什么话都没说。那之后勇治突然患病，没撑到第二年就死了。其实他们北家连续三代都出过同样的事，某一天，一家之主说见到了自己，结果很快就卧病在床，没多久就死了。一旦见到自己，那就离死不远了——无论在哪个时代、在哪个地方，关于这类现象的传说几乎都有这样一个共同特征……"

"你是说纱雾身上也发生了这类事？"

"我不是这个意思。但她是谷呀治家的巫女，身份特殊。我就冒昧当着纱雾小姐的面说吧，谷呀治家的凭物不仅仅是蛇神，还包括生灵，这一点你应该清楚吧？当然，千代小姐也清楚。"

"都说了，那是迷信……"

"嗯，我懂你的意思，但问题在于声称见到纱雾小姐生灵的千代小姐对这件事却深信不疑。"

"那肯定是她的错觉啊。不知道从什么时候开始，千代就变得不正常了，她患上了神经方面的疾病……"

"涟三郎，从理性的角度去考虑问题，不是简单粗暴地无视一切迷信和无法解释的现象。"

"话是这么说没错，可刀城先生……"

"或许是我姐姐……"

在他们激烈争论的时候，我突然插了一句。他们一听到这话，就都不作声了，沉默的时间只有短短十几秒，但却深沉得吓人。

"纱雾……你刚刚说什么？"

涟哥像在问小孩子一样，探出头看着我的脸。

"我说，那可能是小雾姐……"我再次开口的时候，突然全都明白了，"千代看到的不是我的生灵或者分身，而是小雾姐。如果是这样，我在绯还川的古怪经历就说得通了，肯定也是因为姐姐。我居然想把姐姐，不，是想把山神大人放进河里冲走，所以触怒了山神。难怪依代会自己跑回来。外祖母卧病在床也是因为把山神驱离千代身体。可是光是这样还不足以使山神息怒……接着，那个差点玷污巫神堂的男人受到了山神的惩罚。一般来说惩罚不会那么严重，但千代、外祖母和我把山神——这时候应该叫案山子大人——放了出来。就像刀城先生说的那样，那个山伏肯定是自己戴上斗笠，披上蓑衣，把梳子塞进嘴里，然后上吊自杀。我不知道舅公为什么会被选中，成为第二个牺牲者，可能是言行触怒了案山子大人吧，所以他的死状和山伏一样。也就是说，一定还会再死人。现在哪怕是细枝末节的小事也会触怒案山子大人，触怒案山子大人的人可能会成为下一个牺牲者。糟了……得尽快告诉村里人才行，还得通知外祖母，尽快让案山子大人息怒……要是不做点什么，会出大事的。你们不懂吗？万一案山子大人变成厌魅，就算是外祖母也……"

"纱雾！"

我回过神来才发现涟哥正抓着我的手臂，激烈地摇晃。我刚才知道自己像被附身一样喋喋不休，但却停不下来。说着说着，我开始觉得那些话不像是自己说的，好像是有什么在借我的嘴说话，可我又觉得那些话是对的。这感觉很古怪……

"听我说，不可能会有那些事。山神附身、作祟之类的现象全都不存在。而且还说那山神是你姐姐……不，也许你姐姐小雾去世后确实变成了山神……我倒不是质疑这一点……可是她已经成神，被供起来了，是吧？所以不会做出……"

"不是的……涟哥你不懂。但我能感觉到。小雾姐她……"

"那是你的错觉，是你的臆想。你……"

"我确实看不到，但小雾姐真的在。所以……"

"你太累了。纱雾你肯定和卧床不起的叉雾奶奶一样操劳过度……"

"我很正常。是姐姐回来了。她醒来了。而且……"

"你想说她附到千代身上了吗？好吧，就当是你姐姐小雾干的好了，可是她为什么要附到千代身上？这不是很奇怪吗？"

"那是因为……姐姐她喜欢你……"

不仅当事人哑口无言，连刀城先生也说不出话来。

"不可能……退一步讲，就算……她的……"

一阵沉默之后，涟哥发出了自言自语般的嘟囔。我没听清最后几个字，但我想我知道是什么。

"退一步讲，就算她的灵体真的存在，也不可能会喜欢我……"

他肯定是想这么说。对于姐姐的死，涟哥果然知道些什么。而且他认为他知道的事会让姐姐讨厌他。

我已经确信了。要问就趁现在，这是唯一的机会。

"关于小雾姐姐的死……"

这时，走廊那侧的推拉门被敲响了。是黑子。这是他找我的信号。我应了一声之后，门悄无声息地打开了。

"这位是黑子先生，是我外祖母的帮手。"

总之我先把他介绍给刀城先生，刀城先生没怎么吃惊，只是打了个初次见面的招呼。就连来我们家的宗教人士在刚见到黑子先生的时候，都会无一例外地被吓到，大概刀城先生在发现山伏尸体的时候见过他吧。黑子先生先是向刀城先生躬身致意，然后用肢体语言告诉我外祖母找我。

黑子先生一出现，事件的讨论便不了了之了。最终我没能问出姐姐的事。

刀城先生说他打算和涟哥一起去妙远寺，想向泰然住持了解这里的历史和民俗。不过涟哥却说要在别屋等我从巫神堂回来。我一再表示自己没事，不用等，可他却坚持要陪在我身边，怎么说也不听。说着说着，刀城先生也站到了涟哥那边，我没办法，只好由他们了。

莫非他们两人觉得我有些奇怪，所以……

"能不能请你帮忙带个话，就说有个叫刀城的人，想等叉雾老夫人恢复一些、情况稳定之后，请教一些事。"

在我离开的时候，刀城先生拜托我这件事，我点头表示一定把话带到。这时我忽然有种奇怪的感觉，好像刚才和涟哥争论的时候，差点就想起了一件非常重要的事。那事在我们三人谈话的时候也出现过，但我当时完全不知道其中的意义……感觉我当时差点就想到了。

"喂……喂……喂！纱雾！"

我好像发呆了。被涟哥抓着肩膀，才回过神来。

"不……不好意思……我好像就快想到什么不对劲的事了……"

看着涟哥的脸说话时，我终于想明白了。

"梳子和筷子……"

"欸！梳子和筷子让你想到什么了吗？"

已经走到走廊的刀城先生急忙回来了。

"不是，不好意思。我只是觉得自己好像快想到了什么与梳子、筷子有关的事，就在刚才和涟哥说话的时候……"

"啊……"

涟哥低声叫了一声，可能是我的话提醒了他。

"难道涟三郎也和纱雾小姐一样？"

"嗯……嗯……不过我想不起来那是什么……"

涟哥少见地露出了不安的表情，我依然愣愣地站着。刀城先生轮流看着我们，然后说："这种情况苦思冥想应该是没用的。不过希望你们在感觉快抓住头绪的时候，加把劲。我有种强烈的感觉，那件事会成为这案子的重要线索。"

涟哥和我都默默地点了点头。我不知道涟哥是怎么想的，但至少我在心里是摇头的。

因为我觉得就算想起与梳子、筷子有关的事,事情也不会因此结束。抓住这个线索之后,肯定会带出来历不明的可怕的东西,那本是不应该出现在这个世界上的不祥之物。

所以即便这是刀城先生的请求,我也只能在心里不停地摇头……

取材笔记节选（四）

刀城言耶走出神神梽村西侧的谺呀治家上屋,他考虑到走中道要往东绕不少路,于是决定直接横穿村庄去南边的妙远寺。可惜,他做了一个错误的决定,因为他很快就迷路了。

就和当麻谷之前说的一样,村里的地形起伏很大,所以道路就像迷宫一样。即便知道情况,他一开始还是小看了这座迷宫,以为只要一直往南走就行。然而,他走着走着就迷失了方向。这里的路两侧被隆起的土墙遮挡,实在分不清东南西北。不久之后他终于来到了一个能望见大宅的地方,看上去那不是大神屋就是上屋,总之终于搞清了自己该走的方向,但眼前却没有往南边延伸的道路。反反复复几次之后,他彻底迷路了。

也许是因为此时临近黄昏,可以问路的村民很少,而且他刚想问路,村民就嗖的一下不见了。村民简直就和遭遇了神隐一样,不过他发现那些人其实是在躲着自己。

（可是为什么要躲着我?总不至于把我当成厌魅吧?）

在这样的乡村,外地人的事很快就会传开。现在,应该连村里的孩子们都知道他是大神屋的客人才对。可为什么要躲着他呢?言耶疑惑地想了想，终于弄清了真相。

（这样啊……我到这个村子的时间是星期天的傍晚，而第二天早上就发现了小佐野膳德吊着的尸体。今天早上谺呀治胜虎溺死的尸体被发现。换句话说，在他们眼里，我一来，村里就开始发生惨案，所以他们认为刀城言耶肯定不仅仅是个外来者，还是把灾厄带进村里，令人避之唯恐不及的怪人。难怪会躲着我。）

言耶分析出这些后满心欢喜，但又意识到如此一来就没人可以问路，于是心里有些焦急。他又想到自己毕竟不是孤身一人在荒无人烟的地方，如此焦急实在可笑，但却怎么也笑不出来，无奈之下决定拜访眼前的民宅。

那座房子虽是朴素的木结构建筑物，但玄关周围的小庭院相当干净，屋里还传出了小孩的笑声，洋溢着温馨的氛围。言耶之所以选这户人家，肯定是因为无意识地感受到了那种气氛。

"不好意思，打扰一下。"

然而，他在玄关前发声询问之后，房子里的气息戛然而止。夸张点说，此前里面一家是其乐融融的氛围，但现在突然消失得一干二净。

"那个……我迷路了……想请教一下去妙远寺要怎么走……"

言耶认为把情况说得具体一点不容易被人怀疑，所以特意把寺庙的名字也说了出来，可是屋子里依旧没有半点动静，感觉上就像是他做了什么伤天害理的事似的。

"对了，我是神栊家大神屋的客人。那个……昨天涟三郎给我带过路，今天我想自己一个人去一趟，结果迷路了，实在惭愧……"

他把情况说得更加详尽，但房子里依然寂静无声。好像全家人都在屋里一动不动地靠在一起，连大气都不敢出，一直在等待玄关外可怕的怪人离开……

"那……就不打扰了。"

言耶明白说什么都没用，于是微微躬身算是为自己的惊扰致歉，接着再次踏上不知通往哪里的道路。

（嗯——这感觉就像在理查德·麦瑟森的《我是传奇》里。）

在那本小说里，地球上只有主人公还活着。一到晚上，由人类变成的吸血鬼就会来袭击主人公。在那样的世界里，吸血鬼的数量占绝对优势，在它们眼中，这唯一的人类男性才是异种。那种讽刺性的对比才只是小说的主题，但言耶现在感觉自己和男主人公很像。当然，那些村民并不是怪物，他也不想拿凭物家族的问题说事。仅仅是因为独自一人在这被称作神隐村的地方走动，产生了类似的心境而已。

他一边沉浸于这样的思绪之中，一边毫无根据地摸索道路，走着走着，前方的斜坡上出现了墓碑群的一角。

（啊，那肯定是寺庙的墓地。）

但言耶的欣喜只持续了一瞬间，他内心彷徨，总觉得墓地那边不仅不会靠近寺庙，反而会离寺庙更远。简直像陷入流沙之中一样，越是着急，越是乱动，陷得就越深。本就阴云笼罩的天空中阳光迅速退去，用不了多久黄昏就会降临。村民最厌恶的时间段正渐渐将村庄笼罩。

就在这时，言耶感觉身后有动静……

起初他以为有村民路过，于是急忙回头，这自然是为了问路。但

如厌魅附体之物
MAJIMONO NO GOTOKI TSUKU MONO

一个人影也没看到。

（奇怪啊，是错觉吗……）

考虑到必须赶去妙远寺，于是他进了新出现的路，就在这时，又有动静了。他迅速转向身后，但一个人也没有……也许已经到村庄南部边缘了，这附近民居特别少。视线中的人造物只有供奉在各处的小神祠和案山子大人，一个人影都看不到。想想也是，早上才发现胜虎溺死的尸体，自然没有村民敢在太阳快下山的时候出来走动。

言耶先来到一个看不到案山子大人的地方，他可不希望第二天早上村民发现戴斗笠穿蓑衣的自己横死路边。

然而，只有一小段时间可以看不到，进入新的道路之后，一定会出现案山子大人。考虑到案山子大人的用途，会见到也正常，但不管往哪个方向走，都一定能见到就过分了。重复多次之后，他产生了错觉，案山子大人好像总会跑到自己前头去。他知道这种想法很糟糕，但却没办法不去想，而且他还老觉得有东西在身后追自己。

（前有案山子大人，后有厌魅吗……）

言耶虽然心里浮现出戏谑的字句，但脸上却挤不出笑容。在想到厌魅和案山子大人很像的说法之后，连保持冷静都很难了。他心里明白自己是因为所处环境特殊，再加上迷了路，所以才会产生前所未有的不安，但身体却不受控制地哆嗦，只想立刻逃到别处去，只想离开这里。可是跑也没用，不管往哪儿跑，等待自己的都是同样的道路。

（冷静点……这副模样太不像话了，我纯粹是迷了路，心里紧张罢了。）

他劝慰自己，并看了看前后方，想确认自己是该前进还是该回头。就在这时,他冒出了一种古怪别扭的感觉,大脑告诉他有哪里不对劲。他再次看向前方,然后又向后看去……

他冷不丁发现路口神祠的阴影中有个东西正盯着自己,乍一看像一张脸,但又不能断言。他看得并不真切,准确地说,那东西只是进入过他的视野,没有被他直接看到,因为他在不经意看向那边的瞬间立刻转身,拔腿就跑。

(刚刚那是什么东西……)

言耶的第一反应是逃离那东西。他遇弯就转,遇弯就转,拐过了好几个弯,认为已经甩掉了那东西,根本没想过这样做是否有用。

涟三郎进九供山时,还没看清从神堂地下洞口爬出来的东西就移开了目光;千代真切地看到有东西在地藏路口的神祠阴影处盯着自己。考虑到这两人事后的不同遭遇,言耶相信自己的行为是正确的。过了一会儿,他平静下来之后,又后悔自己为什么不看清楚一点,但当时他被吓得什么都顾不上,根本没心思考虑那么多,只想着逃离那个神祠,跑得越远越好,于是慌不择路……

不过,结果似乎不错,言耶所走的道路右边斜面上出现了像是石阶的东西。

(石阶……是妙远寺的吗?)

他之所以一时认不出那条石阶,是因为昨天是从相反的方向看。他昨天是背对地藏路口朝通往寺庙的石阶方向走,而今天则是从截然相反的方向过来。

弄清位置关系之后,言耶想起了涟三郎的话。涟三郎曾说,如果遭遇神隐的静枝没上石阶,而是沿着路朝言耶来的方向走,那她应

如厌魅附体之物
MAJIMONO NO GOTOKI TSUKU MONO

该会被从石阶上走下来的住持看到。言耶很快就来到了石阶下方，所以就慢慢往上爬，并不时回头俯视那条有问题的路。在石阶上确实能看清往西延伸的那段路，反倒是从地藏路口过来的那段路看得不是很清楚。

（说不定那个解释的可能性比我想的要高。）

在抵达寺庙的时候，言耶的紧张终于快消除了。

（听别人讲述怪事，并给出合理的解释和亲历怪事果然不一样啊……）

言耶站在石阶的顶部俯视着村庄，心情十分复杂。

如同要摆脱那种想法一般，他走进挂着"紫云山"匾额的山门，沿着往右手边勾勒出平缓曲线的石路朝玄关走去。

"你好，打扰一下。"

这时天色已经晚到可以说"晚上好"了，但太阳还没下山，所以他说的是"你好"。

很快就来了一个完全可以称为小孩的小和尚。言耶说明来意之后，小和尚立刻带他进去了，也许早就知道言耶会来吧。

言耶进入昏暗的建筑物中，走了一小会儿，来到了面向庭院的走廊。无意中往右边一看，发现可以望见村子那头（北边偏西一些）的神栉家大神屋的大宅子；视线继续往西移，谺呀治家的中屋和上屋也相继映入眼帘；上屋的后方是九供山，不知为何，只有那一带的天空云层特别厚；接着向东看去，神栉家的新神屋就在那边，哥哥山坐落于新神屋与大神屋之间，神神栉神社在山脚下；还能看到邑寿川自神山而下，途经神社前方，往南流去的光景。遗憾的是，看不到与妙远寺隔着一片墓地，同样建在村庄南侧的下屋。

眼前的景色着实令人叹为观止，也许是因为从那阴郁沉闷的地形中发现了自然之美吧。但言耶又没来由地感到不对劲，仿佛自己正在观察盆景。言耶起初认为这种感觉可能是刻意与世隔绝的如同荒村的观念造成的，或者是被这座偏僻村庄与现代社会隔绝的印象唤醒的，但他错了，这不是三面临山的地形造成的。

（整个村子好像被某种不明的东西笼罩，被封印在这地方一样……）

听到小和尚的催促，言耶才发觉自己一直站在走廊。他道了歉之后，急忙跟了上去。

言耶被带到了内室。寺庙沿山壁而建，由好几条走廊相连，感觉内室比玄关高了不少。说不定再往里就是墓地了。

独自坐在清冷的日式房间中等了一段时间之后，一个僧人出现了，他年龄似乎已经六十过半，微胖的形象和偏瘦的当麻谷医生形成了鲜明的对比。看那张发红的脸，他可能是喝酒喝胖的。

"初次见面，我叫刀城言耶。非常抱歉，昨天傍晚请贵寺的人代为转告今天上午会来拜访，结果这么晚才来打扰……"

"没事，不必放在心上。哦，我是这里的住持泰然。对了，你的事我已经听大神屋的人说过了，不必再说明。听说又死人了？"

泰然给言耶留下了落落大方或者说是不拘小节的第一印象。

言耶认为先聊案件比较自然，于是说起了胜虎的事，结果非常震惊。原来泰然之前只知道暂住在上屋的山伏和胜虎死了，现在才知道他们一个是吊死，一个是溺死。

"嗯……我也不确定是不是现在才听说。寺里的人和我说过，也许是我忘了也说不定。"

言耶很想吐槽"你怎么连这种事都能忘",但又想问泰然对死者被打扮成案山子大人的事怎么看,于是描述了两具尸体的装束。

"哦……这……实在太离奇了。"泰然只是感叹了一句而已,没有别的感想。他似乎对案件没兴趣,歪着头用一副满不在乎的表情说道:"其实我是不问世事的。"

虽然他和当麻谷描述的上一任住持是父子,但看样子两人性格迥异。

然而,言耶放弃案件的话题,提起原本的目的——苍龙乡一带的历史和民俗时,泰然懒散的表情突然收紧,整个人焕发出了生机。接下来就是他唱独角戏了,言耶最多只能"哈""欸"地附和,几乎插不上嘴。看样子比起现在,泰然更喜欢过去的事。

但言耶没多大收获。泰然说的话和言耶来村子前调查到的内容、闭美山书中的描述、当麻谷和神栅须佐男提供的信息有很多重复的部分,只是说得更详细而已。

不过言耶并没有失望,他认为接下来才是重点。

"谽呀治家是在第三代家主到第四代家主期间,开始被人当成凭物家系的,我想您应该知道关于双胞胎遭遇神隐的传说……不知大师您对那事怎么看?"

"你指的是双胞胎失踪九天,其中一人在九供山的山脚被人发现,另一个一直没被找到,而那个被找到的女孩,被没找回来的女孩附身,后来村民也被附身的风波吧?"

"是的。当麻谷医生推测那事是谽呀治家被人当成凭物家系的起源，至少是起源之一。"

"那么，那个老顽固医生有没有告诉你记载那件事的文献在大神屋？不，文献的实际存放地是神栖神社的宝库。"

"嗯，我听医生说了。至于存放地，我是现在才知道的……欸，这么说来，莫非一切都是神栖家捏造的……"

当麻谷提过考虑到文献不在笿呀治家而在神栖家，这事可能有隐情。

"哼！老顽固就是老顽固，想问题的方式从来没变过。"泰然自言自语般地嘟囔着，然后接着说，"正如我之前所说，笿呀治家的本家曾经在爬跛村。那个村位于朱雀山脉和蛇骨山脉的交界处，所以那里有三个大山谷。把当地的地形和笿呀治这个名称放到一起考虑，会发现一件有趣的事：'笿'字代表'山谷之中最大的'；'呀'字的意思是'张开嘴'或者'开口大笑的声音'；'治'可以望文生义，就是'治理'。换句话说，笿呀治这个姓氏等于在强调自己是爬跛村的统治者。"

姓氏的由来中往往存在地理和历史方面的背景。言耶也明白这点，所以默默地倾听泰然的分析。

"但笿呀治家搬出村外的那一脉——也就是分家之后搬到神栖村的上屋——面对原本就住在这里的神栖家的势力，毕竟还是略逊一筹。话虽如此，不用说你也知道，笿呀治家的本家特意分出一脉到村外，就是为了把自己的势力扩张到爬跛村以外的地方。这里有件值得注意的事，笿呀治家是在宽永到庆安年间分的家，而上屋的第二代家主到第三代家主活跃的时期是享保到宽延年间（1716—1750），当时

如厌魅附体之物
MAJIMONO NO GOTOKI TSUKU MONO

正好有一波前所未有的货币经济浪潮涌到农村。"

言耶在脑中拼命把时间转换成公历，宽永到庆安年间是1624年到1651年，享保到宽延年间是1716年到1750年。

"在这个时期，商业的飞跃性发展导致此前自给自足的自然经济开始出现巨大的变化。上屋成功乘上了时代的浪潮。分出中屋这一脉就是在第三代家主的时期，由此可见，那时他们家族的势力有多大。最后，新兴的上屋后来居上，超越了曾经的大地主神棚家。在上屋分出下屋一脉之时，大神屋也分出了新神屋一脉，我认为这是神棚家最后的挣扎。不过分家这事有很多原因，不能一概而论……"

"我在来这里之前做过一点调查，凭物家族，也就是被人们视为有问题的家系祖先，通常是当地的第二大势力，同时也是新兴势力吧？谺呀治家似乎也符合这种情况……"

"嗯……虽然不能那么草率地下定论，但新兴地主或暴发户这类对村民进行中间剥削的人，确实有不少是那类家系的。既然你已经调查过不少事，那应该知道，有办法防止被凭物附身，或在被附身后被除凭物。单说犬神，把针刺进胸口就可以防止在路过那种家系的宅子门口时被附身。如果被附身了，还可以用三个饭团来回摩挲被附身者的身体，然后把饭团扔进凭物家族的房子里。另外，犬神最讨厌的是猫头鹰，所以可以在自家门口挂猫头鹰的爪子。还可以在凭物家族的房子四周泼粪。总之，办法多得很。但凭物家系的人把凭物驱离自己家的方法则难得一见。"

"确实，从过去的资料中也能看出，一旦被贴上凭物家族的标签，就很难取下来了。"

"如果是土瓶的话，倒是可以用纸把钱包起来扔到十字路口。捡到钱的人会被土瓶附身。这种做法好像对其他大部分凭物也有用。从某种意义上说，这可能是唯一的办法。"

"可是，既然这办法那么简单，为什么都不用呢？至少，凭物家系一般都很有钱……"

"'用纸把钱包起来'这个说法可能让你觉得扔的钱没多少，其实这是一个隐喻，指的是全部财产。"

"全……全部财产！这也太强人所难了……"

"所以才没人用这种办法。继续被人当成凭物家族受到歧视，总比倾家荡产来得强吧？不过有不少家族被孤立，因此找不到工作，渐渐坐吃山空，从此没落——所以从这一现实来看，这种办法也不失为一种选择吧。"

"不过刚刚提到的把凭物驱离凭物家系的方法，非常有暗示性吧？能感觉到其中包含了对突然发迹的人的羡慕和嫉妒。会不会是神栉家见新兴的谽呀治家取代自己的地位，于是造谣说他们是凭物家族？"

"不，我看造谣的是村民。作为被压榨的一方，村民积怨已深，遇到某种契机之后就会爆发出来。上屋在第三代家主时期分出中屋，而谽呀治家被人当成凭物家系的事件，发生在上屋的第三代家主和第四代家主期间，我认为这绝非偶然，而是必然。依我看，这两件事之间存在因果关系。当然了，神栉家应该也脱不开干系，至于是推波助澜，还是在暗中一手策划，我就不清楚了。"

"有人了解这段历史吗？"

这不正是涟三郎他们最想知道的事实吗？当然，即便全村人都明白了个中缘由，一时半会儿也不会接受这个解释，进而消除歧视，但至少会往前迈出一步。

"战后的土地改革导致地主与佃户的关系不如从前稳固，经济层面的关系正在逐渐崩解。但土地改革并非不给予补偿直接没收地主的土地，而且土地也不是无偿分配给农民使用。加之山林之类的土地不在改革之列。虽说确实有统治阶级因此迅速没落，但依然保留财力与权力的也不在少数。如果没有完全消除这种社会、经济层面的影响，那么把凭物信仰的背景查得再清楚也无济于事。"

"确实如此，但总比什么都不做……"

"我看你正在考虑破除迷信的运动吧，这类运动早在宝历年间（1751—1764）就有过。明治时期（1868—1912）也出现过，而且经常打官司。另外，黑白家族的年轻男女相爱又不能结婚，最终双双殉情的事也发生过好几起。"

"所以更要——说起来，上一任住持曾为了避免悲剧重演，努力撮合过两家结亲吧？"

刚才还滔滔不绝的泰然突然沉默了。看样子他不太愿意提上一任住持的事，但这是一个不得不提的问题。言耶向涟三郎保证过会帮忙想办法，现在至少要获取一些有用的信息。

言耶正在考虑该怎么做的时候，泰然开口了。

"上一任住持，也就是我父亲，是个理性主义者，很难想象他居然是个和尚。"泰然面部抽动，像是在说什么难以启齿的事，仔细一看，才发现原来他在笑，"我不是想说所有和尚都非常迷信。佛教本来就不承认灵体的存在。不过毕竟会供奉已经死去的佛祖。话说你知道'祷药皆可救人'吗？"

",嗯……祷是指祈祷，药是？"

"药是指用药品。意思是生病不仅可以找医生，也可以找宗教人士，只要能治好就行。当然也有相反的情况，即便医生说人没病，纯粹是多心，但要是本人坚信自己被脏东西附身，医生也没办法。反之，如果真的患了病，找宗教人士被除，病也好不了。总之，不管用什么方法，只要有效果就行。"

"确……确实是这个道理……"

"不过不能像大垣那个庸医一样，遇事不决就祈祷。"

"好像人人都不怎么认可那位大垣医生的医术呢……"

"嗯，他是个如假包换的庸医。虽然是我的酒友，但我要是病了，绝对不会找他看。其实他年轻的时候不是这样，应该是被酒给耽误了吧。"

"'遇事不决就祈祷'是什么意思？"

"我刚才说的'祷药皆可救人'的意思是医生和宗教人士关系对等，各自负责自己的领域，不踏足对方那边，并在此基础上治疗患者。而那个大垣不知从什么时候开始，医生的本分都做不好，老把人丢给神栉神社和巫神堂。"

"难道他身为医生，却给出'病是凭物所致'之类的诊断结果吗……"

"估计他不会说得那么露骨，但差不多就是那个意思。不知道他现在什么情况，不过听说以前神栉家和谷呀治家会给他钱，类似零花钱那种,所以他就彻底堕落了。站在上屋的角度看,他肯定是个重要的人,也不能全怪他。"

"宗教人士劝人去看医生的情况倒是有,但正常来说,不可能会有医生劝人去找宗教人士。不过在凭物家系的问题上可能就另当别论了……"

"啊,不是的。我想说的是既然可以共存,那就没必要横生枝节。如果在有百户人家的村子里,只有五户是凭物家族,那很可能产生许多问题。但这个村子黑白家族的人数相差不大。村子分为两派的事在日本随处可见,是吧?只是原因不同罢了,有的是因为政治,有的是因为宗教。而且正如我刚才所说,因为战后的土地改革,凭物问题的背景出现了一点变化。之后只要静待它随着时代的进步自然消亡就行了。"

"啊……"

"不过,也许在不远的将来,不仅那类陋习和迷信会消亡,可能连传统祭祀和日常仪式也会消失。战后的日本已经不是以前那个国富兵强的国家了,但似乎正朝着某一个方向盲目狂奔。不过连我自己也嫌迎魂、送魂这样的传统仪式太闹腾,每年都在开始进行诸多准备的前一天去邻村躲清静,这么做可是要遭报应的啊。也许我不能因为自己是和尚,就摆出高高在上的态度指点江山。"

看来要改变泰然的想法不是一件简单的事。如果可以的话,言耶想带涟三郎过来,让他听听刚才的话,不过后面那段似乎听不听都差不多。但也没道理放着泰然这步棋不用(这话虽然不太好听,但不是要利用他)。所以言耶正在思考该怎么做。然而,泰然说出了一句奇怪的话：

"我前面说的都是场面话。"

"'场面话'是什么意思？"

"当然了，那不是胡说八道。只是向你说明我想到的事罢了。"

"也就是说，还有话没说？"

言耶问完，泰然一动不动地凝视着他的脸，仿佛他们在这一刻才刚刚见面一样。那眼神像在重新分析眼前这位青年是个怎样的人。锐利的目光无情地锁定言耶，很难想象刚才那个滑头的和尚会有这种眼神。

"关于谷呀治家的姓氏，我刚才已经解释过字面的含义了。"

泰然突然开口，也许已经结束了对言耶的分析。

"是……是的。经过您的解释，我已经明白谷呀治家曾经是爬跛村的统治者……"

"从字面的角度来看是这样。不过如果关注读音的话，会有更有趣的发现……"

泰然说话时似乎又在犹豫。

"从谷呀治的日语发音能看出什么呢？"

面对言耶接二连三的提问，泰然抽动着面部，不过这次不是在笑，低声说道：

"听好了……在《倭名类聚抄》一书中把蟒蛇叫作'夜万加加智'。这里的'夜万'指山脉；'加加'和'谷呀'发音相近，意思是蛇；'智'音同'治'，指灵体。合起来就是山蛇之灵。这种叫法一直保留到了现在，虎斑颈槽蛇在日本俗称'山蛇'，这名字的发音和夜万加加智几乎一样。从这个角度看，谺呀治就是'蛇灵'的意思。"

"这……这么说来，谺呀治家一开始就被蛇神附身了？"

言耶凑上前去继续询问，而泰然则把声音压得更低了。"我想这可能不是谺呀治这一个家族的问题。其实在《古语拾遗》中提到'古语称大蛇为羽羽'。有人认为这'羽羽'的发音是由代表蛇的'加加'变音而来。而爬跛的发音和'羽羽'一样。也就是说，爬跛村是蛇村，谺呀治家是蛇灵家族。'爬'指'在地上爬行'，'跛'是'拖着一只脚走路的人'，这么看来，把这两个字组合在一起，可能从一开始就包含了某种暗示。从这个角度看，'呀'的意思'张开嘴'会让人联想到蟒蛇。而且顺着这个思路往下分析，可以发现这个神神梺村也不简单。首先是'神神'这个发音……"

这时似乎聊到了核心问题，但泰然的声音却越来越小。所以言耶自然也随之往前凑，两人的距离缩短了不少。但言耶依然难以听清，所以他打算让泰然大声一点，就在这时——

"打扰了。"

房间外传来了一个凛然的声音，之前来玄关接言耶的小和尚打开门，告知去谺呀治家上屋的时间到了。

"您现在要去上屋吗？"

言耶吃惊地问。小和尚代为回答，说泰然要去给小佐野膳德守灵。

言耶判断可能是因为联系不到他的家属，所以没人为他处理后事。他毕竟死在谺呀治家，而且还是在巫神堂里，加之人人都认为他的死与早雾有关，所以谺呀治家也不能不闻不问。

肆　邑寿川

但泰然的话停在最关键的地方，实在让人难受，于是言耶当即提出要同行：

"请问，能否让我也……"

泰然刚听出他的意思就摇摇头表示："你明天早上再来吧。我也想整理一下思绪……"

他说完后半段自言自语般的话之后，吩咐小和尚送言耶，自己则迅速离开了房间。

（既然这样，那我也去上屋守灵……）

他本想找机会和泰然继续聊，但又打消了这个念头。万一弄巧成拙惹他生气，说不定他就不会再提这事了。言耶感觉一旦和这位大师闹出不愉快，就很难修复关系。

（没办法，只能明天早上早点来了。）

然而，言耶又没能遵守约定，因为当晚狯呀治家出现了第三名死者。

涟三郎记述节选（四）

"因为……姐姐她喜欢你……"

刀城言耶去妙远寺之后，我等纱雾从巫神堂回来，和她随便聊了一会儿便回家了，但当时脑子里一直在重复她的话。我留下来是想聊聊和案件无关的事，转移她的注意力，结果自己好像一直心不在焉。

（小雾她喜欢我？）

我再次在心里问自己，但感觉非常不真实。这也难怪，因为我再

如厌魅附体之物
MAJIMONO NO GOTOKI TSUKU MONO

怎么搜刮儿时的记忆，也找不出她喜欢我的举动。我想过可能是因为当时还小，所以把想法藏在心里，但对比了纱雾和千代的言行之后，我觉得小孩子反而不会这么做。至少千代是这样，她小时候会毫无顾忌地把"最喜欢涟哥了"这句话挂在嘴边，但到了青春期之后，表现就比较奇怪了，如今我们三人的关系变得很尴尬。

但小雾在我的记忆中总是一副冷冰冰的模样，有时甚至会用一种看傻瓜的眼神盯着在纱雾和千代身边的我。那冷冷的视线仿佛在直言不讳地说，大神屋的孩子居然和上屋的人走得这么近；明明是男孩子却和比自己小的女孩子一起玩；你正在让我那将来要当谻呀治家巫女的妹妹堕落。她在用毫不掩饰的方式让我明白她对我的藐视。

起初我没太在意，认为她因为性格不会坦率地融入我们，于是只要有机会就会问她："一起去学校吧？""今天大家一起回家吧？""我们四个一起玩吧？"但在我的记忆中，她总是用轻蔑的冷笑回答我。

我确实搞不懂女人的心思。另外小雾是个非常与众不同的小孩，所以或许不能把她当成普通的女孩子看待。可是，假设那种把人当成傻瓜的眼神和轻蔑的笑容真是她表现爱情的方式，那也超出了我能接受的范围，即便是现在，我也能断言自己无法接受。她那过于乖僻的性格固然是原因之一，但更重要的原因是她让我有种超越厌恶的、难以言喻的恐惧感。光是想到那眼神和微笑中蕴藏着惊人的情感，我就不由得直打哆嗦。

不过，就算小雾真的喜欢过我，她的灵体（这种情况下是应该叫死灵，还是应该把已经变成山神的她称为神灵？）也完全没理由附到千代身上。至少绝对不可能是因为喜欢我……

如此一来，我就不得不面对我此前人生中的第二次令我我怕得要命，打心底颤抖的事。比起大哥的神隐，我更不愿意回忆这件事，所以心情十分沉重……

当然，我现在依然为大哥的失踪而伤心，后悔得不得了，但在那段令我毛骨悚然的经历中不仅有恐怖，还有我和大哥的美好回忆。因为在我心里，和大哥一起上九供山的事不仅是令我后悔的愚蠢行为，同时也是一次令我自豪的冒险。这段回忆既让我心塞得难受，又让我开心激动。

可是另一段经历则不同，带给我的只有凶险、害怕、厌恶等负面情绪，那些情绪黏糊糊地交融在一起，留给我的除了可怕，还是可怕。

当时我十一岁，纱雾刚九岁，在她过完生日之后我突然就见不到她了。她在学校那边也请了假，所以我担心她会不会生病了，不过没过多久就听说了她沉睡不起的传闻。但奇怪的是传闻说得很模糊，实在让人搞不清状况。大人们好像知道些什么，可我问了很多次都不告诉我。我心想既然不告诉我，那我就自己去探望，结果被老妈强行制止。一直以来，奶奶都极力反对我去辔呀治家，老爸则十分宽容；老妈夹在两人中间一直很辛苦，但只要不被奶奶发现，她就不管我。但唯独那一次，老妈下了死命令，严禁我那时去上屋。我从小到大，只有那一次老妈是出于自己的想法下了这样的命令。

我向那段时间经常出入于我家的佃户芫伯打听过出了什么事，他是一个工匠打扮的年长男人。当然，我是躲着我们家的用人偷偷问的。因为我知道不管被谁看到,他都会去第一时间去向奶奶报告。

"少爷,谽呀治家的上屋一直有种奇怪的习俗,名叫九供仪式。"

我到现在都不知道芫伯是干哪行的,但可以肯定他对村里的事特别清楚,而且在三兄弟里面对我最好。

他给我讲了谽呀治家九供仪式的事。我得知纱雾和小雾接受了那个仪式。但当时的我还没理解仪式的内容和意义,就被那句"有时候双胞胎中的一人会被山神选中"震撼到了。

"原来纱雾没来学校是因为她被山神选中,被带去神山了?!"

我想芫伯当时为了让兴奋的我静下来,肯定伤了不少脑筋。我记得他想尽办法才给我解释清楚,九供仪式是要被关在巫神堂的产屋里整整九天。不知道是信了他的话,还是被老妈反常的死命令吓住了,总之我虽然苦恼,但却一直没去上屋。

在进行了九供仪式之后的第十一天早上,村里人都在传"小雾变成案山子大人了"。对神柽家的人而言,案山子大人这个词是指哥哥山的山神降临村子时所用的形象。多数村民对这个词的印象和我们一样。但村里每个人都知道,谽呀治家上屋的巫神堂里也供奉着同样的案山子大人。神柽家有哥哥山,谽呀治家也有九供山。那座禁忌之山上住着一种名叫"长坊主"的怪物,人们都说长坊主的真面目是我们这一带最可怕的邪物,即人们最避忌的厌魅。而且还有传说提到厌魅会变成案山子大人的形象出现……

当芫伯告诉我双胞胎中的一人会被山神选中的时候,我脑中浮现的是哥哥山。九供仪式是谽呀治家的仪式,而且名字中有"九供"两个字,从这两点就能看出不可能是哥哥山,估计芫伯考虑到我是孩子，而且还是大神屋的，所以没提关键的内容。但后来一听到案山子大人的事，我就明白自己误会了。因为我六岁时在九供山看到的案山子大人，给我留下了深刻的印象，这是每天都能见到的象征哥哥山山神的案山子大人无法比拟的。

当时我感觉非常不安，非常担心变成案山子大人的不是小雾。我问过芜伯好几次，他每次都说："是啊是啊，就是姐姐。"他也不了解更详细的情况。可是姐姐和妹妹的名字虽然写法不同，但发音完全一样。所以就算他说是姐姐，我也放不下心。如果是上屋的人亲口说的，倒是可信，但我实在不敢信村里的流言。

两天后，我决定偷偷溜进上屋。之所以会选那个时间，是因为那天是举行哥哥山迎魂仪式的日子。村民几乎都聚集在东边的邑寿川沿岸，无论白黑家族都去了。我可以放心大胆地去西边的上屋，不用担心会被人看到。和哥哥一起去九供山的时候，我自信满满地认为不会被村民看到，结果事后才知道有目击者。但我相信进行迎魂仪式那天肯定没问题。

问题在于上屋的人。往年一般都能看到籹呀治家的人参加迎魂和送魂仪式，但这次不一样。即便是小孩子，也能理解这个九供仪式对籹呀治家有特殊的意义。而且双胞胎中的一人变成了案山子大人，这会让事情变得更加特殊，所以所有人都留在家中的可能性很高。如果所有人都在家，和平时一样满不在乎地走正门进去会很危险。以前我一直随意地从正门进去，直奔纱雾房间所在的南边别屋，不请任何人带路，几乎没在中途遇到过用人，也没在别屋被他们家的人看到。但这次的情况恐怕不一样。万一被发现，我不仅会被赶出门，而且迟早

如厌魅附体之物
MAJIMONO NO GOTOKI TSUKU MONO

会被奶奶和父母知道。

只剩一个办法了。从三首树那边走那条兽道般的小路去绯还川的河滩，然后上大石阶或者小石阶到达上屋北侧，走后院去南边的别屋。

这时的我已经知道了大石阶和小石阶的存在，以及它们的用途。但别说是走石阶了，连那附近都没去过。因为我去谷呀治家找纱雾的时候，一般是在别屋里或者后院中玩。虽然远远地看过巫神堂，但绝不会靠近那边。估计纱雾也一直有意避免我去主屋北侧。

那一天，我吃完午饭，打发了一会儿时间之后才出门。仪式从早上就开始了，但神主拿着附有山神之魂的依代沿河而下的送船仪式，是在下午到傍晚这段时间进行。这段时间的村子（中道以西的所有范围）几乎空无一人。

不过我没有放松警惕，在去三首树的路上一直在注意四周的情况；而且脚步很快，虽然不至于跑，但总归是想尽快通过村子。这自然是因为怕被人看到，但也是想逼自己一把，趁决心没有动摇的时候，赶快进入通往绯还川的小道。那时我还在犹豫，因为要闯入"怕所"……更重要的是，要踏上那天走过的路……

走着走着，我忽然感觉大哥就在我身边。我感觉他正和我并肩而行，或者快步走在我前面。可能是因为我一边注意四周，一边赶往三首树的举动和那一天一样，所以当时的记忆复苏了吧。

这时我想起了大哥九岁时的事。猛然发现自己在不知不觉间，年龄早已超越了当时的大哥，不禁有些愕然。现在的自己一想到要去绯还川，爬上石阶，走进谷呀治家就差点吓得走不动路，大哥那天居然

肆　邑寿川

能够带着六岁的弟弟去爬九供山……

（还是大哥厉害啊。）

我在心中感叹。当时的我是十一岁，但却觉得自己比九岁的哥哥小不少。我想不管我长到几岁，这种感觉都不会变吧。那时，我已经认识到自己的年龄永远无法超越九岁的哥哥。

不久之后我抵达了三首树。我似乎从大哥那里得到了勇气，毫不犹豫地走进了旁边那条兽道般的小路。

脚下还有些残雪。即使到了二月上旬，苍龙乡也还是会下雪，但那年的雪比往年少一些。地上有雪说明平时没人走这条路。我很快就为自己穿着帆布鞋来而后悔，但事到如今已经不能回头了。那天是个晴天，但渗进鞋里的寒意越来越浓，我哆哆嗦嗦地专心赶路。途中我对自己说，这雪比以前那苍郁茂盛、挡住去路的杂草好多了。

一来到绯还川的河滩，晴朗的天空突然暗了下来，可抬头看却不见阴云。天上虽然有云，但面积远不如蓝天广阔。可是，却给人一种无比浑浊的感觉。我战战兢兢地环顾四周，发现这种感觉是弥漫在河滩上的氛围造成的，和天气无关，无论是晴是雨都一个样。

接下来我把注意力集中在寻找石阶上，石阶应该就在我的左手边。这么做不单单是因为我要从那里走，也是因为可以自然地看向与河流相反的方向，这样一来我就可以不看那条源于凶煞的九供山、冲走了无数被祓除的凭物的"怕川"。

走了一段时间之后，小祓除所进入了我视野的右前方。小石阶很可能就在那附近。我加快脚步，在即将到达祓除所时开始更加留心左手边的情况。果不其然，我发现了藏在枯萎的灌木丛中的石阶，那弯曲的石阶就像一条长长的蛇正扭着身体往斜坡上爬。

（就是这里！不过这石阶很危险啊……）

虽然在心里这么说，但我的潜意识似乎想尽快离开河滩。就在我即将踏上小石阶的时候，忽然想到了一件事。

（等一下……这条石阶不是在巫神堂的北边吗？这么说来，登上石阶之后，还要从笼呀治家北边独栋的僻静小屋穿过好几个内院，才能到纱雾房间所在的南侧别屋。）

听说大石阶的位置更靠南一些。我心想走大石阶也不过是到穿廊附近，近不了多少，估计只是少走了北边独栋的那段距离罢了。不过可以肯定的是，走的距离越短，被人发现的危险就越小。而且考虑到出了九供仪式的事，这时候应该极力避免从僻静小屋和巫神堂旁边经过。

虽然我冷静地做出了一番分析，但却怎么也离不开小石阶。一想到要再去河滩，我就开始考虑是不是应该干脆冒着被人发现的风险，走这条石阶溜进笼呀治家。我担心从这里去大石阶的路途中，潜伏着比被他们家的人看到更大的危险。不过我完全猜不到那危险是什么……

（如果大哥肯定会选择走大石阶吧。）

我之所以会离开那里，是因为想到如果换成大哥，他一定会选择没有现实风险的路。我就像被大哥推着一般——不，是像追赶着大哥的背影一般，开始在河滩上前进。

然而，逆着绯还川走得越远，那种与大哥同行的感觉就越淡薄。那种感觉实在痛苦，仿佛我会再次失去大哥一样。但是，不知不觉间,某种不明所以的、朦胧的不安感渐渐从我心底冒了出来。我知道有种漆黑的、来历不明的东西浮了上来,即将把我填满。

(这纯粹是错觉。因为来了"怕川",所以才会有这种感觉。)

我拼命安慰自己,但效果微乎其微。渐渐地,流水声越来越像某种邪物的低语。河风从下游吹来,那触感如发梢扫过脸颊。我踏在河滩石头上的脚步声,听起来就像有东西在身后尾随。我产生了一股莫大的恐惧,仿佛只要稍稍放松警惕,就能听清低语的内容,原本轻拂脸颊的发梢会猛的一下蒙住我的脸,而那尾随而来的东西也会追上我。

我在河滩上拼了命地快步朝上游走去,就像被看不见的邪物追着一样。心里当然很害怕,但只要想到加快脚步可以尽快抵达大石阶,就能稍稍放心一点。大祓除所已经出现在前方,所以我紧绷的神经稍稍放松了一点,于是开始给自己打气:"只要撑这一段就好了。"

然而——

(得快点……才行。)

这句话忽然浮现在我脑中,就在这时,我越过了大祓除所。我的目标是那座桥。那座在我六岁的时候曾经走过一次的,通往九供山的常世桥……

"得快去神山才行……"

我开始出现类似焦急的情绪,就像被什么东西催着一样。与此同时,又觉得好像忘了什么重要的东西。我刚对自己的目的地产生怀疑,就立刻摇了摇头,否定了这个想法。"这世上不可能有比神山更重要的目的地。"我正想着,就到了桥边。正当我要尽快过桥的时候——

"大……大哥……"

大哥联太郎伫立在桥那头的身影进入了我的视野。

"等等,大哥……我这就过去……"

我的呼唤声刚落,大哥就缓缓举起右手向我挥舞。他的动作非常慢,仿佛桥那头的时间流速和这头不一样。这么说来,哥哥还是九岁时的模样,看不出任何成长。感觉他那天消失在我面前时的样子被定格了下来。

(要是过了这座桥,我也会回到六岁的样子吗?)

我冒出了这样一个想法。但转念一想,既然哥哥还是九岁,那我变回六岁也挺好。

"大……大哥——联太郎大哥!"

不知道为什么,大哥的身影开始变得模糊,我也喊出了声音,这距离我上次叫他已经是五年前的事了。虽然我曾在心里喊过数百次,但这是从那天之后第一次喊出声。

结果大哥正在挥动的手突然垂了下去,做起了奇怪的动作。起初我以为他在喊:"快过来,快过来。"但定睛一看,发现恰恰相反。大哥在对我说:"快回去。"

"为什么?大哥!"

我不由得往前迈出脚,结果大哥又摇起了头。他的动作依然很慢,但很明显是在叫我别过去。

这时,非去神山不可的念头彻底从我脑中消失了,只剩下想去大哥身边的想法。大哥的身影开始晃动,仿佛看出了我的变化。起初我以为是眼中的泪水导致的，但不管擦多少次，他的身影还是那么模糊。我又用袖口仔仔细细地擦干双眼，然后凝神细看，结果大哥不见了。取而代之的是绿色的、像雾一样的东西，贴着地从左边通往九供山的路，缓缓朝桥这边过来的光景。

（大哥救了我……）

我刚想明白这点，就头也不回地朝大石阶跑去，然后死命地往石阶上爬。我不能白费大哥的好意……

我本以为大石阶虽然有些弯曲，但总体还是直的，可实际情况却相反，越靠上，往左倾斜的幅度就越大。不仅每一级石阶都倾斜，而且整体呈弧线形，只是普普通通地爬楼梯，就会有种身体要往左边飞出去的错觉。所以我爬完的时候感觉身心俱疲，不由得大大地呼出一口气。

然而，我才刚放下心，脑子就一片混乱，一时间不知道自己来到了哪里，还以为误入了一个完全陌生的地方。冷静下来观察四周后才发现，这里是巫神堂等候室的后面。看来是因为我此前从来没有从这个角度看过巫神堂，所以以为自己来到了别的什么地方。

我逐一观察左手边的僻静小屋、正面的巫神堂和等候室、右边的穿廊，以及再右边的主屋，确认一个人也没有之后，沿着后院的角落朝南边的别屋走去。如果途中有造景石或者杜鹃花之类可以藏身的地方，即便没发现有人，我也会躲到暗处。也许根本不需要那么小心，主屋静悄悄的，完全感觉不到有人的迹象，似乎所有人都去参加迎魂仪式了，连个看家的人都没留。

尽管如此，在进入纱雾所在的南边别屋之前，我没有一丝大意。

从三首树到爬完大石阶的这段路太艰辛了,不能因为鲁莽让之前的辛苦白费。我从檐廊爬进别屋的走廊,来到她的房间门口之后,还听了一会儿里面的动静。等确认里面没人之后,低声叫道:"纱雾……"

"涟哥?"

房里马上有了反应。于是我打开门,像忍者一样迅速钻了进去。

"纱雾……你……你没事吧……"

我之所以忍不住这么问,是因为她的脸色很不正常。

"嗯……"

她从被窝半坐起来,用难以置信的表情盯着我,然后露出了满脸笑容。那笑容看起来还很虚弱,但人似乎比看上去更有精神。

"出什么事了?你的身体真的没问题吗?"

我的担心还没消除,但看到她平安无事,打心底松了口气。我很庆幸自己来了,能确认她没事比什么都强。

纱雾开心地感谢我来看她,然后结结巴巴地说起了九供仪式的情况。其中大部分内容和我从芫伯那里听来的一样,但上九供山的事和喝一种名叫宇迦之魂的奇怪液体的事,我是头一次听说。遗憾的是,她对上山的记忆十分模糊,至于那种液体,刚喝下之后没多久,她的意识就变得模糊不清,所以她不清楚当时的情况。而且在那之后的九天时间里,她几乎都处于半梦半醒的状态。

"你姐姐小雾她……"

到嘴边的"死了吗"硬是被我改成了"在睡吗",但纱雾的表情立刻就变了。

接下来,她用颤抖的声音告诉我她的姐姐在僻静小屋里的样子。

而且就在刚才，几年前当上妙远寺住持的泰然突然被请来，仓促地举行了一场只有家里人参加的葬礼，并且草草结束。叉雾奶奶昨天一整天都在外面，可能是去寺里谈葬礼的事。但听说今天傍晚——准确地说是送船仪式接近尾声，气氛到达高潮的时段，小雾的棺材将被送去妙远寺，所以叉雾奶奶去谈的可能是下葬的事。因为根据纱雾的描述，我觉得叉雾奶奶比起孙女的葬礼，对出殡和下葬的事更关心。最重要的出殡由奶奶信得过的佃户男丁来帮忙。

听完这些之后，我萌生了去看小雾一眼的念头。我不知道自己为什么会有这种想法。纯粹是因为好奇心，还是想看恐怖的东西呢？或者是觉得小雾有些可怜，想以自己的方式送送她？或许是因为我想到，如果是大哥，他一定会这么做吧。

询问纱雾后，我得知上屋的人几乎都去参加迎魂仪式了。令我震惊的是勇叔叔和嵯雾阿姨也去了，没想到他们连自己女儿的出殡下葬都不参与。后来听说这是叉雾奶奶的命令。如果从上屋去妙远寺的送葬队伍不显眼，并且谺呀治家的人出现在送船仪式中，那就没人会想到小雾的葬礼在同一时间举行，也许这就是她的打算。

不过我不确定当时的我对小雾的秘密葬礼了解到什么程度。后来我多次向纱雾解释，这葬礼是为了掩盖九供仪式这样的陋习害人性命的事实。虽然这并非蓄意，但被定性为过失致死并不为过……不过当时的我应该想不到这一层。但是，我当时肯定已经感觉到事情没那么简单。恐怕我就是因此被吸引的……

"涟哥，你想做什么？该不会……"

纱雾用害怕的眼神盯着我。我让她盖上被子躺好，告诉她我马上就回来，要她乖乖地等我，然后离开了她的房间。我要去的自然是巫神堂。

我一开始考虑过直接穿过主屋。既然家里人都出门了，那走主屋是最快的。但马上又想到阿辰和阿吉可能会留在家里，于是决定走回我来的那条路上。

我从别屋的檐廊出去后，沿着内院的角落去到穿廊。仔细观察四周的情况之后，脱掉鞋子爬上走廊的北端。正要打开巫神堂板门的时候，看到了左手边等候室的门。突然意识到，先躲进那间小房间，观察巫神堂里的情况，或许比直接进去更好。

我轻手轻脚地打开板门，溜进了如同昏暗地窖的空间。等眼睛适应黑暗后，开始观察四周。

这是一个铺着榻榻米的房间，面积约四畳半，里面空荡荡的。西侧的木板墙上有扇格子窗，而自己进来的木板门在东侧，墙壁前方还有另一扇同样的木板门，除此之外什么都没有，可以说是一个只有四壁的房间。不过一想到那些被附身的人为了请巫女为自己被除凭物，要在这里静静地等待一段时间，我就很不舒服。甚至忍不住幻想，会不会有一部分凭物在人们等待的时候悄悄离开，留在这个地方。就连在天花板和榻榻米的阴暗处也好像有什么东西正在悄悄地窥视着我，只要我一露出破绽，马上就会被附身……类似这种恐惧猛然浮现心头。

（怎么能在这里打退堂鼓？）

我认为此地不宜久留，于是把手放到左手边的板门上，慢慢加大力道，拉出一条细小的缝隙，通过缝隙观察巫神堂内部的动静。

可能是因为格子窗全部紧闭，里面一片漆黑。北侧那个应该是叩拜处的地方，有一个貌似祭坛的东西，能看到的只有那边两根蜡烛的光亮。在等待眼睛适应新的黑暗和蜡烛的光明时，我的注意力一直在背后。我偏偏在这时候想起曾经听人说过，脏东西附到人身上的时候是从后颈进入的，于是不自觉地把双手伸向后颈，用两个手掌按住脖子四周。

（我才不信那种事，只是脖子凉飕飕的而已。）

我特地在心里为自己找借口。

（里面没人啊。）

确认可以进去之后，我很高兴，因为终于可以离开等候室了。但接下来我又迟疑起来，担心自己即将进入的地方，比当前所在的地方可怕数十倍。毕竟这里的氛围再怎么让人不舒服，也不过是巫神堂的附属物，巫神堂才是主体……

（都到这儿了还要回去吗？）

不能在纱雾面前丢脸也是原因之一，但我走进巫神堂黑暗之中的主要理由，是被潜藏在那黑暗中的秘密所吸引。

打开等候室的板门后，我进入被除所。这是一个宽敞的空间，面积约占巫神堂的三分之二，地上铺设着木板。巫神堂内部共分为两个空间，剩下的三分之一空间在北侧，那里是叩拜处，比被除所高十几厘米，中央约五分之三的面积被祭坛占据。

我留心着脚下，谨慎地来到被除所正中央，反复查看巫神堂的四角，每当目光即将飘向祭坛的时候都会刻意移开。听纱雾说进行祈祷或被除凭物的时候，黑子会在那些角落里等待。说不定又雾奶奶会盼

如厌魅附体之物
MAJIMONO NO GOTOKI TSUKU MONO

咐他在这里看着。虽然在等候室观察的时候没看到任何人，但仅凭蜡烛的光亮无法看清每一处。何况那家伙一身黑衣，可以和黑暗融为一体。万一黑子真的在这里，虽然很遗憾，但我也只能在他通知叉雾奶奶之前回纱雾那里了。如果搬出纱雾的名字求他，他倒是有可能不去告密……

黑子来我们村里应该是在我上小学那年，但我们之间没有交集。只是我认识了上小学的纱雾，去她房间玩的时候，和黑子混了个脸熟。他不仅遮住了脸，而且还有语言障碍，但却成功融入了神神栉村和谽呀治家。就连对人爱搭不理的莲次郎，在村里遇到黑子的时候都会搭话，黑子应该有种与生俱来的特殊能力吧。但对黑子而言，除了山神之外，最重要的肯定是叉雾奶奶，所以即便纱雾的面子有用，也要尽量不被他发现。

好在四角和其他地方都不见黑子的身影，于是我朝叩拜处走去。听说平时叩拜处正面和左右两边有帘子挡着，但现在正面的帘子卷了起来，可以看到暗处的祭坛和敬奉的各类生活用品。中央自然供奉着案山子大人，它给人一种不容忽视的感觉，那种强烈的感觉足以让人生畏。但最醒目的是横放在祭坛前台子上的小棺材。棺材中央放着两把割草的镰刀，镰刀的刀刃重叠在一起，形成一个"X"形。立在两侧的烛台上点着蜡烛，镰刀在烛光中泛着令人毛骨悚然的寒光。

（摆成"X"形的镰刀是驱邪的吧。）

人们认为没了灵魂的遗体是空的容器，邪物（最坏的情况下是厌魅）会进入其中。摆在棺材上的镰刀是用来防止那些邪物靠近的。对于了解这一带丧葬仪式的人而言，这一幕不算稀奇，但不知道为什么，我却觉得自己看到的好像是噩梦中的一幕。纯粹用于驱邪的镰刀看上去就像沾血的不祥凶器，我不受控制地猜想，那两把镰刀上分别沾着纱雾和小雾身上涌出的鲜血。

（先不提小雾，纱雾可没有流血。）

我边提醒自己，边轻轻摇头。如果要打开棺材看内部，就必须拿开镰刀。好在棺材盖还没被钉死，现在还能打开棺材。只是，那两把镰刀实在是太碍事了，要是直接掀动棺材盖的话，搞不好会掉在地上，发出声音来，所以最好先把镰刀移走。把为了驱避厌魅特意放在棺材上的驱邪镰刀拿开的话……

（驱……驱邪只是迷信而已……）

早在那时候我就认为凭物信仰大有问题了，眼前的镰刀也一样被我当成了迷信，于是我鼓起勇气伸出了右手……但在抓住一把镰刀的刀柄时，刀刃与刀刃摩擦发出了令人生厌的声音。就像是用指甲刮擦玻璃，会让人产生生理性的厌恶。这虽然是我弄出来的声响，但却被吓得浑身发抖，不自觉地缩回了手。

因为那种令人生厌的声音，听上去就像在警告我决不能动镰刀，无论如何都不能破坏驱邪的布置……

（现在该怎么办……）

我有种被逼到绝境的感觉。打开棺材一探究竟的想法占据了我的大脑，放弃的念头根本挤不进去。可我虽然认为驱邪镰刀是迷信，但却早已失去把它拿开的勇气。

（对、对了，既然不方便掀开盖子，那就慢慢地把盖子往旁边挪。这样一来，镰刀不会掉，也就没必要拿开了。）

这个办法既不用破坏驱邪的布置，又能看到尸体，简直一箭双雕。虽然不合时宜，但我心里有些得意。

我迅速把双手伸向棺材盖边缘，接着便僵住了，因为我听到了喀喊喀喊喀喊的奇怪声音。于是我一动不动地倾听，再次响起的声音是从我身旁发出来的，我立刻明白了那声音的来源。

驱邪镰刀的刀刃在振动，互相碰撞发出了声音……

我盯着眼前微微振动的镰刀，心想一定是哪里搞错了，紧接着又认为肯定是刚刚发生了地震。然而，接着棺材盖发出了喀喊喀喊的响声，我顿时被吓得浑身发抖，感觉心脏差点停止了跳动，等回过神来的时候已经一屁股坐在了地上。这就是所谓的被吓软了腿吧。

（邪物钻进尸体了……）

我完全没心思考虑这是不是迷信了。虽然只有一点点，但我毕竟还是碰过驱邪镰刀，所以小雾的尸体肯定就快从棺材里起来了。我对此深信不疑，浑身发抖。

棺材盖和镰刀突然不动了。响声应该只持续了短短几秒，但随之而来的寂静却无比瘆人。这种安静明明和我刚进巫神堂时的安静无异，可我却感觉有种比之前深沉浓厚数倍的、令人厌恶的无声黑暗，正从祓除所往巫神堂内部扩散。

咚、咚、咚……

没过多久，一个声音打破寂静，在黑暗中回荡，好像是敲击声。声音来自我眼前的棺材内部……

我吓得几乎要尿裤子了。为什么棺材里会传出响声？想到其中的缘由，我差点发出了惨叫。万一看到有东西推开棺材盖从里面出来，我肯定会被吓到失禁,并惊声尖叫,估计余生都要在关精神病人的禁闭室里度过了。

不知这算不算幸运,除了咚、咚、咚的奇怪响声断断续续之外,没有发生其他怪事的迹象。棺材里传出的敲击声自然是无比恐怖,但在那无规律的重复声响中,我渐渐恢复了平静。这时我才想到小雾死而复生的可能性,应该比尸体被邪物占据的可能性大得多。倒不是说这样就不可怕。已经死掉的人复活——光是在脑中想象具体画面,我就不寒而栗。

大概是因为我无意识地想离棺材远点吧,我当时保持着瘫坐在地的状态,上半身不自然地后仰。于是,我把头凑向棺材侧面并呼唤了一声:"是……是……是小雾吗?"

我本想以正常的音量叫她,可实际发出的却是耳语般的嘶哑声音,连我自己都非常意外。

我说完后,棺材中传出了声响……

咚、咚、咚……

这敲击声仿佛是对我的回答。虽然声音比之前微弱,但我感觉这明显是在回应我的话。

"真……真的是小雾吗?你……还……还活着吗?"

我产生了一种由恐惧与惊愕混杂而成的兴奋感,反射性地站起身,将双手伸向棺材盖,就在这时,右手边的暗处传出了声音。那是叫喊的声音,但是沉闷不清,听不出说的是什么。我心中只剩担忧,生怕被人发现。

短暂的愣神之后,我迅速钻到棺材下面。准确地说是放棺材的

如厌魅附体之物
MAJIMONO NO GOTOKI TSUKU MONO

台子下面。那是我视线范围内，唯一一个可以藏人的地方。在我几乎完全藏到棺材下面的时候，刚才传来声音的方向传来了板门打开的声音，这时我可以肯定自己听到的是叉雾奶奶的声音。她好像在对僻静小屋那边的黑子下达指示。但我完全没心思去听她说的话，只是在台子下缩着身体，一门心思地祈祷不要被发现。

"太慢了……"

叉雾奶奶嘟囔的声音在身边响起，我险些发出"啊"的叫声。看来我光顾着把自己藏好，没注意到她早已到了祭坛附近。

"到底在磨蹭什么啊？送船仪式结束后，村里人就要回家了，到那时就不好办了……"

根据她的自言自语，我判断来帮忙出殡的佃户家的人就快来了。一般来说抬棺需要四个人，但死者是个孩子的话，可能两个人就够。这情况毕竟特殊，知道的人肯定是越少越好，就算是信得过的佃户也应该尽量瞒着。

不过对我来说，这时候来几个人都无所谓。不管怎样，很快就有至少两个成年人进入巫神堂。到时候可能会多点几根蜡烛。不，就算抬棺的时候和现在一样暗，我也会在棺材被抬起来的时候暴露。

（棺材……小雾……）

这时我终于想到必须把小雾还活着的事告诉叉雾奶奶，因为这事只有我一个人知道。但我既不敢动，也不敢出声，大概是因为从小就害怕她吧。不，我想更重要的原因是那地方的诡异氛围让我无法开口。这不是受氛围影响，而是我察觉到了某些信息。我的本能不停地低语："闭上嘴，绝不能说话，隐藏好，绝不能被发现。"

可是小雾怎么办？要是我不说，万一叉雾奶奶和后面来的人没发现，那就要出大事了。

咚、咚……

正上方响起了声音。我听出来了，那是敲击棺材底部的声音。我猜是小雾知道我钻到下面，于是改变了敲击的位置。

（要是叉雾奶奶听到这声音……）

我在想是不是我也敲敲底部，吸引叉雾奶奶的注意。但要是棺材底下一直有声响，搞不好她会探头来看。也就是说我迟早要换个地方躲。但往外爬肯定不行，棺材的左右两边有烛台，没办法借着黑暗躲藏。正面当然更不行了。这么一来，我唯一的出路就是往后面的祭坛下面钻。

我悄无声息地调转方向，凝视着祭坛下方。棺材和祭坛之间虽然有一点距离，但我看到案山子大人的蓑衣下摆就在旁边。两侧的光线太暗，看不清情况，但我估计应该没有可以藏身的缝隙。

（这下子要完蛋了吗……）

我绝望得差点发出呻吟，急忙再次观察祭坛下方。

（或许可以从案山子大人的蓑衣下钻过去。）

蓑衣是用稻草和蓑衣草做成的，所以应该可以钻过去。如果祭坛的构造和雏坛一样的话，内部就有可能是中空的。要想摆脱现在的困境，就只能从案山子大人蓑衣的下摆钻过去，进入祭坛内部。这是唯一的办法。但问题在于我能不能做到，虽说只是蓑衣下摆，但毕竟要钻进案山子大人内部，而且偏偏是供奉在巫神堂的那尊案山子大人。

只要是神神栉村土生土长的人，不管是白还是黑，案山子大人在他们心里都有非常特殊的地位。有人因为信仰，有人因为敬畏，有人因为恐惧，理由各不相同，但不变的是每个人都不敢亵渎案山子大人。偏偏要从案山子大人脚下钻过去，我能做到吗……

咚、咚、咚……

头上再次想起了敲击声，如同在催促我下定决心一般。这是到现在为止最大声的一次。一想到叉雾奶奶可能会听到，我立刻朝案山子大人脚下爬去。脑袋钻进蓑衣的一瞬间，我不由得屏住了呼吸。我担心在扒开蓑衣之后被墙挡住去路，但好在最后成功钻到了祭坛正下方。

（得救了……）

我舒了一口气，不过现在还不能放松。必须在不暴露自己的情况下，让叉雾奶奶知道棺材里发生的奇迹才行。

我在漆黑的环境里摸索着确认四周的立柱和横木的位置，发现这里的空间足够小孩藏身，于是换成蹲姿原路返回，再次把头钻进蓑衣，屏住呼吸，透过稻草和蓑衣草的缝隙抬头看向棺材。我不禁倒吸了一口凉气，接着险些叫出声来。

惨白的手指正蠕动着试图往外攀……

我当时是蹲着往上看，所以不清楚实际情况，估计她正从内部一点一点把棺材盖挪开，把手指从那狭窄的缝隙里伸了出来。

（看样子叉雾奶奶也会注意到。就算她没发现，来帮忙的人也一定会看到。）

毕竟棺材盖还没钉死，那些佃户不管愿不愿意都会看到。我终于放下心来，想着接下来只要溜出去就行了。这时，我听到了疑似驱邪镰刀振动的声响，接着整个棺材盖都被掀了起来。

（啊……）

我很吃惊，没想到小雾居然想要靠自己的力量爬出来，但紧接着我就看到了抓着棺材盖一端的右手，那好像是叉雾奶奶的手。

（她注意到了！）

但我的欣喜只持续了短短的一瞬间。叉雾奶奶的右手正在把棺材盖往原位移，难以置信的是，她就那么粗暴地盖上了棺材盖。动作之粗鲁，仿佛是要把从棺材里伸出来求救的手指碾碎一样……

（怎……怎……怎……怎么回事？这是什么情况？）

我完全搞不懂眼前这一幕，脑中一片混乱。然而，那只是开端，叉雾奶奶接下来的话让我更加混乱，莫大的恐惧令我的后颈冒出了鸡皮疙瘩。

"这孩子真是执拗啊。还没死透吗？都说了，这么光荣的事在村里可不常有啊。"

叉雾奶奶知道小雾其实没死？可她还想把小雾下葬，所以葬礼才办得如此隐秘？但她为什么要这么做？小雾不是最让她自豪的吗？她对小雾的疼爱不是对纱雾的好几倍吗？可是为什么？在这巫神堂里正在发生什么事？

我被吓坏了，仿佛脑袋都要裂开了。这冲击太大了。但我忽然想起了两天前的事。

"小雾变成案山子大人了……"

想到村里的流言，我感觉自己好像有点明白眼前这离奇的事情是怎么回事了。但这个发现令我颤抖得更厉害。

叉雾奶奶确实对小雾特别好。对她来说，小雾应该是村子里最高贵的人。小雾在九供仪式中变成了山神。叉雾奶奶肯定非常高兴，因为对她而言山神比小雾更尊贵。

可是小雾偏偏活过来了。正常情况下发现已经死掉的人其实没死，是一件令人喜出望外的事，但叉雾奶奶不一样，估计她很失望。不，不仅仅是因为失望。现在小雾变成案山子大人的事已经传遍了整个村子。这事涉及谽呀治家以及上屋的面子。最重要的是，她自己也希望新的案山子大人是继承自己血脉的孙女。所以无论如何她都不希望小雾活过来……

叉雾奶奶恐怕是熬了什么药给小雾喝。虽然不清楚那是致死的毒药还是让人无法行动的药，但那药肯定没有完全生效。所以小雾在棺材里恢复了意识，向外面的我——也许她只知道外面的人不是叉雾奶奶——发出了求救的信号。

我终于想明白在这之前发生了多么可怕的事。

"巫女大人，迟到了这么久，非常抱歉。多花了点时间才溜出来……"

穿廊的板门发出打开的响声，外面的光线射进巫神堂，一个粗犷的男性声音响了起来。接着板门被关上，阳光消失，黑暗中突然出现了两个来帮忙的佃户男丁。

事已至此，能指望的只有这两人了。我认为，就算他们是上屋的佃户，也不可能在明知孩子还活着的情况下把棺材关上。然而，我太天真了……

"嗯，辛苦了。那么……"

叉雾奶奶先给他们讲了接下来的安排，然后告诫，不，是用极具压迫的威胁语气说，他们要是敢把今天的事情透露半个字，就让他们家直到孙子辈都受到诅咒。

应该没有村民在受到叉雾奶奶如此可怕的威胁后，还敢反抗她。我只是在一旁听到都被吓得不轻，不由得浑身发抖。直到今天我都不敢对任何人提起这段经历，可见我的恐惧有多深……

为了那两个男人的名声，我要补充一下，他们在巫神堂里的时候，没有发生过能引起他们注意的异常情况，比如从棺材中发出响声之类的。不过那两人就算在路上察觉自己抬的棺材里有异常，也不会向叉雾奶奶报告，他们应该没蠢到那个地步……因为他们已经在巫神堂里受到过这方面的威胁，这足以让他们闭嘴……

问题是我……到头来我什么都没做到。我透过案山子大人的蓑衣缝隙，默不作声地看着他们把棺材盖钉死，然后把棺材抬出巫神堂，整个过程我没有任何举动。我眼睁睁地看着小雾被杀害。

为了舒呀治家传统的九供仪式，小雾就这么硬生生地被活埋了……

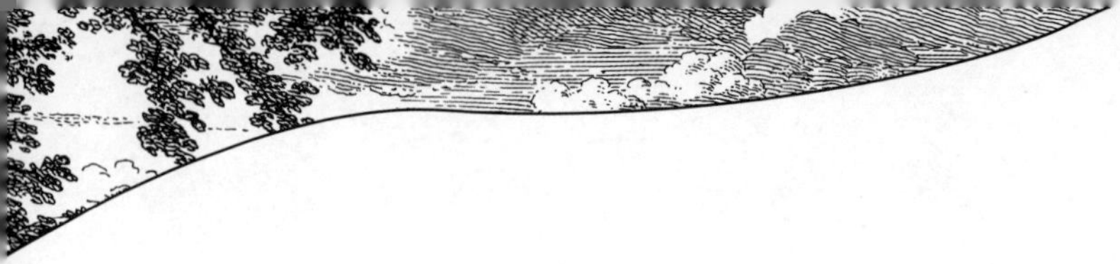

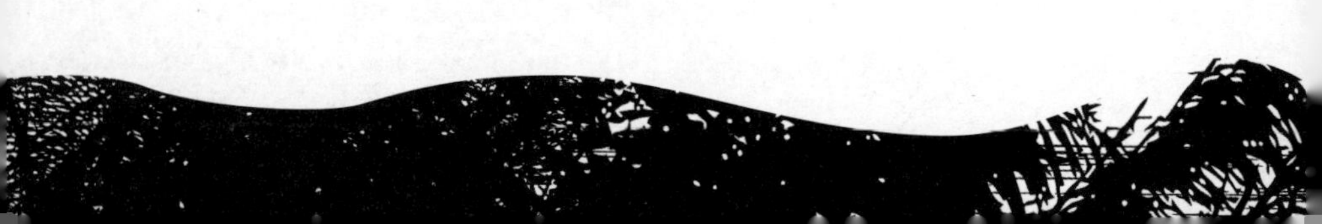

伍

上屋的客房

胜虎溺死的尸体被发现的那天夜里，国治、绢子、勇三人避开他人的耳目，进入了客房。

每人进入房间的时间都隔了几分钟，像是有意错开的。毕竟他们在上午和傍晚的时刻，都曾经原班人马聚集在同一个房间里，这种程度的留心也算是理所当然的。之前两次虽然也都提防被人看到，但他们是一同进出的。胜虎虽然是个靠不住的年长者，但毕竟是个带头的，无人指挥的影响在意想不到的地方体现了出来。

不过从三人以国治为中心，一天进行三次密谈，就能看出他们现在有多绝望。第一次密谈是国治告诉后两人昨天傍晚发生的，也就是他和胜虎去绯还川上游渡口的事，找他们商量该怎么办。最后三人决定不告诉警察，包括之前在星期天的谈话也不说。第二次密谈是在警察的调查结束之后，他们分别说了自己被问了什么，以及如何回答，这是为了确认是否有人背叛。这两次都是为了消除国治个人的不安，所以他带头召集另外两人是再正常不过了。

但第三次不同。此时针对包括用人在内的谺呀治家全体人员的调查取证都已结束，晚饭也已吃过，情况不再那么混乱，警察对众人的态度、对案件的看法、侦查的方向等详细情况渐渐明朗。恐怕这三人都陷入了莫大的不安之中，所以他们默契地进行了第三次碰头。从三人到齐之后，国治始终一言不发就能看出来。顺带一提，他从早上到

伍　上屋的客房

现在一次也没回过中屋，一直留在上屋里。虽说是因为有警方调查，但主要是不希望这三人之中只有自己一人离开上屋吧。

第一个进入客房的是国治。他拿着像是路上弄到的大酒壶和茶杯，毫不犹豫地取代胜虎，坐到了壁龛前的位置上。接着，比国治年长的上屋家主勇出现了，他对小舅子轻轻颔首，老老实实地坐到了对面的位置，什么也没说。国治没有停下倒酒的动作，只是轻轻颔首回应。不久之后，啜饮的声音在客房中回荡，让本就冷清的房间显得更加寂寥。最后到的绢子在进房间的时候似乎想说点什么，可能是受那两人氛围的影响，最后只是默默地坐到了哥哥身旁。

谁也没说话，只有时间在客房里流逝。

"大师好像来了……"

过了一会儿，绢子出言试探两位男性的反应。估计是想起自己在来客房前看到泰然，于是提了个无关紧要的话题。

"哼……"

但她左侧的哥哥只是哼了一声。

"遗体还没领回来就来了……"

左前方的勇有气无力地嘟囔了一句之后就没了下文。绢子见姐夫还算肯搭腔，便说："就是啊，按说这时候早该送到了，是吧？"

"嗯……不过警方说过会比原计划晚一些。但没有遗体的话，泰然住持那么早来也没用，真是对不住他啊。"

"不过姐夫，为什么我们家非得为那个山伏处理后事不可？如果人是我大姐早雾杀的，那给他处理后事也就罢了；可是舅舅也出了事，早雾大姐应该没嫌疑了吧？可为什么……"

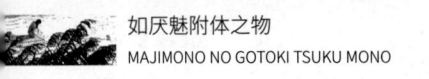

也许是因为勇的正面回答助长了绢子的不满,她发起了牢骚。

"由我们上屋为他处理后事是岳母的决定。而且当时早雾大姐的嫌疑最大,再加上膳德和尚暂住在上屋,是岳母的客人。"

"既然这样,那至少安排去巫神堂守灵吧。又不是我们家的人,为什么非得把遗体摆到主屋的房间不可?"

"我理解你的心情……但巫神堂不太合适啊。再怎么说那里也是犯罪现场——不,应该说陈尸现场,所以在那里终究不妥。"

"姐夫,我们现在对警察说我们家没办法处理怎么样?反正我妈不会参加守灵和葬礼,不会穿帮的。"

"根据警方的话推测,正因为他们之前认为早雾大姐是凶手,所以才早早完成膳德和尚的尸检,今晚把尸体送到我们家。"

"这么说来,他们说不定会把尸体运回去重新检查一遍。如果真是这样,姐夫你可得和警察说清楚,我们家不给他处理后事哟。"

绢子用强硬的语气逼迫,勇很是惊讶,但没有给出任何反应。

"处理不处理无所谓吧?反正我们要为舅舅守灵、办葬礼,多一个人也没什么大不了的。"

国治终于开口了,他之前一直默默重复倒酒、喝酒的动作。

"哥,你怎么把舅舅说得和那个来历不明的山伏一样,他可是个冒牌货啊……"

"反正都是死人了,没区别。还是多担心担心活着的自己吧。"

"这话什么意思?"

绢子不安地询问道。虽然国治语气粗鲁,但能感觉到话里带着怯意。绢子似乎也听出了不对劲。

"虽然舅舅说只是巧合,但我还是放不下心。我们不是从星期天傍晚到晚上一直在内室里谈那件事吗?山伏也参与了进来。结果第二天早上就出了事了。"

"那是因为他想对纱雾乱来,所以早雾大姐才会……"

"那你的意思是说,舅舅遇到那种事也是因为早雾大姐吗?"

"我可没这么说。我只是……欸,哥,这么说来,你觉得他们两个是被同一个人给……"

"正常都会往那个方向想吧?"

"而且你认为他们被杀是因为星期天的谈话?"听到小舅子的回答之后,勇接着问道。

"如果只死了膳德和尚一个,那确实可能是巧合,可是连舅舅也死了,而且死状一样。要说他们的共同点,就是那次谈话了吧?"

"可到底是什么人干的……不,内室的谈话应该不会被人听到……"

"既然我们的谈话被那个山伏听到了,那么多被一两个人听到也不足为奇吧……"

"哥,会不会是黑子?那家伙别说是在家里了,连在村里都和猫一样,来去一点动静都没有。那个内室以前不是当茶室用的吗?壁龛侧面有茶室那种格子窗。窗外就是院子,万一黑子躲在那里……"

"可是,如果是被黑子听到,那事情应该是传到我岳母耳中。先不说膳德和尚那个外人,胜虎舅舅可是她的亲弟弟啊,应该不至于……"

勇对小姨子摇头,表示这不可能。国治见状突然把身子往前探,然后伸手指着自己的脑袋说："我妈这里肯定不正常。她看重的是谺呀治家，而长年供奉山神大人的上屋的存续更是重中之重。"

"可是，哥，不可能是咱妈吧……再说，她不是从星期一早上开始就一直卧床不起吗？"

"动手的人当然是黑子啊。但那是咱妈的命令。"国治拿起茶杯一饮而尽，然后用肯定的语气说道，接着又补充了一句更让勇和绢子震惊的话，"不过神栉家比咱妈更可疑。"

"神栉家？可是国治，他们家的涟三郎和我们站在同一边吧？而且很难想象神栉家的人会知道那件事……还是说，那件事已经有了具体的进展？"

"不是，还没进展。现在山伏出了事，不是谈那件事的时候。"

"那就更不可能是他们了……"

"姐夫，你没见过神栉家的莲次郎和黑子混在一起吗？"

"莲次郎？这事我还真不知道。"

"啊，我见过，但只有一次。我当时还纳闷呢，这两人居然会混在一起，太奇怪了。虽说两个都是怪人，应该很合得来，但莲次郎特别讨厌凭物家族。他居然会和黑子在一起，实在让人意外……不过我记得莲次郎上了大学之后就一直没回来吧？"绢子说道。

"我的意思是，如果黑子和莲次郎有来往的话，那他和神栉家的其他人会不会也有关系？"

"你是说黑子把那事告诉了神栉家的人？应该不会吧。他对岳母可是忠心耿耿的啊。"

"姐夫，正因为他对咱妈忠心，所以才会这么做。对咱妈来说，这可是个一箭双雕的好事。只要能通过黑子借神栉家的人之手阻止想办成那件事的人，那谘呀治家就高枕无忧了，就算凶手被警察抓住也没关系，只要凶手是神栉家的人，连大神屋在村里的地位也会动摇。你说是不是？"

"嗯……会那么顺利吗……可是……等一下，万一事情真是这样，那凶手接连杀害膳德和尚和胜虎舅舅，是为了先除掉我们之中的智囊吗？"

"欸，姐夫，你的意思是……凶手想除掉我们所有人……"

绢子说话时先看了看勇，然后又转向了国治。国治应该知道自己的妹妹正盯着自己，但他只是慢悠悠地拿着酒壶往茶杯里倒，完全没有答话的意思。绢子似乎终于忍不住了。

"哥！昨天傍晚你和舅舅去渡口的路上，真的一个人都没看到吗？舅舅真的没告诉你他要见什么人吗？你好好想想还有没有别的线索。"

"你好烦！我不是说过好几遍了吗？我们一个人都没看到，舅舅什么都没告诉我。他只说那是我意想不到的人，我知道了一定会大吃一惊，他只透露了这么多……"

"从胜虎舅舅的说法看，还是神栉家的人比较可疑吧……"

"是啊。弄出那么离奇的死状也是为了让人认为凶手是谘呀治家的人，这样是不是就说得通了？"

勇和国治一起点了点头，绢子则嘟囔了一句："舅舅口中的'意想不到'说不定反而是指我们家的人……"

话音刚落，客房里一片安静。三人不约而同地陷入了沉默。肯定每个人都如堕五里雾中,不安疯狂滋生,四周草木皆兵。只有沉闷寂静的时间在流逝。

过了一会儿,勇用故作镇静的声音说道:"回到刚才绢子问的问题,国治,你认为我们也会有生命危险吗?"

国治的肩膀猛地一抽。接着酒壶和茶杯互相碰撞发出一阵喀喊喀喊喀喊的刺耳响声,他好不容易把酒放到嘴边之后说道:"姐夫,绢子,我再强调一次:咱们可是约好了,那件事绝对不能说,不只不能告诉警察,对其他人也不能说。"

"可是……如果连我们也有危险,那干脆告诉……"

"蠢货!要是告诉警察,我们的危险反而更大吧?"

"是……是吗……"

"最好的办法是闭紧嘴巴,静观其变。当然了,那件事也要当作没发生过。什么都不能说,什么都不能做。这段时间最好连家门都不出。总而言之,要当作什么事都没发生过。只要凶手知道我们不会有任何具体的言行,应该也不会多此一举。"

"你这话也有道理。但绢子的担心也可以理解,毕竟警察正在拼命寻找膳德和尚和胜虎舅舅的共同点。如果我们提供线索,或许警察很快就能抓住凶手……"

"姐夫,之后的事也得考虑啊。"国治摇着头并重重地叹了口气,一副操碎了心的模样,"要是我们的打算被其他人知道,以后还有什么脸在谺呀治家、在这个村子待下去?如果是暗中促成涟三郎和纱雾的婚事,并在这个过程中慢慢争取更多人的支持,在时机成熟的时候公之于众那还好,但要是什么都没开始就把计划说出来,和要我们的命有什么区别？绢子，你已经被赶出老公家了，还想再被赶出这个家吗？"

这番话击垮了勇和绢子，两人都低着头一言不发。

"既然这样，那当作什么都没发生过才是最好的，是吧？"

"放任凶手逍遥法外也没关系？"

"那个山伏倒是死有余辜，可舅舅死得太冤了，但我们还能怎么样？再说了，有没有凶手还是个问题，这事真的是人类干的吗……"

"欸，国治，你这话什么意思……"

"哥，我们刚才还说黑子偷听到我们的谈话，把事情告诉了其他人，你不是也赞成这个说法吗？"

勇和绢子几乎在同一时间进行追问。而国治则缩了缩脖子，默默地喝着酒。过了一会儿，他低声自语般地说："你们不觉得诡异吗……"

"你是指两人的死状吗？可你刚才不是说那是为了让人以为苕呀治家的人是凶手吗？那是为了让别人以为是我们家内部的问题，所以才……咦……"

勇难得表现得那么积极，但话说到一半突然变得语焉不详。绢子接在他后面说道："我搞不懂太复杂的事，不过总觉得不对劲。如果是我妈命令黑子杀人，那应该不会把人打扮成案山子大人的样子。也许她脑子是有点不正常，但她的信仰非常虔诚，只有到咽气才会消失。就算她利用神栉家的人杀人，也不应该让苕呀治家受到怀疑，这太不合常理了……"

"是啊。换个角度想，如果这事和岳母毫无关系，纯粹是神栉家的人一手策划，那黑子也不会帮他们干那种事。不管是哪种可能性，都有说不通的地方。"

绢子和勇对望了一眼，然后看向国治，同时开了口。

"国治，你是在我们讨论的时候发现了这个矛盾吗？"

"哥，这么说来，那两人的死就和星期天的谈话没有任何关系了，对吧？"

然而，国治闻言却摇了摇头。那不像在否定什么，更像在感慨自己什么都不知道。

"我是听你们说了之后才发现那个矛盾的。至于和那次谈话有没有关系，我认为有。不过这已经不重要了。我想说的只有一点，我们就当一切都没发生过吧。"

"这一点我和绢子都明白，不会说的，可是你好像在担心别的事。不妨说来听听，我们不会往外说的……"

勇看向了小姨子，像在等她表态。绢子也立刻点头，然后把整个身子转向了自己哥哥那边，似乎想催哥哥开口。国治来回看了那两人一阵，然后把酒壶整个倒竖起来，一口气喝光了剩下的酒。

"当时那个渡口……有什么……"

"欸……可是哥，你不是说一个人也没有吗？"

绢子忍不住追问，但见姐夫蹙眉摇头，似乎懂了什么，赶紧闭上了嘴。不过国治好像没注意到那两人的交流。

"嗯，我想当时那里一个人都没有，因为我查看过四周。但是，的确有什么东西在那里。事后我每次想起当时的状况，每次想起那里的气氛，都忍不住会有这种感觉。"

国治用害怕的语气说道。他拿着刚喝的空酒壶倒着酒，完全没注意到里面已经一滴也没有了。

"难……难道你想说是非人之物等来历不明的东西杀了那两人？如果是这样，那为什么还要把事情扯到岳母大人跟神栉家头上……"

"总而言之，我只想当那事没发生过。只是我觉得就算我说了，你们也不会信……"

"因为乱说话可能会被凶手杀掉——你认为这种现实的说法比较容易被我们接受，是吗？确实是这样……"

勇频频点头，好像明白了小舅子的意图。但绢子的表现截然相反，她沉默地低下了头。勇惊讶地看着小姨子说："总之我们权当无事发生，你们两个都没问题吧？以后我们三人别再碰头了。既然那件事没发生过，那以后也不需要商量什么了。要是继续碰头，搞不好会引起家里人的怀疑。"

"是……是啊。就这样吧。那个星期天的晚上，我们本来就不该聚在内室讨论那件事……"

国治对姐夫的话表示赞同。

"你们真觉得这事会就这么过去吗……"

绢子说话时依然低着头。

"我也不清楚山伏和舅舅的死到底和那件事有没有关系……但要说他们两人的共同点，也只有那件事了。而我们同样和那件事有关，必须多加小心才行。所以……"

"我明白。"这时绢子抬起头，轮流看着勇和国治的脸，"如果对方是人类，那确实有可能就此停手。如果知道我们会安分，说不定就不管我们了。可万一哥的担心是真的，对方不是人类的话……真的会就此停手吗？"

"这……"

勇想打消小姨子的担心，但却不知道该说什么好。他想把理性主义贯彻到底，但他从小在谽呀治家下屋长大，后来入赘进了上屋，恐怕有许多无法解释的经历，让他一时找不出话来否定小姨子。他在闭上嘴的同时表情也有一点扭曲，也许脑中浮现出了可怕的往事。

"你觉得怎么处理比较好？"国治一动不动地回望着自己的妹妹反问道。

"只能请咱妈祈祷了。村里人不也是这么说的吗？我想光靠大神屋的建男先生进行祓除是不行的。倒不是说没有效果，但我觉得没办法从根本上解决问题。"

"你是说权当无事发生也难逃一劫吗？"

"嗯。如果放着不管，我们当然也会有危险……不过我觉得有危险的不仅仅是我们。"

"你的意思是还包括家里人？"

"我感觉不仅仅是家里人，可能还会危及整个村子，而且会一直持续到送魂仪式结束……"

这次轮到她的话让国治沉默了。他无意识地拿起酒壶，又要往杯子里倒的时候，终于发现酒已经喝完了；于是伴随着一声叹息，再度把酒壶放回桌子上。

"不行啊……根本喝不醉。"国治边嘟囔边开始翻找各个口袋。

"我们不能那么消极，要是什么都不做……"

绢子用强硬的口吻继续说道，也许是觉得哥哥的表现太窝囊吧。

"绢子，话是这么说没错，但是以岳母现在的状态又能做什么呢？而且祈祷又能有多大作用……"

"这只有咱妈才清楚了。总之无论如何都要让上屋的巫女大人帮忙，要不然……"

"你的意思是要把那件事告诉岳母……"

"这……等她问了再说吧……不过姐夫，出人命的事咱妈也知道，所以我们不用多说什么，只要求她进行祈祷就行了。"

这时，有声音从走廊那边传了过来。那声音听起来有些犹豫，不过肯定是纱雾的声音。她那声"打扰了"刚响起来，勇和绢子当即闭上了嘴，正在找东西的国治也僵住了。安静了一会儿之后，勇终于对走廊上的女儿说道：

"什……什么事……"话音刚落门就开了，表情有些僵硬的纱雾走了进来。"哦，已经开始守灵了吗？"勇问完之后又抢先做出回答，并迅速起身。

"没有，还没……"纱雾摇了摇头说道，接下来就没了声音。看来她应该是不愿直接说出曾企图侵犯自己的男人的事吧。

"姐夫，看样子山伏的遗体还没到啊。肯定是在验尸的时候弄得太碎，这会儿正忙着缝起来。"国治完全没察觉到她的心情，一边说着神经大条的话，一边对自己的外甥女招手，"算啦，别管那种人了。纱雾，你来得正是时候，我们正准备喝好东西呢，坐你爸旁边去吧。"

国治说完之后，掏出一个小布袋放到了桌上。但勇和绢子见状，双双倒吸了口凉气。

"那是那个男人的……"

"这不就是从咱妈那儿偷来的——不，按他的说法，这是拿来的饮料粉末。"

两人同时开口，并用责怪的眼神看着国治。但国治却不以为意，他笑着把小茶壶、茶杯等东西准备好。

"有什么关系呢？你们俩也很清楚这东西有多美味吧？"

"不过……不行，不能让纱雾喝。"

"这又不是酒，姐夫，别那么死板嘛……"

国治不当回事似的随口说着，然后麻利地冲泡了四人份的奇怪饮料。

"纱雾，你怎么了？"

绢子问道，她终于注意到，大人这边正闹腾的时候，纱雾保持着踏进客房一两步的状态停住了。

"死掉的两人和你们几人之间究竟发生过什么？"

听到绢子的话后，纱雾逐一看向每一个人，并用缓慢但清晰的口吻质问道，仿佛在说"你们别想糊弄过去"。纱雾对外面的世界几乎一无所知，但口音却比较标准，可能是受父亲的影响吧。

"说……说什么呢？你这孩子……"

勇责备地看向女儿，但反倒被女儿清澈的眼神看得一阵羞愧，心虚地移开了目光。国治装作什么都没听到，把手伸向茶杯，开始啜饮巫女调配的饮料。绢子慌忙模仿自己的哥哥，逃避这尴尬的气氛。然而，他们的逃避毫无作用。

"和胜虎舅公走得比较近的人是国治舅舅和绢子姨妈。"纱雾语气平淡,但却是一副要追问到底的态度,"我们家每个人都知道你们三人以前经常凑到一块。我还听说上个星期天,你们三人在内室和我父亲,还有那个……山伏凑在一起讨论得很起劲。"

"你是听谁说的?"

国治下意识地开口问道,他似乎意识到这个问题等于不打自招,于是立刻闭上了嘴,但还是嘟囔着说:"肯定是阿辰说的。"说不定他之后会去找出告密的人。

但纱雾完全不受舅舅的影响,继续说道:"而且,今天早上和傍晚你们也在这个房间里,像现在这样凑在一起,对吧?当时你们在谈什么?那两人为什么会死?"

"女……女儿,你误会了……我们也不知道是怎么回事……"

"我觉得,恐怕不单单是他们两个,说不定村里也会发生不好的事。"

听到这话,绢子不由得抬起头看向自己的外甥女。应该是因为不久前,她自己也有过同样的担心。不,国治肯定也有这种预感,但他一直顽固地看向别处。

"姨妈,告诉我……"

迅速察觉绢子反应的纱雾,朝自己的姨妈走去。

"喂,绢子!"

国治见自己的妹妹即将坦白,急忙喝止,这时走廊那边传来了敲门声。

"黑子先生?什么事?"

纱雾应答之后，门被打开，黑子出现在了门后。他用动作表示叉雾巫女在找纱雾，但动作还没做完就突然停住了，只见他正凝视着放在桌上的布袋。

"啊，难道那是外祖母的……"

纱雾意识到黑子奇怪的举动意味着什么，于是开口询问，但话还没说完，黑子就嗖一下进入客房，迅速把手伸向了桌上的布袋。

"喂！你干什么？"

半惊半怒的国治也把手伸了出去，即将被黑子抓起的布袋飞向空中，朝勇的方向飞了出去。所有人的目光都随着布袋移动，似乎每个人的注意力都集中在那小小的布袋上。

在这短短数秒的骚动中，一个影子伸了出来。

细细的影子划出了一道轨迹……

那场骚动以黑子从国治手中抢到布袋告终。国治被黑子这个用人的无礼举动激怒了，但纱雾表示布袋是叉雾巫女的所有物，所以他只能不情不愿地作罢。

"哼，算了。反正里面的东西已经被我喝得差不多了，就像这样。"

国治恨恨地说道，然后故意当着黑子的面拿起茶杯一饮而尽。

然而——

"啊……"

数秒之后，国治突然身体前屈，浑身僵硬，紧接着又做出激烈的反应，重复了几次之后突然弯下腰，然后"嘎啊……"一声，发出既像惨叫又像呻吟的声音，同时吐出一堆带血的呕吐物，倒了下去。

纱雾日记节选（五）

　　国治舅舅倒在桌上，酒壶、茶杯、茶壶四处飞散，刺耳的声响在客房中回荡，接着，便是一片令人胆战心惊的寂静。所有人都当场僵住。每个人都倒吸了一口凉气，一句话都没有说。客房里静得吓人，刚才的骚动就像完全没发生过一样。

　　可是我却觉得房间里十分吵闹，仿佛听到了哄笑的声音。那像是嗤笑声，好像在嘲笑我们所有人，令人非常厌恶……那声音让我产生了耳鸣，感觉脑子一片空白。不过我不知道是不是只有我一个人有这种感觉……

　　"得、得、得去叫当麻谷医生……不、不，先叫大垣医生……但、但、但是，当麻谷医生也要叫……"

　　不久之后，我父亲开始不停重复这段话。然后绢子姨妈发出了惨叫，并慌慌张张地逃出了客房。这时，最早主张要叫医生的父亲也回过神来，急忙离开了房间。我想起了黑子先生，于是转头看去，发现他已经不见了。我想他肯定是回僻静小屋通知外祖母了。想到这里，我突然害怕自己一个人留在这里。等反应过来的时候，我已经冲出了客房，正在去巫神堂的路上。

　　我走上叩拜处，坐到祭坛前的时候，纷乱的心迅速平静了下来。与此同时，一股悔意涌上心头，我不该离开客房的。绢子姨妈逃命似的跑出去，父亲又去叫两位医生，这种情况下我应该留在现场的。

　　我立刻离开巫神堂，沿着穿廊向主屋走去。这时，伫立在客房前的阿辰进入了我的视野。她出现在那里就够让我吃惊的了,可在看到她的表情之后,我的心猛地一紧。因为她的表情很不寻常。如果是偶然从客房前路过的时候,看到了国治舅舅的模样,那自然会被吓得不轻,但我没来由地认为事情没那么简单。

"阿辰……"

我喊她之后,她终于注意到了我,吓得差点跳了起来。但奇怪的是,她摇着头,显得很抗拒,并开始后退。可她的视线依然没有离开舅舅所在的客房。

"怎……怎么了……"

我询问原因,但阿辰只是摇头,我根本搞不清状况。一直在走廊上耗着也不是办法,于是我压抑着巨大的不安,把手伸向只打开一条缝的门。

"……"

我哑口无言,一时无法理解透过门缝看到的景象。可是,我很快就发现,这其实是一件好事。如果我马上理解发生了什么事的话,肯定会发出惨厉的尖叫声吧。还好是透过纵向的细长门缝看到的一点画面,所以我没在第一时间明白那是什么。正因如此,我才没有发出叫声。但我受到的冲击是巨大的,因为我再次往巫神堂逃去……

我看到的国治舅舅不是当时趴在客房桌上的样子,而是一副案山子大人的打扮。是的,舅舅死了,而且和膳德和尚、舅公一样,死时是案山子大人的打扮。

我没有直接感受到那之后出了多大的乱子。后来母亲看到我坐在叩拜处的祭坛前,一直处于类似精神恍惚的状态,我只记得警察问了很多问题。我一直处于朦朦胧胧的状态中,仿佛一切都是个梦,又好像和外界隔着一层半透明的膜。

这种奇怪的感觉一直持续到了第二天,也就是星期三早上。感觉比前一天晚上好了一点,但依然有种睡眠严重不足的感觉。当麻谷医生说我需要安静,让我躺着。但我必须接受警察的调查,即便那只是重复同样的问题……唯一的区别是问话的地点,昨晚在内室,而今天早上是在我的房间。不,我对昨晚的记忆十分模糊,不能断言当时一定是在内室。警察应该反复询问过我三个问题:进入那间客房的顺序、争抢布袋时各人的位置,还有离开客房的顺序及之后的行动。否则我也不会记得这么清楚。

我又睡了一会儿,晚起吃了早饭之后,接受了警察的第三次询问,不过这次简短一点。大概是因为我实在想不出新的细节,并且当麻谷医生也在场。警察前脚刚走,刀城先生和涟哥后脚就来了。虽说有医生陪伴能让我放心不少,但在看到他们的时候,我打心底松了一口气。

他们两人表示了哀悼,并关切地询问我的身体状况。我很清楚那些话都是真心的,但也能肯定最让他们兴奋的是案件本身。这也正常,不怪他们。

"发生了什么事?是在什么状况下发生的?"

所以在刀城先生小心翼翼地询问情况的时候,我也想尽可能把事情说清楚。

"我想你们应该听阿辰说过了吧……"

我打算从对父亲他们混在一起的事产生怀疑开始,将详细情况告诉刀城先生。事实上,这件事我还没对警察说过。并不是我要刻意隐瞒,而是他们马上就接受我是在经过客房前的时候,听到父亲的声音,所以才进去的说法,因此我也就没有主动提起。

然而,当麻谷医生却阻止了正要把这些事情和盘托出的我:"案子的事由我来说吧,我们换个地方谈。"

我明白医生是为我的身体着想,但这样一来那两人留在别屋里的时间就变少了,所以我请医生留在这里说。虽然没告诉其他人,但模糊的记忆让我有些害怕。所以我想听他们三人谈这事,好再次确认实际发生了什么。

医生起初是不同意的,但我保证自己会老老实实地躺在被窝里,不会加入谈话,并说有三个人陪在身边会更安心——即便他们聊的是命案。他听后想了一会儿,说道:"既然这样,那就先不聊案子,大家在这里陪陪你。"

我听后马上摇头,因为留下来聊案子待的时间更长。医生似乎终于理解了我的想法,最终答应了。

"嗯。有病人在,我们最好别聊太有刺激性的话题。"

他还有点不死心,但很快就转换了状态,对另外两人(不过我觉得主要是对刀城先生)说起了昨晚发生的事。

"为了方便理解,我就按时间顺序来说吧。案发现场是客房,昨晚第一个进去的人是国治。顺便说一下,这间客房是上屋西端的三个房间里最北边的一个。第二个进房间的是纱雾的父亲阿勇。根据他的证言,当时是晚上八点十五分左右。阿吉说她在八点前后看到国治在厨房找酒,所以国治应该是在晚上八点到八点十五分之间进入客房的。第三个进房间的是绢子,但她说她不清楚时间。不过阿勇说绢子比他晚了五分钟左右,所以她进入客房的时间应该是晚上八点二十分左右吧。"

"那三人是约好在客房碰面的吗?"

刀城先生提出了一个人人都会有的疑问。

"不是,听说他们没有约好。只是山伏和胜虎先后离奇死亡,警察又来做过调查,家里一度十分混乱,而且那三人早上就在那个房间里碰过头了。据说在胜虎出事之前,他们常去内室,不过在出了人命之后,那里成了警察的侦讯室,所以他们就换了个地方。"

看来父亲和绢子姨妈还没说出他们聚在一起的目的。之所以会承认从早上开始就出入于客房,应该是因为担心除了我之外,还可能被其他人看到。

"听说之后只有国治一个人喝酒,勇和绢子一直没喝,他们三人一直闲聊到了晚上九点多。这时候,这孩子从外面的走廊路过。她当时正要去巫神堂看叉雾老夫人,结果在走廊上听到了她父亲的声音,于是进了客房。刚好在那时候,国治把酒喝完了,正打算用草药调配的粉末冲泡饮料,据说那种粉末状的东西是山伏从叉雾老夫人那儿偷来的。我猜测那种粉末可能是老夫人用巳珠茸煎熬而成的。听说那种菌菇有致幻作用,大概是老夫人加入了其他草根树皮,做成的一种类似兴奋剂的东西吧。用蛇颜草煎熬的宇迦之魂也差不多……"说到这里,当麻谷医生似乎发现自己有点跑题了,"哎呀,这事以后慢慢解释。言归正传,国治正要冲泡巳珠茸饮料的时候,黑子出现了。他当时正要去南边的别屋,也经过这个房间,是叉雾老夫人让他来叫纱雾的。他用肢体动作和文字说，当时客房的推拉门留了一条缝，所以听到了纱雾的声音。具体时间不是很清楚，推测纱雾进入客房大概是在晚上九点五分前后，黑子则是晚上九点十五分左右。"

"麻烦说一下当时所有人的位置。"

刀城先生边说边拿出了笔记本和铅笔。医生接过笔记本和铅笔之后，左手竖拿着笔记本，让我也能看到；右手握着铅笔，画起了简图。

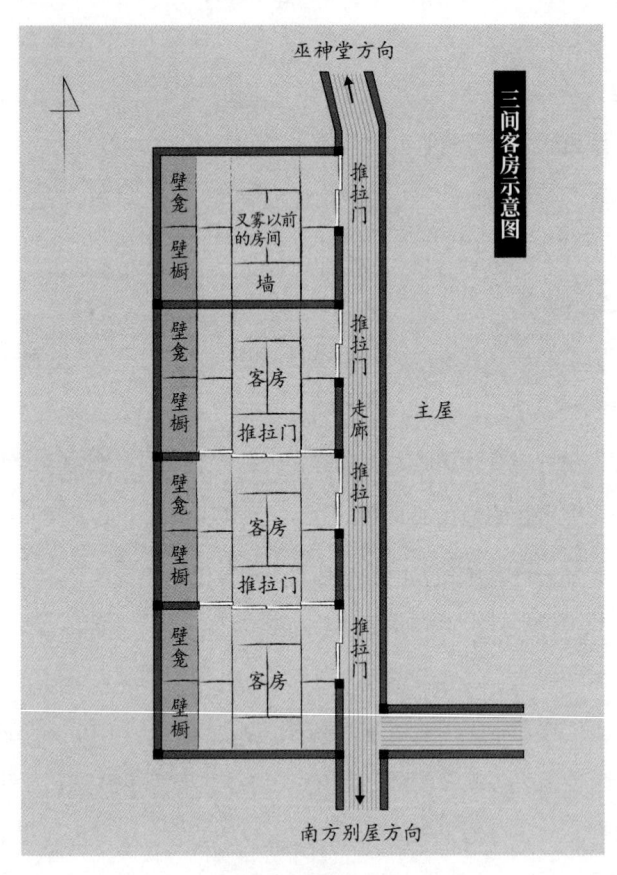

三间客房示意图

"那间客房东侧有走廊和推拉门,西侧靠北是壁龛,靠南是壁橱。北侧是墙,南侧有通往隔壁客房的推拉门。内室也是这个布局,其实日式房间的构造都差不多。桌子摆在西北方向。国治背对壁龛,坐在桌子的这个位置,他的右手边坐着绢子,正对面坐着阿勇。纱雾当时还没坐下,就站在她父亲左手边的空位和面对走廊的那扇推拉门的中间。这时候,刚出现的黑子看到了放在桌上的布袋。这布袋装着巳珠茸和其他东西煎熬而成的粉末,也可以说是容器吧。黑子似乎一眼就认出那是叉雾老夫人的东西,于是想拿回去。"

"当时黑子在……"

"他恰好在阿勇和纱雾中间,当时正在往里冲。但国治没有坐视不理,也伸出手要拿布袋。当时两人都没拿到,布袋朝阿勇的方向飞了过去。黑子抢在阿勇之前拿到了布袋。国治无奈,只好喝下了自己冲泡的类似菌菇茶的东西,几秒之后他就呕吐着倒了下去。"

"有……有检测到毒物吗?"

"检测还没全部结束,不过刚才听警察说,只有国治一个人的茶杯里有疑似毒物的成分。"

"菌菇茶本身是无害的吧?"

"嗯。绢子也喝过同一个茶壶里倒出来的茶,但什么事都没有。而且胜虎、阿勇、国治、绢子、山伏在星期天一起喝过同样的菌菇茶,但没一个人出现过中毒症状,所以那茶和这次的事应该没有关系。"

"你是说,毒物是直接被投入国治先生的茶杯里的?"

虽然刀城先生是以一种询问的方式望着医生,但恐怕他自己也是这么想的。

"毕竟茶壶、其余茶杯、布袋、以及其他任何地方都没有检测出毒物。但如果毒是被直接投入茶杯的，那有机会下毒的人只有坐在被害人对面的阿勇、邻座的绢子和迅速靠近的黑子，虽然黑子在那儿的时间只有短短的一瞬间。至于这孩子，她一直在我刚才说的地方，几乎没动，另外三人也认可这个说法。"

医生看我的眼神很和蔼，就像在看自己的亲孙女一样。此前一直静静听两人讲话的涟哥也露出了松了一口气的表情。

"现在还不知道是这三人中的哪一个，往国治先生的茶杯里下毒的吧？"

"很遗憾，还不知道……不过警方问过在争抢布袋的时候，凶手有没有可能趁乱下毒。他们三人都没有完全否定这种可能性。"

"这么说来，警察可能会严加审问……"

刀城先生没把"那三人"说出口，因为我的父亲也在其中，他考虑到我的感受，所以没把话说完。

"这个嘛，警方自然要把情况问清楚……"只不过，对客房情况如此了解的医生却露出了为难的表情，"不过事情没有那么简单。"

"难道还有其他需要考虑的因素吗？"

"其实有个很大的疑点……"医生的表情凝重，似乎情况很复杂，"我接着说国治倒下后的事。首先是绢子冲出了房间，听说她逃回了自己房间。接着是阿勇，他出去给大垣那个庸医和我打电话。其实有我一个医生就够了，但从爬跛村赶过来毕竟需要时间。阿勇叫大垣是无奈之举啊。那个家伙好像一点用场都没派上，只是干等着我到。"

伍　上屋的客房

"嗯，我想也是。"

刀城先生附和道，他好像不知道该怎么接话，不过似乎已经掌握了和医生相处的诀窍。

"至于黑子，根据绢子的证言，她离开房间的时候黑子已经不见了。据黑子说——应该是通过笔谈吧，他一看到国治倒下，就马上回巫神堂了。这孩子被单独留在房间里了。"

接下来医生按顺序说了我去巫神堂又返回客房，并在途中看到阿辰在走廊上，接着又看到打扮成案山子大人的国治舅舅——不过刀城先生和涟哥对案山子大人的事并不吃惊，似乎已经知道了。

"这里有一个问题，那就是阿辰的证言。她从南边的别屋出来，正要进主屋的时候，看到纱雾从案发现场，也就是那个客房出来。昨晚是山伏的守灵夜，所以几乎人人都穿着丧服，或者类似丧服的黑衣。不过山伏毕竟不是龴呀治家的人，所以不是所有人都穿成那样。纱雾和绢子的衣服很像，晚上的走廊又比较暗，所以阿辰有可能认错她们两人。不过这只是我个人的想法，阿辰说她清清楚楚地看到了纱雾的侧脸，所以应该不会看错吧。而且阿辰看到的人是往巫神堂的方向去的，所以是这个孩子的可能性更大了。"

"阿辰看到的人到底是绢子小姐还是纱雾小姐，是个影响比较大的问题吧？"

刀城先生的声音里明显带着兴奋。涟哥好像也把身子凑了过去，显得很感兴趣。

"阿辰在进主屋的时候看着纱雾消失在穿廊，还看到纱雾出来的那间客房的门留了一条缝。所以就过去，想把门关好……"

"难……难道那时候国治先生已经一身案山子大人的打扮了？"

刀城先生显得更加兴奋，而医生则缓慢而用力地点了点头。

"纱……纱雾小姐……在你离开客房之前，国……国治先生是什么样子……啊，不……不好意思，说好不提这些的……"

刀城先生说到一半发现医生正恶狠狠地盯着自己，于是立刻向我鞠躬道歉。

"舅舅和供奉在壁龛上的案山子大人都还是原来的样子。"

我在被子里直直地看着他，抢在医生制止我之前答道。

"嗯……你们两个都违反约定了哟。"

医生轮番瞪了我和刀城先生一眼，然后恢复了原来的表情，说："由此可见，在纱雾之前离开客房的三人是不可能把国治打扮成案山子大人的。在纱雾离开客房之前，其他人没机会偷偷溜进去，而她离开之后，阿辰一直在走廊上。唯一的空当是阿辰从南边别屋的穿廊靠近主屋的位置，去案发客房的这段时间，所以国治是在这段时间内变成案山子大人的。"

"欸，等一下。可是那三间并排的客房不是只隔着推拉门吗？"

"是的，那三间客房是连通的。"

"既然这样，那如果有人躲在中间的客房里，等纱雾小姐一离开案发的客房，立刻进去把国治先生打扮成案山子大人，并在阿辰往房间里看之前回到之前藏身的客房里，时间够吗？"

"嗯，时间很勉强，不过并非不可能。可是，如果有这么一个人躲在隔壁的客房，那么这个人又是怎么往国治的茶杯里下毒的呢？"

"我能想到的可能性是，下毒的和装扮尸体的不是同一个人……"

伍　上屋的客房

"那山伏和胜虎也是这样吗？"

"如果只有这次是两人作案就不合常理了。可是……嗯……我也不明白。可是只有这个假设才能解释客房的情况。"

"可是刀城先生，那是不可能的。"

"欸……"

"因为阿辰在纱雾回来之前一直都待在走廊上，即使这孩子回来一趟又跑回巫神堂，她也一直在监视走廊上的动静。没多久，阿勇联系完我和大垣之后也回到了那边。听到动静的阿吉和其他用人也都陆续出现。对了，最关键的人物楯胁——也就是爬跛村的驻村警察，胜虎的案子发生之后，他就暂住在上屋了。结果他在关键时刻一点用都没有，听说是最后一批到现场的。不过可能根本没人想到去通知他……不，重点是装扮尸体的人……就算真有这样一个人躲在隔壁客房里，可在装扮完尸体之后也没办法逃离现场。"

我看着正一动不动地倾听医生说明的刀城先生，很明显他正在飞快地转动脑筋。

"如果是这样，那我能想到的解释就只有一种。阿辰看到案发客房里面的情况时，吓得在走廊上后退。装扮尸体的人利用这个时间从中间的客房去到南边的客房。然后那人利用阿辰背对南边客房的机会，也就是她退到中间那个客房前的时候，从南边的客房去走廊，逃进了通往南边别屋的穿廊。这是一次风险极大的赌博，但是在一定程度上，可以确认阿辰在走廊上的大致位置，所以并非完全没有机会。也许装扮尸体的人在布置完案发现场的时候，察觉到有人从走廊的南侧过来。与此同时，也发现客房的门留了一条缝。也有可能一开始那人就知道门没关严，但为了节约时间没有去关，具体情况就不得而知了。总之，那人知道有人看到没关紧的门，可能被吸引到案发现场来。这时候，那人一边注意走廊上的人往北走的动向，一边往南边的第三间客房移动。如果是这样的话，就说得通了。"

现在轮到医生饶有兴致地听着刀城先生的说明，不过他说完之后，医生遗憾地摇头说："为了让你有更深入的了解，我再梳理一次情况，别嫌我啰唆啊。虽然不清楚准确的时间，但时间顺序大概是这样：

"一、阿辰在南边穿廊的一端目击纱雾从案发的客房出来。

"二、阿辰准备进主屋的时候，发现案发客房的推拉门没关严。

"三、阿辰去案发的客房，目击房间内的惨状。

"四、阿辰站在走廊上的时候，去巫神堂的纱雾回来了。

"按照场景来分应该就是以上四个了。"

刀城先生急忙从医生手上拿回笔记，开始写这四个场景。等他写完之后，医生说："这么看来，装扮尸体的人必须在一到三这段时间内进入案发的客房，把国治打扮成案山子大人，然后回到隔壁客房。我们不清楚阿辰在走廊走动所用的准确时间，不过如果动作麻利的话时间勉强够，但在这之后……"

"欸，你是说从三到四的时间很短吗？"

"嗯。逃进巫神堂的纱雾很快就想到不应该离开案发的客房，于是急忙赶了回去。阿辰也说在看到案发客房里的景象之后，没过多久纱雾就再次出现了。装扮尸体的人光是布置现场，时间就已经很紧张了，依我看之后没有时间按照刀城先生说的办法逃离现场。"

"嗯……"

刀城先生陷入了沉思。涟哥犹犹豫豫地开口了。

"我提一个细节。装扮尸体的人在进入案发现场的时候，应该会立刻注意到通往走廊的门没关严。既然注意到了，一般来说会把门关严吧？要是不关，接下来布置现场的时候可能会被人看到。"

回答他的是医生。

"有道理。不过你这假设的前提是下毒和装扮尸体的不是同一个人，我实在没法接受这个假设。"

"因为之前的两个死者都没有双人作案的迹象吗？"

"这也是原因之一。但更重要的是，不管是谁下的毒，抢夺布袋的骚动都是偶然事件，更何况冲泡菌菇茶的还是被害人国治本人。这么看来，凶手根本不可能事先安排布置现场的人在隔壁房间等待。如果说凶手另有安排，就算没有发生争抢布袋的事，也能杀人，那也无法保证事发后其他人都会离开客房。"

"那到底是什么情况？有机会下毒的人是纱雾的父亲、绢子阿姨、黑子这三人，但他们都没办法把国治叔叔打扮成案山子大人。可是下毒的和装扮尸体的不是同一个人又不合常理——这样一来，我就完全搞不懂了。"

涟哥用束手无策般的眼神看着刀城先生。

"和巫神堂那时一样，客房也属于密室的一种，这么说应该没问题，可是……"

刀城先生应了这么一句之后，又摆出了沉思的样子。

"密室吗？我感觉国治的死有点瘆人，这不单单是因为他的死无

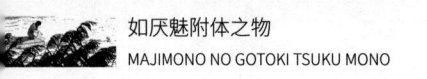

法解释。"医生蹙眉说道。

"我认为密室不是凶手有意制造的。因为案发现场没有完全从内部锁上。单从这点来看，这种密室的构成是十分危险的，可以说是建立在一种非常微妙的平衡上。"刀城先生抬起微微低下的头说道。

"嗯。密室是偶然形成的……你是这个意思吗？"

"是的。不过我总觉得那偶然中有某种邪恶的意志在推动。凶手虽然没有刻意制造密室，但那种邪恶的东西把案发现场变成了一个阴森森的密室……嗯，这种感觉实在难以说明……"

"不不，不说明也没关系，我可以意会。我认为没有共犯也是因为同样的理由，也就是你说的有一种邪恶的意志，把那三人推向死亡的深渊。"

"是案山子大人吗？啊，对……对了！难道国治先生也……"

医生似乎一下就猜出了刀城先生想说什么。

"嗯，没错。他的嘴里也有奇怪的东西。"

"这次是什……什么……"

"是细长的竹条。在国治嘴里发现了用竹条卷了好几圈形成的圆环。"

我是第一次听说这事，所以非常震惊。与此同时，我还感觉到了一股若有若无的寒意，大概是因为完全不知道那意味着什么吧。

"先是梳子，然后是筷子，这次又是竹条吗……"

"这些东西是某种诅咒吗？梳子和筷子都是用树木做成的，但我记得竹子是禾本植物吧？"

"是这样的。虽说它们的共同点是原材料都是取自山上的东西，可是这类东西在村里到处都是。"

"山吗……哥哥山和九供山——不,应该没关系。"

就在刀城先生即将陷入沉思的时候,医生露出为难的表情说道:"有件事我忘记说了,国治不是当场死亡的。所以,刀城先生,你之前说的那种状况,在这次也是有可能的。"

"欸?"

"国治主动服毒,在纱雾离开客房之后,把竹条卷成的环放进自己嘴里,并穿上壁龛的案山子大人的装束,然后才断气——我说的是这种状况。"

取材笔记节选(五)

国治在谺呀治家上屋离奇死亡的消息,在星期二的晚上十点多就传到了神梻家大神屋。此时距离案发才过去四十分钟左右。

那一天,新神屋的建男在这里吃晚饭。刀城言耶说想请教神神梻神社的神主一些事,所以须佐男特地把他叫了过来。晚饭过后,刀城言耶、建男、须佐男和涟三郎一起去了待客的内室,四人相谈甚欢。

但言耶有意避开案件的事,把话题集中在村庄的历史与民俗、这一带流传的民间传说,以及神神梻神社的起源等问题上。这其实是迂回战术,他最想问的是当麻谷医生和妙远寺住持提到的与谺呀治家有关的文献。但这事不方便开门见山地问,所以他想用比较自然的方式把话题往这上面引。

然而,在话题终于转向文献的时候……

"这是由这家的奶奶保管的。虽然文献确实放在神社的宝库,但我不能自作主张……"

建男带着歉意说道。但从语气中可以听出他不想和那些文献扯上关系。另外他称自己的母亲茶夜为"这家的奶奶",可以看出他依然对茶夜二十三年前破坏自己和嵯雾恋情之事心怀芥蒂。

(看来很难办啊。)

管理文献的两人关系很不好,要想在不得罪双方的情况下,看到文献可能是件难事。言耶心中忐忑。

"能否劳烦您去拜托茶夜老夫人,让我一睹文献呢?"言耶带着笑容,装作纯真无邪的样子,对建男还有须佐男说道。

"如果要拜托这家的奶奶,找我哥帮忙比找我有用。"

"不,只要是关系到谽呀治家的事,谁去说都没用。"

言耶看着体格健硕、面容精悍的须佐男和肤白体瘦、五官端正的建男,这对对比鲜明的兄弟的对话,明白自己的担心成真了。

"不过要是由哥哥你出面,这家的奶奶好歹会听你说,是吧?要是换成别人,估计连说话的机会都没有。"

"这个嘛,确实有可能……"

涟三郎表情复杂地看着父亲和叔叔交谈。也许他想到了自己的哥哥联太郎。在言耶来这儿的第一天晚上,他就拿相册给言耶看过,他的两位哥哥像叔叔多一点,而他像父亲多一些。所以眼前的两人可能让涟三郎想起了自己和联太郎。

"那我试着问问母亲好了……"

须佐男终于勉勉强强地向言耶做出了承诺,文献的事到此便告一段落。

这时女佣进来了。有一组佃户来找须佐男,说是有重要的事。家主离开的时候,另外三人聊着无关痛痒的话题。不久之后,须佐男带回了一个惊人的消息:国治死在了上屋。目前还不清楚死因和准确情况,但他的死状和小佐野膳德、胜虎一样,这一点应该不会有错。

言耶本想赶去上屋,但须佐男委婉地劝住了他。表面上的理由是时间太晚,而且这时候过去也没用。实际原因可能是不愿意在大神屋做客的言耶和上屋的风波(而且还是第三个死者的死亡现场)牵扯太深。

对于言耶原本的调查,茶夜老夫人、须佐男、弥惠子都表示理解,而且在这天晚上把建男从新神屋叫了过来。但因为接连有人离奇死亡,言耶这些天都没有得到实质性的帮助。虽然他自己找当麻谷、泰然、涟三郎、千代等人收集到了可以作为参考的信息,但他更热衷于追查案件,而且还把涟三郎也牵扯进了案件的旋涡之中。须佐男没有直接对言耶说什么,但他作为父亲,心里肯定很不满,所以才趁这个机会提醒一下。

那天晚上的谈话到此便结束了。须佐男以现在不太平为由,把准备回家的弟弟留下来过夜。虽然目前离奇死亡的都是和上屋有关的人,但已经没有村民会在太阳落山后独自在外走动了。

言耶向建男道过谢之后,在返回客房的途中和涟三郎进行了简短的讨论。讨论的自然是去上屋的事,而涟三郎也有这个想法。他们观察了一会儿情况,在确定不会被人发现之后,便偷偷溜出了大神屋。不管须佐男如何阻拦,他们两人是不可能老老实实去睡觉的。

然而，他们煞费苦心到了上屋，结果却白跑了一趟。自从胜虎出事之后，警察楯胁便在谺呀治家住了下来，楯胁对他们的态度比对其他看热闹的人尊重一点，但还是把他们打发了回去。最终他们闷闷不乐地过了一个不眠之夜。

第二天早上，他们两人又去了上屋，但这次被县里派来的警察赶了回去。他们本来想进去见当麻谷，但听说医生正在协助警察进行调查取证，根本没机会见面。涟三郎曾试图悄悄溜进纱雾位于南部别屋的房间，结果一下就被警察发现了。他们在早上试遍了各种办法，但都无功而返。终于在接近响午的时候见到了当麻谷，在他的安排下才获得了见纱雾的机会。

那段时间他们并非无所事事地在上屋周围闲逛。除了去上屋之外，他们还拜访了和涟三郎有交情的村民，尝试打听昨晚的情况。但这时候的消息非常不可靠。人们的说法各不相同，他们越听越糊涂，根本搞不清到底发生了什么事。估计是因为出事的时间比较晚，再加上警察到达后彻底封锁上屋，限制人员出入，所以没有准确的消息流出。

最让言耶和涟三郎着急的是，没办法确认纱雾到底有没有被卷入其中。不少人说她当时就在现场，他们两人都急得坐立不安。不过，有不少传闻说在国治死的时候，正好看到装扮成案山子大人的厌魅，从上屋的门里出来，总体而言传闻的可信度很低……不管是怎样的传闻，和纱雾有关的消息总是让他们时喜时忧。

那两人除了讨论他们最关心的纱雾安危的问题之外，还积极地和村民探讨起了案件，讨论那三人的死亡到底是离奇的连环杀人，还是得了会致人发狂的传染病，所以才会反常地接连自杀；又或者真像许多村民说的那样，是厌魅作祟。虽说言耶和涟三郎都重视理性精神，但他们都有种难以言喻的、毛骨悚然的感觉，仿佛有种凭人类的理性无法理解的东西正在村里徘徊，所以他们对讨论这些事很感兴趣。但这样的讨论得不出任何结论，只是徒增村民的不安罢了……

午后，在当麻谷的安排下，他们见到了在别屋睡觉的纱雾。和传闻说的一样，她当时就在案发的客房，但警方认为她没机会在国治的茶杯里下毒，所以言耶算是把吊着的心放了下来。他认为涟三郎的心情肯定和自己一样。不过纱雾从昨晚到现在一共被警察讯问过三次，所以结果如何尚不能预断。毕竟她当时在现场，怀疑的矛头什么时候指向她都不足为奇……

在纱雾的要求下，她的房间变成了说明、讨论案件的会场，这让言耶很是吃惊。因为他原本只想来探望纱雾并简单地问问情况，之后再向当麻谷询问详情。不过多亏了这样，才深入了解到了昨晚的状况，最重要的是可以一直在纱雾身边待到傍晚。不过随着国治死亡时的情况越来越清晰，言耶产生了深深的无力感，就像掉进深不可测的漆黑洞穴一样。他有种预感：类似的离奇死亡说不定会一直持续下去。

探望过纱雾之后，当麻谷要留在上屋协助警察，所以言耶决定去找今早又被自己放鸽子的泰然。顺便提一下，听说小佐野膳德的遗体昨晚没送回上屋。据当麻谷说，今晚应该会和胜虎的遗体一起送回来，到时候早雾也会被放回来。对于胜虎的死亡，她有完美的不在场证明，所以警方自然会放人，估计今晚的上屋会弥漫着不寻常的气氛。

言耶准备去妙远寺的时候,涟三郎也想同行,这让他有点为难。毕竟他和大师还没那么熟。照泰然的性格,一个人去肯定比带个新面孔去要好。所以言耶叫涟三郎忍耐一下。但涟三郎知道言耶昨天傍晚在村里迷了路,便提出要送他去妙远寺。言耶很过意不去,但见涟三郎毫不在意,就接受了好意。

两人离开谺呀治上屋时仰望着天空,此时阴沉的天空眼看就要下雨,看不到什么晚霞。

"你去见大师是为了问村子以前的事和谺呀治家被当成凭物家系的事吧?就是昨天晚上问建男叔叔的那些。"

在通往村子的坡道上,涟三郎这样问道。言下之意明显是在责怪言耶,这时候不该浪费时间去调查和案件无关的事。

"嗯。我去见住持当然是为了来神神栉村最初的目的,不过……"

"你是说你还有别的目的?"

"也许还能听到和这次的案件有关的事……不对,我总觉得这一连串可怕案件的根源与这个地区、谺呀治家、凭物信仰的历史民俗有很深的关系。"

"嗯,我也觉得确实不无关系……可是那位大师关心的都是一两百年前的事。"

看样子泰然不问世事的态度很有名,涟三郎的语气就像在说这人指望不上。

"我也没想直接获得什么答案。只是觉得为了理解村里正在发生的事,还是得和他谈谈。"

"你想知道哪方面的事呢？举个例子吧。"

"最想知道的还是谺呀治家的凭物方面的事。"

"第一天晚上你和我说过很多种类的凭物，按那个标准分类的话，谺呀治家属于蛇神祟物吧？"

"神梻村的黑之家族以谺呀治家上屋为核心，他们毫无疑问都有蛇神信仰。根据大师对名字的分析，也能看出他们原本是那类家系。"

"正如刀城先生你所说，被世人认为有凭物问题的家系的祖先，通常是当地的第二大势力，同时也是新兴势力。既然住持也知晓这一点，那他的话应该会有所帮助……"

"从有凭物家族的地方的事例可以看出，在全日本确实有很明显的倾向，谺呀治家无疑也符合这种情况。所以如果要启蒙村民的话，应该利用这些资料。但我在意的不是蛇神，而是生灵。"

"可是生灵的说法来自上屋第三代到第四代家主时期发生的双胞胎神隐事件吧？而且因为记载那事的文献在我家——实际上是存放在新神屋，所以有可能是捏造的。"

"不过看样子想看到那些文献没那么容易。"

"只要是刀城先生你的请求，我奶奶应该都会答应……嗯……唯独这件事……连同时能和奶奶、叔叔说上话的父亲都不太积极……不过也没必要特地查看文献确认真伪吧？"

"我还想了解其他事：一、谺呀治家每一代都由双胞胎担任巫女和凭座的传统，是不是从那次双胞胎神隐风波之后开始的；二、如果当时上屋已经有了宗教方面的使命，那么是从什么时候开始的，起因又是什么。"

"想知道那些的话，应该去上屋的仓库里找吧……"

"闭美山犹稔老师在二十三年前已经找过了。他不仅查阅了谺呀治家作为凭物家族的历史，还追溯了谺呀治家作为宗教家族的历史。毕竟这二者有密不可分的关系，而且上屋这样的例子实属罕见。"

涟三郎露出惊讶的表情说道："你是说谺呀治家既是凭物家族，同时又是被除凭物的巫女家族，这点很罕见吗？"

"这样的情况并非孤例。既被身边的人视为凭物家族，让人畏惧，但又使役凭物进行祈祷的家族虽然不多，但并非没有。但与此同时还具有附身传承的，据我所知，只有上屋一例。闭美山老师在他的书里，在这上面花的笔墨是最多的。"

"附身传承是什么？"

"啊，不好意思，我还没解释过。在星期一去妙远寺的路上，提到的牛蒡种就是这种类型。"

"那种可怕的生灵凭物吗？"

"那并非普通的生灵凭物。普通的生灵凭物只是个人的问题；但附身传承正如其名，是家族的问题……"

"也就是说，附身传承指家族会传承生灵体质？就像蛇神祟物的家族中，蛇神会一代代传下去一样。"

"那种家系的人几乎都具有同样的体质。"

"但谺呀治家和黑之家族的佃户中，被认为是生灵附身的不是只有上屋吗？特别是双胞胎……"

"闭美山老师的书上说以前谺呀治家的所有人都是这样，但随着时间的推移，这种特质集中到了上屋一脉。战后几乎没有出现生灵附身的事情，所以千代的事是很罕见的案例。说不定谽呀治家的生灵是上屋的双胞胎独有的特征。"

"生灵附身是很罕见的事吗？"

"在冲绳有种名叫'生邪魔'的生灵，意思是活生生的邪魔。被这种生灵附身称为'染疴'或者'遭噬'：前者是生病的意思，后者是被缠上、被咬住的意思。不能收生邪魔给的芭蕉、蒜、薤等物的种子或者醋，否则会被附身。另外，生邪魔把一种名叫'生邪魔佛'的人偶放进锅里，边煮边念咒，或者在火神面前把香弄碎并焚烧，就可以随心所欲地进行附身。如果有人被附身，就把郁金抹到唇上，这样一来，那人就会跑到某户人家前倒下，那户人家就是生邪魔的家。另外，被除的方法和其他凭物差不多，可以对着被附身的人说生邪魔的坏话，把钉子钉进生邪魔家的屋檐，用芭蕉叶包住粪便丢进家里的水缸等。"

涟三郎默默地听着言耶的一大串说明。

"总而言之，受生邪魔影响的不是某一个人，而是整个家族，是吧？"

"嗯。人们很讨厌这样的家族，说是和这种家族结亲，血统会劣化。但不知道为什么，这种家族的人一般相貌出众。"

"哼。那岂不是会招致相貌丑陋的人嫉妒吗？不过，说起来上屋的双胞胎通常都很漂亮啊。别看叉雾奶奶现在是那副模样，其实在我小时候她虽然当了奶奶，但相貌依然相当出众。"

"遗憾的是，我还没见到叉雾老夫人。不过我知道上屋的双胞胎是美女。只要见到纱雾小姐和她的母亲嵯雾小姐就知道了。"这里除了涟三郎没别人，但言耶却露出了难为情的表情，接着掩饰般地说，"说到冲绳，那边管巫女被神附身的状态称为'神祟'，这种状态就是所谓的巫病。能成为巫女的人一般是'精高生'。"

接下来言耶又介绍说，神祟也叫"神垂""神祟"，"精高生"指的是天赋过人的人。

"感觉那和上屋的九供仪式很像啊。"

"是啊。也许可以说那种仪式是在双胞胎迎来九岁生日的时候，用宇迦之魂强行让她们体验巫病。毕竟通常情况下，巫女会等待那种状态自然降临。就算是在一定程度上有意营造环境，九供仪式还是有点特殊吧？"

"不是有点特殊！那简直就是异常！"涟三郎突然表现得非常激动，"那种仪式把纱雾的姨妈害得精神失常，把纱雾的姐姐害死。所以她越早离开上屋越好，这就是我劝她上高中的原因。可叉雾奶奶……"

"这样啊。可是，就算她上了高中，离开村子也没用，毕业之后肯定会被叫回来的。"

"那时候就去找工作……不，对纱雾而言，要上大学也……"

"嗯，可以选的路有很多，但凭物信仰是症结所在，只要这事没解决，迟早会出问题。无论她选择哪条路，都要担心被叫回村履行巫女和凭座的使命，这问题会一直纠缠着她。"

言耶一字一句地慢慢解释，仿佛在劝慰兴奋的涟三郎。

"嗯，可是……抱歉，我有点失控了。这一年来，我老觉得纱雾会去一个很远很远的地方。"

"也许在她念书的时候,就已经把凭座的使命当成了生活的一部分,而且是一种责无旁贷的使命,所以无论如何都会受影响。"

"刀城先生,你刚才说宇迦之魂可能是一种强行让人陷入神祟状态的药,但叉雾巫女好像现在依然会偶尔让纱雾喝那种液体。"

"因为被除凭物的凭座的内心和肉体,都需要进入那种类似于神祟的状态。"

"可那不是很危险吗?那可是她的亲孙女啊,那个老奶奶……"涟三郎不知为何顿了一下,"刚……刚才说的神祟状态,不用喝那种液体吗?"

后面的问题像是他临时想出来转移话题的。

"这我就不清楚了,我的了解没有那么深入。"言耶很在意他的异常态度,但没有追问,"不过,使用把草药之类的东西煎成的特殊液体,说不定是所有宗教仪式中必不可少的环节。那类东西的作用是让服下的人精神恍惚、出现幻觉、容易被暗示。对了,说个题外话。奄美诸岛有一种名叫'口咒'的咒语。不过那虽然叫咒语,但也有'那是会下口咒的人家'之类的说法,所以应该有那样的家系吧。把这口咒下到吃喝之物里让人服下叫作'口入'。服下的人当然会生病了。这种既不是动物类型的凭物,也不是人类的生灵,这样的家系非常少见,另外关于具体做法……"

现在轮到言耶态度异常了。不过他不像是说不下去,更像是想到了什么事,于是闭上了嘴。

"怎么了?"

"没什么,我感觉自己好像快想到什么了……啊,抱歉。言归正传，上屋这个家系非常特殊，调查绝不会没有收获。"

"在我看来，只是同时有蛇神和生灵而已，没什么特别的。可能会更'黑'一点吧。"

"麻烦的是，连山神也在其中。'灵'这个笼统的称呼中包含了神灵、祖灵、生灵、死灵、恶灵等，而且还能进一步细分。再加上还有祖灵变成神灵的情况，估计上屋的山神和这种情况很相似。加之，被人们视为山神化身的案山子大人的形象，和最可怕且受人避忌的厌魅很像，所以情况非常复杂。我想理清这方面的问题。"

"只要你没忘记现在村里出了人命，不管做什么事我都会支持。"

看样子涟三郎是担心言耶对原本的目的太过沉迷。

"我当然会同时考虑过去和现在两方面的问题。"

言耶保证自己不会像现在要去见的泰然一样，这时右前方出现了妙远寺的墓地。看来不知不觉间，他们走进了言耶昨天傍晚迷路时，偶然走到的那条路。

来到石阶下方后，刀城言耶向涟三郎道谢并告别。接着踏上了通往妙远寺的最后一段路，此时他想的是住持是否知道国治的死讯。然而，他还是未能如愿见到泰然，会面又推迟了。

因为他刚爬到石阶顶部的时候，让人感到后背一阵恶寒的惨叫从下面的村子传了过来。

涟三郎记述节选（五）

我在妙远寺的石阶下和刀城言耶分开之后，没有沿着来时的路回去，而是朝相反的方向去了地藏路口。我打算走中道回大神屋。此时太阳即将落山，村里迷宫般的道路行人很少。不，恐怕根本没人，我不想一个人走在那种地方。当然，我并不是真的害怕遇到厌魅，只是单纯觉得不舒服罢了。

在沿着石阶前的路来到奇怪的五岔路口时，那个神祠进入视野，我心头一阵厌恶。千代说她在上个星期四的傍晚，在那里看到了纱雾的生灵，当时纱雾从神祠后面探出头来静静地盯着她……

（那肯定是千代的错觉，毕竟她有神经方面的疾病。）

我下意识地在心里对自己如此说道，其实我很清楚我不单单是这么想，还希望自己对这种想法深信不疑。

然而，当我看到右前方那条路里稍微凹进去一点的神祠时，也觉得好像有什么东西在神祠的另一边看着自己，不知不觉间双臂起了鸡皮疙瘩。

（再磨蹭下去太阳就要落山了。太阳落山之后厌魅会出来……）

接着，这个想法在我脑中挥之不去，我突然想起了在大神屋檐廊听羌伯讲过的怪谈。

孩子们神秘失踪的神隐事件；三首树作祟和各种凭物害人的事；住在下屋第一间仓库里的妖怪和泥坊沼泽之主怪鱼的事；九供山上的长坊主的恐怖故事；上屋禁闭室的精神病人；因深入"怕所"而精神失常的外来者；村里哪尊案山子大人会动，哪尊案山子大人会消失的传闻；厌魅彷徨的撞邪小径的怪谈……他讲的几乎都是神神栉村中流传的民间传说。这里的孩子不需要外面的怪谈，因为放眼望去，身边处处都有怪谈……

如厌魅附体之物
MAJIMONO NO GOTOKI TSUKU MONO

有的怪谈是芫伯的亲身经历。那是他小时候去爬跛村上学时的事。

那是一个风中已有凉意的秋日，芫伯因为在课间和同学起争执，被老师留了下来。太阳几乎要落山的时候，他走在回神神栎村的路上。其他孩子早就回去了，山路上只有他一个人，前后都是空荡荡的。平时上下学都有孩子结伴而行，就算被老师留下来，至少也有另一个受罚的同学做伴，可那天只有芫伯一个人，和他起争执的是爬跛村的孩子，所以两人挨完罚之后便在学校分开了。

太阳渐渐西斜，芫伯没精打采地在静得可怕的山路上走着。他想在天黑之前回到家，但黄昏时分的山里有种难以形容的阴森，熟悉的道路显得那么陌生，仿佛从没走过一样，这种违和感始终无法驱散。

然而，走着走着，他看到有一个小孩远远地走在前方，看背影那应该是个女孩。很想有个伴的芫伯很是高兴，于是稍稍加快脚步，想追上去。可是两人间的距离却一点也没有缩短。最后他跑了起来，但不管怎么跑，两人的距离都没变。不管怎么看，前面的孩子都只是正常走路而已，他感到很疑惑。这时，他忽然冒出了一个疑问：那人到底是谁？

别说是村里的孩子了，只要是会去学校的人，不论男女，芫伯全都认识。可他却认不出走在自己前面的孩子。就算只是背影，他看一眼也能猜个八九不离十，可是对前面的人却一点印象也没有。他一意识到这一点，就立刻停下了脚步。

这时，前方的孩子也停止了动作。芫伯刚一愣神，那个孩子已经开始迅速向他逼近，逼近时依然背对着他。

芫伯急忙转向后方，打算往回走，结果看到后方有个一样的孩子，连相隔的距离都相同。而且那个孩子也在向他逼近。不同的是，那个孩子是正面对着他。但芫伯瞬间就明白不能直视那孩子的脸……

幸好黄昏时分山路昏暗，他没有看清那孩子的脸。可是，前后都有来历不明的东西朝自己逼近。他左边是陡峭的山壁，斜坡上树木成片，没机会爬上去。右边是一整片葱郁茂盛的草木，有流水声从下面传来。那边的坡也很陡，但那是唯一可以逃的方向。

芫伯在灌木丛中几乎是滑着沿斜坡而下。但要是往下滑太远的话，之后很难爬回去，所以下去不远之后，他就用脚钩住灌木，稳住身子。

过了一会儿，上面的路上传来了声音。

"在哪儿不见的？""在这儿不见的。""逃掉了吗？""逃不掉。""好吃吗？""应该很好吃。""跳进河里了吗？""怎么分？""上半身归我。""下半身归我。""好久没有人类小孩了。""上次是很久之前的事了。""看到了吗？""看到了。""在哪里？""在那里。"

听内容像两个人在交谈，但听声音又像在自言自语。但对芫伯来说，上面的路上有一个人还是两个人根本不重要，他已经被吓到全身不停发抖了。

这时，他头顶传来了"沙啦沙啦沙啦"的响声。之前在上面的东西钻进灌木下来了。

芫伯边哭边从自己靠着的灌木往下跳，那动作简直和跳崖一样。当然了，实际上只是在灌木丛中沿着山坡往下滑而已，但和坠落没多大区别。他到河滩上的时候身上到处都是擦伤，幸运的是伤得不重。

如厌魅附体之物
MAJIMONO NO GOTOKI TSUKU MONO

芜伯迅速往左右看了一眼，他想沿着河滩逃跑。可上下游的河滩都不长，跑不了多远就会再次遇到成片的苍郁繁茂的草木。也就是说不管往哪儿跑，他都会陷入进退维谷的境地。当他意识到自己无路可逃的时候，身后不远处的灌木动了。

他如脱兔般跑开所在的位置，跳进了眼前的河里。所幸最深的地方也只到胸部，所以他成功爬到了河中央一块露出水面的、比较平坦的岩石上。追来的东西似乎停在了灌木丛里，然后再次传来了令人毛骨悚然的对话。但河流和风吹树木的响声很吵，所以只能听到只言片语，不过能感觉到那边的东西在等太阳落山。芜伯不知道那边的东西为什么还要等：都追到这里来了，为什么在灌木丛里不出来？天黑之后又会发生什么？但光是想象其中的原因，就足以把他吓得差点尿裤子。

芜伯到最后也不知道太阳下山之后，他会发生什么事。因为不久之后，有两个村里人偶然从上面的路上经过。芜伯向那两人呼救，其中一人下来把从岩石回到河滩的他拉了上去。在那过程中，他一直觉得有东西在灌木丛的暗处盯着自己。之后的一段时间，每当走在放学回家的路上，那种厌恶的感觉都会萦绕在他的心头。不过他再也没敢一个人回家，后来那种气息便消失了。

他经历过很多类似的事，但随着我一天天长大，听他讲怪谈的机会也越来越少了。因为我的思维方式越来越理性。但我从不认为芜伯的经历是胡编乱造的。恐怕是因为他讲述那些事的时候总是淡淡地说："对了，以前发生过这样一件事。"我看得出他完全没有吓小孩的意思。而且他说的都是些莫名其妙、前后矛盾的事，但经常让人觉得很真实。

（这样啊，很像啊……芫伯的怪谈和村里发生的连环离奇死亡事件，虽然内容毫无共同之处，但散发出的莫名氛围却很相似。）

此时天色渐渐转暗，四周的环境也出现了变化，而我又突然想起了许多怪谈，并且还在考虑三人离奇死亡的现实事件，我发现这些事加在一起，居然让老大不小的我产生了怯意。直到上周，千代约我六点在妙远寺见面的时候，我一个人在路上走还毫无顾虑，可现在却怕得不得了。此时的我觉得，自己终于切身体会到了村民心中的恐惧。我感觉自己打心底明白了，其他人为什么一到傍晚就早早回家闭门不出，为什么太阳下山之后外出时要结伴而行。

（太……太愚昧了……我又不是千代，有什么好怕的？）

但我还是故作镇定，因为人一旦陷入恐惧，就很难摆脱出来。我开始真的开始担心，自己可能回不到大神屋。

我把目光从神祠上移开，迈开脚步准备踏入通往中道的那条路，尽快离开地藏路口，同时隔着衣服摩挲双手，想消掉身上的鸡皮疙瘩。就在这时，一股足以让我瞬间忘掉鸡皮疙瘩的彻骨寒意传了过来，我浑身汗毛倒竖。接着，像在呼应那股寒意一般，一声惨叫来到我的耳边。我立即循声看去，那边是不见不见路。惨叫声是从路那头传过来的。

我僵在原地一动不动。一句话一直在我脑中重复。

（我是先感觉到恶寒，后听见惨叫的……我是先感觉到恶寒，后听见惨叫的……我是先感觉到恶寒，后听见惨叫的……）

我不知道这意味着什么，也不想知道。但这个事实把我击垮了。

如厌魅附体之物
MAJIMONO NO GOTOKI TSUKU MONO

要是在平时，我肯定会认为这是偶然，不会当回事。但现在我没法不在意。很快，我心里冒出了一个疑问，这个疑问驱使着我往惨叫的方向跑去。

（刚才的惨叫是纱雾的声音？）

可以肯定那是年轻女性，而且是少女的声音。一想到这里，我就喊着纱雾的名字，朝不见不见路飞奔而去。

九年前，下屋佃户家一个叫静枝的七岁女孩在这里遭遇了神隐，这条路因此出名。这里先是笔直地往前延伸，然后分成左右两条向斜前方延伸。往右拐去会看到一条很短的路，路的左边供奉着案山子大人，再往前一段又有一个往左前方的弯，那个弯的右手边有个小神祠。地藏路口的神祠供奉的是地藏菩萨，但这个老旧的神祠近半已经腐朽，如今连村里上了年纪的人都不知道这里供奉的是什么。之后的道路像蛇爬行的轨迹一样有些弯曲，不过基本是笔直向前，然后再次分成两个岔路。

村民管这条蜿蜒的路叫"撞邪小径"。前面两条岔路的交界处供奉着一尊案山子大人，只要进入蜿蜒的道路，不管愿不愿意，都会看到前方时隐时现的案山子大人。不过，听说在只有一个人踏进这条路的时候，偶尔会遇见案山子大人消失不见的情形。也就是说来到路口那里却不见案山子大人，只能看到挂着斗笠和蓑衣的桩子插在地上。这时候，案山子大人会在其中一条路等着。如果运气好进入没有案山子大人的路就没事，但万一选了案山子大人埋伏的路……

但也有截然相反的说法：遇到案山子大人是好事，要是没遇到的话，会遭遇不幸。这两种说法的区别应该在于是把案山子大人当成哥

334

哥山的山神,还是厌魅的化身。但这两种说法都一致认为,在这种情况下,正确的应对方法是往回走。继续前进是一次危险的赌博……

撞邪小径半路的左手边有可以爬上土墙的梯子。那上面有间工具小屋,里面放着农耕器具等村子里的共有财产。顺便提一下,前方两条岔路刚进路口的一小段路两侧土墙很高,在大白天也很昏暗,有种阴森森的感觉。而且附近没有民居,所以和三首树那一带一样,是村里几个荒凉的地方之一。

我在不见不见路上狂奔,右转,在尽头往左拐冲进了蜿蜒的撞邪小径,然而——

案山子大人不见了……

在那里勉强能看到弯曲的道路前方的岔路口,但我没看到供奉在那里的案山子大人。我看到的是纱雾呆立的身影。

(刚才那果然是她的惨叫声……)

案山子大人消失不见,纱雾站在那里的一幕固然让我意外,但更让我震惊的是,惨叫声是她发出来的——即便我已经猜到了。但是她的样子很奇怪。既然遇到了足以让她发出惨叫的事,那表现得很慌乱也不足为奇,可她只是站在那里凝视着道路正中央。

当然,我也马上注意到了。在认出纱雾之后,那东西立刻进入了我的视野。可是,我要先确认纱雾是否平安,我可以确定,在那短短的时间里,那异样的景象没进入我的视线。也许让人难以置信,但这是事实。

在我和纱雾的正中间、工具小屋的梯子下、撞邪小径的正中央,我看到了……

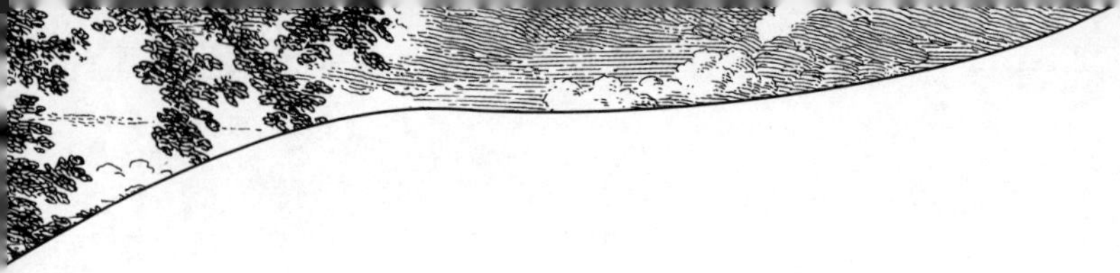

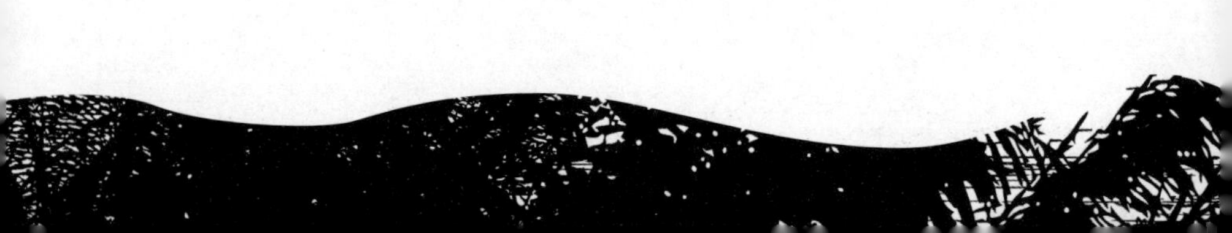

陆

撞邪小径

从星期二夜里到星期三傍晚，警察在上屋的调查取证简直可以用纠缠不休来形容。特别是国治离奇死亡时在场的勇、绢子、纱雾、黑子四人，以及在案发后不久从走廊路过的阿辰，他们被反反复复讯问了很多次。当然，其中有机会毒杀国治的三人（勇、绢子、黑子）受到的调查特别严格。

嫌疑最大的是黑子。被害人是绢子的亲哥哥，是勇的小舅子，只有黑子和他没多大关系。不，所有人都对黑子的来历一无所知，警察会感到棘手也正常。

首先，黑子的身份根本无从查起。请他取下头巾，也只是确认了他右半边的脸布满了大大小小的可怕伤痕而已，这对查案几乎没有帮助。他完全不记得来上屋之前的事，而且又不会说话，所以讯问结果不尽如人意。叉雾巫女最了解他的情况，也最清楚他的肢体语言和笔谈的含义，可她一直卧床不起，警察也不好问太多。对黑子的了解仅次于叉雾巫女的纱雾一样卧床不起，所以也帮不上太大的忙。警察面对嫌疑最大的人却无从下手，显得非常为难。

更让刑警头疼的是，黑子虽然嫌疑最大，但案发现场有诸多矛盾之处，无法认定他就是凶手。经过排查，有机会杀害国治的嫌疑人只有勇、绢子和黑子，可是那三人都绝对没机会把被害人打扮成案山子大人。警察发现，不仅仅是那三人没机会，所有人都没机会那么做。

警察之所以反反复复地进行讯问,肯定是想从证言中找出破绽,以此为突破口,为案发现场无法解释的状况找出一个合理的解释。

令人意外的是,能够说明现场离奇状况的解释——国治自杀说——没有被警察完全舍弃。当然有人提出不能草草将小佐野膳德、谺呀治胜虎和国治三人接连离奇死亡的事件定性为自杀。但也有人提出,如果这一系列事件并非自杀,那根本就无望结案。

这一连串离奇死亡事件发生在有凭物村、神隐村、稻草人村之称的极为特殊的封闭村庄,而且是这个村里最"黑"的谺呀治家,这样的案子实在过于离奇,就连资深刑警也被难倒了。看上去那些警察似乎无从下手,陷入了一筹莫展的境地。何况了解村里各方面情况的隔壁爬跛村驻村警察楯胁,在上屋住下之后,那里又出现了第三名死者……所以警察会感到焦急、愤怒、疑惑是理所当然的。

顺便提一下,听说楯胁警察受到了相当严厉的斥责,从昨晚到现在一直没精打采的。当麻谷医生对警方的帮助比他大了不知道多少。

不管怎么说,这是超越人类认知的连环离奇死亡事件,村民都煞有介事地传是谺呀治家的案山子大人作祟。而警察只能从现实的角度着手办案,根本没办法解决这种事。

那天一到傍晚,谺呀治家早早飘散出了沉闷的气氛。刑警反复进行调查取证,但依旧没办法解释案件的离奇状况;黑子的身份一时半会儿也查不清楚;寻找被害人之间的共同点也希望渺茫;三名嫌疑人也没有杀人动机……在这样的现实面前,警方也开始感到束手无策了。另外,上屋的人害怕身边接连发生的可怕事件会威胁到自身安全,个个神经紧绷,提心吊胆,加之从昨晚持续到现在的调查取证让他们身心俱疲，于是都死气沉沉地窝在各自的房间里，哪儿都不去。

宅子的各个角落被浑浊沉闷的氛围笼罩，和此前乱成一团的氛围形成鲜明的对比，这样的改变令人毛骨悚然。

在这样的情况下，只有一个人出现了动静，那就是绢子。她和勇都对那个星期天的商谈守口如瓶，真不知道是该称赞他们令人佩服，还是该嘲笑他们的愚蠢。她的奇怪举动像是在寻找逃出上屋的机会，似乎担心自己会成为下一个受害者。她哥认为只要什么都不说出去，当作一切都没发生过，就不会再有人离奇死亡，但她实在无法赞同哥哥的意见。毕竟她哥说完那话之后没多久就死了，她会担心再正常不过了……不过她似乎没想过违背与姐夫的约定，把事情告诉警察。或许是因为她感觉就算说出来，也无法阻止怪事发生吧。既然这样，唯一的办法就是离开这个家，逃出这个村子——她得出了这样的结论。

绢子的想法是对的，但事情没她想得那么简单。当然她本人根本不知道。直到她在一无所知的情况下，迎来自己难以置信的死亡……

打定主意非逃不可的她觉得自己是幸运的，连老天都在帮她。首先，从神神栉村东门前去XX市的公交车，平时最晚的一班是五点半发车，只有每个星期的一、三、五三天是六点十五分发车。而且这时候的上屋很安静，仿佛所有人都已经入睡，只要行动隐蔽一些，就能悄悄溜出去，不会被别人看到。对她来说这简直是天赐良机。

到了要离开家的时候，绢子又显得有些犹豫。她犹豫的不是要不要逃走，而是要不要带行李。她当时正在往大包里塞衣物，但似乎想到如果被人看到会很麻烦，于是决定只带个手提包离开。但最后还是回到房间，重新把东西塞进比较小的包里。毕竟身为女性，无论要逃到哪里，至少还是要带着最起码的换洗衣物。

但问题是：她能往哪儿逃？她从小在神神枥村长大，对外面的世界几乎一无所知。虽然曾经在如今已经搬去XX市的爬跛村谿呀治家的撮合下，嫁进了XXX地一个历史悠久的家族，但对方一知道她老家是凭物家系，就立刻提出离婚。她回到娘家之后便一直在上屋生活，根本没地方可去。即便如此，她依然想逃出去，大概是因为她能真切地感受到可怕的死亡正在向自己逼近。总之，她已经决定要离开家，离开这个村子。

绢子看有要变天的迹象，于是带上伞，悄悄从主屋南面的檐廊进了院子。然而，她立刻发现正门那边有几名值班的警察正在监视出入的人，于是急忙折返。这种程度的警戒完全可以预见，但要求此时的她考虑这么多，可能太强人所难了。她在庭院的角落躲了一会儿，然后终于下定决心似的走了出来，接着绕到后面，沿着大石阶往下走。

即便是上屋的人，要从宅子后面的大小石阶下去，也需要相当大的勇气。不，正因为是上屋的人，所以更不敢打破那种禁忌。因为在他们心里，只有巫女和凭座才能走那两条石阶去绯还川，这个观念从小就根植在他们心中。但现在的绢子被那三人的离奇死亡吓得什么都顾不上，即便要违反自己长年遵守的规矩也不在乎，只有叉雾巫女的祈祷才能阻止她。但她比谁都清楚，这是不可能的。事到如今，尽早逃离是唯一的办法……

绢子成功避开了所有人耳目，溜出了上屋……虽然看上去是这样，但她的身影刚消失在大石阶，纱雾就从南边的别屋出现了。

显然纱雾在跟踪自己的姨妈。但她那样子不像偷偷尾随，更像是普普通通地跟在绢子身后走。看那满不在乎的样子，她似乎一点都不担心被发现。她就像一个梦游的人一样，摇摇晃晃地走在姨妈身后。绢子没发现她不过是因为只想着尽快离开绯还川的河滩，无暇往后看而已。

绯还川畔出现了怪异的一幕：绢子急匆匆地往前走，纱雾迈着不慌不忙的步子，跟在她身后。仿佛绢子是路过河滩的旅人，而纱雾是想追上去附身的厌魅。

绢子过了小祓除所之后继续前进，走进上屋和中屋之间的羊肠小道，来到三首树旁，犹豫了一下之后，选择了横穿村庄的道路。这自然是因为她知道去通往东门的三之桥最短的路线。不过，就算傍晚时分行人骤减，这个时间段依然有被村民看到的风险。但她还是选择了村里的路，是因为她确信，经过大神屋门前去中道的那段路，是来村里的警车的必经之路。按计划，今晚警察会把小佐野膳德、谽呀治胜虎的遗体，以及早雾送回来。警车完全有可能提早到来。现在的她可不敢冒被警察撞上的风险。

显得有些恍惚的纱雾疑惑地歪着头，盯着进入村里的姨妈望了一会儿，似乎看不懂姨妈的想法。等绢子的背影消失在拐角中的时候，她再次跟了上去。

幸运的是，那边的路不仅像迷宫一样错综复杂，而且两侧有土墙遮挡，就算绢子关注身后的情况，也不容易发现纱雾。另外，只要爬到道路上方，绕到她前面是轻而易举的事。不过，纱雾似乎从一开始就没打算进行跟踪，进了村子之后也只是和之前一样，跟在姨妈身后走着，并没有刻意隐藏自己。只是村里特殊的地形给她提供了天然的

陆　撞邪小径

掩护罢了。

　　在村里一心往东南方走的绢子，不久便来到了从反方向进入撞邪小径的两条岔路之一的路口。如果把"丫"字下面的竖线比作撞邪小径的话，她现在已经到了右边那条分叉路的入口。过了撞邪小径之后，再走不见不见路经由地藏路口进中道，就能看到三之桥了。当然，邑寿川东岸还在村子地界之内，但那里远离中心，被村民看到的风险会小很多，离东门前的公交站很近。

　　前提是能平安通过这条撞邪小径……

　　绢子进入右边那条分叉路之后，一直走到了两条岔路交会的地方。她在这里犹豫了一小会儿，可能是因为想起了撞邪小径的传闻。不过她是从反方向进来的，传闻会消失的案山子大人也在她的身后，好好地立在两条岔路的交界处。这似乎让她放下了心，她就那么踏进了撞邪小径，走上了如爬行的蛇般蜿蜒的路。就在她即将从工具小屋下方通过的时候，一个影子朝绢子延伸了过去……

　　影子刚和绢子重合，她就瞬间毙命了……

　　在神神栉村南端，被称为撞邪小径的怪异道路正中央，谻呀治绢子成了因XX而离奇死亡的第四人。

纱雾日记节选（六）

　　"纱雾！"

　　突然听到有人在叫我的名字，我这时才回过神来，看到涟哥站在撞邪小径的另一头。

"你……你留在那里别动……"

他边说边朝我这边过来,但在半路上,他的目光从我身上移到了倒在路中间的绢子姨妈身上,她的样子太诡异了。

"呜哇……"

我感觉有东西突然从喉咙深处涌了上来。不知道被我拼命忍住的东西是惨叫还是胃液。但会涌起那种恶心的感觉,无疑是因为我无法把目光从姨妈身上移开。

我没有看到绢子姨妈的全身——不,她倒在地上,头上有案山子大人的斗笠,身上披着蓑衣,几乎看不到她的身体。打开的女用伞从她嘴里伸出来,就像从嘴里长出来一样,这景象强行闯入了我的视野。是的,姨妈的口中有一把伞,手柄部分向下插了进去。

"涟……涟哥……我……我姨妈她……"

我话还没说完,他就缓缓地把头转向我,并摇了摇头。

"没救了。已经没气了。"说完之后他再次看向尸体,但很快又再次看向我,"纱雾,你有看到什么人吗?不,你是从哪条路来的?绢子阿姨为什么会在这里?"

"我看到姨妈偷偷溜出上屋……所……所以就下意识地跟了上去,虽然我的身体还不太舒服,感觉迷迷糊糊的……可是我没看到其他人。我是跟在姨妈后面从右边这条路来的,但除了我们,没有其他人……可……可是,刚进这条路,我就看到有什么东西倒在路正中间……但……但是,没看到姨妈……然后,仔细一看才发现,倒在地上的是案山子大人,所以我……"

"我明白了,你不用说了……"

如果他没制止我的话，我会不停地讲下去，陷入恐惧之中，还好涟哥及时抬起右手制止了我，我才把话咽了回去。

"这么说来凶手是从左边那条路逃走的啊……"

看来涟哥来这里的路上也没见到其他人。

"喂，没事吧？出什么事了？"

这时，左边那条岔路传来了一个像是在叫我的声音，很快，刀城言耶先生就出现了。

"刀……刀城先生……你怎么来了？"涟哥吃惊地问道。

"我刚爬上石阶的时候，就听到了惨叫声，所以马上就赶了过来，可是半路却迷路了。四处乱转的时候，无意中看到这条路有人影，所以就想可能是这边……"

"这样啊……幸好你来了。"

盯着左边那条岔路的涟哥嘴上这么说，但表情却突然变得很严肃。刀城先生带着比他更严肃的表情问道："那……那人……是哪位？"

"是绢子姨妈。就在刚才，她溜出了上屋……我想她是想坐最后一班公交逃走。"

我把自己的猜测也说了出来，或许是因为心里比和涟哥说话时平静了一点吧。

"都逃到这儿了，还是被逮到了啊……"

我很想问是被什么逮到，但还是没问出口。我觉得他也不知道，另外我突然很怕他真的告诉我那可怕的东西是什么。

"凶器，或者说是死因，似乎是被这块石头直接砸在头上吧！"

涟哥指着倒在尸体旁边的石头说道，那块石头比姨妈的头还大，像是一块墓碑。刀城先生好像想靠近看看情况，但没有离我太远。他肯定是认为不能破坏现场吧。

"那是什么东西？看着像是什么碑。"

"这原本是立在上面的工具小屋的旁边，类似坟冢上的东西吧……没人知道那是干什么用的。"

"有人把这块石碑砸到绢子头上吗？难道是她路过的时候，碰巧砸到她头上……"

"有可能是她自己把石头弄下来的……"

涟哥说出了惊人的话。

"欸！有……有那种可能性吗？"

"石头上绑着绳子，而绳子的另一头在她的右手中。"

"你是说，绢子小姐爬上那个梯子，用绳子绑住上面那个像是碑的石头，然后拿着绳子的另一端下楼梯，接着慢慢拉绳子，让石头砸到自己头上？"

"在动手之前，还必须把自己装扮成案山子大人的模样，并且把伞含在嘴里。"

恐怕那两人脑中浮现出了那十分诡异的情景，短时间内谁都没说话。

"从这个角度看，虽然膳德和尚的吊死、胜虎先生的溺死、国治先生的毒死，三个人的死因和死状各不相同，但现场的诡异氛围是一样的啊。"

过了一会儿，刀城先生提到了这一连串离奇死亡事件散发出的瘆人气息。接着涟哥激动地说："事情可能比你想的更离奇。刀城先生，你知道纱雾发出惨叫的时间吗？还有你赶到这里所花的时间。"

"啊，这个嘛……我不清楚啊。"

他立刻挠了挠头，然后急忙把抬起的左手放下来，看了一眼手表上的时间，并告诉我们现在是六点四分。

"纱雾没有手表吧？我在村里时也不戴手表，所以不清楚准确的时间……"

"纱雾小姐该不会是从这条路跟在绢子小姐后面过来的吧？涟三郎是在听到她的惨叫声之后，从那边那条路赶过来的。可是你们都没遇到其他人，所以凶手应该是从另外一条路逃走的，可现在我从其中一条路上出现了……"

刀城先生的洞察力果然不一般。涟哥听后点着头说："凶手有可能在我到'不见不见路'的岔路口前，也就是我往右拐之后，跑进了左边的岔路。可是，我是在地藏路口那里听到惨叫声的，应该只用了短短几秒就进了'不见不见路'。"

"这么说来，问题在于，绢子小姐在变成这样之后，也就是从凶手准备逃走到纱雾小姐发出惨叫的这段时间有多长。"

"我……我不是很清楚……只是，姨妈在走进撞邪小径消失不见之后，我在这条路上停过一段时间。这条路有不好的传闻，我担心万一姨妈因为心里害怕又往回走，如果我跟得太紧，就算路的视野不好，也会被她看见……"

"你停了多久？知道大致时间吗？"

"根据我的感觉，我停的时间应该够姨妈走到撞邪小径那头，也就是走到那个小神祠附近。"

刀城先生和涟哥边听我说，边频频眺望前面那条蜿蜒的道路，也许是在估算大致时间吧。

"虽然不知道凶手事先准备到什么程度，但是假设他是等到绢子小姐走到半路的地方，才让石头落下来的话，那么他就得赶在纱雾过来之前，做好案山子大人和雨伞的布置并逃走才行。我觉得这件事本身并非不可能，但如果在行凶之后往涟三郎的方向逃，那时间实在太勉强了吧？我估计在凶手刚拐过小神祠所在的拐角时，纱雾就来到这里了。啊，有个关键问题我还没问。你是在看到尸体之后，立刻发出惨叫的吗？"

听到刀城先生的问题，我点了点头。涟哥见状说道："这么看来，凶手不可能赶在我前面从另一条岔路逃走啊。不见不见路和撞邪小径之间的路确实很短，但我当时在地藏路口，很快就跑进了不见不见路。凶手不仅要比我更快跑完那段路，而且还要逃进不见不见路前面的左边那条岔路，这个假设太牵强了。"

"如果说凶手逃进纱雾没走的那条路，也就是我来的这条路，那情况也一样。也就是说，凶手刚逃进左边的岔路，纱雾就从右边出现了。话说，纱雾小姐，你当时有往这边的路看过吗？"

"欸……这……"

我自己也记不清到底有没有看过。好像我一认出倒在路中间的人是绢子姨妈，注意力就全在她身上了……我虽然做出了这样一番模模糊糊的说明，但刀城先生点了点头，像是在说他完全理解我的意思。

"可是，刀城先生来的路离那头的岔路口很远吧？而且路的尽

陆 撞邪小径

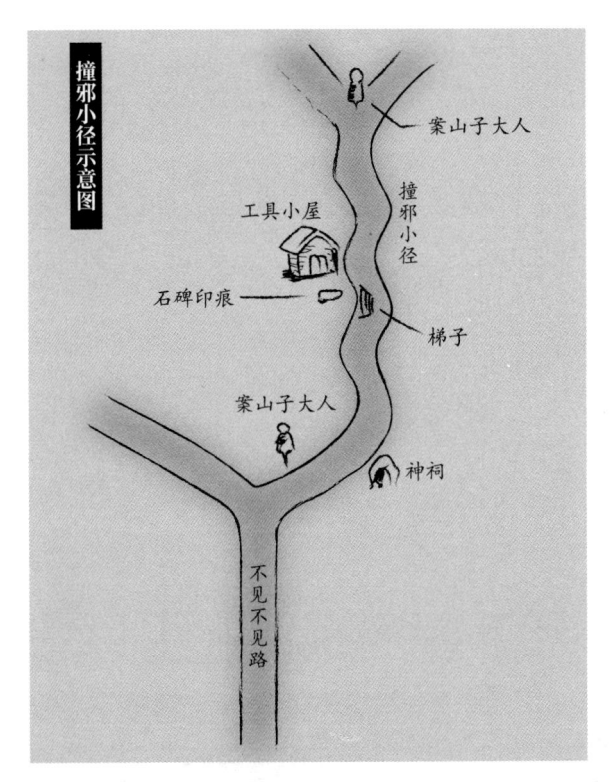

撞邪小径示意图

头是丁字路口，你是从妙远寺过来的，也就是从我的左手边出现。那么，对你来说我右边那条笔直的路是一览无余的。"

"嗯，你对地形很熟悉啊，确实是这样。换句话说，就算凶手从这条路逃，也很难在进入我视线范围之前逃掉啊。这样一来，凶手就只能往那边逃了。"

说着，刀城先生指向了离绢子姨妈不远的梯子。

"原来如此。毕竟梯子就在尸体旁边。如果想尽快逃走的话，爬上梯子是很合理的。"

涟哥抬头看着梯子，把手伸过去准备往上爬，刀城先生急忙制止了他。

"最好不要继续破坏现场。其实刚才应该在第一时间通知在上屋的警察。我现在就去，你们两个留在这里守着。涟三郎你最好不要离开原地，就保持跑到这里的状态。当然，也不要碰尸体，更不能去查看上面的工具小屋。"

刀城先生每嘱咐完一条，涟哥就点一次头，最后他对即将跑去叫警察的刀城先生说道："如果没人从那条梯子逃出去的话，这撞邪小径就和巫神堂、客房一样，算是一种密室吧？"

不久之后，刀城先生从上屋带着一些警察回来了。他们一出现，平日荒凉的地方瞬间被喧嚣填满。恐怕这是村里头一次有那么多人一起踏入这个地方吧。

可是，人工的光亮代替阳光照亮眼前的道路之后，这里的气氛顿时变了。因为不管四周有多嘈杂，飘浮在黑暗中的撞邪小径，始终有种压得人喘不过气来的不祥之感。当然，姨妈尸体那诡异的外表让氛围更显阴森可怕……

刀城先生、涟哥和我配合警察的调查取证，弄到了很晚。我是重点调查对象，因为我和绢子姨妈一起溜出上屋，直到姨妈死亡前不久一直看着她。不过我没有因为招呼都不打就离开家而被骂，也没有受到怀疑，警察的问题始终围绕着我看到了什么，听到了什么，感觉到了什么。估计他们非常想从离现场很近的我这里，找到有力的线索吧。但遗憾的是，我让他们失望了。因为当我回过神来的时候，姨妈

陆　撞邪小径

已经是那副模样了……

在加入调查取证的当麻谷医生的安排下，我得到了特殊照顾，可以先回去。但我依然要在上屋的内室接受问话，所以医生让我休息的好意落空了。

但是，这时候发生了一件令人吃惊的事。我父亲突然来到内室，向警方坦白上个星期天他被胜虎舅公他们叫去谈某件事。而且那个山伏偷听了他们的交谈，并强行加入他们。这事对我造成了巨大的冲击。山伏肯定在密谈之后马上去探查巫神堂的情况，并跟踪了去绯还川的我。

这事把警方搞得措手不及。他们想把我父亲带去别的房间，但父亲滔滔不绝地说着，完全没有离开的意思，结果我被赶了出去。当时，父亲的说话速度快得不像平时的他，所以我在离开内室的时候，已经听了个八九不离十。而且不久之后我又被叫去，警方拐弯抹角地问我知不知道和大神屋结亲的事，我这才确信自己星期二偶然听到的谈话内容基本属实。

伴随着这件事情的曝光，警方开始把大神屋和新神屋的人也纳入这一连串离奇死亡案件的嫌犯范围内。虽然从我这个外行人的角度上看来，光是要找出自家人是如何犯下这四起杀人案，都是件无比困难的事，更何况还涉及神栉家的人，根本可以说是不可能的事情。只不过从动机来看，神栉家的嫌疑的确是比上屋的人还要大，看样子比起杀人手法，警方似乎更重视动机。而且在绢子姨妈遇害的现场，刀城先生和涟哥针对撞邪小径的密室状态说明了好几遍，可是警方似乎都不怎么当回事的样子，也更证实了我的猜测。

星期天的会谈浮出水面之后，警方似乎终于掌握了案件的背景，理出了以下的思路：

首先，凶手肯定偷听了那次会谈。其次，凶手并不希望谽呀治家与神栉家，也就是黑白家族之间结亲。最后，凶手知道姨妈为什么要出逃，而且也想到姨妈和父亲可能会出逃。

这里面有两个问题：一、凶手是如何预料到姨妈溜出上屋之后会走撞邪小径？二、凶手有办法绕到姨妈前面去吗？我的回答是，这两点都是有可能的。

如果要出村，除非翻山越岭，否则就只有从东门出去。就算不考虑姨妈是女性，从她当时的服装也能看出她不可能会翻山越岭。而且，当时是星期三的傍晚，从这个时间可以判断出，她打算乘坐六点十五分的最后一班公交的可能性很高。得出这个结论之后，只要找出从上屋到东门的最短路线，并绕到前面去就行了。因为从星期一早上到星期二晚上已经连续死了三个人，所以预想到姨妈或者父亲可能会急着出逃并不奇怪。也就是说，对凶手而言要杀害姨妈是非常容易的。当然，刀城先生和涟哥关心的案发现场是个密室的问题，依然没能解开……

从那天晚上开始，父亲就得到了警方的保护。住在上屋的警察人数也一下子变多了。对出入人员的人监视比以前更加严密，后面的大石阶和小石阶也有警察盯着。现在警方的人比谽呀治家的人还多。

这种森严的戒备中，山伏和胜虎舅公的遗体被送了回来，家里举行了守灵仪式，因此上屋中紧张、悲伤和恐惧等各种感情搅在了一起，弥漫着一种难以言喻的诡异氛围。幸好早雾姨妈在医院接受检查,所以要晚两天回来,要不然情况可能会更加混乱。

虽然刀城先生也来了,但他被禁止在宅子里擅自行动,所以我和他说不上几句话。至于涟哥,茶夜奶奶和其他家人肯定不会让他来守灵的。虽然白黑家族之间的往来不像以前那样受到严格的限制,但在婚丧嫁娶之类的正式场合依然泾渭分明、互不往来,所以这也是没办法的事。

第二天,我一早就去参加现场查证。当然,刀城先生和涟哥也一起去了。说是要在光线好的情况下重新确认一次,看看有没有遗漏什么线索。

结果在通往工具小屋的梯子上面,发现了疑似扫帚迅速扫过的痕迹。那地方只留下了砸到绢子姨妈头上的石碑的底座,可能是因为那里土质松软,底座和梯子之间的地面很平整。凶手用的扫帚是工具小屋里的。但据说凶手没有从小屋那里逃走。因为小屋周围的地面没有任何痕迹,凶手肯定爬过梯子,但没有利用梯子逃走。顺便提一下,撞邪小径的土质和小屋那里不同,很难留下脚印什么的,所以没有留下任何明显的痕迹。

不用说也知道,这个发现让刀城先生和涟哥起了兴趣。他们和昨晚一样,主张凶手不可能从撞邪小径逃走。

可是警方关注的是插进姨妈嘴里的伞柄。虽然不知道凶手为什么要在山伏的嘴里塞进梳子、在胜虎舅公的嘴里插进筷子、在国治舅舅的嘴里插进细竹条、在绢子阿姨的嘴里插进雨伞,但嘴里有某些东西是所有死者的共同点,难怪警方会关注这些。

刀城先生和涟哥好像也对这像是有所隐喻的东西束手无策,拿不

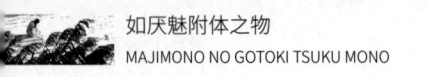

出什么靠谱的意见。当然，我也是一头雾水。

顺便说一下，昨晚几乎没人有充分的不在场证明。警方把不在场证明的调查范围扩大到了谺呀治家的上屋、中屋、下屋和神栎家的大神屋、新神屋，但当时上屋的人刚结束接二连三的讯问，所有人都在休息，正因为这样，绢子姨妈才有机会溜出去，几乎每个人都是一个人窝在房间里。中屋和下屋虽然没有上屋这么死气沉沉，但也被警察再三调查过，当时刚松了一口气，情况和上屋差不多。而神栎家那两户的人个个都抱着隔岸观火的态度，突然被要求提供不在场证明，他们都给不出令警方满意的答案，所以调查取证一无所获。

那一天上午，警方终于放过了我们。但警方一再强调，随时有可能要求我们配合调查，所以要把明确的行踪告知他们。

在当麻谷医生的协助下，刀城先生终于见到了尚在僻静小屋中卧床养病的外祖母。而新神屋的千寿子阿姨则通过弥惠子阿姨，转告涟哥千代身体不舒服，所以涟哥满口抱怨地去探望了。

我坐在巫神堂的叩拜处，面朝供奉山神大人（山伏死后，换了一尊新的案山子大人）的祭坛专心地祈祷，祈祷案山子大人保佑父亲，祈祷不再死人，祈祷外祖母身体健康，祈祷怪事就此结束……

可是，不管我多努力地祈祷，心里还是隐隐有种感觉，我仿佛知道这不祥的离奇死亡远没有结束，肯定还会有牺牲者……

取材笔记节选（六）

刀城言耶陪同当麻谷出诊，终于见到了叉雾老夫人。但为了这次面谈，他答应会按照医生的指示去做，所以在进入僻静小屋中，又雾老夫人卧床养病的房间之后，他一直保持安静，直到当麻谷的诊察结束。在房间里，他一直站在医生身后的不远处，特意不让自己进入老夫人的视线范围。

"这位是刀城言耶先生，是一位小说作家……"

当麻谷医生把听诊器收进包里之后，才开始介绍言耶。老夫人听了，想从被窝里坐起身，医生见状急忙劝阻，但老夫人不听劝，固执地起来，郑重地行了一礼。不过之后便按照当麻谷的指示，躺了回去，老老实实地听着医生的介绍。

"这样啊……所以您才会特意跑一趟。要是我身体还行的话，就能陪您好好聊聊，可我现在这样……"

听说言耶的目的是收集这一地区的民间传说，其中最感兴趣的是凭物信仰之后，又雾老夫人露出了无比遗憾的表情。

"别这么说，我应该早点来看望您的。您现在状况如何？"言耶开口问候，接着又聊了一些无关紧要的话题，但想到不能打扰病人太久，于是说道："我听说谘呀治家的凭物信仰，起源于家族祖上的一对双胞胎遭遇神隐，记载这事的文献在神神栉神社中……"

"哼，我劝你最好别轻易相信神栉家的文献。"老夫人原本亲切和蔼的表情突然变得可怕起来，"不过，那里面写的事情大致符合事实。但我们家先祖的生灵附到村民身上纯属无稽之谈，肯定是神栉家造谣中伤我们。"

"哈、哈啊……"

老夫人的语气魄力十足，一点也不像卧病在床的人说的话，言耶找不到合适的话来附和。他觉得在这种情况下必须直入主题才行，于是下定决心说道："话说，谽呀治家不仅是凭物家系，上屋这一脉还是祈祷师和帮人被除凭物的被除师，这是从什么时候开始的？"

"从很久之前开始就是这样了。"

"您是说，在成为凭物家族之前就是这样了吗？"

"这一切都是九供山山神的旨意。我们一直受山神的保佑。"

"我想这一带以上屋为中心的凭物信仰基本上是蛇神信仰。但谽呀治家每一代都有生灵附身这样的附身传承，而且上屋也有宗教色彩。信仰对象是九供山的山神，也就是案山子大人，但通过迎魂仪式从哥哥山上迎请下来的山神也叫案山子大人。还有供奉神山的神神栉神社存在，这到底是怎么回事呢？我想问的是——"

"探讨那种事一点用都没有。"

一直静静倾听言耶说话的叉雾老夫人，突然发出言辞激烈的警告，打断了他的话。

"别误会，我绝对没有侮辱或者贬低的意思，也没想揭露山神或蛇神的真面目，只是……"

"不管出于什么理由，都不能冒犯保佑我们的神明，简直岂有此理。"

"您误会了。我无意冒犯，不知道您对那事了解多少，现在和上屋有关的人接连离奇死亡……"

"不管怎样，那方面的事……"

"请让我解释一下……"

这时，当麻谷轻轻把手放在言耶的手臂上。他已经下意识地把身体探向了老夫人的床边："真伤脑筋啊，别让病人那么激动。"

"对……对不起……我一不小心就……非常抱歉。"

言耶向医生道歉，同时对叉雾老夫人鞠了一躬。

"走吧，今天到此为止。"

听到当麻谷的催促，言耶只能无奈离开。关键的问题一个都没问，但要是强行提问，激怒了医生，那事情就无法挽回了。而且病人的身体状况也不能忽视。

"山神啊……"言耶再次鞠躬表示歉意，就在他站起身准备离开房间的时候，听到了叉雾老夫人的声音。他回过头，发现老夫人正盯着天花板说："案山子大人只会惩罚邪恶之徒，绝不会杀人。即便有人因为惩罚而丧命也……"

这话还没说完就没了声音，原来老夫人已经闭上了眼睛。言耶实在舍不得离开，但还是无奈地走出了僻静小屋。

言耶比当麻谷先来到走廊，他知道偷看不好，但还是把隔壁的山神房间的门打开了少许。这纯粹是出于好奇心，不过也有可能是因为没能从老夫人那里，了解到自己想知道的事而做出的代偿行为。

他透过门缝往里看，只见里面左手边设置着一个和巫神堂的叩拜处一样的祭坛，中间果然还是供奉着案山子大人。如果只是这样，言耶肯定不会冒出任何想法。但那个房间除了祭坛之外，其他的一切都和纱雾的房间一样，在意识到这一点之后，一阵寒意顿时从后背蔓延开来。

"千代看到的不是我的生灵或者分身，而是小雾姐……"

纱雾的话在他脑中回荡。

"姐姐回来了。她醒来了。而且……"

纱雾害怕的表情清晰地浮现在他眼前。

小雾的房间显得有些瘆人,令言耶第一时间想到了纱雾当时的声音和表情。他当然知道,这是因为叉雾老夫人一直在打理房间,更新布置,让小雾的房间和纱雾的房间保持一致。而且这个房间和纱雾的房间有些许区别,比如书架上的藏书远远超过了纱雾的房间。然而,即便他知道这个房间为什么和纱雾的房间那么像,即便他能看出两个房间的区别,但还是无法驱散笼罩在这个空间中的诡异氛围,好像小雾真的住在里面一样……

（不对,实际情况并非如此……是因为把死者当成活人,长期为她打理房间,所以房间才渐渐地呈现出了有人住的样子……）

里面的祭坛要是出现在普通人家的房间里,应该会显得很诡异,但在这里却显得十分自然,反倒是随处可见的、充满少女感的布置在这里格格不入,这种矛盾的感觉让言耶陷入了深深的恐惧之中。他觉得,要不是因为察觉到当麻谷即将从隔壁房间出来,自己可能就会直接走进小雾的房间,然后就此人间蒸发。这种感觉加深了他的恐惧。

在仓皇逃回主屋之后,他收到了妙远寺住持托人带的话。他本以为自己昨天早上和傍晚都没去寺庙,惹怒了大师,大师现在来催他了,但又觉得传话的内容很奇怪。

"四人之间有共同点。你快来。"

如果"四人"指的是离奇死亡的被害人,那也不需要特地说什么有共同点。任谁都看得出来他们死时都是案山子大人的打扮,而且嘴里都含着像是有所隐喻的东西。住持偏偏是村里最不关心这事的人,

陆　撞邪小径

实在无法想象他居然有事要告诉言耶。

但言耶还是决定去一趟妙远寺，他把自己的去向告知警察之后就出发了。既然和叉雾老夫人的面谈以那种形式结束，那就只剩下当麻谷和泰然可以聊那方面的事了，碰巧这时候后者叫他过去，他哪有不去的道理？而且他也想离上屋远一点，尽快把偷看小雾房间产生的恐惧抛到脑后。

到了妙远寺之后，之前那个小和尚很快就出来接言耶，小和尚没有通报，直接带他去了上次的房间。没过多久，泰然就进来了，他刚一出现就说道："哎呀，事情越闹越大啊，已经死了四个人了……你上次来的时候怎么不把情况说清楚呢？"

"啊？可是，我一开始就和您说了膳德和尚和胜虎先生的事……是您自己说不问世事的……"

言耶觉得住持太不讲理，简直是在刁难自己，于是出言反驳。但泰然却说："不是那个。我说的是山伏衔着梳子的事。而且胜虎嘴里还插着筷子吧？"

"嗯，是的。那事……"言耶当时确实没说那些细节。但那也是因为住持表现得对这个话题完全不感兴趣。言耶差点就生气了，就在这时："等……等一下！难道大师您知道那……那梳子和筷子的含义？"

然而泰然根本没把他的话听进去，自顾自地说："听说后面的死者嘴里也有东西：国治是细长的竹条，绢子是伞。刚才吃午饭的时候，我听寺里的人说了才知道这件事。太让我震惊了。为什么出了那么大的事都没人告诉我一声？实在难以理解。"

言耶腹诽:"这事在村里传得沸沸扬扬,住持居然刚刚才知道,我看你才让人无法理解。"不过也只是想想而已,他并没有说出口。

"大师!您知道梳子、筷子、细长的竹条、伞这些奇怪的东西代表什么吧?您知道这些东西的含义,对不对?"

言耶为了让泰然听清楚,特意加大音量,放慢速度,盯着泰然的脸说道。

"我还没耳背呢,不用像和痴呆老人说话一样大声。"大师抱怨了几句,不过似乎注意到了言耶有些急不可耐的表情,"这是我长年累月一点一滴研究出来的成果,你可能一下子听不懂。"泰然先作了个声明,"之前和你说过,谺呀治家的本家在爬跛村,从姓氏的汉字和村子的地理背景的角度来看,谺呀治这个姓的意思是爬跛村的统治者。在《倭名类聚抄》中蟒蛇写作'夜万加加治',所以从发音的角度看,谺呀治也有蛇灵这层含义。我还说过在《古语拾遗》中提到大蛇的古语是'羽羽',所以爬跛村是蛇村。而且'羽羽'这个发音是由代表蛇的'加加'变音而来,由此可见谺呀治家和蛇神关系匪浅。"

"是的,您当时是这么说的。"

"如果按照这个思路进一步推敲,神神栉村的'神神'二字,也可以视作由代表蛇的'加加'变音而来,这个名字也和蛇扯上了关系。"

"蛇栉村吗?"

"关于日语的'栉'字,这个字有梳子的意思,但在民俗学中,有种说法认为这个字也有蛇的意思。"

"欸！那神神栉村不就是蛇……蛇……蛇蛇村……"

言耶兴奋得说不出话来，泰然接着往下说道："其实筷子和梳子一样，也可以视为蛇。"

"梳子和筷子……这……这么说来，四人嘴里的东西……"

"四人嘴里的东西全都代表蛇，这一点应该不会错。我一开始也不清楚细长的竹条是什么意思，现在看来，可能是竹扫帚吧。竹扫帚是用细竹条捆扎而成的，凶手肯定是从中抽了一根卷成了圆环。"

"可是，为什么那些东西都代表蛇呢？"

"梳子和筷子细长的形状会让人联想到蛇。如今的梳子很宽，梳齿有很多，但古代的梳子又窄又高，梳齿也只有寥寥几根。筷子也称为'折箸'，头部的一端是相连的。换句话说，一双筷子不是分开的两根，而是连在一起的一根。除了形状和蛇很像之外。我想你应该也知道，在出云的素盏鸣尊和三轮山的大物主神的神话中都出现过梳子和筷子。"

"素盏鸣尊斩杀八岐大蛇，大物主神的外形是蛇，对吧？也就是说二者都和蛇有关……"

"没错没错。素盏鸣尊在簸川捡到了上游漂下来的筷子。被他救下，免于命丧八岐大蛇之口的人是栉名田姬。而大物主神的妻子倭迹迹日百袭姬的死也和筷子有关。"

"这太巧了吧。"

言耶的兴趣一下子转移到了神话方面的解释上，但泰然淡淡地继续说道："在古代，人们会把各类草木比作蛇，以那些植物为材料制作的东西，比如扇子、扫帚、伞也会被当成蛇。不过如果按照这种说法，那大部分东西都能算作蛇，所以我不完全赞同这种说法。但在刚才提到的神话中出现的梳子和筷子，应该可以视作一种象征。"

"您是指神明的依代吗？那不是神明的本体，把它视为曾被神明降临过的空壳更合适吧？"

"嗯，扇子、扫帚、伞等物在不同场合，用法不尽相同。不过听说在谺呀治家上屋的九供仪式中，双胞胎要在巫神堂的产屋里关九天，产屋外会挂着扫帚。"

"产屋？从古代开始，扫帚就是分娩必不可少的东西之一。人们认为要是帚神没有降临，孩子就生不下来。据说要是平时不爱惜扫帚，帚神很可能不会来见证分娩，产妇会难产。"

"哦，你了解得挺多嘛。"

"哪里……话说回来，在九供仪式中把双胞胎关在产屋里有什么意义吗？"

"恐怕是蜕皮。"

"蜕皮？那是蛇的行为……"

"产屋象征蛇皮。九供仪式就是让上屋的双胞胎蜕皮重生。在进行仪式之前，她们是普通的女孩；但在仪式之后就不再普通，成为巫女和凭座。而且，如果在仪式过程中死亡的话，会被视作变成山神。不管结果如何，双胞胎在离开产屋的时候已经完成了蜕皮。在门外挂着扫帚不就是把这仪式视为分娩的证据吗？另外，扫帚本身也能代表蛇，也许它肩负着双重使命。"

"这么说来，那一连串离奇死亡的原因果然在谺呀治家……"

"……"

陆　撞邪小径

"所以这不是模仿现有事例的杀人行为，而是一种具有象征意义的杀人行为……"

"这我就不知道了。"面对最关键的问题，泰然轻描淡写地摇了摇头，"不过，说每一个死者口中的东西都象征着蛇可能有点牵强，但我觉得应该和谺呀治的'呀'字有关。"

"我记得这个字的意思是'张开嘴'或者'开口大笑的声音'……"

"是的。顺便说一下，案山子大人也代表蛇。准确地说，有种说法认为，稻草人和梳子、筷子一样，都有蛇的意思。"

"您是说田里的稻草人吗？"

"之前提到《倭名类聚抄》中把蟒蛇叫作'夜万加加智'的时候，说过虎斑颈槽蛇在日本俗称'山蛇'，这名字的发音和夜万加加智几乎一样，对吧？山蛇和案山子都有'山'字，而且日语发音也很相似。在日语里，案山子和稻草人的发音完全一致，这不仅仅是因为案山子大人和稻草人外形很像，也是因为案山子原本就有蛇的意思。"

"谺呀治家是蛇神祟物家族，他们信仰的案山子大人是蛇神也没什么好奇怪的……"

"不仅仅是这样，案山子大人的斗笠也和刚才说的伞一样，都代表蛇。就连原材料相同的蓑衣也一样。总之，案山子大人无论是名字还是身体全都是蛇的意思。"

"这么说来，案山子大人本身就象征着蛇神，对吧？可是案山子大人原本是供哥哥山的山神降临的容器，另外也被人视作厌魅的化身，如果还是蛇神的话……"

如厌魅附体之物
MAJIMONO NO GOTOKI TSUKU MONO

和蛇有关的事一件接着一件，而且范围还扩散到了谽呀治家之外，言耶开始感到困惑了。

泰然突然站起身，走向壁龛旁的架子，从架子上的红色箱子里取出白纸和钢笔，然后回来。

"听我说。哥哥山的'哥'字是由两个具有正面意义的'可'字叠在一起组成的，这个字虽然代表着以优美的声音唱歌的意思，但是听说哥哥山原本是写成'何祸山'，而从何祸山往南流的邑寿川，听说是原本写成'汪蛇川'。这个'汪'字指水势宽广而深厚的样子，我认为可能是指河流在山中的源头。总之邑寿川的样子如同一条大蛇，从山上经过村子南下。"

"那么，每年春季举行的迎魂仪式，就是从会带来某种灾祸的山上，沿着大蛇之河把某种东西带进村子……"

这时，泰然说了一件惊人的事——过去是春季在哥哥山和邑寿川举行迎魂仪式，但秋季是在九供山和绯还川举行送魂仪式。这样做的意义是春季从哥哥山迎请神圣的山神之魂，而秋季将代受村庄灾厄的山神之魂（泰然怀疑那是厌魅）送去九供山。这才是仪式原本的流程，据说就记载在妙远寺的文献中。

"可是照您这么说，从那座何祸山迎接的应该是神明，而不是会带来灾祸的东西了啊……"

"日本的神明中有不少本就性情暴戾，会给人类带来灾害，对吧？有了人们的供奉，他们就成了神明。人们敬畏地把山称为何祸山，是因为不知道会有什么东西从神山上下来，但从神神栉村和汪蛇川这两个名字可以推测出一二。然而，却有人在传谽呀治家族是凭物家族，而且他们家族的凭物是蛇神。普通的蛇给人的印象就非常不好，何况全村信仰的山神是蛇神，情况就更糟糕了。更别提其中还夹杂着凭物信仰的问题。我认为这些事是村子发展成如今这个局面的大背景。当然了，演化的过程应该不会像我现在说的那么井然有序、条理分明，实际上应该会在更加复杂、混乱的情况下，一点一滴地慢慢变化。"

"请等一下。您的意思是，从哥哥山迎请下来的山神是案山子大人，而把案山子大人送去九供山的时候，它会成为厌魅。因为厌魅是九供山的山神，所以谽呀治家的案山子大人就是厌魅，同时也是蛇神。综上所述，哥哥山的山神就是蛇神。迎魂仪式和送魂仪式原本迎送的是同一尊神明，但如今却将那一尊神明一分为二……"

"应该没人会相信那种话吧。"住持说得很随意，但却少见地显得有些寂寥，不过他很快就恢复了平时的语气，"现在你知道我父亲费尽心思要做的事几乎没有意义了吧？"

"您是说神枥家和谽呀治家结亲的事吗？"

"虽然村里有黑白之分，但他们信仰的山神其实都是蛇神。这实在让人不知道说什么好。"

"确实……不过根本没人知道大师您刚刚说的事，而且就算向白之家族的人解释，他们从情感上也无法接受。还是要从婚姻关系方面着手，拉近双方的距离……对了，我还有一件事不明白。如果说'枥'象征蛇，神神枥村就是蛇蛇村，那么又该怎么看待神枥家的姓呢？还有原本是村中头号地主的大神屋又是什么情况呢……"

泰然凝视着言耶的脸看了一会儿，然后"呼"地叹了口气。

"有人认为代表蛇的'加加'和'羽羽'分别是由'加'和'羽'构成的叠词,也就是说,它们是复合词。如果是这样的话,单独一个'加'字就有'蛇'的意思。而'神'的古语发音和'加身'的古语发音一样,既然'加'有'蛇'的意思,那么'神'就是'蛇身'。也可以认为是'蛇身'变成了'神'。"

泰然在纸上写下了奇妙的等式。

"不仅爬跛村的谽呀治家原本就有蛇神信仰,神枏枏村的神枏家也有吗……不,考虑到他们家曾经是这个村子最大的地主,有蛇神信仰是理所当然的,或者说,这样才正常……"言耶的后半段话声音很小,像是自言自语,但他突然倒吸了口气,说道,"说不定是这样?当时新迁入的谽呀治家为了对抗神枏家的蛇神信仰,树立了能进行祈祷和祓除凭物的形象,有了宗教色彩。"

"哦,原来如此,你的解释很有意思。哎呀,我认为你的见解很独到。如果是这样的话,恐怕是神枏家巧妙地把自己的蛇神信仰转化成了谽呀治家的凭物信仰。谽呀治家原本就有蛇神的影子,所以这不算太难。不过,这么说来,转嫁这个词应该比转化更合适,虽然转出去的是神明,但最终是让他人承担了不好的结果。"

"是啊。虽然有不少细节还需查证,但多亏了大师的指点,我解开了一些困扰我已久的问题。"

"嗯,那就好。不过这些毕竟是个人的见解,全部……"

泰然似乎想到了什么,看那态度,他似乎开始对叫言耶来的目的产生了疑问。

"怎么了?"

陆　撞邪小径

"没什么，总之就和我刚刚说的一样，那都是些没有根据的猜测罢了，别太当回事。"

"那些事应该没办法完全证实，不过寺里和神神栉神社中应该保留着一些文献。要是由那两家的人去查阅可能会惹出问题，但如果是大师您介入调查的话……"

"如果能逐渐深入调查自然好……不过这事急不来，而且依我看，查到的信息对你不会有多大帮助。"

"您是说，那些文献对解决那一系列离奇死亡案几乎没帮助吗？"

言耶估计这就是住持的言下之意，于是开口确认。

"这个嘛，随你怎么想都行……我怀疑案件的根源和以前的历史背景有关。虽然我这人不问世事，但如果要追查这案子的起因，与其去研究那么久以前的事，不如查查最近的……说最近也不合适，总之我觉得应该把目光放在近几十年的事情上。"

泰然语气含糊，显得很奇怪，他这样的表现很少见。

"您是不是知道些什么？如果知道的话请告诉我。我虽然是外地人，和案子也没关系，但毕竟和纱雾小姐、涟三郎相识一场，无论如何都想帮帮他们。如果不方便告诉我的话，也可以请警察过来……"

听到言耶的恳求，住持再次凝视着他。感觉这次凝视的时间长了不少。

"这事只有我已故的父亲和我知道，但没有任何证据。不过如果要调查的话，倒是有办法，但我没这个打算。准确地说我只是有些怀疑而已……"

"什么怀疑？"

如厌魅附体之物
MAJIMONO NO GOTOKI TSUKU MONO

"我怀疑已死的小雾和现在还活着的纱雾这对双胞胎,不是上屋的上门女婿阿勇的孩子,她们的父亲可能是新神屋的建男。"

"那……那……那新神屋的千代小姐就是纱雾小姐同父异母的姐妹……"

"嗯。算起来,大神屋的涟三郎就是她们的堂哥了。"

这两个家族一白一黑,本应泾渭分明,可现在却得知两个家族的血脉,可能在很早之前就已经交融在一起,言耶着实大吃了一惊。这件事带来的震撼,远超过住持暗示两个家族曾经信仰同一个蛇神的时候。可能是因为生下孩子的人还在世,所以才显得特别有现实感吧,何况那个孩子还是纱雾。

"可……可是,在大神屋的次子建男先生,和上屋的嵯雾小姐闹出恋爱风波的第二年,建男先生就和千寿子小姐结婚,入赘进新神屋,而嵯雾小姐则招下屋的勇先生给上屋当上门女婿。在五年后,建男先生和千寿子小姐生了千代小姐,六年后,嵯雾小姐和勇先生生下了小雾小姐和纱雾小姐这对双胞胎。如果这对双胞胎的生父是建男先生,那在千代小姐出生前后,他和嵯雾小姐之间就有过非比寻常的关系……"

"我也不清楚详细情况。不过建男的妻子千寿子原本是建男的哥哥须佐男的妻子,后来因为长年无子才被迫离婚,这事你知道吧?"

"知道。听说是在两人结婚第五年的时候,茶夜老夫人做主让他们离婚的。我还听说后来须佐男再婚了,不过妻子是千寿子的妹妹弥惠子……"

"既然你了解得那么清楚,那解释起来就快了。弥惠子在嫁给须佐男的第二年生下了长子联太郎，后一年生下了次子莲次郎，次子出生的两年后生下了三儿子涟三郎。另外，因为无子被迫离婚的千寿子，在涟三郎出生的第二年终于生下了长女千代。她的妹妹嫁给她的前夫之后，接连生了三个孩子，还都是男丁。而她自己再婚五年之后才有了孩子，而且还是不能继承家业的女孩。考虑到千寿子当时的心境，了解她性格的人应该都会不寒而栗。她把情绪宣泄在入赘的建男身上也算人之常情，何况建男还是她前夫的弟弟……”

“您是说建男先生当了上门女婿之后，在新神屋过得很糟心吗？毕竟是入赘到自己曾经的嫂子的娘家，而且还涉及继承人的问题，日子肯定很不好过吧。”

“虽说千寿子是神栉家分家的人，但毕竟曾经嫁到本家又被赶回娘家，她对本家应该有极强的对抗意识吧。而嵯雾的情况也差不多。虽然她就在自己娘家，叉雾老夫人是她生母，但她有一项重大使命——必须生一对双胞胎女儿继承家业才行。这不是上屋这一脉的问题，是关系到谺呀治家和全体黑之家族的大事。大神屋的弥惠子一个接一个地生，后来千寿子也怀了身孕，我想那时候嵯雾的精神已经濒临崩溃了。更不用说被拿来和她对比的两个人都是神栉家的。听说在两人都陷入那种处境的时候，碰巧在寺里碰面了。”

“建男先生和嵯雾小姐……”

“不过我父亲好像多管闲事了。”

“难道是让他们在寺里幽会……”

“真不知道我父亲是怎么想的。也不知道他是不是因为没能促成他们的婚事而自责，总之最后事情就成了这样。不是我为他开脱，他当时的态度与其说是积极牵线，不如说是睁一只眼闭一只眼。"

即便如此，这也是在帮人私通，不管上一任住持对两家没能结亲的事抱有多复杂的感情，也不应该这么做……

"不过光凭这点就怀疑纱雾小姐她们的父亲是建男先生……"

"在更早之前，就有人提过纱雾的母亲嵯雾和当时还在下屋的阿勇的婚事，这事你知道吧？"

"知道，我也听说过。不过勇先生后来生病了……欸……我听说他是长大成人之后得了腮腺炎，所以才会耽搁到亲事……该不会……他因为这样变得没办法生育吧？"

"我只是怀疑而已，没有任何证据。阿勇到底是什么情况得医生诊断之后才清楚，我不好多嘴。但村里人曾经说大神屋的联太郎、莲次郎兄弟和上屋的双胞胎姐妹长得很像，我觉得他们这么说不是没有原因的。特别是莲次郎，村民都说他很适合当那对双胞胎的姐妹。"

听到大师的话，言耶"啊"地叫了一声。

星期二的晚上，把建男叫去大神屋一叙的时候，言耶觉得涟三郎很像他父亲须佐男，但照片上的联太郎和莲次郎很像他们的叔叔建男。如果纱雾姐妹的父亲是建男，那这对双胞胎就是那对兄弟的堂妹，所以这四人长得像也没什么好奇怪的。考虑到千代和那对双胞胎是同父异母的姐妹，但却没有相似之处，这对双胞胎和那对兄弟的相似或许是神明故意开的小玩笑。

"只有上一任住持和您产生过这种怀疑吗？"

"应该是。村里人会开那种玩笑，反而可以说明他们根本没意识到这个问题。他们但凡有一丁点的怀疑，都不会说得那么直白。"

"啊，莫非胜虎先生知道些什么？"

勇向警察坦白了星期天的密谈之后，当麻谷和往常一样，把这事原原本本地告诉了言耶。言耶向泰然简单说明了情况："听说当时胜虎先生说过，就算纱雾小姐和涟三郎的亲事谈不拢也不怕，他手上还有撒手锏。也许他知道黑白家族的血脉已经交融，只是他认为反正都是打破黑白家族的隔阂，策划一桩未来的喜事比曝光过去的私通好得多。"

"有这个可能性。我觉得叉雾老夫人很可能早就看破了女儿不检点的行为，只是没有说破而已。胜虎毕竟是老夫人的弟弟，有可能偶然得知了这事。"

"如果还有人知道这件事的话，那就是建男先生和勇先生了吧？不过这两人都不会把这事说出去。但胜虎先生和勇先生都参与了星期天的密谈，这会是偶然吗……"

"你是说那四人接连死亡，是因为知道了这个秘密吗？"

"我不知道。但这事足以成为杀人的动机。可是……大师，公开这件事的后果会很严重吧？"

言耶困惑地挠着头。

"所以我才告诉你这个外地人啊。我是不能把这事告诉村里人的。再说你已经被牵扯进来了，剩下的事你自己看着办吧。"

泰然轻描淡写地说完之后，便摆出了一副置身事外的表情。

（这也太不负责任了吧……）

言耶不禁有些生气，但这次确实从泰然这里得到了许多有用的信息，所以他发不起火来。另外，大师说得对，正因为他是外地人，所以才有机会听到最后那些话。

（接下来要做的就是利用好到手的信息，想办法阻止再有人离奇死亡。）

刀城言耶在心里这样告诉自己。然而几个小时之后，他认识到了自身的无力。

那天夜里，第五个牺牲者出现了……

涟三郎记述节选（六）

"杀人案一起接着一起，太可怕了。涟三郎少爷也得小心才行，要是往上屋跑，说不准什么时候就会遭殃……"

千寿子姨妈一看到我，就说起了这事，然后喋喋不休地说谷呀治家（特别是上屋）受到了诅咒。就差没直接说，和那户人家扯上关系必死无疑了。

"嗯，真的很可怕。"

认真陪她聊或者进行反驳，只会让她说个没完没了，所以我只是随便敷衍，同时特意加快了去千代房间的脚步。姨妈既想对我说上屋的坏话，又希望我快点去见她女儿。所以虽然她一脸的不舍，但还是干脆地放了我一马。我的计划成功了。

（哎呀呀，真是累人啊……）

听到姨妈让老妈转告的话之后，我不情不愿地来了新神屋。星期天傍晚已经来探望过千代，我还以为短时间内不必再来，看来是我太单纯了。肯定是姨妈听说我频繁出入于案件的核心地点上屋之后，想从旁干涉。恐怕她还一直在奶奶和老妈面前假意关心我的身体，实则拿大神屋的少爷老是泡在上屋之类的话来挖苦人吧。

然而在见到千代之后，我发现叫我来的人不是姨妈，而是她。不过她没在床上养病，看上去病情已经有所好转，所以希望我来探望应该是借口。

"听说你身体不舒服，不过看上去挺有精神的嘛。"

我不由自主地出言挖苦，不过说完之后又有点后悔。因为我瞄到了千代那孤单的表情，那表情仿佛在说：要是我不骗你，你肯定不会过来吧？

"你已经可以去学校了吧？不过这里去高中来回通勤很辛苦。你直接住校多好。"为了掩饰尴尬，我随便找了点话题，结果更后悔了。这话听起来就像我不希望千代留在村里一样。我急忙补充道："毕……毕竟现在村里接二连三地发生可怕的杀人案，留在村里可能有危险。组里的代表还为这事来找我老爸商量过。"

"我母亲说凶手只对上屋的人下手。就算要对上屋之外的人下手，也是找谺呀治家或者黑之家族的所有人……"

千代说姨妈的看法时，脸上是一副不相信的表情。

"看来你不认同这个说法？"

"虽然现在的死者还是上屋的人，但谁也不知道矛头什么时候会指向这边。"

"矛头……是指凶手吗？这边是指大神屋和新神屋吗？可是你为什么这么说？"

"因为是……Sagiri[1]干的……"

"欸？你又在说地藏路口的事……如果是那件事的话，你应该知道纱雾有不在场证明吧？我懂了，你想说那是她的生灵吧？那是骗小孩的……"

这时千代用力地摇着头。她的样子太过异常，我一度担心她会当场发作，接着她说出了让我大吃一惊的话。

"我说的不是纱雾，也不是她的生灵，而是她姐姐小雾。"

"她姐姐小雾？你脑子没坏吧？"

我是真的为千代是否正常而担心，但很快又想起纱雾说过同样的话，瞬间打了个寒战。这两人现在的关系绝对没有以前那么好，可她们却抱着相同的想法。这个巧合（这当然只是巧合）让我如坠冰窟。

我在那一瞬间的变化，似乎没能逃过千代的眼睛。

"当时在地藏路口看我的是她姐姐小雾。我不知道那是九供山的山神还是厌魅，但我可以肯定，她是以自己原本的相貌出来的。肯定是九供山或者巫神堂出了什么事，所以封印被打破或者祭祀出了疏漏，姐姐小雾醒来了……"

"我明白了。就算当时在地藏路口的是她……"我迅速重整旗鼓。在这种情况下只能顺着千代的话往下说，在她的领域内条理清晰地进行反驳，指出矛盾，"为什么姐姐小雾要接连杀死上屋的人？那些都是她的亲人吧？如果是杀神栉家的人还说得过去，可那些人一直在祭祀山神……"

1　纱雾和小雾的日文发音都是Sagiri。——译者注

"所以我才说不知道矛头什么时候会指向这边，就是因为这样才可怕……"

这根本是答非所问。看来千代仅仅是身体看上去有些活力，但精神状态却很糟糕，所以我没再说什么。

"因为……姐姐她喜欢你……"

这时纱雾的声音在我脑中回荡，与此同时，小时候看到的手指从棺材里伸出来的一幕，出现在我脑海中。

（小雾喜欢我，所以附在千代身上……因为小雾被活生生变成了山神，所以才会害上屋的人……）

我觉得这两种说法都说得通，这时我突然回过神，为自己会冒出这样的想法而感到害怕。

（我怎么能被千代影响……当时对小雾见死不救的人不就是我吗？不管怎么想，小雾都不会因为嫉妒千代而附到她身上……不，不对！这世上根本就不存在生灵、山神之类的东西。）

我感觉在这几天里，自己变得非常迷信。如果在刀城身边一切还算正常，但要是独处的话，就会突然变得疑神疑鬼。说不定我在不知不觉间变得太过依赖刀城了。

"村里人都是这么说的。"

千代误以为我沉默是因为在考虑她的话，摆出一副要爆出更重磅的消息的样子。

"有人说看到姐姐小雾在村里漫无目的地彷徨……"

"那是因为你四处宣扬地藏路口的事吧？那事之后接连有人离奇死亡，村里人把两件事联系到一起，所以才会那么说。就算真有人看

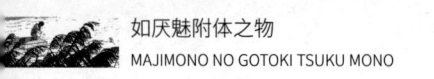

到，那也不是看到已死的姐姐，而是妹妹纱雾。我估计说那种话的都是新神屋的佃户吧？"

"不是的。从去年开始村里就有人说这事了。以前大家都以为那是纱雾，说她有些奇怪，可能是凭座的担子太重了。可是，上屋的人开始接连死亡之后，大家开始注意到那不是纱雾，而是她姐姐小雾。"

千代的话让我第三次浑身发抖，而且这次是极具现实感的战栗。

如果是在以前，要是全村人都相信上屋的连环离奇死亡案的凶手是化作厌魅的小雾，我肯定会很苦恼。可是现在听到千代的话之后，那种苦恼已经要变成痛苦了。因为只要他们的念头稍微一变，凶手就有可能从化作厌魅的小雾变成纱雾的生灵。而且千代一开始就认为那是纱雾的生灵，所以不是"变成"而是"变回"……

（可恶，那种事根本不重要。）

虽然村里人那种解释是迷信思想作怪，但万一流言传着传着，罪魁祸首从化作厌魅的小雾发展成纱雾的生灵，并进一步发展下去，最终把纱雾本人当成凶手怎么办？一想到这里我顿时浑身发抖。不管村里人再怎么迷信，正常来说最后还是会把人类当成凶手。在这种情况下，搞不好……

（搞不好会开始猎杀女巫……）

要是叉雾奶奶还在，那倒不用担心。但她一直卧病在床，万一有什么不测，再加上如果出现上屋之外的村民成为连环离奇死亡案的被害人，谁都不敢保证不会出现猎杀女巫的事件。一旦出现那种局面，纱雾的老妈是镇不住场面的。

（哎呀呀，是我杞人忧天了吧？）

我想让自己冷静下来。单凭千代说的话，无法判断村里有多少人认为这事是小雾干的。而且这事毕竟不是传染病，不可能一直有人离奇死亡。另外，也没听说叉雾奶奶病危。当然，最坏的情况是事态确实有可能恶化到那个地步，但终究会有个过程，应该不可能突然就出现那种局面。

（不过要是不尽早侦破案件，可能会出大事……）

千代仍在宣扬小雾的威胁，我随便找了个由头结束谈话，赶回了大神屋。我想找刀城商量一下。我已经分不清那种担心是我杞人忧天，还是近在眼前的危机。

不久之后，刀城从妙远寺回来了，我告诉他我担心事情会发展成猎杀女巫的局面，说的时候很担心会被取笑，但他似乎听得很认真。

"这是一个与外界隔绝的村子，在这样一个封闭的社会中，因为凭物家族的存在，出现了白黑家族的对立，这样的背景再加上连环离奇死亡案的发生，你的担心不无道理。你认为这事不会一下子爆发出来，但我的看法和你相反。只要出现一个契机，风向一变，状况就有可能出现剧变。而且就算不再有人离奇死亡，只要真相没有水落石出，这种难以形容的诡异氛围就不会消失。只要村里依然人心惶惶，村民担心随时有人会死于非命，这种情况就不会改变。在这样的环境下，如果有人偶然死亡，即使和这次的事毫无关系，只要死得有那么一丁点蹊跷……你觉得会怎么样？所以，即便发生猎杀女巫的事也不奇怪。"

"我觉得就算查出了真相，这件事也会在村里留下不好的影响。"

"嗯……我也是这么认为的。不过当务之急是把千代小姐说的传闻调查清楚。"

"你是说必须弄清传闻的流传范围，了解小雾醒来的传闻，有没有演变成纱雾的生灵或者纱雾本人，并尽早辟谣吗？"

"这事还没传到你耳中，所以传播范围应该不大。但最好趁现在堵住别人的嘴。当然，如果不能阻止再有人离奇死亡的话，做什么都无济于事。"

"我根本不信千代的鬼话，但上屋之外的人也有可能离奇死亡吗……"

"如果死者是遭人杀害的，那凶手应该是出于某种动机才会连续杀人；只要有充分的动机，就有可能杀害上屋之外的人。但是，考虑到此前的被害人都是上屋的人，而且都参与了星期天的密谈，所以这个可能性应该比较低。但是，如果凶手没有动机，只是无缘无故杀人……事情就麻烦了。"

"你是说无差别杀人？"

"也许凶手选择被害人有自己的一套标准，但我们完全无法理解，如果是这样的话情况会变得很复杂。"

"如果死者不是遭人杀害……"

听到我的问题，刀城露出了无比复杂的表情说道："即便不是他杀，被害人之间也应该有某种共同点。只要能找出来……"

他说到一半停了下来，急忙把泰然所说的梳子和筷子的象征意义告诉了我。可能是上次我和纱雾才说过，关于梳子和筷子我们好像有点印象，可是又想不起来的缘故吧！

"居然是蛇？"

但遗憾的是，在听说那些东西代表蛇之后，我依然没想起任何事。

不过在我一一想着梳子、筷子、扫帚、伞、扇子、稻草人的时候，产生了一种奇怪的感觉，好像我并非一无所知……我不是说知道其中某一件东西的含义，而是把它们放在一起好像有什么不一样的地方。但我想破脑袋也想不出，那种感觉从何而来，又有什么根据。

"去问问纱雾小姐吧？"

我也想去问，但太阳下山之后上屋的出入管制会更严。要是没有充分的理由，应该会被赶回来。我们也考虑过打电话，但最终决定明天早上，让当麻谷陪我们去见纱雾。

"啊，对了。关于之前提到神神栉神社的文献，你父亲已经替我拜托过茶夜老夫人了，可惜老夫人不同意。"

"我还以为只要是刀城先生你的请求，奶奶都会听，看来还是不行啊。"

"而且须佐男先生说，老夫人的答复不是不给我看，而是没那种文献，所以是彻底没戏了。"

"我奶奶还没老糊涂呢，她是在装糊涂。话说回来，你还是那么想查清上屋的宗教色彩的起源吗？"

"我要告诉你一些事，希望你不要告诉其他人。"

刀城突然用严肃的眼神看着我说道。然后他把泰然告诉他的猜想，也就是神栉家和谽呀治家围绕蛇神的纠葛告诉了我，其中还牵扯到了迎魂仪式和送魂仪式。那内容让我大为震惊，但村里会不会有人信这话，就要打个大大的问号了。

"不必急于一时。等你上大学主修民俗学之后再研究也来得及……不，我反而认为从那时候再开始比较好。将神栉家和妙远寺的文献对照一下，查明村子真正的历史。当然了，这不是为了揭露什么丑闻，而是为了消除村子的凭物信仰。"

那天夜里，我和刀城彻底把案件放到一边，聊了许多关于启蒙运动的问题。但这事不能操之过急，毕竟现在还没到时候。我们村的人本就十分迷信，现在又出了连环离奇死亡案，到处都在传什么诅咒啊，作祟啊，邪物害人啊之类的话。

后来，刀城先生一边和我交谈，一边做笔记，整理那一系列离奇死亡案的情况。我们订好了明天的计划，先去见纱雾，然后刀城去找所有相关人员，把今晚整理出来的疑点全都问一遍，而我则去了解千代提到的关于小雾的传言流传有多广，内容有没有出现变化。

就在我们两人商量第二天计划的时候，勇在上屋离奇死亡的消息传到了大神屋……

纱雾的父亲在上屋西边的走廊被镰刀割喉，浑身是血地倒在地上，而且偏偏是被他的女儿纱雾发现的。据说她当时正从巫神堂去南边的别屋，在叉雾奶奶以前的房间前，看到了头朝穿廊方向倒在地上的父亲。

案发时有多名警察在上屋内外巡逻。凶手简直胆大包天，居然敢利用短暂的空当作案。前提是，勇的离奇死亡和言耶说的一样，是他杀……

谻呀治勇是一副案山子大人的打扮，而且右手拿着割开自己喉咙的镰刀，嘴里衔着一把打开的扇子……

柒

巫神堂

"我没想过事情会变成这样,所以……老实说,我有点不知道该从何说起。"

坐在巫神堂祓除所中央的刀城言耶,用为难的眼神看着排在自己左右两侧的人说道。

他在案山子大人的正前方,和叩拜处有一小段距离,以他为基点,左边坐着谽呀治家的嵯雾和纱雾母女、医生当麻谷、负责指挥刑侦的警部以及黑子;右边坐着大神屋的须佐男、弥惠子、涟三郎,新神屋的建男、千寿子、千代。左右两边各排成一列,正好以刀城为顶点延伸到叩拜处,形成一个扇形。

星期四的晚上,勇在上屋离奇死亡之后,既恐惧又紧张的一夜开始了,后续的取证调查一直持续到了星期五的傍晚,不知怎么回事,这些人被叫来了巫神堂。除了两家的亲属虽然还有其他外人在,不过都是跟这次事件有关的人物,看样子这似乎有违刀城当初的本意……

"其实我一开始只想和你们中的少数几位谈谈。虽然有必要告知各位和警察,但我现在的思路还没那么清晰。所以——"

"别这么说,说来惭愧,是我向警部透露了些许情况,没想到弄得这么夸张……实在过意不去。"

当麻谷深深地鞠了一躬,刀城摇摇头并把目光投向了医生旁边的警部。他似乎搞不懂警方的真实意图,也想不明白,为什么警方会为一个来历不明的年轻人，特地叫来这么多人过来。

"不过我现在觉得，能得到这样一个机会，也许反而是件好事。把两家人叫到一起，由我这样的第三方来说明，虽然会有一些问题，但或许也有不少好处。遗憾的是，叉雾老夫人、茶夜老夫人和泰然住持不在场……"

"叉雾老夫人还无法下床，正在僻静小屋的房间里休息。"当麻谷替谘呀治家的人回答道。

"我母亲表示坚决不来这里……她有点固执，请不要见怪。"

须佐男接着说道，出人意料的是，他居然说出了茶夜的心里话。

到了这时，这里的人才开始观察其他到场的人。虽然没人说出口，但谘呀治家只有嵯雾和纱雾母女到场的事实，似乎令每个人都想起来那些被害人，巫神堂里有了一股凉飕飕的感觉。

"所有相关人员聚在一处，刀城先生这样的人在中间，这种场面很像推理小说的尾声啊。"

当麻谷少见地开了个玩笑，似乎想驱散这里的诡异氛围。然而医生的话立刻消失在微暗的巫神堂中，没有起到任何效果，只有千寿子夸张地皱着眉。

"推理小说吗……如果能像小说里的名侦探一样，查出这可怕案件的真相就好了……"

似乎只有刀城一人把医生的话当回事。

"我这个外人在机缘巧合之下，和案件扯上了关系。但正因为我是外人，所以才能看到被各位忽视的东西。另外，我来此地的目的本就是收集民间传说，特别是凭物的传说，从这个角度去看待案件，或许会得到一些与警方不同的看法。我昨晚和涟三郎一起梳理了案情，今天早上开始一直到不久前，请教了各位不少问题。我起初是想和当麻谷医生和涟三郎说说自己的想法……算了，不提那事了。接下来，请各位听听我的想法。"刀城似乎下定了决心，他做了这样一番开场白。"想不到追寻案件的开端这么难。当然，也可以说这一切是从膳德和尚，也就是小佐野膳德先生的吊死开始的，但我总觉得这次的事在更早之前就已经开始酝酿了。"

"这个更早有多早？"当麻谷以一种代表众人的姿态问道。

"既可以说是很久以前，也可以认为是一年前或者几天前。"

刀城给出了一个非常莫名其妙的回答。但这个回答似乎引起了众人的兴趣，坐立不安的弥惠子和不满地看向别处的千寿子，也稍稍探出身子，摆出了倾听的姿势。

"不过我想从离我们比较近的事情讲起，希望各位先关注几天前的事。上个星期四的傍晚，千代小姐在地藏路口见到了纱雾小姐的生灵，并被附身。然后到了星期天的傍晚，纱雾小姐把封印被被除之物的依代，送去绯还川放流时遇到了怪事。有人认为那不是纱雾小姐的生灵，而是她姐姐小雾，也就是变成了神灵的小雾……"

"我不是说了吗？那是她们的幻觉。"

刀城说明那两人的详细经历时，涟三郎插嘴说道。

"嗯。这个解释很合理。但我现在想先说清楚之前发生了什么，至少先把表象说清楚。"

"哦，这样啊。抱歉……请继续。"

"顺便说一下，上个星期四的傍晚，神神栉村出现厌魅的流言已经传到了隔壁的爬跛村。我不清楚是否和千代小姐的事有关,但有可疑人物游荡这一点应该不会错。"

"什么可疑人物?那不就是纱雾小姐的生灵吗?"

千寿子那语气仿佛在说:"怎么连这种理所当然的事都不懂?"纱雾不由得低下头,就在她母亲嵯雾伸手准备安抚她的时候……

"如果是纱雾的生灵,那谁都认得出来。她姐姐小雾的神灵也一样吧?就因为认不出那是谁,所以才会传出厌魅出没的流言,不是吗?"

涟三郎用尖刻的言辞进行反驳。姨妈和外甥之间眼看就要吵起来,须佐男和建男赶紧劝阻。

"不好意思,具体的晚点再解释,我想说的是,这一连串的事件似乎都发生在纱雾小姐身边。"刀城的话让闹哄哄的现场顿时安静了下来,"在地藏路口的生灵和绯还川的怪事之后,膳德和尚在巫神堂被吊死了,他死前不久,纱雾小姐还在巫神堂里。淹死在邑寿川上游渡口的胜虎先生的死亡现场,纱雾小姐没有出现,但他与纱雾小姐的亲缘关系是不能忽视的。无论是国治先生在客房中毒身亡时,还是绢子小姐横死撞邪小径时,纱雾小姐都在现场。她父亲勇先生死亡时,她也在上屋。换句话说,案件一直围绕在她周围发生。"

"这不就可以证明一切都是她干的吗?"

"你就不能闭嘴吗?别胡说八道。"

建男当即喝止了千寿子无礼的话。可是,神梢家的所有人看纱雾的眼神虽然各不相同,但都带着怀疑,只有涟三郎是例外。

"不,纱雾小姐有不在场证明。"

这时，刀城向众人解释，地藏路口的生灵为什么不可能是纱雾；就算绯还川的怪事几乎都是她的幻觉，被河水冲走的依代又跑回来的事也无法解释；至少，她绝对没机会杀害巫神堂的膳德和尚和客房的国治。

"也就是说，案件确实发生在这孩子身边，但她不是凶手，对吧？"当麻谷向刀城求证自己的想法，恐怕是在特意向其他人强调这一点，"这么说来，凶手是故意栽赃给纱雾吗？"

"嗯……不好说。我想凶手应该不至于计划得那么周密。也许凶手的心态是能栽赃就算赚到，就算不行也能给她找点麻烦。如果能让她、上屋或者谽呀治家受到怀疑就再好不过了。"

"请等一下。刀城先生，你是说，千代看到的生灵和纱雾遇到的怪事都是凶手干的？"

看来比起五个人离奇死亡的案子，涟三郎更关心两个少女遇到的怪事。

"关于地藏路口的事，如果认定那是纱雾小姐的生灵，那事情会变得很复杂，要是想成有人在神祠另一侧的话，就没什么好大惊小怪的了。"

"不……不是的。那……真的是纱雾……"

刀城似乎看出千寿子打算附和千代，立刻抢先说道："我刚才说过，案件在大约一年前就已经开始酝酿了，从那时开始有人想把千代小姐许配给涟三郎。如果再往前推的话，千代小姐，听说你是从十一二岁开始出现被凭物附身的现象，从十七岁开始一直到现在，尤其是近一年，情况特别严重。把你许配给涟三郎的事是在这一年提出的。"

"那……那又怎么了……"

"本来是不应该对别人的感情问题多嘴的，不过我还是要说一下，千代小姐喜欢涟三郎，可涟三郎却喜欢纱雾小姐，是吗？"

"你……你有什么权利对我女儿说这话？"

"这……这……不好意思。这也是为弄清案情……"

"你给我闭嘴，太丢人了。"

"你这个当父亲的，看到女儿被人嘲笑还能无动于衷吗？而且嘲笑她的还是个外地人，不过是个写东西的人而已。他又不是警察，只是个门外汉……"

"他的权限是我给的，有意见吗？"

千寿子正要破口大骂的时候，警部的声音打断了她。每个人都愕然地盯着那位警官，但最吃惊的人好像是刀城。估计他根本不知道为什么警方会把这里的事全权委托给自己。

"请继续。"

在众人的沉默中，警部若无其事地催刀城继续说，接着便一言不发地摆出了倾听的姿势。

"谢……谢谢……"刀城说话时明显带着困惑，但似乎很快便调整好了心情，"我刚才想说的是，千代在这些年里，是不是一直被青春期女孩子特有的单相思所困扰，处于精神不安定的状态？或许这种感情不只是对涟三郎的喜欢，还包括对情敌纱雾小姐的嫉妒、害怕、羡慕等，杂糅在一起的复杂感情。当然……"

"我女儿为什么会对那蛇女……"

千寿子表现得很愤怒，但说话声音小得像自言自语，所以言耶装作没听见继续说："当然了，我认为并非发生在千代小姐身上的所有凭物附身现象，都可以这样解释。也有可能是由其他心理因素造成的，而且我也无法否定凭物的存在。但在许配给涟三郎的事被提出来的这一年里，她变得比以前更加敏感，特别是对纱雾小姐——我想这一点应该是不可否认的。"

"千代在那种精神状态把某个人错认为纱雾吗？在我这个医生看来，完全存在这种可能性。"

"而且她当时约了涟三郎出来，正要去见面。在这种情况下，无意识地想到纱雾小姐也不奇怪吧？"

"就算千代的情况真是这样，那纱雾的经历又怎么解释呢？真的是因为受到'怕所'环境的影响，而产生的幻觉和幻听？"

"我最初也是这么想的。但已经被河水冲走的依代出现在她肩头是物理现象，没办法用幻觉来解释。既然如此，就有必要探讨一下她听到的脚步声和感觉到的气息是不是真实的了。"

"欸？可是纱雾回过两次头，一个人都没看到，这足以说明脚步声和气息都不是真实存在的了吧？"

"但是，这样无法解释依代的事啊。"与兴奋的涟三郎截然相反，当麻谷再次指出了悬而未决的问题。

"最简单也最合理的解释就是，当时'怕所'的河滩上除了纱雾小姐之外，还有另一个人，那个人用尽各种办法吓唬纱雾小姐，最后还把事先从河里捡回来的依代放到了她肩上。依代确实被河水冲走了，但她既没看到依代沉入水中，也没看到被冲到下游，因为她当时正闭着眼睛诵念咒语……"

"那一带的河滩对面的确长了很多草,可以说是一大片茂密的草原,如果以草木为掩护跟在纱雾身后的话,或许不会被发现……"涟三郎说道,他说话时露出了努力回忆的表情,似乎是在回想绯还川的地形,但却显得不太自信。他很快就摇了摇头,说:"可是,就算她第一次回头的时候那人可以借草木掩护,可第二次回头的时候,那人应该几乎贴到她后背了吧?"

"嗯。而且拿着从河里捡回来的依代。"

"如果是这样,岂不是绝对会被看到?"

"不,那人没被看到。"

"怎么会不被看到?那人根本没时间躲。"

"那人没躲。我想实际情况恰恰相反,那人当时就站在原地一动不动。"

"站在纱雾身后一动不动?不可能!这样不可能不被纱雾看到。"

"不,只有那样才不会被看到。"

"为什么?为什么纱雾没注意到那人?"

"因为纱雾小姐没看到那人。"

一直屏息盯着刀城和涟三郎说话的众人,同时重重叹了口气,似乎没一个人明白刀城这话的意思。

"你说的'没看到那人'到底是什么情况?"当麻谷问道,也许是产生了医学方面的好奇心吧。

"在和一些人的谈话中,我得知纱雾小姐大约在一年前开始,经常发呆或者注意不到身后有人靠近。听到这事的时候,我想起了当麻谷医生提过的，在九供仪式之后为她诊察的事，于是开始怀疑这两件事的关系。"

"我确实说过她半身麻痹、走路困难，还有病好之后腿脚依然不利索……"

"医生说过这症状和脑梗死很像。脑梗死有时会引起视野缺损。纱雾小姐是左半身麻痹，这种情况有可能是右脑后动脉分支闭塞。我推测这导致她右枕叶和视丘梗死，左侧视野变窄。她在这种情况下把头转向左肩往后看，无法注意到左侧的情况，换句话说就是看不到。不巧的是探明邪物真面目的咒法，偏偏是把头转向左肩往后看。如果她是右半身麻痹或者咒法是把头转向右肩往后看，那就不会出现这种不可思议的现象了。"

"从医学的角度说，这并非不可能……可是那个仪式已经过去这么多年了，影响会不会持续到现在不好说啊。不过她姨妈早雾的症状会随着年龄的增长出现变化，所以也说不准会发生什么……"

当麻谷没有明确地表示肯定或否定，一副拿不定主意的样子。

"你是说，对纱雾和千代开那种恶劣玩笑的人，就是杀害所有死者的凶手吗？"

涟三郎催促刀城。看那表情他似乎毫不关心医学方面的佐证，只关心那个人和一连串离奇死亡案的关系，其他人也是类似的表情。

"膳德和尚对纱雾说他看到了河滩上的事，我想他指的肯定是那个人。但他可能误以为那是幽会，认为那是恋人之间的打情骂俏。"

"幽会？这么说来凶手是男性吗……"

"我一开始说过，看上去这次的案子和纱雾小姐有诸多关系，但其实还有一个人也跟这次的事件有关。"

刀城没有直接回答涟三郎，他边说边环顾了一圈。

"难道是……"

当麻谷似乎很敏锐，他把目光投向了坐在他那一列的最边上的人物。众人的目光自然地随之汇聚向那里，无声的喧嚣填满了巫神堂。

"没错，就是黑子。"

刀城也盯着黑子的那边，但他一动不动地坐着，没有任何反应。

"膳德和尚吊死时，在僻静小屋和巫神堂内部的人有纱雾小姐的姨妈早雾小姐、叉雾老夫人和黑子三人。从胜虎先生出事时开始，早雾小姐一直有完美的不在场证明；叉雾老夫人从那天早上开始就一直卧床不起，所以不可能行凶；只剩下黑子有嫌疑。"

"我记得当时胜虎伯伯不是在庭院看到黑子在厨房吗？"

"那也只是透过格子窗隐隐约约地看到而已，而且黑子也不是从头到尾都在他的视野中。再说，如果把木棍、扫帚之类的东西靠在窗边，再披上黑布之类的，说不定可以制造出人在厨房的假象。"

"然后再趁那个时候回到巫神堂吗？"

"毕竟胜虎先生不是去监视他的，所以这并非不可能的事。之后的几次情况也差不多。胜虎先生被淹死的渡口光线昏暗。他又一身黑衣，完全有机会利用黑暗隐藏自己。在国治先生的死亡中，有机会下毒的三人中只有他还活着。"

"这么说也有道理，可是第一个离开客房的就是黑子吧？他有机会回客房把国治叔叔打扮成案山子大人吗？"

"我认为，正因为他是第一个离开客房的，所以才能在不被任何人看到的情况下，进入隔壁客房，等其他人都出去之后，就可以把国治先生打扮成案山子大人。之后他察觉到走廊上有人——也就是阿辰，所以通过客厅之间的门去了最南边的房间。"

"可是阿辰一直在走廊上，后来纱雾的父亲也回到了那边。只要他打开门，就很容易被人发现吧？"

"他可以躲在壁橱里。就算黑子没出现，也没人会关心吧？之后只要在警方的刑侦人员来进行正式现场取证之前，找机会逃出去就行了。"

"那绢子阿姨出事的时候呢？他是怎么逃离撞邪小径的？虽然警方很不重视这个问题，但当时纱雾、我、你分别从三个方向进入了现场。"

不知道涟三郎这话是不是有意讽刺警部，不过他的目光一直没从刀城身上离开过。

"黑子当时往你那个方向逃走了。"

"我那个方向？那黑子就是在我拐进不见不见路右边的岔路之前，进了左边的岔路，但按照现场当时的情况，这是不可能的吧？"

"因为来不及，对吧？"

"是啊。他在从撞邪小径去不见不见路的中途，肯定会被我撞上。"

"他巧妙地躲开了你。"

"他是怎么办到的……"

"当然是躲在案山子大人里面。"

"欸？怎么可能……"

柒　巫神堂

"我怀疑在邑寿川的渡口，他也是躲在案山子大人里面等待胜虎先生。因为国治先生把从神社到一之桥的周围都调查过了，可是却没有看见半个人影，所以凶手只可能躲在那里。因为只有躲在那里，才不会被国治先生发现。"

"不……不可能，我之前也说过，只要是我们村的人……对了，黑子本来就不是我们村的，所以对案山子大人没有敬畏之心……不对，不对。他对山神的信仰很虔诚，再怎么样也不可能做出亵渎山神的事。"

"如果当时那身黑衣下的不是黑子本人呢？"

"……"

沉默的涟三郎把惊惧的目光投向了黑子，其他人也和他一样。

"那身黑衣下的人需要满足以下几个条件：和纱雾小姐长得比较像，毕竟千代小姐的精神状态再怎么不稳定，也不会轻易认错人；知晓纱雾小姐有视野狭窄的问题；会被膳德和尚误认为是在和纱雾小姐幽会，并以此要挟纱雾小姐；提出帮助胜虎先生等人会让人觉得非常意外；和黑子熟识，可以和他调换身份；对案山子大人没有敬畏之心。同时满足这些条件的人……"最后刀城盯着黑子说，"只有莲次郎一个。"

须佐男和弥惠子不由得看了看彼此，然后探出身，涟三郎用难以置信的目光看向黑子。但其他人反而稍稍往后靠了靠，也许他们一时不知道该作何反应。

"各位应该都知道，他小时候常被拿来和纱雾姐妹作比较。虽然不知道他现在还像不像纱雾，但要在傍晚的地藏路口骗过千代小姐应该不难。另外，他是医学生，能看出纱雾小姐的状态很正常。以前就有人见过他和黑子有接触，所以可以认为两人之间有过某种交流。膳德和尚应该不认识他，但至少可以推测出他不是谽呀治家这边的人。如果是他约胜虎先生出来，胜虎先生会感到意外也可以理解。而且他小时候体弱多病，经常去XX的市立医院住院，所以虽然生在村里，但却不能算在村里长大的。也就是说他肯定和村里人不一样，不会对案山子大人产生复杂的感情。"

"这太离谱了……"须佐男不由得说道。

"要怎样才能调换身份呢？"

接着涟三郎提出了所有人都会有的疑问。

"他是悄悄从大学回村的，所以应该没坐公交，而是走山路回来的。他去邻村的小学上过学，认得路也不奇怪。只要在进村前穿上黑子的装束，就算进村之后被人看到也没关系，进上屋也没问题。而且涟三郎说过，村里家家户户都开着门，可以随意出入，几乎不会被发现。我想调换身份没有想象中的那么难。"

"那……那动机是什么？莲次郎没动机啊。"

当麻谷的语气不像是询问刀城，更像在担心他的解释是否有足够的说服力。

"我不清楚莲次郎和黑子两人之间有什么关系。或许黑子把胜虎先生他们密谈的内容告诉莲次郎，正是这一切的开端。听说在勇先生被拉进这事，膳德和尚强行加入之前，胜虎先生他们有过很多次密谈，也许都被黑子偷听到了，而且他告诉了莲次郎。虽然黑子是上屋这边的人，但把两家结亲的计划告诉莲次郎，算不上背叛山神和叉雾老夫人。这时候莲次郎和黑子互换身份，打算亲自去探听情况。而他听到了星期天的密谈。那间内室原本是作为茶室使用的，所以壁龛侧面是一扇格子窗，窗外就是庭院，只要躲在那里大可随便偷听。"

"我记得莲次郎以前就一直很讨厌凭物家族，所以肯定不能接受神栉家和谺呀治家结亲。可是，因为这样的理由，就干出那种事……"

"等到进入社会之后，也就是他当上医生或者准备结婚的时候……万一神栉家变成凭物家族，他会因此受到歧视，所以想提前排除这个隐患。我想这是他最大的动机。"

"你是说，仅仅因为可能会影响到他找工作和结婚，他……他就杀了五个人吗？"

当麻谷的表情明显是在说他实在无法接受这番推测，其他人的反应也和他差不多。只有嵯雾和纱雾母女不同，这两人表情僵硬地靠在一起。

"因为那种歧视找不到工作最终自杀，或者相爱的人因无法结婚而双双殉情的例子是真实存在的，这一点医生您也很清楚吧？正因为他是白之家族的，所以想到变成黑之家族之后会受到的残酷歧视，会害怕是非常合情合理的。"

"这……这……"

当麻谷无言以对，他似乎觉得刀城的话也有道理，但却无法接受。

"如果我二哥钻牛角尖的话，也不是不可能……"

涟三郎低声自语道，他从听到动机之后就一直低着头，像是在沉思。

很快，他身旁的弥惠子也说了一声："不会吧……"但却没了后文，似乎连她自己也无法完全否定这种可能性。

"能请你把头巾取下来吗？"

之前一直在看黑子的须佐男，终于提出了这样的要求。

"对……对啊！取下头巾不就什么都清楚了吗？"千寿子叫道，看来她也赞同前夫的意见。她的语气虽然强硬，但却带着一脸的恐惧盯着黑子。即便如此，她依然不依不饶地要求黑子取下头巾："快……快把头巾取下来！"

然而，黑子只是为难地把头转向右边，一直看着通往僻静小屋的板门，没有任何动作。

"警部先生，能麻烦您把头巾摘下来吗？"

须佐男转向警部，他这才吃惊地发现，警部正看着刀城，就像在等刀城的反应一样。

"不过，我说的终究只是间接证据……"不知何时已经低头沉思的刀城，自言自语般地说了一句，不知他是有意无视眼前的骚动，还是真的什么都没注意到。接着他又嘟囔了一句："而且，如果莲次郎是凶手的话，有件事就完全无法解释了。"

"是什么事？"当麻谷立即问道。

"塞进那些被害人嘴里的奇怪物品。"

接着，刀城讲述了从妙远寺的泰然那里听来的事，也就是死者嘴里的物品都是蛇的象征。

"莲次郎做这种手脚，会不会是为了让人以为凶手是谽呀治家内部的人？"

"嗯。我认为使用象征蛇的东西应该是出于这种目的。可是他为什么会知道那些东西都象征蛇呢？在神栉家和谽呀治家内部，甚至可以说是在整个村子里，最不了解这方面事情的人应该就是他了吧？"

"恐怕在听到刀城先生的说明之前，这里的每一个人都不知道那种事。"

当麻谷说完后，所有人都点头认可。须佐男询问嵯雾，谽呀治家有没有人知道这种说法，嵯雾摇摇头说，她自己也是刚听说。千寿子立刻质疑，说他们不可能不知道，于是巫神堂里又乱了起来。建男责备了妻子，但语气没有之前那么强硬。千寿子似乎也看出了丈夫语气的变化，气焰更加嚣张。而嵯雾无力的反驳又助长了她的气焰。就在众人认为当麻谷或者警部差不多该出面制止的时候，在一片混乱中依然在沉思的刀城，无视了这里的争吵，说道："看来只有纱雾小姐和涟三郎对这种象征有模糊的印象。"

巫神堂中瞬间安静了下来。如果只有纱雾一个人，估计起不到这样的效果，但再加上一个涟三郎，众人的注意力就被吸引过来了。

"但是，他们两个都不知道具体的象征意义。不过我相信他们会有印象，说明肯定在某个地方见过这一系列具有象征意义的东西。他们是在一个其他人没机会看到，只有他们去过的地方见到的，并且遗忘了关于那里的大部分记忆，同时又在头脑的角落里残留了一点印象，符合这条件的地方是……"抬起头来的刀城看了看纱雾，然后又看向涟三郎，"是九供山上的神祠吧？"

"啊……"

"……"

涟三郎不由得叫了一声并探出了身子，纱雾的表现截然相反，她低着头好像在沉思,但这两人似乎都想起了什么事。

"我还没完全想起来,但那个神堂里好像有一大堆家中常见的东西……而且就摆在案山子大人附近……"

"你对我说九供山那段经历的时候,说看到神堂里面有常见的生活用品。你看到的可能就是梳子、筷子、扫帚之类的东西吧?"

"我记得没那么清楚……"强行回忆似乎引起了头痛,纱雾皱着眉头说,"但我感觉神堂里有很多东西。很多东西都会让我产生疑惑,不知道为什么那些东西会出现在那里……"

"我想这两人都被案山子大人给震慑住了,所以遗忘了案山子大人之外的大部分事物。"

涟三郎很赞同刀城的解释,但他一直担心地看着头痛的纱雾。突然,他似乎想到了什么,略显兴奋地说道:"等一下。这么说来,凶手不就是……"

刀城的表现和他相反,他轻轻点头,冷静地回答道:"先说叉雾老夫人,她至少去过神祠三次,分别是她自己、她女儿、她外孙女进行九供仪式的时候,但她不可能行凶。接着说她的大女儿早雾小姐,从胜虎离奇死亡那次开始,她每次都有完美的不在场证明。老夫人的小女儿嵯雾小姐和老夫人的小外孙女纱雾小姐是母女,自然长得很像,所以有可能被千代小姐错认成纱雾小姐。但嵯雾小姐上星期的后面几天一直卧床休养,没机会去地藏路口。老夫人的大外孙女小雾小姐已经去世,小外孙女纱雾小姐有不在场证明。上屋参加过九供仪式的每一对双胞胎都没有嫌疑。这样一来,嫌疑人的范围就缩小到了其他进过九供山,看过那个神祠的人,符合这个条件的只有两人。其中一人是涟三郎,他完全没有动机。那就只剩一个人……"刀城用难以形容的眼神看了看涟三郎说:"那人就是联太郎……"

众人仿佛同时屏住了呼吸,接着似乎都出现了缺氧的情况,几乎所有人都在下一刻咳了起来。但很快,寂静笼罩了巫神堂。

"不是吧……"

过了一会儿,涟三郎发出了一句简单但却充满强烈感情的否定。

"刀城先生,这话的意思并非黑子和联太郎互换身份,而是说黑子的真实身份就是联太郎,是吗?"

当麻谷为了慎重起见,求证道。刀城点了点头说:"联太郎是十二年前在九供山失踪的。我听说黑子出现在上屋是十多年前的事,不过涟三郎告诉我,黑子是在他上小学那年来村里的,那刚好是十二年前。还有一个巧合,有人看到不擅交际的莲次郎唯独和黑子有接触。为什么莲次郎会对他感兴趣呢?"

"你是说莲次郎因为某种契机,怀疑黑子是自己遭遇神隐的哥哥?如果是这样,那么黑子脸上的伤就是在九供山上时造成的。那两人本来就长得很像,所以就算脸上有伤,在昏暗的地藏路口也有可能被千代认错……"

"有个词叫十聋九哑,听不见声音的人大部分都不会说话,反过来也一样。可是黑子虽然不会说话,但却能听到声音。由此可见他不是天生不会说话的,可能是某种巨大的精神冲击导致他不会说话。"

"那精神冲击就是在九供山的经历吧。找到他的人是叉雾老夫人,可是为什么老夫人明知道他是联太郎,还故意把他塑造成黑子这样一个来历不明的人?"

"我不知道。但我猜是因为联太郎失忆了，所以才会这么做。说不定是他在九供山上看到了不该看的东西，老夫人担心他会突然想起来，所以就把他留在身边。"

"这么说来，现在联太郎恢复了记忆，这一连串凶杀是他对上屋的复仇吗……"

"仔细想想，这个假设比黑子是莲次郎的假设更有说服力，可以更合理地解释所有现象。正如医生刚才所说，这可以解释千代小姐的事。联太郎除了服侍叉雾老夫人就是服侍纱雾小姐，会知道纱雾小姐视野狭窄的事也没什么好奇怪的。膳德和尚自然是根本不知道联太郎是什么人。联太郎只要脱掉黑子那身装束，就成了一个陌生的青年。而且如果膳德和尚在绯还川看到的是他的背影，那就不会看到他脸上的伤疤。"

"只要他以黑子的身份行动，就有机会做出那一切……可是，他对案山子大人是否存有敬畏之心呢？"

"他失忆期间对案山子大人的恐惧也消失了。他以黑子的身份开始生活之后，对案山子大人产生了信仰。也许在恢复记忆的时候两种情感相互碰撞，互相抵消了。所以他才敢毫不犹豫地躲在案山子大人里面。"

"不是吧……"涟三郎再次开口了，他刚才发出一声嘟囔之后，一直一动不动，默默地听着刀城和当麻谷的对话，"不是吧……这肯定是骗人的……是骗人的！"

涟三郎猛地站了起来，想去黑子那边，但中途却突然僵住了。估计他自己也不知道现在该怎么做吧。

柒　巫神堂

"等一下，涟哥……"

令人意外的是，纱雾动了。她来到黑子身边，用耳语般的声音配合肢体语言和黑子交流起来。所有人都饶有兴致地看着他们，目光最锐利自然是须佐男、弥惠子和涟三郎。

"我现在想请大神屋的各位确认黑子先生的身份。"

纱雾和黑子交流完之后，转向刀城、当麻谷和警部寻求许可。当麻谷以中间人的身份介入其中，与刀城和警部沟通，然后默默地对纱雾点了点头。

纱雾和黑子一起站起身，和大神屋的三人一起消失在了通往僻静小屋的板门后。然后她在走廊上请其他人走进山神的房间，黑子在里面取下头巾，在大神屋的三人面前露出真面目。判断身份似乎在一瞬间就结束了，紧张得身体微微颤抖的弥惠子突然哭了出来。

那五人在另外七人充满好奇的目光中回到叩拜处，坐回了之前的位置。须佐男一坐下就作为代表公布了结果。

"我此时的心情难以形容，单说结果，他不是联太郎……"

如果黑子是自己失踪的血亲，那么重逢的喜悦将转瞬即逝，他会作为凶手立刻被警察逮捕；如果黑子不是联太郎，倒是没有这方面的担心，但与血亲重逢的希望会随之粉碎。不管哪种结果，对大神屋的三人而言都无疑是一种试炼。

"非常抱歉，对不起。"

刀城对三人深深地鞠了一躬。须佐男轻轻摇了摇头，弥惠子频频擦拭眼泪，涟三郎则用无比复杂的表情盯着他。

"到底要我们陪你们演这出闹剧到什么时候啊？"

千寿子看着刀城和警部，毫不客气地说道。此时，连她身旁的建男也不再阻止她了。千代依然用激动的目光看着纱雾。纱雾关切地看着刀城，她母亲嵯雾则关心地看着她。黑子的脸被头巾遮挡，完全看不出表情，即便接连遭到质疑，他也没有动摇的迹象。连警部也露出了难色，但依然一动不动，一副打算静观其变的样子。

所有人都被笼罩在巫神堂诡异的氛围中，但是没有一个人是心甘情愿待在那里的。或者应该说，除了少部分人以外，绝大多数的人都想立刻离开这里。

"那就再总结一次凶手的特征吧？"只有当麻谷一个人态度积极。即便没人附和，他也不在意，只是淡淡地说道："既然与黑子无关，那就需要加上新的条件了。那么，凶手必须符合以下条件：

"在黄昏时的地藏路口被千代错认成纱雾也不奇怪。

"能够发现纱雾左侧视野狭窄。

"在绯还川戏弄纱雾时被膳德和尚看到，且这事足以用来威胁纱雾。

"有机会在巫神堂吊死膳德和尚。

"谁都想不到这人会协助胜虎。

"有机会在国治的茶杯里下毒。

"毒杀国治后有机会把他打扮成案山子大人。

"在绢子死亡的撞邪小径，能从刀城先生等人的眼皮子底下逃走——逃走唯一的办法是藏在案山子大人里，所以这人对案山子大人没有敬畏之心。

"知道梳子、筷子等一系列物品存在与蛇有关的象征意义。

"还有一点,是在现在梳理案情之后才发现的,不过想必刀城先生之前应该也怀疑过,就是现场谜团重重的情况很奇怪,既可以视作自杀,也可以视作他杀。这可以算作第十点吧?"

在当麻谷不紧不慢地总结状况的时候,刀城没有插嘴,只是竖起耳朵安静地聆听。等到医生说完,暗暗将主导权还给他的时候,他依然是那副模样。

沉闷的沉默开始在巫神堂中扩散时,透过格子窗射进来的阳光突然减弱,仿佛在与之呼应。

纱雾来到叩拜处前,点亮了祭坛两侧烛台上的蜡烛。然后又从叩拜处的角落里拿了两个烛台去祓除所,分别放在两列队伍的末端。四点烛火让巫神堂中有了些许光亮,但烛光能否照亮刀城言耶深陷的黑暗,就不得而知了。

不过纱雾一回到原位,刀城就抬起了头,仿佛一直在等她一样。

"我重新考虑了一遍,符合那些条件的人只有一个。"

"是谁?"

"……是纱雾小姐本人。"

所有人齐刷刷地看向了刀城。人人都是一副难以置信的表情,连千寿子也不例外,讽刺的是,她表现得最惊诧。出人意料的是,唯一一个例外居然是纱雾。她没有表现出惊愕、愤怒、绝望等感情,只是用怯怯的眼神看着刀城。

"太……太离谱了……这不可能!"

"刀城先生!你知道自己在说什么吗?"

迅速从冲击中恢复过来的当麻谷和涟三郎立即表示了否定。

"你一开始不就向大家解释过,她不可能是凶手的吗?"

"是啊。纱雾不仅有不在场证明,也没机会行凶。正如刀城先生所说,只有利用好她的视觉问题,才能解释在绯还川发生的怪事,不是吗?"

"对啊对啊。如果一切都是她的幻觉和幻听,依代的事也是捏造的——不,涟三郎,没事的,你别急,让我把话说完。假设是这样,可是既然膳德和尚在河滩看见了某些事,那就足以说明纱雾没说谎。那个山伏再怎么样,也不至于说那种莫名其妙的话来骗人吧。"

"原来是这样,嗯,医生说得对。"

当麻谷和涟三郎一唱一和地接连进攻,但刀城只是微微摇了摇头说:"或许膳德和尚说的河滩不是绯还川的河滩,而是邑寿川的。因为他只是对纱雾小姐说:'我看到了!我看到你在河……'并没有说是哪条河。"

"欸……这话什么意思?"

"我的意思是,膳德和尚见到的不是星期天傍晚在绯还川放流依代的纱雾小姐,而是前一周的星期四傍晚,在邑寿川上游的渡口乘坐小船去下游的纱雾小姐。"

"啊……"

涟三郎一时语塞,将视线从刀城身上转移到了纱雾身上。刀城则将脸从当麻谷身上转向涟三郎说:"之前认为当时纱雾小姐不可能赶在涟三郎前面到地藏路口,是因为纱雾小姐在一之桥和涟三郎碰面之后,就往上屋的方向去了。可是如果纱雾小姐只是假装回上屋,等涟三郎转过身往中道走,她就返回一之桥去渡口,乘坐渡口的小船沿河而下……这样就可以比涟三郎更快抵达地藏路口。邑寿川的水面比中道还高,所以走在中道上的涟三郎看不到小船。勇先生在证言中提到,国治先生说胜虎先生去渡口赴约的时候没见到小船,这足以证明此时船已经在下游了,对吧?在胜虎先生的遗体被发现时,警方曾判断他曾经乘坐小船或者被人放上小船,但其实在他死前小船就已经不见了。恐怕纱雾小姐当时乘坐小船到那个名叫'桥无'的地方下船,然后赶在涟三郎之前到达地藏路口。当然,这应该是临时起意吧。她在和涟三郎交谈的过程中,得知他正要去见千代小姐,于是想到赶在他之前过去,但却没想好去了之后具体要做什么。也许这是一种冲动的行为,她只是想赶在涟三郎前面对千代小姐做些什么……"

最后刀城又转向当麻谷,医生立刻说道:"巫……巫神堂呢?吊死膳德和尚呢?她应该做不到吧……"

"那件事的真相其实非常简单。至于膳德和尚、她、她姨妈早雾小姐,这三人之间发生了什么,难以推测出细节。但她可以在逃离巫神堂之后再回去作案,或许她姨妈从一开始就在帮他——这存在无数种可能性。膳德和尚当时不是自己撞到头就是被她打晕了。然后她利用水井的滑轮,吊死膳德和尚,之后再离开巫神堂。或许这就是真相。之前认为那块怀表是在吊死山伏的时候,从他怀里掉出来摔坏的,这个看法应该没错。"

"应该没错?怀表的时间可是停在七点七分四十九秒啊。可是阿吉看到她经过主屋西边的客房前,回南边的别屋时是在七点零五分。虽然有两分四十九秒的时间差,但这也足以作为不在场证明了吧?"

"阿吉听到的是客房时钟敲响的七点钟声。但那个钟每天都会慢五分钟，所以实际时间是七点五分。"

"是啊。这没什么好奇怪的。"

"是的。但如果那块怀表和客厅走慢的时钟相反，走得比实际时间快……"

"什么？！"

"胜虎先生在星期天的密谈时抱怨过一件事：他在上周的星期六去参加国治先生管理的佃户的集会时，最早抵达会场，因此等了一段时间。勇先生的证言中提到过这件事，对吧？医生。"

"嗯，我看过他的笔录，确实是这样没错……你是说，胜虎早到是因为怀表快了？"

"警察楯胁调查过那块怀表，发现胜虎先生之前一直收着那块怀表，直到那个星期六才拿出来用，后来直接给了膳德和尚。也就是说，那并非日常使用的怀表。"

"嗯……"

"巫神堂的密室状态绝不是凶手有意造成的，我想医生您也同意这个说法。如果用那块怀表走快了来解释，那谜团自然就解开了。"

"可是，纱雾绝对没办法在国治叔叔的茶杯里下毒吧？"代替哑口无言的当麻谷，涟三郎追问道，"刀城先生，你曾在笔记上画出了案发时各人在客房中的位置，确认过纱雾没机会下毒吧？"

刀城闻言，用带着悲哀的目光看着涟三郎说："当时只有纱雾小姐离国治先生比较远。离国治比较近的人是勇先生、绢子小姐、黑子。但是，当时所有人的目光都集中在那个布袋上。可以说他的茶杯是毫不设防的。"

"嗯。可是纱雾离那个茶杯比较远，所以……"

"纱雾小姐小时候喜欢玩的，也就是擅长的游戏是什么？"

"欸？突然问这事做什么……"

"你之前和我说过，你、纱雾和千代以前经常一起玩那个游戏。在九供仪式之后，纱雾腿脚不方便，所以玩不了了。"

"你是说跳房子？我们确实经常玩……"

"在跳房子这类游戏中，她特别喜欢玩一个名叫'去哪里'的游戏。这游戏是在中间写个'天'字，在'天'字周围有十个区域，石头丢到哪就要去哪里。她擅长这个游戏，证明她丢东西很准。"

"你是说，她把药丸之类的毒物丢进了国治的茶杯里吗？"

当麻谷似乎已经察觉到刀城的言下之意，直接替他把手法说了出来。

"当时的她应该没有故意制造假象迷惑他人的想法。可能是一直随身携带药丸，方便在有机会的时候投毒杀人。当然，那药丸应该是叉雾老夫人用草根树皮调配的东西之一。"

"那把国治打扮成案山子模样的……"

"是她。她是最后离开客房的，完全有机会。"

"那绢子那时……"

"大家都知道，可以利用村子的特殊地形，绕到绢子前头去。在作案之后完成刚到现场的样子绝非难事。没必要藏在案山子大人内部。不，我之前也说过，她根本没有试图隐藏自己的罪行。也许正因为这样，一切才会如此顺利吧。"

这时，刚才一直集中在刀城、当麻谷、涟三郎三人身上的目光，

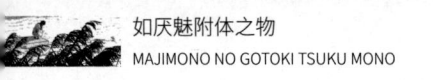

一齐投向了纱雾。只有她母亲嵯雾像是要保护女儿一样,挺身挡在女儿的前面,阻挡了他们尖锐的视线,但纱雾轻轻地推开了母亲。

"不……不是我干的。我明白,按照刀城先生的说法,我确实有可能是凶手……可是,我不记得自己做过那么可怕的事。也许你们不相信,但我……"

纱雾的声音虽然微微地颤抖着,却以非常清晰的语气一字一句地慢慢反驳。这时当麻谷和涟三郎似乎也回过了神来。

"嗯。首先,这孩子不是完全没有动机吗?顶多也就有可能对千代搞恶作剧……"

"嗯。她不可能会杀害胜虎伯伯甚至自己的亲生父亲。而且千代那事也不可能。虽然很遗憾,但纱雾还不至于因为我而对千代产生嫉妒。"

"原来如此。只有膳德和尚有可能是这孩子杀的。这可能属于正当防卫或者防卫过当,不过这孩子行凶的可能性似乎还有待进一步探讨。"

"这……医生……"

"我只是从客观的角度看待问题罢了。"

"这样啊……对了,不是还有绯还川的怪事无法解释吗?既然说那事的原因是纱雾视野狭窄,那就无法否定那里还有一个人吧?如果那里还有人,那么那个人应该是真正的凶手。就算当时的事几乎都是纱雾的幻觉和幻听,那依代的问题还是无法解释。"

"关于绯还川的怪事,我也有些困惑。"一直在听那两人争论的刀城言耶露出困惑的表情说道,"不过,如果除此之外,其他疑点都能得到解释,那么依代的事或许纯属巧合。"

"巧合?你是说依代是偶然贴到纱雾肩上的?那太荒谬了……"

"可是,那种荒谬的事确实有可能发生。"

"什么?怎么发生?"

"当时她迎着非常大的风去下游,回上游的时候,风是从她身后往前吹。如果她放流的依代在她看不到的地方,被伸到河面上或者河里的树枝挂住,然后被大风吹起来,要是碰巧落在她肩上的话……"

"那种巧合太离谱了……"

"我认为这个可能性微乎其微,但毕竟不是零,对吗?"

"这……"

"考虑到除此之外的所有现象都能得到解释……"

"喂,我认为依代的事无关紧要。不管有没有那种巧合都没关系。最重要的问题是动机吧?我重申一次,这孩子完全没有动机。"

当麻谷打断了他们两人,用严肃的目光盯着刀城。

"是的。纱雾小姐本人确实没有动机。"

"什么叫'本人没有动机'?动机不就是决定本人行为的内部驱动力吗?"

"对。我的意思是,纱雾小姐的行动并非出于她自身的意志……"

"你……你说什么?我……"

"也就是说,有动机的不是纱雾小姐本人,而是能随心所欲地操控她的东西。"

"东西?"当麻谷失声叫道,但很快又一脸惊讶地问,"你说的东西是什么?"

"当然是她那已经变成山神的姐姐——小雾小姐。"

骇人的沉默笼罩了巫神堂,这种沉默和此前降临的寂静有些不同。所有人都无言以对,只是用怪异的目光一动不动地盯着刀城言耶,仿佛第一次见到这个外地人一样。从众人的目光中能看到胆怯、轻蔑、恐惧、怜悯等各种感情,唯一的共同点大概是都带着怀疑和失望吧。

在这令人如坐针毡的目光中,刀城言耶表情平淡。或许他因为辜负了众人的期望,无法完成推理小说中名侦探的使命,于是转而去扮演怪谈小说中幽灵猎人的角色,可惜没人希望他这么做。不用想也知道聚在巫神堂的这些人,不可能会接受那种说法……

不,只有一个人看他的目光与其他人不同。令人意外的是,那个人是纱雾。她的眼中有胆怯和恐惧,但完全没有轻蔑和怜悯,而且不知为何,非但没有怀疑和失望,还带着些许期待和希望。

"刀城先生……"第一个开口的人还是当麻谷,"您是说姐姐小雾,也就是变成谿呀治家山神的她的神灵,附到了妹妹纱雾身上吗?"医生观察着刀城,问道,"据神神梻神社的文献记载,上屋第三代家主到第四代家主那段时期,一对双胞胎女儿遭遇神隐,失踪了九天,其中一人被找了回来,那人时不时会被神明附身,最后甚至还会被失踪的双胞胎姐妹附身。您的意思是,这孩子也出现了同样的情况,被她死去的姐姐附身了吗?"

"这种事也太……"

涟三郎摇着头,仿佛在说太难以置信了,但他又显得有些迷茫,似乎觉得既然这是刀城说的,那也不无可能。

"嗯。如果是一种妄想的话,也不是不可能……"

当麻谷的态度和涟三郎有相似之处,也许是因为最终他们还是认可了刀城言耶的推测吧。

"姐姐小雾小姐的神灵附到她身上这一点,从民俗学的角度看——不,应该是从超心理学的角度来看,是说得通的。"

"也就是说,还可以从别的角度看待这事?"

"是的。那我就在医生面前卖弄一下,说说医学方面的看法。"

"就是什么妄想之类的吗……"

"不,恐怕不是妄想。超心理学的解释是姐姐小雾小姐的神灵附到了她身上,如果用精神医学的角度重新看待这个问题,是不是可以解释成,妹妹纱雾小姐的体内诞生了姐姐小雾小姐的人格呢?"

"人格……你是说纱雾具有双重人格吗?可是日本迄今为止从没承认过双重人格的例子。"

"在医生面前说这事简直是班门弄斧,双重人格有各种类型的病例。一般认为除了自身因素之外,出现第二人格的一大要因是病人的成长环境。说到纱雾小姐的情况,最值得注意的,自然是她从九供仪式到现在为止的各种经历,以及她生活周遭的各种状况。"

"的确都是一些不寻常的遭遇……"

"首先是在九供仪式中,她活下来,而她姐姐死了。那个集叉雾老夫人的宠爱于一身的姐姐、那个让自己自愧不如又羡慕不已的姐姐、那个将来最有希望继承老夫人衣钵成为出色巫女的姐姐死了。而且她俩不是普通的姐妹,而是双胞胎,这样一个姐姐说是她的分身也不为过。再加上姐姐的死亡不是病死、意外、自杀、他杀中的任何一种——不，那本就不是单纯的死亡，而是一种复活。九供仪式要把双胞胎关进产屋九天，让她们脱胎换骨，成为谻呀治家的巫女和凭座，这象征重生与复活。何况仪式带来的结果是姐姐作为山神、作为案山子大人，成了纱雾小姐信仰的对象。还有最重要的一点，在经历了这些之后，她每次担任凭座，都会让山神降临到自己体内，重复了好几百次。加之在近一年里，凭座的工作彻底成了她生活的主题。据她所说，她几乎没有任何担任凭座期间的记忆。但事实上，她在那期间会以山神大人的身份说出神谕。我推测在她心里，那不是自己在说话，而是山神大人的神谕，而这样的意识抹除了她的记忆。但是，实际开口说话的人自然还是纱雾小姐。这种状况很不正常。在重复数百次的过程中，她的脑海里、内心里、身体里，萌生出她姐姐小雾小姐神灵的人格一点也不奇怪。"

"也就是说这是必然的结果吧？"

"是的。我想设在僻静小屋的山神房间，是加剧这一情况的原因之一。就算姐姐已经变成山神大人，只要纱雾小姐认为姐姐这个人已经彻底死亡，也许就不会产生姐姐的人格了。可是叉雾老夫人不仅把姐姐当成山神供奉，还一直在调整房间的布置，搞得好像姐姐一直活着一样。我不知道老夫人这长年累月的扭曲行为，对纱雾小姐造成了多大的影响，但光是想想就觉得可怕。我认为这事绝对与第二人格的产生有关。"

"原来是那个流言吗……"

涟三郎似乎想起了什么，他的话引起了刀城的注意。

"就是这么一回事。"

两人进行了一番别人看不懂的交流之后，刀城说起了去年开始在村里流传的传闻，即有人见到姐姐小雾的事。

"当然了，村民见到的就是在这里的纱雾小姐，但当时的她不是她自己。我认为她肯定是被姐姐的人格支配了，所以村民才会把她当成姐姐。从某种意义上来说，这样想没错。但更准确的说法应该是，那人既不是姐姐小雾也不是妹妹纱雾，只是名字发音完全相同的另一个人……"

"至于动机，可以说是保护自己吧？"

"如果胜虎先生他们的目的只是让两家结亲，那么可能不会出命案。可是他们想消灭凭物信仰，甚至是山神。我想这事激怒了姐姐的人格。至于她是偷听到他们的阴谋，还是从黑子那里得知的，我就不知道了……"

"涟三郎和千代的事也和这事有关吗？"

"据纱雾小姐说，她姐姐喜欢涟三郎。而涟三郎表示，他从没感觉到小雾小姐喜欢他。恐怕这是她心里的小秘密吧。把千代小姐许配给涟三郎的事是去年开始传的，这样一来，纱雾小姐和千代小姐关系变僵也就可以理解了。这时候再受到胜虎先生他们的阴谋的刺激，姐姐的人格就一口气展开了行动。啊，我刚才说如果只是两家结亲可能不会出命案，这个说法可能是错的。既然姐姐会因为喜欢涟三郎而嫉妒千代小姐，那她对妹妹纱雾小姐的嫉妒肯定更甚。"

"绯还川的怪事自然是这孩子的幻觉和幻听，但造成她产生幻觉和幻听的，该不会是姐姐的人格吧？"

"是啊。"

"刀城先生你之前很在意的那个问题，也就是现场状况很奇怪，既可以说是自杀，也可以说是他杀，这事……"

"我去见叉雾老夫人时，在离开前，老夫人说过，案山子大人只会惩罚邪恶之徒，绝不会杀人。也就是说，在姐姐的人格看来，这一连串事件并非杀人，只是山神降下惩罚而已。说不定她想让被害人摆出一副认罪自杀的模样，而非遭到杀害。"

"原来如此。最能表现这一点的，就是那些有象征意味的东西了吧？"

"是的。如此想来，她在作案时想到什么就做什么，完全不担心被人发现的行动方式也就说得通了。"

"她认为这是山神给予恶人惩罚，没意识到自己是在杀人，所以根本就没想过要隐藏自己的罪行吗？"

当麻谷终于露出了理解的表情，接着又叹了口气，显得很疲惫。

"不知从什么时候开始，我一直有种感觉。"纱雾语气轻轻地说道。

所有人都看向了她，那些眼神分成两类：一类带着困惑与同情，另一类充满了憎恨与厌恶。但纱雾本人毫不在意，甚至露出了释然的表情。

"我一直感觉姐姐小雾……我姐姐她……一直在我身边。感觉她一直在我看不到的地方静静地注视着我……那不是关心的眼神，仅仅是注视着我而已……我们之间不是山神和巫女的关系，更像是变成非人之物的姐姐，对我这个人类产生了好奇心……那不是善意，而是恶意，那眼神中没有神圣，只有邪恶……她一直静静地盯着我，无论何时，无论何地，都在看着我。"

"你姐姐小雾已经死了！"涟三郎突然站起来大声叫道，"不，从去年到现在我对你说过好几次，她被人杀害了。纱雾，醒醒吧！听我说，我说的被人杀害不是指明知道宇迦之魂有危险还要求她喝下。而是字面上的意思，她被人杀死了。该死！要是早知道会变成这样，我就早点单独告诉你了……"

涟三郎失去了突然站起身时的气势，垂着头瘫坐了下去。

"你这话什么意思？说清楚啊。"

当麻谷催促道，他似乎看出了涟三郎的态度很不正常。涟三郎讲起了自己过去在巫神堂的经历，也就是小雾葬礼的事。

那件事似乎让每一个人都大为震惊，涟三郎刚说完，静悄悄的巫神堂就出现了嘈杂的声音。每个人都在说话，此前一直勉强压制住的紧张，一下子释放了出来。

过了一会儿……

"我懂了，原来是这样啊……"

刀城抬起头嘟囔了一句。那声音很小，但却响彻整个巫神堂。所有人都闭上了嘴，同时将脸转向了刀城那边。

"各位，纱雾小姐不是凶手。"

刀城一边如此宣布一边环顾众人。

"真……真凶另有其人？"

当麻谷不由得说道。刀城闻言点了点头，然后直直地抬起右手说："真凶在那里。"

他指的是叩拜处的方向。

"那里……刀城先生,莫非……"

他指的方向只有一个人。

"这……不会吧……这……"

纱雾的表情非常惊慌,嘴里重复着同样的话,像在说胡话一样。

"难道你……"当麻谷医生小心翼翼地问,"想说叉雾老夫人是真凶?"

所有人一齐看向了言耶所指的方向。那边是叩拜处,叩拜处后面是僻静小屋,叉雾巫女正躺在僻静小屋的房间里。

但刀城的回答令人吃惊。

"不是。"他立刻否定了医生的话,"我指的是案山子大人。"

他再次用右手的食指指向了供奉在叩拜处的案山子大人。

没错,刀城言耶指的居然是我,这是要遭报应的。

后记

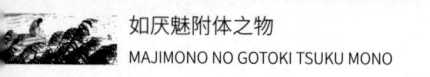

如厌魅附体之物
MAJIMONO NO GOTOKI TSUKU MONO

　　我想在最后写下，我个人对这一系列怪事的解释。

　　在和涟三郎谈话的过程中，最让我疑惑的是从棺材里伸出来的手指。这点让我产生了疑问，如果要深究……不，还是按顺序解释比较好。

　　九供仪式之后，纱雾在僻静小屋看到姐姐小雾时，她面部肿胀，而且呈紫色，脸上有很多黑色的地方，像怪物一样。纱雾醒来的时候感觉手脚尖也有些不对劲，由此可以推测，她姐姐处于全身变色肿胀的异常状态。那么涟三郎所说的话里便有一个矛盾之处，纱雾的症状比她姐姐轻得多，还要花一周左右的时间才能恢复。而在第二天被宣布死亡，过了两天又复活的小雾，却可以把白皙的手指头从棺材里伸出来。

　　叉雾老夫人发现棺材有异动的时候，说的话也很奇怪。"这么光荣的事在村里可不常有啊。"这个说法实在不像是对自己最疼爱的外孙女所说，听上去倒像是对当替死鬼的村里小孩说的。

　　想到这一点的时候，我脑中冒出了七年前，在迎魂仪式的前一天的神隐事件，失踪的是神枾家新神屋佃户家的八岁男孩。而且那天叉雾老夫人外出了一整天。涟三郎认为老夫人可能是去妙远寺谈葬礼的事，但我听泰然说，他每年都会在迎魂仪式和送魂仪式开始进行准备的前一天，去隔壁村躲清静，这种会遭报应的行为已经持续了很多

418

年。另外，纱雾说为她姐姐进行秘密葬礼的那天，泰然是突然被叫来的。

涟三郎的想法是对的，小雾复活了。小雾的复活让因她变成山神而喜悦不已的叉雾老夫人很为难。但她还不至于用涟三郎所想的方法，把自己最疼爱的外孙女活生生下葬。可是，小雾变成山神的消息已经在村里传开，事已至此，已经无法回头了，否则小雾作为舒呀治家上屋的巫女将会颜面尽失。也许这时一个念头从叉雾老夫人脑中闪过：是天意要让小雾成为活生生的神明……

于是，叉雾老夫人在迎魂仪式的前一天，抓了一个当替死鬼的孩子，并请有交情的医生大垣写了小雾因病死亡的死亡证明，然后草草办完了葬礼。也许唯一的纰漏是抓人的时候，被那孩子的弟弟看到了。在发现这件事之后，她还用珍贵的点心堵住弟弟的嘴巴，甚至编了一个迷途之屋的故事，好让他去欺骗村民。"你哥哥住在那个房子里，这点心也是你哥哥托我给你的，要是你把这事告诉其他人，以后就不会给你点心了。"也许老夫人是用这类话哄骗了弟弟。当时弟弟年纪小，肯定信了这话。但他毕竟是小孩子，说不准什么时候就会说漏嘴。所以老夫人在送魂仪式的前一天，把弟弟给灭口了。之所以等到那天才行动，自然是为了制造哥哥把弟弟带走的假象。神神栉村的人普遍迷信，所以只要能稍稍让别人往那个方向想就行了。

变成活神明的小雾住进了僻静小屋的十叠间，在此之前那个房间是叉雾老夫人住的。后来，在进行祈祷和祓除凭物的时候，小雾会藏在供奉在叩拜处的案山子大人之中，装成山神降临每一次仪式。

担任凭座的纱雾自然不记得自己说过那些话，因为那些话真是

如厌魅附体之物
MAJIMONO NO GOTOKI TSUKU MONO

"山神"说的。小雾肯定会根据实际情况，用不同的声线分别扮演山神、凭物、生灵。又雾老夫人在进行仪式前给纱雾喝东西，引导她进入精神恍惚的状态，应该也是为了防止她发现小雾吧。叩拜处和袚除所之间总是隔着帘子，所以待袚者和陪同者都以为那是纱雾在说话。小佐野膳德说过，又雾老夫人的女儿嵯雾当凭座的时候，她允许暂住上屋的宗教人士在巫神堂中旁观仪式，但外孙女纱雾当凭座之后就不再允许旁观，也许这就是原因所在。不用说也知道，如果有同行在场，这事有暴露的风险。

杀害膳德和尚的时候可能是这样的：

纱雾逃出山伏魔掌后，她姨妈早雾进了巫神堂。膳德和尚把注意力放在她身上的时候，小雾趁机现身，用祭坛那的东西把他打得失去行动能力，然后用水井的滑轮把他吊死。早雾说过"那个男人受到了案山子大人的惩罚。我作为谺呀治家的巫女，帮了案山子大人的忙"，这不全是疯话。也许在早雾眼里，当时的情况是，纱雾刚离开巫神堂，小雾就从案山子大人中现身了，所以她坚信小雾就是山神大人，也没什么好奇怪的。

当时阿辰在穿廊看到的人是小雾，阿吉看到回南边别屋的人是纱雾。从时间上说，是阿辰看到小雾在后，阿吉看到纱雾在先。如果阿辰看到的人是纱雾，应该会注意到她衣衫不整，感到奇怪才对。逃出膳德和尚的魔掌，回到自己别屋的房间的纱雾，直到当麻谷和我到来，都一直处于茫然无措的状态。而且在我们进房间之前，她母亲嵯雾特地为她整理过着装，可见她当时的衣服非常乱，还留着差点被侵犯时的痕迹。阿辰没注意到这一点很不正常。阿吉没注意到倒是说得过去，毕竟她看到的是纱雾去别屋的背影。

我整理出来的情况是这样：纱雾离开巫神堂；早雾从等候室进入巫神堂；小雾从案山子大人中出来；小雾持物打击膳德和尚，把他吊死，早雾从旁协助；阿吉目击纱雾回南边别屋的背影（七点五分）；小雾与早雾吊死膳德和尚的时候，膳德和尚怀里的怀表掉到地上摔坏了（七点七分四十九秒）；小雾作案结束，离开巫神堂；阿辰目击小雾经过穿廊。

进入主屋的小雾可能去了叉雾老夫人以前的房间，也就是客房北边的房间。因为膳德和尚的尸体被人发现后，留在僻静小屋里很容易被发现。小雾似乎还可以躲到绯还川的大祓除所里。如果说那地方真是神明的居所，那比寻常神祠大也就可以理解了。

杀害胜虎的时候，小雾躲藏在渡口的案山子大人之中。杀国治时也一样，他坐的位置背靠壁龛，案山子大人几乎就在他正后方。国治和黑子争抢布袋的时候，小雾趁机用蓑衣的材料稻草或蓑衣草的一端沾上毒物，迅速把"触手"伸进了国治的茶杯。等所有人都离开房间之后，把国治打扮成了案山子大人。这里有一个小小的疑问：凶手为什么没把还剩一条缝的门关严？也许小雾离门比较远，没时间去关，因为她必须尽快布置完现场离开客房。

看到她的人又是阿辰。仔细推敲阿辰的证言就能发现，阿辰看到的人不是纱雾。纱雾当时应该是冲向巫神堂的，但阿辰却说清清楚楚地看到了那人的侧脸。纱雾当时是朝阿辰的反方向跑的，阿吉能看得那么清楚很反常。能看到侧脸说明那人是很平常地径直从房间去走廊的。也就是说，那人不是纱雾。

阿辰两次看到的小雾都和纱雾穿的衣服一样，是因为从小到大，家里给纱雾东西时，总会给小雾也"敬奉"一份。小雾平时肯定会特意穿和妹妹一样的衣服。这样一来，就算不慎被人看到，也可以伪装成妹妹，防止活神明的事暴露。

杀害绢子时她应该是躲在案山子大人里面，躲过了赶去现场的涟三郎。杀害勇时应该是躲在叉雾老夫人以前的房间里伺机下手吧。

另外，小雾应该不仅仅会躲在巫神堂的案山子大人里。上屋宅子里的所有案山子大人，乃至大神屋、新神屋和村里的案山子大人都可以躲，也许她会在里面偷看、偷听。涟三郎的经历已经证明了，躲在案山子大人之中完全可以看到、听到外面的情况。

这也可以解释为什么叉雾老夫人当巫女、纱雾当凭座合力行祈祷、祓除凭物之事一直大受村民们好评，神谕也很灵验。听说村民认为上屋的案山子大人和生灵，平日里一直在村中游荡，把村里的一切都看在眼里，所以对上屋敬而远之。实际情况不正是如此吗？"山神"确实一直在亲自收集信息。

顺便提一下，膳德和尚在绯还川看到的是纱雾和小雾在一起的一幕。当时他认为自己发现了上屋双胞胎的秘密。他不知道活神明诞生的来龙去脉，只是认为叉雾老夫人一直利用双胞胎孙女干骗人的勾当，也就是制造一人死亡的假象，让两人扮演一个角色。这并非叉雾老夫人的初衷，小雾和纱雾的实际关系也没那么世俗，但单看小雾的行为，膳德和尚的想法倒也不算错。

各位读者已经看过的标示着"壹"到"陆"的章节其实就是她的日记，而"柒"是她在事后写的记述，这些全都是以供奉在现场的案

后 记

山子大人的视角写的，为小雾躲在那些案山子大人之中的推测提供了旁证。

也就是说，那些章节是站在全知全能的神的视角描写的……

遗憾的是，小雾躲在村里的案山子大人之中只是我的推测，没有确凿的证据，所以无法断言这就是事实。但可以肯定小雾曾躲在巫神堂、上屋的内室、僻静小屋、邑寿川上游的渡口、上屋的客房、绢子房间或者可以看到绢子房间的地方、撞邪小径的案山子大人里……

我没打算再次把所有线索——列出来，因为这样肯定会扫读者的兴。这种傻事还是不做为妙。而且我也没自信能看透她日记和记述中的所有玄机，没资格高高在上地随意指点。可要是什么都不做的话，也说不过去，所以就把发现的主要内容写了出来。对此没有兴趣的读者跳过这些也无妨。

首先是把视觉等同于视点的问题，在描写上屋的内室和客房等处时，通常会以出入口，也就是推拉门处为观察点，写右边有什么，左边坐着什么人之类的。特别是内室外面还有个房间，所以更应该用这种方式描写。可是如果站在这个视角看，会觉得位置关系很奇怪。特别是上座的位置会和房间的结构截然相反。坐在上座的胜虎和勇和壁龛的位置关系对不上。除非是从房间的内侧观察，也就是从案山子大人的视角来进行描写……而且在描写每个人物时的差别，就跟左右颠倒的问题一样明显，是坐在面向案山子大人的位置上的人，其表情的细微变化都被详尽地记录下来，但是背对案山子大人的人就绝对不会被描写得那么细微。

只不过，在视点问题上最有趣的，当数巫神堂的两个场景了吧。

如厌魅附体之物
MAJIMONO NO GOTOKI TSUKU MONO

首先是纱雾在叩拜处进行早上的例行事务时，膳德和尚悄悄溜进了僻静小屋，但小雾的视点没有移动。但我错误地指出黑子的真实身份是联太郎，导致大神屋的三人、纱雾和黑子进僻静小屋的时候，小雾的视点移动了。这或许是因为第一次时，纱雾在进行例行事务，而第二次时，处于普通的状态吧。换句话说，作为例行事务中祈祷的对象，山神是不能动的。

其实，巫神堂叩拜处的祭坛和僻静小屋山神房间的祭坛之间，虽然隔着一堵墙，但内部是相通的，可以在两尊案山子大人之间往来。就算不知道这一事实，只要仔细阅读小雾的日记和记述或许也能发现。如果能识破视点问题，注意到两尊案山子大人的位置关系，从涟三郎的经历中发现祭坛中空的问题，做出这样的推测也并非不可能……

接着是听觉问题，我发现说话者的声音较小时，就会听不清内容。比如叉雾老夫人在床上对黑子做出指示的时候，这一点就表现得很明显。当时房间里只有老夫人和黑子两人，但她却压低了声音，这自然是因为她知道小雾的存在。

知觉问题也有不少值得注意的地方。比如绯还川畔发生在纱雾身上的事、胜虎等人的密谈内容等，她在那里的所见所闻都会记下来，但没看到、没听到的事自然都没有记录。当然，也有截然相反的情况，比如哥哥山的迎魂仪式和送魂仪式，以前也在九供山进行的事，泰然说他是在妙远寺的文献中看到的，但在小雾的日记中提到，这事记载在舒呀治家上屋和妙远寺的文献中。也就是说，泰然乃至全村的人都不知道上屋留有文献。知道这事的人只有小雾（也许还有叉雾老

后 记

夫人）。所以在"肆"中才会详细讲述山神、案山子大人和厌魅的关系。

除此之外，还能在记述中发现不少有趣的细节。背对案山子大人的状态用"诚惶诚恐"之类的修辞，提到案山子大人时用"神躯"之类的措辞，却把胜虎他们形容为"把这四人称为谽呀治家吃闲饭的也不为过"或者"有的家伙疏远该尊敬的事物，轻视该敬畏的事物"等。

此外，把纱雾的日记、涟三郎的记述、我的取材笔记放在一起比较，会发现在日记中用的是"谽呀治家和神梍家"或者"黑与白"，在记述中则把顺序颠倒过来，用"神梍家与谽呀治家"或者"白与黑"。这自然是两人立场不同导致的。顺便提一下，在取材笔记中，我有意视情况使用了对应的表达方式。小雾的日记与记述"壹"到"柒"中的表达方式与纱雾完全一样，可以看出这是站在谽呀治家的立场上写的。

最明显的应该是从头到尾用了许多推测的表达方式。除了小雾可以断定的部分外，当时的状况、在场任务的表情和声音，她基本全用推测的方式来描写，这点也让人很感兴趣。

还有一点，不过这点也许有些牵强附会。小雾和纱雾两人都常用"是的……""不对……"这类表达方式。这对双胞胎除了容貌之外没多少相似之处，这是她们为数不多的共同点。不过这个说法或许太牵强了？

另外，在所有日记和记述中，我认为不宜出现的地名等词都用X代替。我还要补充说明一点，小雾所写的文章中有四处"XX"，这

425

如厌魅附体之物
MAJIMONO NO GOTOKI TSUKU MONO

里原本写的是"山神"。当然了，这是因为在她心里，她自己不是名叫谺呀治小雾的人类，而是山神或者案山子大人这样的神明。她这种特有的认知，在我指着叩拜处的方向（其实是指着案山子），指出真凶的时候，表现得特别明显，她的记述写的是"他指的方向只有一个人"。事实上，那个方向有小雾和叉雾老夫人两个人，但她没把自己当成人类，所以才会说"只有一个人"。

絮絮叨叨地写太多也不好，所以就到此为止吧。

当时在场的大江田警部，已经发现小雾藏在供奉于叩拜处的案山子大人之中了。叉雾老夫人在僻静小屋里中毒身亡了，到最后也没查清是自杀还是被小雾毒杀的。很遗憾没把案件的全过程弄清楚，因为最终没能完全查清真相。

小雾受到了警方的讯问，但她什么都没说，从头到尾都处于茫然自失的状态，警方拿她一点办法都没有。听说当麻谷在场时，小雾在看到从她房间里发现的日记之后，突然写起了记述，也就是"柒"中的内容。但在写完之后她又变回了之前的状态，所以警方让她接受了精神鉴定，最后直接安排她住院了。警方始终没找到任何证据，神神栉村的连环离奇死亡案不得不以这种方式落下帷幕，让人心里很不是滋味……

顺便说一下，那位警部大江田真八，是私家侦探大江田铎真的儿子，我父亲离家出走时便是拜入这位大江田铎真门下。我并不认识他，不过他早就认出我了。他是因为我父亲被誉为昭和名侦探，所以才赋予我权力的吗？这一点至今仍是个谜，不过我后来和这位警部还有交集。

后记

虽然这一系列命案最终不了了之，但它对整个神神栉村造成了巨大的影响，至于影响是好是坏那就很难有一个统一的说法了。这影响会在今后带来怎样的结果？哪些事物会消亡？哪些事物会诞生？这些问题全都难以预测，但可以肯定的是，村子会出现显而易见的变化。

最让我放心的是，纱雾似乎从她姐姐的阴影中走了出来。当然了，她面临的状况依然严峻，但我知道她会积极克服困难，所以我的担心应该是多余的。此前我对她一直有些不放心，但不知不觉间那种感觉消失了。也许她有些逞强，但她的表现我十分欣慰。

关于地藏路口的生灵风波，我在不久之后才想到，纱雾有不在场证明。叉雾老夫人之所以会累倒，是因为在为千代被除凭物的三天前，为一个症状较轻的人进行过被除，进行仪式的时间就是在那个星期四的傍晚，也就是千代遇到生灵的那一天。老夫人多在傍晚进行被除仪式，进行仪式时需要纱雾担任凭座，所以这时间不够纱雾去一趟地藏路口再回上屋。纱雾在日记中提到"近期唯一的一次被除仪式是在三天前，而且那人的症状比较轻"，小雾也在写星期一早上的事时，提到"在四天前，她曾为谺呀治家下屋佃户家的媳妇进行过被除凭物的仪式，仪式从黄昏一直持续到太阳落山，她作为巫女已经很久没进行过这仪式了"。我应该早些注意到的。

涟三郎似乎有心把这一系列命案用在村民的启蒙活动上，他留我在大神屋再住几天。我也很想帮他，而且我当时还很担心纱雾，所以就住了下来。住在大神屋的那段时间，我很想把泰然提到的建男和嵯雾的事告诉涟三郎，但最后还是没告诉他。因为我认为，在这时候公开两家的关系只会激发白之家族的抵触情绪，这绝不是什么好主意。

如厌魅附体之物
MAJIMONO NO GOTOKI TSUKU MONO

不过我提示过涟三郎别只和当麻谷聊，也要找泰然商量。那个大师虽然不好相处，但只要他认为有必要，肯定会把建男和嵯雾的事告诉涟三郎，所以我才会给涟三郎提出这样的建议。

我在村里和涟三郎讨论了一段时间，不再担心纱雾的时候，又怀念起了漂泊的生活，于是我决定启程离开。

在村里的最后一晚，涟三郎说希望我对他大哥联太郎的神隐，做出一个合理的推测。希望我能解开石阶和神堂的消失之谜。我在申明这不过是针对表象做出的解释之后，尝试去解开那个谜。

首先，我在笔记本上画了个"<"字，代表九供山弯弯曲曲的道路，然后在下面那条线的右端标"1"，在线条转折的地方标"2"，在上面的线条右端标"3"。接着，在上面拉开一点距离，又画了个一样的"<"字，同样自下而上标上"4""5""6"。然后画直线把"3"和"4"两处连起来，在直线中间画了一个小方形。这张图表示，兄弟两人从"1"处上山，到"3"处发现石阶，然后沿石阶而上通过中段的神堂（方形），再次进入弯弯曲曲的山路。在向涟三郎说清图的含义之后，我画了一条虚线把"2"和"5"两处连起来，告诉他："你爷爷走的兽道般的小路肯定是这条虚线。"

当然了，他们兄弟进入神山的时候，并不存在那条路。我的推理是：联太郎的神隐风波发展到要搜山的时候，又雾老夫人安排他们家佃户中黑之家族的人，在神山上开辟了一条假的山路。之所以涟三郎的爷爷天男和老夫人谈了两天才谈妥，是因为老夫人要为开辟山路争取时间。开辟山路时砍挖掉的草木可能被移栽到"2""5"两处的右边，用以遮挡旧路。跟在老夫人身后的天男从未上过九供山，看不穿这种障眼法是很正常的。何况涟三郎提到的系着护身符的拐杖就掉在那条路上，所以他更不容易产生怀疑。原本那根拐杖落在了神堂的石阶那边，他们为了让伪装更加真实，把它丢到了新开辟的假路上。天男提到路略有些倾斜，这可能是因为从"2"到"3"的距离比"4"到"5"的距离短吧。涟三郎曾提到那弯弯曲曲的山路越往上走，直路的距离就越短，这也验证了我的猜测。

不出所料，接着，涟三郎又问我，他在石阶上看到的东西是什么。如果硬要解释的话，应该是上屋的人发现那两兄弟想上神山，所以追了上去。涟三郎说听到过从神堂内部，打开格子窗的声音，要是把那当成追上去的人，从外部打开格子窗的声音，就说得通了。也许那人想看看小孩子有没有在神堂里捣乱。从石阶的洞口探出的头也可以解释，如果那个人通过最后那段通道时，不是匍匐前进，而是仰躺着前进，那么往上伸脖子的不正常状态也可以解释了。也就是说，涟三郎正好看到了那人后脑勺从洞口探出来的一幕。而涟三郎和他大哥是匍匐着爬出来的，所以默认那人也是用同样的姿势往外爬，因此想当然地认为，人类不可能会做出那种动作。

但这终究是我强行做出的解释，未必是真相。

启程的那天早上，我和涟三郎在大神屋前与纱雾会合，然后一起去了村子东门外的公交站。当麻谷在那里等我。那天医生正好要来出诊，他为了给我送行，特地提前来村里，在公交站等我。

在和三人告别之后，我上了公交，和来的时候一样，坐到了最后一排，朝他们挥手告别，直到看不到他们的身影为止。在公交车拐过一个弯，三人从我视野中消失的那一瞬间，供奉在大门前的一尊案山子大人映入了我的眼帘。

（这将是我看到的最后一尊案山子大人吧……）

就在纱雾那无忧无虑的笑容开始变模糊的时候……

猝不及防地，在村里的一段可怕经历复苏了。在接连离奇死人的那个星期二的傍晚，我在去妙远寺的路上，遇到了某种东西。

我始终没对任何人提起过那事。不过那当然是小雾搞的鬼。我不确定她是想吓吓我这个多管闲事的外地人，还是想干脆把我变成死人，但那肯定是她。

想到这里，我忽然想到了有过同样经历的千代，并察觉到某件事，不禁为之愕然。

我之前认为千代在地藏路口被吓的那个星期四的傍晚，见到的人应该是小雾。当时叉雾老夫人正在进行久未进行的被除凭物仪式，所以担任凭座的纱雾有不在场证明。可是，小雾必须在仪式中扮演山神，那她岂不是也有完美的不在场证明……

如果是这样的话，千代看到的到底是什么人？不，那到底是什么东西？

不知不觉间公交车已经驶上了山路。

我朝早已消失在视野外的神神栉村的方向望去，身体因心中的疑惑而颤抖。

莫非千代和我撞见的真是厌魅……

若是这样，那我做出的解释岂不是从一开始就搞错方向了吗……

日系本格推理史上
真正的无冕之王

至今仍名列豆瓣热门日系推理图书【TOP10】

SHINZO MITSUDA

（日）三津田信三 著

张舟 译

如真无作祟之物

时隔十年的四起杀人事件

面向所有读者的挑战书就此发起

只要发现1个事实，37个谜题都能迎刃而解！

第10届本格推理大奖获奖作品

民俗派推理大师 三津田信三 | 首部加冕之作

SHINZO MITSUDA

如水魑沉没之物

[日]三津田信三 著 张舟 译

将朴素民俗置于本格迷雾中

多重反转的背后,是长叹一声的悲悯情怀